일주문과 바늘귀

청완 김 석 시집

일 주 문 과 바 늘 귀

흥

나 알 알 나

1. 지학*

청맹 난시 가상공간, ▼▲ 막무가내 깨끼발 투정

유투브 A.I까지 럭비공처럼 댓글 열다섯이라지만,

옷고름 여미어 묶고, 지퍼 오르내리는 분별의 법

예 그래요, 사람됨 화답의 공부하기 좋은 때였음의,

2. 이립

적자생존과 순종, 삶 터전이 맹목과 불안

지아비 노릇도 가르침도 허둥거림으로 열정뿐,

잘못 붙잡기 비틀 그림자의 그림자, 전전긍긍

시는 거울 속 오른손 풀린 태엽처럼 미로였음의,

3. 불혹

아내와 새끼들, 벗도 있었지만 나ㅋ*는 실종하고

내我 지펴 내린 채 네 옷고름 탓이라 손가락질,
부조리 속 방심으로 앎과 삶을 회의했던 시절
몸나 눈 팔기에 또한 가벼워 좋았던 때였음의,

  4. 지천명
거울 속 패인 이마 주름 귀밑머리 왜, 무엇을
그날이 그날 마음을 살폈지만 도로아미 일기장,
맘나 얼나 일궈 구방심求放心, 제나*의 눈 뜨기
펼친 실종으로 나我를 더욱 잡고 바장거렸음의,

  5. 이순
일 놓고 몇 년, 나다움 나予됨의 길을 찾았지만
빛, 힘, 숨*은 동동 제자리 잡는 손발 더디었고,
꼭대기, 울 맞이, 하얀 돗자리, 하루살이, 깨끗의
무딘 대패와 기운 거푸집 언어 몽당빗자루였음의,

  6. 불유구
닳은 신짝으로 둘레길 허적거리듯 더러 시인들과
원수 입장으로 글과 삶을 갈지 못한 세월 묵정밭.
말과 숨 곱씹는 자회록自悔錄* 조금씩 전전긍긍 공부
앓음 뒤 개킨 앎 나予 숙인 고개 들어 버둥거렸음의,

7. 산수

지팡이 의지 생각은 허공에 앉아 빛, 힘, 숨, 웅소리

잠꼬대 속의 밑힘*, 믿음의 눈과 귀가 얼 덜 결 열렸던,

금광석의 용광로 길, 스승님 붙들어, 나我* 알 알 나予

창문 여닫아 오-늘 나들이가 폐차장으로 길 나吾였음의,

* 나 : 영어 권역은 나(1인칭 대명사 I)와 신(유일신 GOD)은 반드시 대문자로 쓴다. 그래서 아테네와 페르시아 전쟁에서 도시국가 아테네가 승리하는 것을 두고 철저한 개인주의가 국가를 위해 물심양면을 다할 때 이것을 민주주의라 했다. 한편 지평으로 인간관계보다 수직으로 동양 3국 특히 중국과 우리는 나를 네 부분으로 갈라 표현했다. ①我, ②予, ③余, ④吾이다. ①我는 서구의 개인주의와 비슷하다. 뜻글자 我의 구조이다. 我는 창 과戈에 장식 술을 달아 아래로 늘어뜨린 모양의 글자이다. 내 창을 감춘다는 의미와 나를 과시하는 의미 즉 관계와 관계로 강약과 愚劣의 의미이다. ②나 여予는 나의 겸비어다. 그러면서 앞을 내다보는 豫의 의미를 함축하고 있어 프리스트로 시인의 의미와 사제들이 써야 하는 언어들이다. ③나 여余는 남을 여餘의 의미를 지녀서 사제들의 봉사와 헌신, '밥 퍼'와 남은 밥을 물에 말아 먹는다는 어머니들 헌신을 의미한다. 노자는 밥을 주는 어머니를 貴食母라 했다, ④나의 복수로 오吾는 지금 극한 우리들의 경우, 아我의 복수로 쓰인다. 지금 국회의 모습이다. 吾는 語의 의미도 있어서 우리라는 민족주의에서 작게 내 편

내 무리, 심지어 개혁의 딸, 개딸의 모양으로 하향 진보이다. 권력을 모아서 쥔 지금 국회를 볼 때 왜 맹자가 君子有三樂에서 패권으로 왕과 黨을 싫어했는지를 알 수가 있다. 시인으로 나는 予(豫)와 貴食母의 자세와 입장으로 시를 쓰고 대해야 한다는 생각이다.

　* 나 알 알 나 : 다석의 立言이다. 나는 我로 상대에게 창을 들고 맞서는 ego요, 알은 '앓다'의 형용사다. 내가 한 번 크게 앓은 후 몹나 내가 죽어야 거듭남으로 제소리를 가지는 알나, 즉 앎의 내가 된다는 大死一番絶後再蘇의 한글의 풀이다. 연기가 나야 밥이 되는 것처럼, 앓음(困而知之) 뒤에 얼나 내가 되고(學而知之), 먹히는 밥으로 맘나 내가 된다는 것이다. 장자는 이런 사람을 眞人으로, 진인은 발뒤꿈치로 숨을 쉰다 했다. 예컨대 아테네 거리에서 청년들과 산파술 대화의 路地 스승 소크라테스, 승복을 벗고 걸인(巨人⇌乞人)으로 원효의 경우, 테레사 수녀, 손양원 목사, 설교 중 부드러웠던 떨림으로 와 닿았던 한경직 목사, '울지마 톤즈'의 이태석 신부가 그런 경우다. 필자는 산수에야 조금 철이 들며 땅 위의 삶을 7단계로 붙들어 시인의 말을 대신하며 썼다.

　* 自悔錄 : 서양의 참회록과 동양의 자성록을 융합하여 필자가 만든 造語다. 참회록은 내 마음을 붙들고 잡아 칼로 자르고 친다는, 유일신이나 신부들 앞의 내적 고백이다. 자성록은 나의 마음을 성현들이 걸었던 삶 법에 견주어 살핀다(戒愼恐懼)는 뜻으로, 동양 3국의 생활 철학인 과부족이 아닌 中庸(ㄱ온찍이)을 붙잡는 삶 법이다. 어거스틴, 톨스토이의 참회록은 기독교 입장이고, 루소의 참회록은 노장과 통하는 자연

주의면서 인본주의 입장이다. 한편 자성록은 증자의 一日 三省과 퇴계의 자성록 속 서신들의 경우처럼 天·地·人 특히 대인관계와 대물의 관계에서 문제가 생기면 너 때문, 네 잘못이라 비판에 앞서 내게서 문제를 살펴 찾고 나를 돌아 내려놓는 나다움이다. 나의 됨이 먼저라는 생각과 실천으로 글이 자성록이다. 나를 먼저 살펴 너를 대하는 자성록 때문에 우리 철학의 으뜸 봉우리 오늘의 퇴계가 되었다. 어거스틴의 참회록과 퇴계의 자성록 융화와 회통의 지평으로 자회록이라 했다.

* 志學 : 공부에 눈을 뜨는 시기다. 지금은 무서운 중2라 한다지만, 소학, 명심보감, 심경心經, 격몽요결 등 공부에 매진, 言顧行行顧言의 수련기이다. 공자는 그의 인생을 6단계로 나누고, 1단계를 지학, 6단계를 불유구라 했다. 그러나 모든 사상은 그 시대 그 세대 안이 우선의 배경으로, 6단계로 했지만, 필자는 팔순에서 땣九의 한 층위를 더 넣어 나를 살폈다. 외람되지만 산수에야 조금 철이 드는 내 삶을 7단계로 붙들어 본 것이다.

* ▼▲ : 음양 기호다. 동식물은 종족과 종자 보존으로 암수 우선 관계지만 사람은 거기에 유희나 힘의 과시를 위한 쟁취로 전쟁까지의 서슴지 않았다. 관계와 관계로 분단과 우리의 경우 분단과 파벌 정치는 지금의 광화문의 하이에나 떼 모습으로 변질이 되고 말았다.

* 제소리와 말숨 : 내가 입으로 내놓는 말이나 숨소리로, 말은 해처럼 붉은 감처럼, 인격이 무르익고 되어서 먹히고 떨어져야 한다는 것이다. 다석, 현재의 입장이었다.

* 제나 : 익음으로 나의 됨이다. 몸과 맘만 아닌 맘과 몸의 조화로 제 소리를 내고, 보며 가르치는 단계이다. 指月 비유처럼 가리키는 사람의 손가락을 보는 것이 아니라, 제나 내가 씨앟(실존)로 하늘의 달을 보며 본체를 알고 만져본 것을 가르치고 전하는 스승을 말한다.

* 빛 · 힘 · 숨 : 현재의 입언으로 기독교의 성부, 성자, 성령(빈탕한데 眞 空妙有)의 우리말 표현이다. 기독교의 빛, 힘, 숨은 내가 잠을 잘 때 거의 절대처럼 의지하는 내 호흡처럼, 빛·힘·숨으로 나의 '나됨'으로, 없어 더 욱 있음과 있어야 함으로의 우리말 표현이다.

* 옹소리 : 훈민정음 한글은 하늘(옹=위)이요, 뒤집어도 옹으로 땅 위 사람들 정성을 받아들여 하늘에서 내려주신 글이란 뜻이다. 삼재 사상 에 의하여 창제된 한글로 '철학하기' 다석의 立言이요 이 경우를 다석은 지천태☲☷의 괘라 했다.

* 믿음과 밑힘: 머리(믿음, 머리 굴림, 가상공간)는 이브처럼 헤아려 속일 수 있으나, 배(밑힘, 배고픔, 배부름)는 속이지 못한다. 시인이 시를 쓰는 행위와 사제들의 설교는 먼저 學→見→察→觀→覺(性=道=敎)의 내적 단련 으로 질서의 체질화라는 점에서 한 나무의 가지처럼이다.

세 마당. 완월동 접시꽃

네 마당. 물을 탁본하다

다섯 마당. 광야의 식탁

여섯 마당. 발치에 눕다

일곱 마당. 광화 광화문

차
례

열 마당. 무지개 돌짐

차
례

흐르는 별의 서커스

부부와 1남 3녀

1. 천자문 자장가

낫 놓고 기역 자도
감감이셨지만
깁어 입히시고 재워 키우심으로
여윈 무릎과 가슴을 주셨던 어머니
호롱불 아래서 느린 천자문 자장가
어머니 천자문 자장가는 내㐲 시의 길
숨참과 그리움 회한은 오늘이 되었음을

대청에 달 오르면 쪽진 귀밑머리
어머니의 은비녀와 손위 누이의
동인 가슴으로 남색 댕기와 검은머리
중중모리 때로 진양조 달빛 아래 방망이
고의袴衣며 베잠방, 저고리 치마 다듬이질
정성 다듬이 누이와 어머니의 하늘 화답은
박 넝쿨 흐드러진 아침 지붕의 찬 이슬과
하얀 달처럼 박꽃과 둥근 가슴 박덩이들
시는 무영舞詠, 이슬 맛 햇살 박넝쿨의 춤
달빛 대청과 백로지 몽당연필에 침 묻히고
엎드리고 뒹굴며 나는 붙잡았음을

탱자 울타리 훑어갔던 하늬바람이랄까
정화수 새벽 오간 어머니의 마음이랄까
밥 짓는 연기 대숲과 고샅길 추억이랄까
상투 머리와 수염을 자르셨지만
아쉬움으로 평생을, 뒷짐인 채 아버지
헛기침과 삽을 드셨던 새벽 아버지 논두렁 길
그물코를 깁고 말리었던 옹이뿐 손바닥 아버지
물기 마를 날 없었던 부모님 하루와 또 하루가
소금꽃 보릿고개, 밥술 뜨고 넘겨 오늘이었음을

왜 언문과諺文科를 굳이 지망하려 하느냐
장죽을 청동 화로에 재를 터시고 아버지의
등 배 만져 잠을 재워주셨던 할머니 말씀은
네 증조께서는 엄지와 검지 사이 붓을 끼어
글씨도 쓰고 글을 짓고 이름을 날렸느니라

무영탑無影塔* 마음, 나我를 붙잡고
뭐가 그리 서둘러서 못났던지
팬터마임 마음으로 쓰다 허물었던
어머니 천자문 자장가로 출발이었지만
무내무외無外無內*, 빈탕한데, 기운을 모아
없어 있음과 있어 더욱 없음으로 시의 얼골
개펄이랄까, 섞어찌개 식은 맛이고 할까

그럼에도 늙은이의 엷은 꿈 이불까지
휘뚜루마뚜루 헐렁 내吾 시의 현 주소

*무영탑 : 경주 불국사 석가탑의 다른 이름이다. 무영탑 하면 현진건의 소설, 백제인 석공 아사달과 아사녀의 불심과 못 이룬 사랑이 생각난다. 그러나 그림자가 없다는 무영탑의 은유는 석가모니는 그림자가 없는 사람이란 뜻이다. 아미타불에게 돌아가 의지한다는 南無阿彌陀佛의 南無는 내가 없다(그림자)는 나 없음無의 뜻과 더불어 산꼭대기의 나무는 그림자가 작거나 거의 없다는 뜻을 내재하고 있다. 내 지금껏 시인으로 난감의 삶과 햇살의 언덕 아프리카, 알제리를 방황하며 탄생시킨 카뮈의 정오 사상의 소설들, 그림자 없는 꼭대기를 향하여 오르려 했던 시지프의 도로挑勞 신화처럼, 난감일 뿐이다.

*無內無外 : 노장사상 등 동양의 연역법으로 우주와 氣(빈탕한데)의 혼재와 움직임으로 대기권 안의 지구의 표현이다. 그러나 서구 중심 현대물리학의 우주 이해는 귀납법으로 우주는 경계는 없어도 한계는 있다고 보았다. 우주가 무한히 팽창하는 공이라 할 때 공의 고정된 경계는 없지만 종당은 출발지점으로 온다는 것이다. 즉 무한 속의 유한성이다. 왜냐하면 우주와 지구는 둥글기 때문이다.

2. 아내의 식탁

새벽이면 깨어나는 그대의 빈 자리
수돗물 듣는 소리 나我는 아침을 뜹니다
창밖은 갓 풀을 먹인 듯 바람이 지나가고
푸른 초장 양무리들처럼 도시의 아파트
집들은 부드러운 새벽 아래 누웠습니다
하루의 일과 앞에 눈을 감고 앉았습니다

작은 손 작은 마음 여자 하나가
맑게 굽고 깊이 닦은 아침 식탁으로 초대
그대와 나 시간과 공간과 사람들 나루터에서
봄날 흔흔함과 솜털처럼 그대의 가을 귓불을
그대와 나 불 여름과 얼음장 겨울 문턱 안팎을

아침을 뜨다가 덜 마른 물기 그대 작은 손을 봅니다
그대와 나 보일락말락 물 묻은 불길 두 손을 봅니다
사랑 하나로 가는 허리 동여 다진 당신과 나 어제를
그대와 나 바람 불던 저녁 길에 때로 문득 혼자였음을
해 이운 모래밭 시들은 풀잎처럼 웃음 눈길이었음을

사람 하나 고르고, 식탁의 아침으로 초대하였던

여름 뙤약볕과 얼음 겨울의 골목을 생각합니다

우리가 식탁 아침 마주 앉아서, 가끔 기도하면서

지금은 새벽이 걷혀가는 가로등처럼 마주 앉아서

*아내 : ①妻, ②남편과 대등한 병렬 관계, 상형 한자로 妻(처를 분석하면 머리에 수건을
동이고, 빗자루를 들고 일하고 있는 모습이다.) 현모와 양처로 아내들의 비유이다.

3. 흐르는 별의 서커스

새벽이면 아내는 교회로 간다
잠결 스쳐 지나가는 조심스레 문소리
사그락사그락 조선쌀 씻어 앉혀 놓고
된장 풀어 다져 놓고
신·구약 가슴에 품고 교회로 간다

아내 손길이 머문 부엌에는
처녀 시절 그녀의 맑은 피처럼
물방울 떨어지는 소리가 들린다
나도 일어나 주님 앞에 묵상하며
떨어지는 것들의 작은 꿈에 젖는다

아래로 더욱 아래로 내려서게 하소서
님에게 허락받은 이 한 날과 오-늘
낮아지되 더욱 곧게 서서 살아가게
온유로 낮아지되 언어 꿈은 넘치게
두 손 모아 때로 무동舞童이게 하소서

아침이면 어둠 밀고 교회로 나가

그녀가 올리는 향연은 무엇일까
그의 나라와 그의 오심 빌고 있을까
네 자녀 성결과 풍요의 깃발일까
다윗왕처럼 눈물 땀 씻어 우리말
분단 기러기 마음의 지아비 시편일까

위하여 쌓아가는 그녀의 작은 제단
무릎 꿇어 채우되 넘쳐남은 비우며
아내가 돌아오는 남녘 대문 위로
밝아오는 이웃집 은빛 안테나
비둘기가 몇 마리 앉아 있었다

*아내 : 15c 안해, 室內, 안+ㅎ+애 ①집안의 해 ②집사람, 아내가 집을 비운 며칠
만 혼자 있어 보면, 내 경우였지만 아내는 집안의 해라는 것을 느끼게 되었다.

24

4. 가시나무새*

– 성·요셉관

「엄중하옵니다」

화급 봉홧불 올랐던 말굽들 옛 대신
6차선과 입체 교차로의 길 옛 파발마
북한산 기슭을 깎아 세운 구파발성당
코스모스며 구절초가 피어 있었습니다
연분홍 구절초 꽃잎에 선홍 나뭇잎 하나
맴돌며 날아와 하얀 모닝 차에 앉았습니다

젊은 분들은 계단을 이용하시라는
중추절 하오 구파발성당 만원 엘리베이터
늙고 젊은 조문객들 침묵 틈에 끼었습니다
그레고리안 성가가 싸늘한 가을 안개처럼
불빛 안개 지상 3층 바닥에 부드러운 성당
한가윗날 성당의 푸른 불빛 계단을 눈물로
성·요셉 추모관의 침묵 어둑 계단 계단을
푸른 등 침묵 계단을 더듬어서 올랐습니다

기도에 앞서 주름 손등으로 눈물 찍어내는
늙은 애비에게 동행 아들이 손수건 건넸습니다

불혹 중반 아들이 내민 손수건 젖어 있었습니다

이따금 만날 때면 한 음절 낮은 목소리로 「아버님」
앞이나 뒤져 서서 두 손의 응답, 백년손님 사이몬
훨훨 생피 사십 대 사이몬의 유리상자 얼음 추모관
땀 숨 모아 비린내 세월 뛰고 닦았던 아직도 사이몬
푸성귀 가슴과 성성한 팔뚝과 눈매 생전 이름 대신에
영세 이름으로 팻말, 유리상자 속 무덤 사이몬 김00

더듬거려 불을 켜고 올리니
사방으로 한 뼘 남짓 투명 유리관
소꿉놀이터 하얀 항아리 사이몬의 안식처
사랑한 아내와 미완 아이들 환한 웃음 뒤
성·요셉의 품에서 젖은 가슴 눈물 그대로
웃고 있는 사진 속의 생전 사이몬의 실루엣
가을꽃 한두 송이 안겨 줄 땅이 없었습니다

이승과 저승의 변곡점은 사립문을 여닫듯
켜 둔 불빛 잠그지 못하고 슬픔은 메아리이듯
반 뼘 이승의 어둠 걷어 그리움의 실루엣으로
사이몬은 지금 연옥이나 천국 어느 계단쯤일까
죽어 사는 법을 담아둔 성·요셉의 침묵 추모관
눈물이 눈물을 붙잡아 기도도 올릴 수 없었습니다

하얀 옹기 속에 한 줌 가루 뼈 사이몬을 보며
불을 단 얼레줄 연이 정월 보름 하늘에 오르듯
뒤돌아 돌아서 어둠을 벗고 하늘길에 오르기를
한가위 사이몬 유리관 무덤 스위치 내렸습니다
뒤돌아 어둑 계단, 말 잃은 내자의 작은 손이
늙은 내 옷자락 의지 울먹이며 떨고 있었습니다

하늬바람 구절초 가을을 흔드는 북한산 기슭
한가윗날 성·요셉 추모관이 있는 구파발성당
나뭇잎들 우수수 가을 하늘에서
연분홍 나뭇잎 하나가 다가왔습니다
생전 파발마 말굽과 가슴과 눈빛으로
가시나무 가지의 한 마리 가시나무 새처럼
걷고 뛰며 때로 부딪쳐 넘어지고 살다가 간 사이몬

예 파발마 봉홧불처럼 땅 위는
하늘 향한 성당의 하얀 아크릴 십자가
구파발성당 돌아보고 되돌아 돌아보며
한가위 밤길 눈물로 떠나야 했습니다

*가시나무새 : 오스트레일리아 작가 콜린 멕켈로 소설 제목이다.
*시의 제재와 주제는 내가 겪었던 격정(40대 중반 셋째 사위 소천) 슬픔을 가능한 哀
而不傷의 심정으로 쓰려 노력했지만, 슬픔에 마음을 빼앗기지 않으려 했던 슬픔이
너무 무거움으로 그리움을 실토한 시가 되고 말았다.

5. 맹귀부목

가. 해바라기 삶

둘째가 사는 태평양의 마감 캐나다의 밴쿠버
동해 말간 해가 머문다는 밴쿠버市 랭리 해변
랭리 바닷가와 White Rock을 찾아가는 길이었다
핸들을 잡은 둘째 딸의 연한 갈색으로 귀밑머리
머릿결 사이 하얀 덧니처럼 머리카락 훑는 때면
돌담 밑의 해바라기, 해바라기 꽃의 흔들림처럼
고국이 눈에 밟혀 때로 혼자 눈물을 훔친다 했다

랭리를 출발 숲을 따라 막힘 없는 편도 숲길 40여 분
흐린 하늘의 바람이 습하더니 빗방울 스쳐 지나갔다
지형 따라 일기가 고르지 않아 그래요, 딸의 말이었다
뛰는 가슴 누르고 바닷가에 이르니 비바람이 세차졌다
캐나다 땅 ¹⁄₁₀₀쯤 꼬챙이 곶串 땅 늙은이가 찾아왔는데
천균天鈞* 시새움일까 천변, 날씨를 탓해 어찌하겠는가
비바람 속 밀려드는 밀물氿에 이향 비린내 젖어 있었다

비와 바람을 안아 가을 해변을 따라 걸으며

해가 뜨고 해가 넘어간 80년 분단 나라 생각했다
분단의 동남서북 내 나라 그래도 우뚝 곶串과 대臺들
함경도의 귀경대 겨울 해가 오르는 절절 동해 모습을
가슴 저미 묘파한 의유당 연안 김씨의 동명일기東溟日記
장산곶 나루에 북소리 나더니, 몽금포타령 속의 장산곶
백령도 건너 장산곶 바위 속 바위 문을 여닫아 남쪽 동족들
연평도며 서해 섬들 겨냥, 대포알 축척 김씨 3대 절대 요새를

한강 기적 1번지의 호미곶 포항시 포항제철의 용광로가
밤낮 멈춤 없이 불 지펴 불기둥 대한민국 오늘 되었지만
연오랑과 세오녀가 왜적 땅을 버리고 영일만의 햇살처럼, 때
맞이함을 두 손 환영이지 못하고 왜 한 손만을 올리고 있는지
울산과 부산 사이 간절곶 둘러싸고 필요 충족의 논쟁 원자로
원자로 두고 좌우 두 편으로 거짓 통계까지 갈라져 내 나라
꼬챙이처럼 곶과 대의 나라 생각을 접고 태평양 날아왔는데

설화 속 동해와 발해만 붉은 햇살과 달을 재운다는 함지*
밴쿠버 바닷가의 환한 햇살처럼 새끼의 새끼들 보듬고파서
적막 춘추 80년, 죽창 꼬챙이 싸움 땅에서 지팡이 의지하며
남북 동해와 예 발해 땅 맑은 해가 그 열기를 식히며 쉰다는
희오喜惡 나라 천부당만부당 삶을 씻고 시를 찾아왔는데
요임금 때 연주했다는 해가 몸 식혀 쉼을 기린다는 함지
동포가 6만 가까이, 광역시 밴쿠버의 훨훨 랭리 바닷가

캐나다 이주 19세기의 백인 어부들이 랭리 바닷가 허연 돌을
등대 삼아 처자식 품음처럼 내 새끼가 새끼들 품어 살고 있는

설빙 세월에 돌이 해초와 조개가 붙어서 굳어졌다는
46톤 무게라는, 하얀 금들 여럿 둘러서 풍파 세월의
지금은 해마다 피부색과 관계없이 하얀 페인트 축제
때의 바다에서 무사 귀환을 기념, 축제를 열고 있다는
땅에서 바다 향해 250m 남짓, 단풍나무 둥치 세웠다는
더러 틈새가 덜컹 나무판 세운 바닷길을 걷는 위태함의
맹귀부목*이란, 처럼 절대와 무변 속의 체험일까
바다와 무등 하늘의, 아니 하늘이 바다에 푹 안기는
비바람 때로 파도가 쓸어올리는 작은 포말 널판자의 길
바다 향한 널판자 길을 지팡이 의지 나我는 걸어나갔다

*咸池 : 해가 져서 머무는 서쪽에 있다는 큰 못이다. 중국의 6대 궁중음악이다.
요임금 때 12율려의 타악기 중심의 頌으로 연주되었다고 전해지고 있다.

*盲龜浮木 : 눈이 먼 거북이 백 년에 한 번씩 수면 위로 올라오는데 그때 난파한
배에 실렸던 많은 나무 중 구멍이 뚫린 나무토막의 구멍에 거북의 배꼽 눈이 걸린
다는 뜻이다. 중생이 불법을 만나서 수행하기 그만큼 어렵다는 뜻으로 조주록에 있
는 말이다. 참다운 스승과 제자가 만나고 만남 뒤의 변화가 어렵다는 말인데 나는 도
산서원 가는 길(퇴계가 풍기군수 시절 대장쟁이 배순과 만남)에 맹귀부목 비유로 시를 썼다.

*天鈞 : 형이하의 시비(朝三暮四:제물론)를 조화시켜 형이상의 道의 의미로 걸림 없는
1원론 평형상태를 말한다. 중국인들은 이것을 삶 속에서 中和의 「和」 中華의 실천
철학인 中庸의 「庸」이라 했다.

나. 곶串* 대臺* 예銳* 단壇*

실루엣 무지개의 문
이미지나 몇 층 보듬으려나
삼면 바다의 내 나라와 발해만의
해와 달 재움 터 전설 속의 함지
설화 속의 랭리현 두 번째 찾았다
노장의 도와 기* 상선약수 계시처럼
남은 생애 내 시의 걸음 옹골지려나
가을 하늘 밴쿠버 랭리 숲길 달렸다
모든 색깔 합은 입에서 목구멍까지
머리에서 가슴까지 가슴에서 머리까지
짧아서 긴 거무스레 현현玄玄 벌판이라는
푸른 바다와 파도 하늘이 맞닿은 바닷가
발가숭이의 태실처럼, 의태어 우리말 부사
휘뚜루 찰찰 푸른 숲이었고 나는 함묵이었다

해가 진 뒤도 바다는 침실 등이나
오월 뽕잎들처럼 안기어 살랑거린다는
비바람 속 어제 내가 걸었던 바다를 향한
나무다리 바닷길, 다시 걸을까 망설이다가
내 나라 남사당패와 몇 춤꾼도 다녀갔다는
어제 빗속 찾지 못한 해마다 White Rock 축제
등대 역할 빙설 돌덩이 하얀 돌 찾아 걸어갔다

비바람 속 걸었던 바다 향한 널판자들은
목관악기와 현악기들처럼
단풍나무 기둥 세워 바다 향한 널판자들은
메나리조로 받아 넘김이랄까
중모리 중중몰이 휘모리랄까
아디지오, 알레그로, 아미타불
정중동, 동중정 열두 율려*랄까
하늘 바다가 맞닿는 물결 위에 몇 구절 시를
시를 쓰고 둘째가 곡을 붙여서 혼연 둔주곡으로
의지한 지팡이 지휘봉으로 들어볼까, 비바람 속
맹귀부목 어제 널판자의 바다 향한 마음은 접고
침묵 햇살 바다와 광활 하늘 지팡이 의지 걸었다

릴케가 집시gypsy의 후예 루 안드레아스 살로메
루 살로메의 풍요 몸매에 안겨 찾았던 시베리아
시원 바람 속에 서 있던 게르만 르네 릴케가 아닌
시베리아 초원에서 찾았다는 라이나 마리아 릴케
대지의 숨결로 재탄생 라이나 마리아 릴케
살로메 풍요 몸매처럼 형상 시인 릴케가 탄생했다는
낮은 하늘과 땅, 동해 아침 해가 머문다는 랭리 등대
바다로 나갔던 사람들이 등대로 이용했다는 하얀 돌 등대
해변 길을 지팡이에 의지 띄엄띄엄 발을 옮겨 걸어 나갔다

문득, 금혼식도 거른 채

부부로 맨살 희비 50여 년
살아오면서 삼각파도 갈퀴처럼
질척 골목길 백열등 외로움처럼
곳과 대의 곡두 자갈 에둘-길의
내 손으로 염색과 머리를 잘랐다는
저물녘 골목 시장이나 길바닥 야채 흥정
염색 머리까지 세월 아내의 오늘을 생각했다

앞서거니 뒤지거니 세상 길을 이본 동시상영처럼
서성거림으로, 그림자로, 그럼에도 함께 걷고 있는
그리운 하늘 집 꿈을 꾸며 너무 길어 짧은 반백 년
뱃사람들 길잡이 역할, 처자식 생각 화이트 록 등대
내 나라 환경운동 춤꾼들도 축제에 꽹과리 울렸다는
가까이 와요, 웬일이야, 아내 달래 기념촬영이었다

*필자가 생각하는 串의 시인은 이상, 백석. 김구용… 臺의 시인은 김소월, 조지
훈, 서정주… 銳의 시인은 김수영, 김지하. 신경림… 壇의 시인은 윤동주, 한용운,
구상…

*道와 器 : 주역 계사전상 12장의 形而上者謂之道, 形而下者謂之器로의 道와 器의
관계다. 器의 쓰임으로 인간 나는 진덕수업(眞德修業)의 진전으로, 器인 내가 道의 너
에게 이른다는 것으로. 즉 그릇됨의 내 器(言,行,思)를 통해 관계 안의 人間의 사람됨
으로 인격의 層位가 형성된다는 뜻이다.

*律呂 : 중국의 고대음악인 風, 雅, 頌의 음양으로 음의 열두 단계다. 특히 궁중음
악 頌에 쓰였던 주로 타악기가 사용된 陽律 6과 陰律 6의 조화로 화음을 중국에서
는 12 율려라 했다.

6. 늑대와 함께 춤을
- Dances with the wolves

1.

반가와요, 여러분
캐나다 인디언 씨족 남자들은
삼국지 장비 모습 씨족의 추장이라도
DNA가 다른 종족이나 백인 남정들에게
눈물 섞어 웃고, 웃음 섞어 괴로움으로
앞 좌석 나我와 힐끔, 웃는 아내 보면서
달이 오르는 밤에 아내를 단장시켜서
옷고름 풀게 아내를 내어드리는지 아세요

바이킹족이나 일본 왕실도 허락한
근친상간의 결과를
근친상간의 피폐를 과학에 앞서
인디언들은 잘 알았기 때문이었어요

2.

남녀칠세부동석, 우리의 경우
달래강 전설은 한 부모 누이동생 앞에서
수시로 발끈과 불끈, 무처럼 때로 툭 남근

오라비는 무처럼 잠지를 찍고 죽었다지만
달래강 달래의 맛, 맵찬 누이동생은
달래나 보지, 안 주나, 달래나 보지

수안보 지나가는 길이면, 관광버스 기사의
생판 남녀 차 안의 늑대 근성 춤을 돋구는
동방 예의의 나라 달래강 오뉘의 전설과
인디언들의 Dances with the wolves

까짓것 다슬기 구멍 후비는 셈 치고
오라버니 땀 밴 적삼과 아랫도리와
달래 농사를 걷어 남부여대의
되풀이 빨래보다 혈육 오빠의 잠지
먼저 씻어 재움이 순서 아니겠는감
근친상간, 오뉘의 달래나 보지
달래강 붉은 울음 살점의 전설

　3.
같은 몽고리언 납작코 광대뼈 인디언
김유정 소설 소낙비, 인디언 추장 또한
소낙비의 화투花鬪 노름에 빠진 지아비가
점순이 산발 머리와 배꼽 속의 때를 밀고
노름 밑천으로 아내 씻겨 놓고 후회하였듯이

어떤 인디언 추장은 아내의 하룻밤 씨받이 외도
변한 아내의 태도에 백인 사내를 난도질하였다는

인디언 땅 탈취 백인들끼리 아메리카
지금 우크라이나를 러시아의 푸틴처럼
청교도 추수감사절 백인끼리 전쟁이 싫어
남북전쟁 북인 장교가 인디언 삶으로 귀화
인디언 풍습으로 익고 빠지기까지, 과정을
인디언들은 그들과 함께 살겠다는
백인의 북인 장교에게
Dances with the wolves
늑대와 함께 춤을, 별칭 붙여주었다는

12만 2천 봉 록키 겉핥기 3박 4일 오가며
곰은 물론 더러 늑대도 나타난다는
몽고리언 시인 나는 늑대와 함께 춤을, 어떻게
手之舞之足之蹈之 마음으로 시와 함께 춤을
신바람으로 변할 수 있을 것인가 골몰이었다

본래 인디언의 땅 록키
록키 구릉 따라 12만 2천 봉
버스 안에서 3박 4일을 오가며
허주虛舟, 목계木鷄, 수박 겉핥기
늑대와 함께 춤을, 겉핥기로나마

남은 목숨 시와 함께 갈 것인가, 백인 장교처럼
백인과 그녀의 사이 우성 쌍둥이 형제가 있다는
엄마 가이드의 말은 계속이었다

  4.
가이드나 나는 몽고리언 반점 어쩜 인디언의 오뉘
가이드 남편은 인디언들 늑탈勒奪 백인종 후예지만
전라도 비빔밥과 김치 맛에 잠겨 있는 백인이라서
'늑대와 함께 춤을' 록키 산기슭 인디언의 설화를
웃음을 걷고 인디언 멸절은, 마약과 술 취함이라는
강남이나 이태원 밤도 술과 마약이 번성한다는데
반쪽 조국도 그렇게 될까 두렵다는
밴쿠버 시내 인디언 구역 찾아 꼭 보고 가시라는

단풍나무 숲과 맑은 공기
지상낙원 캐나다보다
아귀다툼 분단 아버지 나라가
넘 그립다는 둘째 딸, 때문에
영어 속에 빠짐이 진짜 싫다는
돌아 눈물을 찍었던 둘째 딸
덜 닦인 눈물로, 아빠 외국에
살면 모두가 해바라기 목이 된다는
밴쿠버 변두리 울타리가 없는 둘째 딸의
회색 지붕 해바라기꽃, 둘째 집으로 향했다

7. 삼층천 체험
- 베로니카 기념교회 ①

1.

비아 돌로로사 6처소 좁은 길목은

한사리 때면 드러났던 숨은 여礁처럼

사람 아들, 예수 그리스도의 땀과 멍울 피

손수건 펴 예수의 피땀 얼굴을 닦아드렸던

비린 여처럼 땀과 피 예수 얼굴이 각인되었던

없어 있고, 있어야만 함으로

숨겨 드러남으로 여인 베로니카

손수건은 베로니카 눈물 얼마나 찍어냈을까

베로니카 하얀 천의 땀과 가슴의 손수건

이름 감춰 사리 때면 검붉은 여처럼 베로니카

숨겨 더욱 빛난 이름을 기념

산타 베로니카의 기념교회

6처소는 숨긴 이름 여인이 손수건에 판화처럼

예수의 얼굴 간직, 지금까지 전해 온 곳입니다

2.

중학 시절 언덕 위 예배당 길이었습니다

밀물 때면 잠겼다가 한사리 때면 드러났던

비린내 붉은 여처럼 숨어서 빛난 베로니카
베로니카 행위는 보지 무내무외의 여처럼
없어 더욱 있어야 함으로, 예수의 모습을
드로잉으로 여처럼
숨은 두 손 여자 베로니카의 기념교회
베로니카교회는 오월 햇살 아래 손수건이듯
마른 동풍 골목길의 하얀 손수건이 펼쳐지듯
숨겨 큰마음, 햇살 아래 여처럼 교회였습니다

나余는 내我 나라 갈래波와 쪽派 예배처소 중
황국신민, 창씨개명, 내선일체에 죽음과 투옥
낙향과 침묵으로 불복종
예배 때면 불복종 때의 목자들 실화가 빠지지 않았던
에세네파라 불렸던 고신파 장로교회의 신자였습니다
예화가 없던, 때면 왠지 설교에 불복종하고 싶었던
성부, 성자, 성령, 제3 영도교회 세례를 받았습니다
예배는 으뜸장로 십계명 봉독으로 시작이 되었던 교회
그럴 때면 1. 5. 7계명이 목에 걸렸던 고신파 장로교회
찬양대 뒷줄에 서 더러 터지는 기침에 혀를 깨물었지만
감기나 백일해 정도겠지, 마른 기침이 멎지 않았습니다

  3.
영도다리가 들썩대던 오륙도 바닷바람 날

갈비뼈가 튕겨 나오는 듯 기침을 했습니다
엑스레이에 나타난 왼쪽 폐는 거미줄 엉키듯
회색 동공과 동공, 밤이면 나는 입안에 가득
피를 물고 피를 뱉다가 악몽의 밤을 씹어야 했고
15촉 백열등 누비이불에 묻고 밤을 짓고 찢었습니다

생존만을 위한 오직 몇 바구니쯤이었을까
우윳빛 하얀 주사액, 방구석 작은 약병들
오후 두 시 반이면 어김없는 기침과 발열
오한과 발열 기침 때를 맞춰 환우를 위하여
진공관 라디오의 슬픈 사연 위로의 선율들
잦은 기침, 그럴 때면 비린 여처럼 목구멍과
춘궁기 아지랑이처럼 이어졌던 노란 현기증과
버들 표 유한양행 한 알 또 한 알 유 파스짓과
하얀 현기증 나이드라지드 알들과 투쟁이었습니다

그런 날과 날들 속에서 토요 오후면 찬양 연습과
왁자지껄 국제시장 지나 보수 뒷골목 헌 책방 길
얼룩 책들을 뒤졌고 달 지난 사상계 한 권을 들고
바닷바람과 비린 피 기침과 기침을 참고 견디면서
태종대 자살바위까지 더딘 발걸음 쉬지 않았습니다

4.

고난주간 뒤 부활의 첫 새벽, 1972년 용두산
용두산공원 고신파 부활 연합 새벽예배였습니다
대표기도와 부활 말씀 사이로 쌩 바람이 스치고
흰 와이셔츠 남성들과 하얀 치마저고리 여인네들
연합 찬양대 부활의 찬양과 함께 잠자리채 모양

현금 주머니가 곁을 지나는데 해가 올랐습니다
황금 햇살과 비린 바람 용두산공원 봄빛 하늘과
노아가 7일째 날 창밖으로 날려 보냈던 비둘기들
하늘은 노아가 창문을 열었던 방주 속 햇살처럼
용두산 하늘로 햇살 날개 비둘기 날아올랐습니다

바람에 가슴이 허물리듯, 몇 번의 간지러운 목구멍
갈비뼈의 싸늘한 현기증 위로 바람이 지나갔습니다
간지러운 싸늘함이랄까, 기침의 멈춤 때문이었을까
목줄을 타고 한 움큼 샘물 맛처럼 청량한 간지러움
연합 찬양대의 헌금 찬양이 내 언 몸 곁을 지나갔고
간지러움 햇살 오르듯 왼쪽 가슴 쓸며 지나갔습니다
부활주일 뒤의 뒷날 찾았던 시민 엑스레이, 왼편의
왼쪽 폐의 동공 터 굳어졌다는 의사의 말이었습니다

5.

십자 형틀 피 예수 걸음 6처소 앞에서
팔레스티나 5월의 마른 바람과 햇살과
갈한 입술 땀 이마 뿌연 눈시울이었지만
왜 그래야만, 꼭 그래야만 한다는 어떤 내밀한
물병은 그대로인 채 땀 냄새 걸음이 어지러울까
구겨진 손수건으로 주름 세월뿐 얼굴
땀 냄새 손수건 접고 펴며 예수가 걸었다는
비아 돌로로사 6처소, 뒤져서 걸어나갔습니다

8. 삼층천 체험
- 영혼 속의 새 ②

1.

아내와 함께 신촌 세브란스

암 병동의 병실 묻고 찾아갔을 때

서른 중반 눈길 맑고 깊은 여전도사*는

C.T 촬영 결과 폐장이 변두리 폐차장처럼

반쯤 슬픔 어린 눈웃음, 입술엔 붉은 립스틱

연지분 두드리듯 두 뺨의 서늘한 분홍 미열의

미열과 밭은기침, 눈물을 누르고 있었습니다

만류 손을 들고 꺾어, 엘리베이터의 앞까지

뒤져 따르면서 감사합니다, 「기도해 주세요」

처연한 목숨의 보푸라기 붙든 웃음, 때에도

환자복 아닌 연분홍 원피스 차림이었습니다

함께 섬기는 고딕 스타일의 성전처럼 벽

성전은 봄에 칠한 페인트와 검붉은 벽돌

휘발성 타르 냄새 에둘러 틈이 없었습니다

검은 칠 현관문과 믿음 안의 형제자매들이

웃고 안부도 물으며, 오르내린 믿음 계단들

자동청소기 스쳐 간 붉은 융단과 인조대리석
높이 틔어 밝게 닫혀 있는 유리벽 아침 예배당
예배당 바닥에 성도들 숨 신발 온기가 돌았습니다

   2.
입례 주악이 끝나고 문이 닫혔습니다
삶과 부활, 믿음과 밑힘의 찰나였습니다
뒤섞이는 기대, 글라스페인팅 성전의 벽
유리의 벽과 높은 천장에 부딪치지도 않고
어디서 어떻게 날아들었을까, 작은 새 한 마리
신도들이 덜 펼친 성경책 위 몇 번 날았습니다
연지를 바르듯 분홍 털과 여윈 몸 긴 꼬리 작은 새
연분홍 부리 새가 강대상 내 앞 마이크에 앉았습니다

꼬리가 뒤틀리도록 흔들면서 세 번 울었습니다
아직도 옷깃을 여미는 부활 절기의 추위인데
켜 둔 마이크에 앉아 온몸 뒤틀면서 세 번 우짖었고
열린 틈 없는 벽돌의 예배당 세 번 돌아 사라졌습니다
부활 증거 원고 후의 사제는 우연, 그럴 수 있다 했지만
부활 모습이 있다면 가벼움으로 저 날개의 새 모습이리라
내게겐 신이, 참으로 가슴이 뛰는 부활 모습으로 아침 제단
부활은 저 새처럼 가볍게 시공을 날아오리라, 황홀이었습니다

3.

연분홍 작은 새 온몸으로 우짖다 날아간 부활 강대상
새가 앉았다 떠난 마이크 붙들고 내 기도 차례였습니다
때까지 나의 기도는, 부활 메시지도 십자가 위 깊음도
확약 앞서 중언부언이었고 상식과 합리로 미려의 혓바닥
귀후비개, 도회 사람들 몸 맘 간질거림 원고 기도였고
대표기도 뒤면, 인조대리석 예배당 의자에 쭉정이로 앉아
습성처럼 냉랭함이었지만, 그러나
그날은 원고를 덮은 채 나의 기도는
연분홍 꼬리 새가 우짖었듯 온몸 흔들어 기도였습니다

기도 후 자리에 앉아 황홀한 떨림으로 부끄럼이었고
분홍 날개 새가 다시 날아오르려나, 설교단 뒷좌석의
하늘 방언은 내가 보았던 새처럼 온몸 목청이어야 한다고
세상 뜬 처녀 전도사 하늘길 분홍 의상 웃음을 떠올렸습니다
사제의 부활 설교가 끝나고 삶은 달걀 부활을 받으면서도
온몸 젖혀 우짖던 작은 새 환영에서 깨어나기 싫었습니다

그녀가 불과 흙으로 돌아간 부활 열다섯째 날
눈웃음이 참 깊었던 미혼 홍00 전도사가 부활
해바라기꽃 노란 부리의 새로 날아들었을까
홍00 전도사가 오월이었던가 심방을 왔었던

믿음은 바라는 것의 실상 보지 못한 것의 증거라는
히브리서 11장 1절 말씀을 시인으로, 장로님으로
오직 믿음이란 말보다 장로님은 믿음을 밑힘*이라
마주 앉아 웃으며 장로님 생각은요, 홍00 전도사
심방 왔을 때 견해를 물었던 노란 부리 부활의 새

  4.
참 신이롭지요, 나ř의 떨리듯 말에
「별로와 우연」이라 답했던
사제는 무엇과 어떤 마음의 일꾼이었을까
삯군 아닌 일꾼으로 교회를 떠나야 했습니다

때부터 노란 꼬리와 분홍 부리 울음 작은 새
부활 메시지 차곡차곡 빈탕 헐렁 가슴에 품고
꿈속이나 새벽 주님 앞에 홀로 있을 때면
분홍 새의 메시지를 시인의 식탁에 초대하려
머리에서 가슴까지, 다시 가슴에서 머리까지
믿음은 바라는 것들의 밑힘이라는 것을
잡고 빈탕한데 믿음으로 살아가려 애쓰고 있습니다

*홍00 전도사 : 김天 후 2주째 주일의 1부 예배(8:57~9:00 사이)의 현장에서 생긴 일이었다. 분홍 꼬리의 새가 내가 기도하려는 마이크에 앉아 꼬리까지 전율하듯 세 번 울다가 사라졌다. 예배 시작 몇 초 전 이 현상을 신이라는 나의 말에, 우연과 그럴 수 있다 했던 페르죠나로 목사, 목사는 뒤 여러 얽힌 문제들로 교회를 떠나야 했다.

*믿음⇄밑힘의 관계와 관계를 말한 이는 다석 유영모 선생이다. 생각컨대 믿음을 머리와 머리만 오락가락(엘리옷의 시. 영성 상실 교회 비유) 한다면, 밑힘은 가슴에서 머리로 오르는 生生不窮으로 찰나요 과정이라 하겠다. 거저 믿음만의 태도는 뱃가죽이 얇은 죽은 하마가 물결에 떠내려가는 모습이라면 밑힘은 산 송사리가 물을 거슬러 오름과 같다. 예컨대 배가 고플 때 머리는 헤아려 속일 수 있지만 배는 속일 수 없다 했던 어머니 말씀의 이치처럼.

9. 삼층천 체험
- 엠마오 가는 길 ③

1.

일산의 IC

S자 코스 길 오르고 지날 때면

아내는 어지럽다고 했다

하지만 이 길이

사는 곳에서 성전 오가는 지름길이었다

때부터 이 길을 엠마오 도상이라 생각하며 오갔다

숲속 마을의 안락에 기대다가 한 주에 한두 번

성전을 찾아서 오가는 S자, 믿음 코스처럼

통과 의례로 아내의 어지러운 증세

그날도 엠마오 길 따라 성전을 가는 아침이었다

고무 냄새와 가벼운 새 운동화가 불편하다 했지만

운전 아니하려는 지아비의 태도 때문에

핑크빛 운동화 신발의 끈 여미어 맨 출발이었다

일산 IC는 한쪽 길을 막아 공사 중이란 표지

S자 코스 접어 오르는 길, 다시 아내의 어지럼증

아내가 '어머, 어머, 브레이크가'

연거푸 거듭 말하는 사이
가드레일 두 번 치며 차는
반대 차선으로 뒤집히고 말았다

　2.
해운대서 처음 손목 잡았을 때 황홀함으로 '어머'
김해김씨 거친 통뼈에 잡혔던 이 하룻날 아침까지
엎치락뒤치락 비틀 흔들, 오르고 내리막의 언덕길
'어머 어머머' 뒤 감감
아이들 낳고 길러 시집, 장가도 보내고
암수 놀음, 때론 짜증 돌이 섞인 밥처럼
'니나 잘하세요' 40여 년
'어머'의 반대편 길바닥 팽개쳐 뒤집히고 말았다

눈을 뜨니
어디서 언제 나타난 것이었을까
검은 바지와 하얀 티셔츠 젊은이
젊은이는 몰고 가던 차를 세운 채
넘어진 우리 차 앞을 몸으로 차단하고
베로니카가 예수에게 흰 손수건을 건네듯
흰 손수건을 들고 신호, 오가는 차들 향해
6차선 왕복 길을 두 손으로 정리하고 있었다

머리 만져 내 목숨부터 확인했다
이마 오른쪽이 따끔거렸다
손바닥에 엉긴 피가 묻어났다
피 손인 채 아내를 살폈다
아내는 당신의 이마에 피가
어지럽다던 아내가 살아 있었구나

사람들이 괜찮아요, 목숨을 묻고 기웃거리는 사이
떨어져 나간 앞문으로 넋 나간 아내 몸 풀어 밀고
안전띠 풀고 두 손 이끌려 길바닥으로 나도 나왔다
아내의 가방과 내 닳은 성경은 십여 미터는, 족히
6차선 길, 아스팔트 햇살 아침 바닥 떨어져 있었다

    3.
사람들은 뒤집혔는데, 불이 나지 않아
천만千萬, 쯧쯧 다행이라 했다
언제 어디서 엿보다 달려든 것일까,
119보다 빨리, 피 냄새 도시의 하이에나
도로 위의 하이에나 렌터카 서너 대
팽개쳐진 목숨보다 차량 먼저 차지하려
뒤집힌 모닝 차 견인 두고 으르렁거렸다

내 이마에 엉킨 핏자국, 일산 엠마오 길

피와 아침 햇살 손잡아 가는 곳은 어디였을까
현기증이 몰려왔다
어지럼증 사이로 손바닥에
핏방울이 해바라기처럼 피어나는, 햇살이 눈부셨다
비정에 묻히고, 뒤엉켜 나는 살고 살아왔었구나

하늘 햇살과 구름이 뒤섞이었던 주의 날, 아침
아내와 119에 실려 '일산병원' 응급실 후송되었다
아내 상태부터 살펴달라 했지만, 아내는 복도 둔 채
접수의 순서라면서, 내 X-ray 참으로 더디 걸렸다
응급실 담당 젊은 의사 말이었다
아내는 현기증, 나는 이마 타박상뿐
차가 뒤집혀서 으깨지고 반대 차선 넘어간 것인데
머리카락 속과 어깨뼈, 목이 제자리에 있다는 것은

'진짜' 기적이라 했다
기적 한가운데 나도 설 때가 있구나
집시의 처녀로 분장 카럴 베이커 주연
부산 문화극장 기적에서 카럴 베이커가
S자 비틀걸음 뒤, 수녀원으로 돌아오던 날
성의처럼 검은 그림자 드리워져
상처뿐 그녀의 몸과 마음 감싸이고
수녀의 본연 본분으로 길을 걸어갔던

그녀가 걸었던 일산 IC 엠마오 길처럼

가냘픈 뼈 순간 손놀림 더딘 아내 운전으로
성전 오갈 때마다 불안과 무심, 일산 IC
문득, 하얀 티셔츠와 검정 바지의 청년
청년이 왜 어디서 와, 보살펴 주었는지
청년의 보살펴 주었음을 잊고 있었다니
S자 길처럼 티격태격 아내와 나의 이빨 길을
엠마오의 길을, 여호와의 손이 그림자처럼
문득 청년처럼 나와 동행하고 있음을 느꼈다

    4.
사람들 앞에선 예수쟁이 「숨과 터전」
손을 저어 지키되 드러내기 싫어했던 나였다
그러나 사람들은 요행과 기적이라 수근거렸고
나는 요행이 아닌 하나님의 섭리였다고
응급실 안팎 사람들과 담당 젊은 의사에게
신구약 성경을 품고 교회로 가는
여리고의 사마리아인처럼 길이었다고
비틀어진 넥타이 가슴을 바로잡으며 나는 당당하게
울먹임으로 얼마만인가, 참말을 보듬어 나를 세웠다

그러나, 이런

전복까지 교통사고는 더 두고 봐야 한다면서
의사는 아내의 목에는 플라스틱으로 안전대
내 이마 목과 팔은 흰 붕대 눌러 감아 붙이고
두 사람에게 3일은 진정제를 몫이라 처방이었다

*엠마오 : 유태 지방의 한 성읍으로 그 위치는 현재까지 분명하지 않다. 눅 24 : 13~35에서 단 한 번 나올 뿐이다. 부활 예수께서 글로바와 동반자인 또 한 사람과 만나 길을 걸었다. 또 그들의 초대를 받아 축사 후 식사를 함께하고, 다른 때와 마찬가지로 '붕' 신비하게 사라졌다. 흰 셔츠 청년은 사람들이 모이고 우리가 창밖으로 나온 후 감사의 말이라도 전하려 했는데 홀연히 사라졌다. 그 청년도 교회로 가는 길이었을까. 지금도 그때 청년의 모습이 지워지지 않는다. 엠마오는 예루살렘에서 6~32km 안에 있는 네 개의 도시 중 하나로 추정하고 있다. 아직도 엠마오란 이름을 보존하고 있으며, 십자군 전사들은 이곳을 신약 속의 엠마오로 생각했다. 지금 사는 일산의 풍동에서 성전이 있는 신촌까지는 15km 남짓하다지만 비교적 먼 거리다. 나는 엠마오의 길을 연상하며 神異요 산 체험으로 엠마오 길의 시를 썼다.

10. 환상예배

1.

세모꼴 지도 위 불은 켜지고
붉은 벽돌들 움츠리고 있었다

도금 십자가 아래 검은 연보궤
목이 쉬 파이프오르간의 뒤로
어린 찬양대 길어진 그림자가

검은 연미복의 사제 돌아가고
강대상 위 샹들리에 역광 속에
목이 꺾여 베고니아 피어 있었다

마이크로폰 마태수난곡 지워지고
에텔린 하늘 까마귀가 울고 있었다

2.

나는 떠 있었다

절대공간으로 팔려간

술람미 여인들 춤 속에서
그녀들 휘도는 곡선을 따라
향불을 사르며
안개 속의 물구나무
요단 언덕 유카리나무들

이승에서 저승까지
촛불은 켜지고
두문자頭文字 암호 피에 젖어
어두워지는 베들레헴 하늘을

   3.
달빛이 누워 있는 겨울 예배당
하얀 십자가 사이 촛불 켜지고
적막을 뒤적거려 마른 기침소리
의식의 자작나무에서
파란 어둠 흔들리고 있었다

흔들리는 달빛을 따라
금 간 대리석 발등 뒤척거리고
대리석 아래 시들은 망초꽃 하나
하현 달빛에 폴폴 날리고 있었다

예배당 문 조금씩 흔들리다 닫히고

主祈禱文, 잊어버린

하나님의 흰 수염이

달빛 속에 떨고 있는 것 보았다

11. 푸른 가난 풀잎 제사

봄에서 여름으로
두셋 푸성귀들 잎사귀
푸른 숨 골라 풋것들의
푸성귀일 뿐의
식탁이라는 말에 세월 벗들은
터널 속처럼 목구멍과 실핏줄
낡은 흙담처럼 오장육부 제어장치
일백여덟 뼈마디와 36.5의 나이테
씻고 닦아내는 데는 유기농 채소가 그만이라는
행복의 겨움과 넘침이라 입술에 침을 발랐습니다

들릴락말락 60년대 하숙 그 시절
그린필드 집단가요, 혼자일 때면
내가 '소가', 볼멘소리로
뻣뻣한 지아비 심사와 땟국 세월 냄새
핏줄 속 무덤처럼 콜레스테롤 세척에는
푸성귀가 '딱'이라며 침묵 웃음으로 아내
아내는 단백질 부족으로 어지럽다 하면서도
풋것들 경전, 푸른 식탁 앞으로 안내합니다
성긴 이로 아귀아귀 푸른 것들 씹는 늦은 아침

패거리들 전자촛불 소동 후, 뜸했던 TV 켰습니다
마침 종교인과 종교재단들도 마땅히 납세의 의무를
눈 속 제 들보는 그대로 형제 눈 속의 눈곱 끄집어
국민으로 탈세는 막아야 한다는, 낯익은 얼굴도 끼어
난상토론, 종교들의 치부랄까 단죄로 열혈이었습니다

월급 만 원 남짓, 누런 마분지 봉투로 시작
38년 한결 한 길 유리 지갑이었던, 그리고
충실하게 일하며 세금도 깔끔? 믿는 이들의
마땅한 약속으로 하나님께 드리는 십일조를
드려진 십일조 중 쪼개고 더 포개 쪼들리면서
보이지 않아 더욱 믿힘과 믿음으로 확신이어야 하는
푸성귀 내 식탁만도 못한 짧은 허리띠 묶는 목회자들
세금 신고 선에도 미달인 젊은 사제들을 생각했습니다

아내 말에 나는
푸성귀가 젊은이들 눈요기나 되겠느냐는
그래도 기도하며 키운 정성 유기농의 채소이니까
레위 지파처럼, 하나님의 집 섬기는 목회자들에게
고르고, 잘 씻어 푸성귀 잎들이나마 가져가 보자고
무교병 맛 정성 채소니까, 목회자들께 공궤하자고
고르고 씻어 푸성귀들의 마음 두 손으로 드렸습니다

오늘도 아내의 뒤를 따라 말뿐, 주말농장

잡초들 뽑고 푸른 잎들을 골라 뜯었습니다
여늬처럼 푸성귀들 한 잎 그리고 또 한 잎
젖혀 뜯다가 잎 속의 벌레 몇을 으깨었습니다
개미들의 집이 있고 산새가 알을 품고 있으니
알을 품듯 조용히 돌아서들 걸으시라는
석등이 꺼진 한 사찰의 안내문이 떠올라
사찰 길을 너무 함부로 걷고
먼지 마음 발길로 스치었음이
부끄러웠습니다

아내의 주말농장을 따라다니면서
성전 입구 물두멍처럼 맑은 물통들
찰랑찰랑 물통에 물을 받들고
푸른 잎들에 물 내리는 일을 맡아 하다가
물이 탁본하는 둥글고 맑은 잎들 보았습니다

푸른 잎에 안겨서 꿈틀거리는 카프카의 변신
변신 속 그레고리 잠사처럼 때로 상처투성이
눈과 손톱 요행 피하고 꿈틀거리는 푸른 벌레들
잎을 개키다가 제 몸만큼 움추려 가는 자벌레
손톱이나 호미 날 사용해야 하나
작은 암자의 경구처럼 지나쳐야 하나
지금까지 적자생존 낡은 두 손바닥
벌써 어디로 갔을까, 자벌레 나를 만났습니다

12. 풍금이 갖고 싶다

1.

세월 커튼 새벽을 젖혔다
진펄이랄까, 침묵 숲이라 할까
잠에 빠진, 아파트 창문을 열고
두 손으로 도시의 새벽을 모셨다

왕복 6차선 길가 파란 불빛 광림교회
하얀 불 봉인, 삼층천* 지붕의 십자가
어둑 점멸등 길을 어린 시절 어머님의
정한수 새벽길 걸어가듯 도회의 여자들
내리막으로 꺾이는 건널목은 허연 안개
점멸등과 부드러운 차단으로 안개 바다
안개 바다처럼 묵정밭이었다

침묵 아파트 문을 언제 밀고 나섰을까
새벽 어둠과 안개가 임무 교대 중
6차선 내리막 희미한 가로등 길을
걸어가는 여자들 뒤쳐 또 한 여자
곡둔 줄 알았다

2.

푸르렀던 그 시절
녹슨 종탑과 삐걱 때로 맨발들 마루바닥
파도 소리 예배당을 개키었던 낡은 풍금
도시 교회는 풍금 추억의 자리에 오르간
주일이면 파이프오르간 소리가 참 숭엄하다는
한여름이면 통성기도 소리가 새벽을 두드리는
싸늘함에 길든 사람들에게 파란 불빛으로 교회

아내가 지금 드리는 새벽의 기도는
그때 시절 풍금 소리의 간절함일까
점멸등 자리엔 청 · 적 · 황, 신호등
6차선 왕복 아침을 차들이 달려 오가고
십자가 알루미늄을 빗질하는 엷은 햇살
햇살이 안개와 도시 새벽을 헤적거리는
건널목에는 교회 문을 나선 아낙네들이
푸른 신호 넓은 길을 건너오고 있었다

정수기 물 한 잔을 놓고, 나는
점멸등처럼 언어들 속으로 자맥질
모래알 언어들과 씨름 목이 마르다
연필 대신 컴퓨터 화면은 난파 언어들
스티로폼 부표 말씀이 떠돌다 사라졌다

3.

차고 부드러운 새벽 냄새
언제 곁에 와 선 것일까
맨 얼굴 아내의 말씀이었다
우리가 처음 만났던 그 시절
풍금을 갖고 싶다는, 나에게
풍금 소리 함께 풍금 음계 약속의 시를
손목 언약 때의 약속을 놓은 것 아니겠지요

허투루 아닌 진심으로, 나는
한 행이 끝나고 다음 시의 행은
하얀 파도 언덕 위 예배당의 시절
기적처럼 하얀 눈발 두른 성탄절과
느티나무 곁 우물에 두레박 올리고 내렸던
하얀 저고리 검정 치마 빨간 댕기 처녀들의
다시 살아나셨네
믿기지 않아서 부활절, 더욱 부활의 노래
당신 풍금에 맞춰 부활 노래 시를 안고 싶지만

4.

아내는 풍금을 갖고 싶다
몇 음계 갈아내서 바로잡은 풍금 소리
바깥분 노환 여의찮아 자식들 곁으로 간다는

시인의 부인인 것을 알고서
시인의 아내*를 아우님이라 불러 영광이라는
당신의 시 몇 구절 청화진사 달항아리
달항아리 쓰다듬으며 아내의 말이었다

성경 낀 채 서늘한 아내의 말이었다
당신이 괜찮다고 하면
윗층 언니의 세월 풍금과
물물교환은 어떻겠냐는
처녀 적 그 풍금에 안기고 싶은 아내
말 법을 뜨고 골라 언니뻘 되신 분과
풍금이 갖고 싶어 조율하는 중이라 했다

오늘도 어제처럼 새벽 커튼을 젖혀
진펄이랄까, 침묵의 숲이라 할까
강림교회 삼층천 지붕 바라보며
이적도 풍금이 품고 싶음을 잊지 못한 아내
풍금소리 음계처럼 시 한 줄 드리지 못하는

내 또한 노환이 잦아서, 때면
서울 사는 새끼들이 새끼들을 몰고
생솔의 연기를 올리다가 떠난 자리
새끼들과 새끼들 웃음소리가 떠난 뒤의

풍금이 갖고 싶다는 아내와 약속의
늙은 사공 나는 시의 바다에서 난파 중이다

*삼층천 : 히브리인들의 전통 우주관은 평평한 땅이 있고, 그 위에 궁창(대기권의 하늘, 가시권의 天界, 비가시권의 하늘까지 포함)과 하늘이 있으며, 땅 아래는 깊은 심연이 형성되어 있다고 보았다. 궁창의 세 개념에서 層으로 유일신 하늘 하나님의 사상이 성립되었다. 신본주의 히브리인들과 이슬람인들은 우주관에 있어서 다분히 종교적이고 직관적이었다. 한편 고대 동양의 우주관이라 할 수 있는 주역은 天·地·人을 본뜬 태극기의 天☰火☲水☵地☷ 소성괘 3을 완전숫자라 하고 보며 써 왔다.

*아내 : 주역 三才가 우리말 ·, ㅡ, ㅣ 의 틀이다. 아내의 15c 표기는 안해〈안+ㅎ+애〉였다. 페미니즘과 무지개 깃발의 시대라 하지만 지금도 나는 아내를 '집안의 해'라 생각한다. 주역 곤위지〈☷☷〉 六二는 어머니와 아내를 '곧고 넓고 크다'는 의미로 直方大라 했다. 내가 보아왔던 목회자들의 사모들은 직방대의 모습으로 양 떼인 신도들에게는 열두 폭 어머니의 마음이었고, 그런 본이 되어야 한다는 생각이다. 시대가 변했다 해도 지아비의 목양을 돕는 사모의 역할, 선생들의 반려자로 아내, 대통령과 야당 지도자, 총리 검찰총장이나 대법원장, 문교부 장관의 아내도 그래야 한다는 생각이다.

두 마당

일주문과 바늘귀

현재 김흥호 대련

몰두, 한 길

1. 선재동자처럼

석가모니 부다님은
구름 군중 중에서
가장 슬픈 얼굴의 빛
사람 하나를 고르고
그 사람의 두 눈빛이
반쯤 열린 입술이
연꽃의 벙글음처럼
연꽃을 돌아서 바람의 맛처럼
비가 온 뒷날 우후죽순의 비린내
비린내 서걱이는 대숲 햇살 맛처럼
8,800m 히말라야 열넷 만년설 봉들의
80권 40품, 대방광불화엄장경*
설봉舌峰 말숨을 중단하셨다

선재동자善財童子 시인의 길이랄까
본디 하늘 꽃인 땅 위 사람들의
문명의 혜택이라 하지만
의상이나 원효, 능인묵적님보다
캘린더 세월 +a 땅 위 잔주름 나이테

검버섯 얼골 입때가지의
선재동자처럼 묻고 부딪쳐 길이어야 했는데
하늘 말씀 모국어 붙잡고 두드렸지만
내 시의 법은
곡두선이, 떠도는 겨울 바다 스티로폼 부표랄까
삭음과 삭힘이지 못한 철부지 오뉴월 멸치젓이었다

*大方廣華嚴藏經 : 화엄경의 본래 이름이다. 40개의 주제를 80권에 담아 놓은 것
이다. 大는 하늘, 方은 땅, 廣은 만물이다. 佛은 깨달은 사람이고 열매며, 깨달은 사
람의 華는 인격이요, 사람됨과 사람다움으로 꽃이다.

2. 극창문克唱門

영암 아리랑 속의 월출산 기슭
왕인 박사 숨결 찾아 걷던 때였다
일행들을 뒤져서 따르다가
여름 소나무의 그늘 앉았다
턱을 타고 흐르는 더위
유적 담당관의 여름처럼 정성은 백제
백제와 백제만의 좌절 움키어 정신문화
전라도 말 서리서리 풀고 말아 쥠이었다

말매미들 소리가 창창한 여름 한나절
북 장단 사이사이 높고 낮은 남도가락
피를 긁어 올리는 육자배기 사철가
왕인의 왜국까지 행적을 뒤로 미루고
소리 좇아 질척 포근 논두렁 걸어나갔다
사방이 트인 들녘의 간이정자에는
삼베 치마저고리 북채 잡은 한 노파
술잔 곁들여, 또래 남정네의 사철가
늙은이 셋의 '얼씨구, 타아' 추임새
사철가 그치자 눈 인사 뒤 벼 포기들

논과 차츰 누런 빛 벼 이삭의 논둑길
피 묻어나듯 팽배 소리들 향해 걸었다

세월 손때가 완연한
극창문 현판의 기와집
기와집의 대문이 열려 있었다
소녀로부터 열네댓 여자 수련생들
굵은 글씨의 악보를 무릎에 올리고
손때의 세월 대청과 툇마루에 앉아
중엔 걸쭉 목소리 처자들도 있었다

먹청 마루 쓸며 바람이 지나갔다
생리가 끊어진 내자쯤 나이일까
방에는 북채를 든 허연 모시 저고리
북소리 사이사이, 추임새를 끼어
북채를 두드리며, 그 대목은 다시
거듭, 다시 쉽게 넘기는 법 아니여

북채 다잡아 두드리며 얼쑤, 좋고
월출 봉우리들 부추기고 내리면서
전수생들 목소리를 묶다가 풀었다
선생의 분糞은 개도 먹지 않는다는
덜 삭은 채 선생의 한 길뿐인 나는

열린 대문 마당귀에 기대어 서 있었다

귀밑 솜털이 애잔한 소녀의 차례
북채를 쥔 선생 앞 꿇어 앉았다
한과 그리움이 서려 아슬아슬
옥중 춘향 눈물과 설움, 유언의
넘어가는 중몰이와 중중모리 진양조
쑥대머리 귀신 형용 휘몰이 과장이었다
소녀의 이마에는 땀이 맺히고
뺨엔 팥죽처럼 눈물이 엉키었다
추임새 선생의 겨드랑이와 이마
가슴에도 땀이 배고 젖어듦 보았다

소녀의 쑥대머리 귀신 형용 과장 듣다가
서울을 출발, 진도아리랑의 서항에 도착
거역처럼 맹골 수로 거센 파도를 건넜던
비바람에 갇히어 3일, 매화나무가 없는
파도막이 소나무들의 섬 관매도觀梅島
파도와 관매도와 해풍의 여객선에 젖었던
거울 속의 쑥대머리 형용 모습 나를 보았다

울대 굵고 꺾어 목소리들, 울타리처럼 월출산
월출산은 중턱부터 물이 없는, 돌길이라는데

어린 것의 목소리가 늦여름 벼잎처럼 창창해
저 월출산 많은 봉처럼 절창 눈물로 남을까

극창문克唱門
이 문을 들어서면 소리가 열린다는 말인가
터진 소리로 문을 나서야 한다는 약속인가
북채 든 안방 선생을 향해 머리를 숙이고
뒤돌아서야 했던 한여름 월출 기슭 극창문
가뭄 속에서 벼 잎들 푸르고 창창하게
판소리 전라도, 여름 수련 선생과 제자들
아쉼으로 극창문 여름 문 열린 나서야 했다

돌아오는 논두렁 푸름이 차츰
누런 벼 이삭들로 찰랑거리는 논두렁
월출산 기슭의 판소리 전라도 수련 극창문
떼창으로 목청 훑어 틔움의 절절함 뒤돌아
뒤를 돌아보며 발걸음 더욱 더디게 하였다

3. 하늘소리, 현재 스승님
- 몰두. 붕* 뜨는 삶 법 ①

1.

연세대학 동문에서 백여 걸음

낮은 담장의 스승님댁 겨울 마당

당신 스승이셨던 다석 유영모님이

하루 한 끼니씩 된장 풀어 끓이셨던

배추 몇 포기가 언 땅에 뿌리 박은 채

봄이 트는 생각을 붙잡고 있었습니다

스승님은 기미년 당시

서역 문물 통로의 황해도

서흥 땅에서 태어나셨습니다

어린 시절부터 성서 말씀을 따르고

십대 후반 성경 말씀만이 진리가 됨을

마을과 원근 사람들에게 전파하셨습니다

1949년 4월 부흥회 인도 목사님과 하룻밤

기도 중 글을 눌러 쓰듯 환상이라 했습니다

만주벌판에서 압록강 건너 호랑이 뛰어오고

호랑이를 피해 사람들이 강물로 뛰어들었고

땅은 울음소리 진동하더라는 것이었습니다

부흥회 마지막 새벽기도 다시 환상이라면서
인천 바다에 장대처럼 키 사람이 나타나더니
살기 호랑이를 다시 압록강 너머로 쫓아버리고
붉은 선이 38선을 따라 그어지더라는
나는 늦었지만, 선생은 남으로 피신하시고
요셉의 꿈처럼 두 번이나 생생한 이 환상을
주변과 남한 사람들에게 꼭 증언하여 달라는
손을 잡고 거듭 당부하더라는 것이었습니다

   2.

서흥까지 기독교 박해가 심해지자
화엄경 속 선재동자처럼, 현재 스승님은 월남
처음 찾아 기댄 분이 이광수 춘원이었습니다
춘원은 머뭇거리다 나는 자격을 이미 잃었으니
양명학의 들보 위당 정인보 선생 소개하였습니다

위당 정인보 선생을 따라서
백범을 뵈러 가던 한 날이었습니다
위당은 큰 어른을 뵙는 예법이라며
서대문 다음 독립문에서 전차를 내리고
짓밟힌 내 땅과 흙길 함께 걷자 하였고

경교장 대문 앞 이르러서는, 아연啞然
버선발로 경교장의 마당 걸어 들어가서
민족의 큰 어른 백범에게 절을 드린 뒤
무릎 꿇고 두 귀로 말씀 받음이었습니다

양명학자 정인보 선생으로부터
어용 선비, 벼슬아치들 리기理器, 성즉리기
탁상공론 뒷방 차지의 성리학을, 법고창신
격물, 지행일치, 치양지致良志, 심즉리心卽理
위기지학爲己之學, 마음의 공부 먼저
실천궁행으로 강화학파들의 양명학*
양명학이 거듭난 성경 속의 체험과
지행과 학행으로 일치됨을 붙잡아
일즉일체, 사즉생, 종즉시
스승님은 동서융합 직관 공부 눈 뜨셨습니다

위당 선생이 유영모 선생을 소개하셨고
하루 저녁 한 끼니씩만 기인 소문의 다석
유영모 선생의 집 안방으로 안내받은 스승님의
첫 질문은 0, 1, 2는 무엇입니까, 화두였습니다

물음에 다석은 스승님 얼굴만, 한참 침묵 후
꿀벌 키우며 일벌이 물고 온 꿀로 의식주 해결

다석은 꿀벌의 삶을 비유로 꽃이 꽃답게(花↔華)
붙든 열매(실존↔씨옷)를 더욱 잘 익은 열매답게
당신 앞에서 3시간 무릎을 꿇고 하신 말씀은
동서 생각 지평을 일이관지로 말씀이었습니다
꿇어앉아 참고 들어야만 했던, 몸 맘의 괴로움
말씀의 귀납은 치시는 일벌과 꿀벌 비유였습니다

구기동을 나서 신촌의 집으로 걸어오며 깨달았지만
때가 때였던지라 기슭의 나무들은 땔감으로, 때문에
따라가진 못했지만, 몇 km인지 일벌들은 날아가서
온몸에 꽃가루 묻혀 왔고, 날 준비 중인 일벌들에게
까딱 한 번 날개의 신호, 날개의 신호를 보고 읽어서
꽃나무를 찾아가 벌들은 온몸에 꿀을 묻혀 오더라는
일벌레의 사람이 꿀벌이 되는 체득 비유였습니다

0. 1. 2 순서가, 2. 1. 0
역순으로 귀가 열리면서 스승님은
배움 앞서 스승을 만나면, 단정
무릎을 꿇는 법이 얼마나 절실함인가
삼각산 기슭 작은 키에 작대기 하나(ㅣ) 훈민정음
한글은 삼재 하늘소리요 '옹소리' 말과 글임을
수평 수직 작은 키 속 큰마음 다석을 붙잡았습니다

다석 유영모 선생은 하느님 계시 한글과
없어 있음의 하늘을 작대기 하나로 받치고
하루에 한 끼니만 나무판자 칠성판 위의 잠자리
눕기 좋아하는 사람들 일어나 날고 일하는 꿀벌들의
우리 말글, 얼숨, 꼭대기, 깨끝 공부, 다석 선생님을
북한산 새벽 샘물 맛과 마른 장작 짐으로 따르셨습니다

　3.

하루 한 장씩 중용을 읽고 쓰시다가
머리는 언제나 옷깃 밖으로 내놓고
수출고고영현외首出高高嶺玄外
허리는 단단으로 졸라매야 한다
요긴심심리황중腰緊深深理黃中
중용 108자 요령腰嶺을 붙잡은
화두를 다석 선생님께 드렸습니다

봄날 다석의 집을 찾아갔던 스승님은
당신의 화두 화선지 펼쳐 놓고
어떤 분과 얘기를 나누다가
이 글과 말씀 법은 그대의 말이 아니고
하늘의 소리요
'하늘소리⇔현재鉉齋'란 아호를 주셨습니다

현재 스승님은 「35세, 3월 17일, 오전 9시 15분」
때부터 다석처럼 一食 一坐 一言 一仁 삶을
당신 또한 당신의 생각과 말을
生覺생각* 기둥과 들보로 붙잡으셨고
수평방정, 몰두, 꼭대기, 깨끝, 실천이었습니다

4.

없어 더욱 있음으로 신이였습니다
현재 선생이 정릉감리교회 학생 집회 뒤
교회 두 청년이 정릉 골짜기 기도하다가
신촌에서 정릉으로 나들이 스승님 영체
당신 영체 따라 신촌 스승님의 댁 방문하여
환상 중 스승님 양복 색깔 같음 확인하였고
북아현동에서 서강대 쪽으로 가던 두 수녀가
문득 하늘에서 내려오는 빛줄기 따라
생판 스승님 집을 찾은 일이 있었는데
당신은 낮은 담장 동녘 대문 여시고
맑은 영혼 그네들을 맞아들였습니다

스승님은 생각에서 생생불궁의 생각으로
한자 生覺 하늘 아래 당신만의 밭을 갈아
다석의 '제소리, 얼골, 숨님, 씨 올'초석에
생각 기둥, 몰두, 붕 뜨는 법, 기둥을 받쳐

가을 하늘 감의 알처럼 철부지 연경반研經班
연경반 제자들에게 생각 등 걸어 주었습니다

5.
스승님 강의는 간이 속 상징 숲이었습니다
무덤 앞 하얀 돗자리론은 성속일여 하나 됨임을
머리부터 먼저 물속 넣어야 몸이 뜨는 헤엄치기
'붕' 떠서 물결 따라 때로 물결의 길 거슬러서
죽은 고래나 뱃가죽이 엷은 하마가 아닌, 뜬 눈
송사리처럼 거슬러 오르며 나아가는 헤엄치는 법
가을 달밤 헤엄 비유 내 몸 빛덩이 체험 말씀하였고
몽고반점 샤머니즘에서 불교, 유교, 지금의 기독교
기독교 속에 아직도 섞어찌개처럼 초혼 등 정화법을
예수교가 바울 기독교로 태어나 해체론의 길 지금을

생사가 한 길임을 알면 내게 걸릴 것 없다는
「一道出生死 一切無碍人」
원효의 화엄경 화두 열 매듭을 빈번 활용
삶과 죽음의 분리만으로 시종이 아닌
삶은 죽음으로부터, 종시의 부활론을
동서 스승들 꼭대기 Still point, 방편 언어들과
삼칠일, 알이 병아리로, 졸탁지기啐啄之機 비유
눈 없는 알이 불안과 공포, 절망으로 흔들리다가

78

흔들리며 뜬 눈 병아리가 날개 달고 알 품는 암탉으로
독립과 자유, 씨울 열매와 사람됨 말씀 주었습니다
스스로 빛나는 금강석 환유로 볼몸火宅 몸나, 우리에게
거듭 나고, 나야만 하는 맘나의 법열EUREKA 말씀 열매들을

6.
스승님은 이순 나이에 서예를 배우시면서
처음은 스승의 체본體本 그대로 보고 베끼고
바로잡고 따라 걸어가는 스승의 서체 체험을
삼칠일 지난 뒤 병아리처럼 청어람으로
후학가외後學可畏 나만의 체법과 체본의 법을
애벌레가 고치 속에 제 몸을 꼭꼭 감춰서 묶고
8,800m 에베레스트 깊이로 감아 잠드는 이유를
속나의 발효를 위해서 몸나의 나를 봉인해야만
두 날개 나비로 날아오르는 법 말씀하셨습니다

맹귀부목 비유로, 배꼽 눈 해후 거북처럼
배꼽 눈 뜨고 배꼽의 숨을 쉬는 기해단전氣海丹田
등불 끄고 별 밤 걷는(行,耕) 별빛 아래 걸음 법을,
정음 모음 ·, ㅡ, ㅣ, 천 · 지 · 인의 유기체 삼층임을
하나가 되고 하나에 이르는 꼭대기 오!늘 사는 법을
발음기관 ㅂ,ㅍ,ㅁ과 ㅈ,ㅊ,ㅅ 세 층위 상극 상보相補
세 단계 소성괘 훈민정음은 하늘님의 계시인 웅소리요

다석의 우리 말글 세 단계와 층위 한글 철학의 바톤을

당신은 석탄 찌꺼기 몸나를 용광로에 넣어야
숯덩이와 석탄, 열아홉 구멍 연탄, 갈탄처럼
잠시 붙었다 꺼지는 불이 아닌, 스스로 빛나는
삼만세이일성순三萬歲而一成純
뒤 빛덩이 금강석이 됨을
그림자 없는 금강석 히말라야 8,800m 이치라는 것을

현재 스승님 몰두 철학 말씀 속 시적 표현에는
잘 된 시가 원거리 은유며 환유와 상징 숲이듯
석가, 노자 때로부터, 하나님의 효자로 예수의
하나님 말씀에 절대 순종 예수의 십자가 짐의 비유
효자 예수를 의지해 지천태䷊* 괘상 말씀이었습니다

7.
세 번 짧고 긴 기다림, 건널목 아침 교통신호
주의 날 신촌은 스승님의 말씀으로 깨어납니다
당신의 실존 말씀 '생각'의 무궁무진 신호대
낮술이듯 생각들이 '말숨' 속에 뜨고 잠기는 때면
퇴계가 거경궁리 가르침에 주희를 모셔 배경을 했듯
바울과 공자가 예수와 주공을 모셔와 배경 삼았듯이

동경에서 물리학 전공, 다석은 새벽 세검정 출발
하루에 개성을, 또 하루만에 인천을 다녀오셨다는
세검정에서 개성, 인천 세검정까지 왕복의 거리는
예수가 갈릴리 출발하여 예루살렘까지 거리일 거라는
다석의 삶은 꿀벌 키우며 꿀벌처럼 바지런 얼숨과
일벌이 꽃 핀 곳을 꿀벌에게 날개의 짓으로 알려주는
더불어와 함께 무릎 꿇는 씨욻 공부 삼 박자였습니다

스승님 가르침으로 삶법은 빈탕한데처럼
거저 주는 일이 되어야만 사제동행이라는
크산티페 물 바가지, 작은 키 소크라테스가
아테네 거리와 거리, 거지巨知 산파술 강의처럼
작은 키 다석은 한겨울도 한복 무명 두루마기
제소리에 제가 취해서 덩실덩실 법열의 춤을
명도 정호가 달밤 논어 학이 1장을 체득하고
잡풀 섬돌 집 달밤 계단에서 온몸 흔들어
수지무지족지도지 법열 춤을
다석도 작은 키 온몸으로 법열 춤, 추셨다는
현재 김흥호 스승님의 이화여대 교수 시절은
교수들 중 도서관을 가장 자주 이용이셨지만
스승 다석에 비해서 빈 껍데기뿐이라 했다는

당신께서 몸소 체득하고 실행함으로 삶까지

이화학당 알렌관 석류나무 석류 알들이 터지듯
연경반 찾은 우리들 깨워주신 생생불궁 말씀들
폐항처럼 심지 우리에게 키가 되고 바다가 되어
체로금풍體露金風, 빨간 능금, 해 닮은 감알 맛처럼
선밥이었던 우리에게 익혀 드리는 밥맛이 되시라고
거저 주고, 하늘 아래 하늘의 씨앗이 되어야 한다고
스승님은 말과 글에 얼골 넣고 언행일치 애씀의 결과
더러 움이 돋고, 꽃대 올려, 빛가지 돋아서 살아가는
스승님 '얼골말숨'+ā의 후학들 도처 있어 기쁨입니다

봄이 오니 꽃이 피는 것이 아니라
꽃이 피니 봄이 온다는
하늘 질서 元·亨·利·貞.*
땅 순응 春·夏·秋·冬·체용을
한 그루 포도나무를 왜, 어떻게, 무엇, 때문에
땅에 심어 뿌리에 가지가 붙고 열매가 맺는가를
사람됨 먼저 붙잡는 일의 공부가 선행이어야 함을
仁·禮·義·智·信 동, 남, 서, 북, 네 문과
온몸으로 울며 알리고 깨우는 보신각
말숨·얼골·삶법·붕 뜨는 법 공부였습니다

넓게 트이고 꼭대기로 직핍直逼 박이정
얼골, 말숨은 우리들 옹송한 생각의 가지들

울울창창 소나무와 대나무 겨울 매듭이 되고
천년 느티나무 여름 맑은 그늘 잎과 그늘이 되고
활연관통, 중통외직
줄기와 너른 잎, 부활의 맛, 꽃과 뿌리 이루어
그늘 쉼터, 가을걷이 두레박 속의 별빛이 되었고
쭉정일망정 겨울 군불 지펴 주셨던 아버지의 마음
스승님 얼 터에 생각 머물고 있음 잊을 수 없습니다

   8.
알맞이와 꼭대기 아호 하늘 말씀 현재
솥귀 현鉉과 재계할 재齋의 현재 스승님
이화의 제자들은 양복 입은 군자님이라고
20세기 말 해체주의 하향 지평 메스콤들도
스승님을 이 시대 양복 입은 도사님으로 호칭
목사님이면서 우리 얼 현재 김흥호 스승님
「기체일양만강 하십시오」

보이지 않아서 더욱 맑게 개켜 있음으로
기체로 숨 쉬고 붕 떠 헤엄치듯 살아가셨던
이대 정문 아닌 후문 진 안의. 선과 미
김활란 박사의 이화여대 교회의 연경반
한결 마음 정성 스승님 가르침 여미고 저몄습니다

스승님의 산수를 기려

엷은 우리의 '생각 모음'이나마

한 뜻과 하나 마음 두 손을 모아서

스승님의 꼭대기, 「붕」 뜨는 알맞이

원효처럼 새벽 마음을 이어가겠노라

후학 우리들은 진흙 속 뿌리에서 열매까지

활연관통 빛, 힘, 숨, 삼위 수직 수평

파동과 입자 연꽃으로 미묘법문의 하얀 줄기와

정법안장의 꽃과 열반묘심 잎과 실상무상 열매를

제 몸의 8,000배 실을 감아 누에가 나비처럼 붕 오르는

생각 기둥, 말숨, 하얀 돗자리 두루 펴 살아가겠습니다

*붕 : 수영은 머리를 물속에 넣어야 허파 속 공기만큼 몸이 뜨고 헤엄을 칠 수 있다. 물에 빠지면 짐승들은 사는데 사람은 왜 물에 빠져 죽는가, 물속에 내 머리를 넣지 않으려 하기 때문이다. 머리를 물속에 넣으면 '붕' 뜨는 것을 경험할 수 있다. 산수 나이, 나는 지금 수영장에 다니며 헤엄을 치고 있다. 헤엄을 배웠던 처음처럼 머리를 물속에 넣고 '붕' 뜨는 법을 익히고 잊지 않기 위해서이다.

*江華學派 : 관학이었던 성리학에 쫓기어 강화도로 피신했던 양명학자 정재두, 이건창, 이광사 등, 이들은 강화도로 피신하여 양명학을 공부했던 데서 강화학파가 형성되었고, 강화도에 가면 그들의 유택을 볼 수 있다.

*生覺 : 생각은 한글이다. 그러나 다석과 현재 선생은 한글인 생각을 한자로 바꿔 爲己之學의 양명의 양명학을 설명하였고, 생각↔生覺의 과정으로 學→見→察→觀→覺의 경지를 말하였다. 일상의 눈을 떠(學), 봄(見)으로, 의심으로 대상을 들춰

보는 공부(察), 소리를 듣고(聽) 아울러 보는 공부(觀)에서 제소리의 깸과 뀀으로 공부(覺)의 층계에 이른다는 것이다. 하늘과 땅과 사람의 조화가 가다머가 말한 지평의 융합으로 한국적인 하나님을 사랑하는 것이 기독교의 바탕이요, 내 속에 그 얼을 모시고 사는 것이 하늘과 자연과 나라 곧 나를 사랑하는 바탕이란 것이다. 배우면 보게 되고, 보면 살피게 되고, 살피어 보면 깨닫는다는, 당나라에 조동종을 연 청원 선사의 見山是山 見水是水 →見山不是山 見水不是水→見山祗是山 見水祗是水의 화두였다. 성경을 500번 처자가 있었던, 성철스님의 화두처럼, 山是山↔水是水, 또 용수의 중관으로 회통 원리를 가다머는 지평 융합이라 했다.

*地天泰☷☰ : 주역 64괘 중 11번째 괘다. 백성이 위에 있고, 왕이 아래 있으면 나라가 평온하다는 비유의 괘다. 그 반대는 12번의 天地否☰☷ 괘인데 하늘은 위에 있고, 땅은 아래 있다는 뜻이다. 잘못 비유이기를 바라지만 선거운동할 때 출마자들이 허리를 굽힌 모습을 지천태괘라 한다면, 선거 후면 내가 너에게 언제 너희들에게 허리를 굽혔느냐, 몰염치로 정상배들의 패거리와 짓거리가 천지비 괘에 해당할 것이다.

*원형리정 : 하늘이 운행하는 자연의 덕이다. 元은 봄이다. 생겨 나오게 하는 德이요, 亨은 여름이다. 무성하게 자라게 하는 덕이며, 利는 가을이다. 가을은 결실을 맺게 하며 필요 없는 것은 소멸시키는 덕이요, 貞은 겨울이다. 가을에 걷어 들인 씨앗을 봄이 올 때까지 잘 간수 하는 덕이다. 四德을 방위로 말하면 동, 남, 서, 북이요. 인간관계에 결부하면 仁, 禮, 義, 智이다. 지금 지구가 병이 드는 이유는 음식 남녀(食色)의 봄과 가을에만 빠지다 보니 여름과 겨울이 균형을 지키기 위하여 봄과 가을을 축소, 나아가 사람의 봄이라는 싹 틈, 아이들을 소멸시키려 한 것이다.

4. 회광반조 몰두 시법
- 지훈 · 구용 시인 ②

1.

한국시협 가을 세미나가
오대산 월정사月精寺를
찾은 날이었다

흠흠 색색 생생
오대산 나뭇잎들과
숨소리들 방문을 나서
적멸보궁 실루엣 길을 지나
알갱이 달들 도량 월정사 다리 밤을 걸었다
조각조각 달과 별들이 박히고 흐르는 월정 계곡
천강 월인이랄까, 알갱이 달들이 발등을 스쳐 가는
나를 안고 안아 흘러가는 법法에 두 발 가슴 묻었다

2.

예부터 오대산 월정사는
학승과 선승들 도량道場이었다는
지훈, 구용 시인의 연기 도량이었다

청록파 지훈 조동탁 시인은 식민 땅 그 시절
혜산과는 남한강 오석의 택선고집 선비로
송백후조松柏後凋 우리의 것 존심 시의 벗으로
목월과는 토함산과 남산의 옛 길처럼 완화삼
우리 선율 승무, 봉황수, 고풍의상의 의궤儀軌
시인이어야 더욱 선비의 절조로 서야 하는 법을
수직 수평의 권權 삶으로, 지조론, 역사 앞에서
효용으로 시는, 환患 후 붉고 푸른 과일들 바구니
세 번 안고 안기어, 읽었던 세로 글씨 시의 원리
수직 수평 천칭이요, 민족문화의 웅좌요, 지렛목
14권 한국문화사대계 대들보와 주춧돌 놓는 일
회임이 되었고, 후두암으로 세상을 뜨면서
발간 후임 중책을 맡은, 제자*에게 부탁한다며
베갯잇 속 잔고 통장과 제자의 손목 잡고 한참을
청록파 민족시인이요, 선비요, 불도량 학자였다

나라가 어지러울 때 시인은
예언자로 필연 서야 한다는
6.25 구국대 문학청년으로
4.19 때는 교수들 앞장으로
시인으로 그 본분 실행하여
지훈 시인을 청결 민족 시인 윗자리에
월정사는 지훈의 강의와 수련 도량이었다

3.
구용의 후학 아낌은 선禪 궁행의 실천이었다
현대시의 심연과 자유, 무기교 기교의 시법은
不一不二*와 상보로 은유와 초현실주의 상징을
양수 일弌의 우듬지 九曲, 九居의 구용 김영탁
유년부터 심약, 수련을 위해 부모 무릎을 떠나
동학사며 파계사, 불도량 전전 순례 수련이었다

월정사 머물다가 송 백팔, 금강산의 길에 올랐고
분단 우리 남북의 수습책과 교본으로 열국지 탐독
홍루몽과 더불어 정성과 심혈 우리말로 번역이었다
산문집 인연과 문인으로 추사체의 법을 간직해 온
하나의 큰 수요 끝 구곡, 구거, 회임으로 도량이었다

내가 사숙함으로 조지훈과 김구용 두 시인은
뇝 속에 머리를 넣어야 '봉' 뜨는 시법을 체험
알갱이 달뿐 나를 理一分殊* 월인천강 체득으로
문학 수련기, 용마루요 체본과 시법의 집이었고
지금 거푸집이나마 시인으로 오늘의 내가 되었다

4.
어릴 적 배가 아프다면 아버지께서
쑥물이나 뜨락 야생 아편꽃이라도 좀

달여 먹이라면서, 그럴 때면 아랫배를
뭘 먹고 네 뱃속 또 구라파 전쟁이냐

로마 시민과 귀족들 피 놀음 웃음 검투에서
피를 보는 싸움 놀이 웃음 백인들 정경과 전법
구라파만의 구라파를 위한 방패막이로 기독교
한계 안의 존재와 존재다움으로, 효자 예수의
이웃과 이웃 나라 사람들 네 몸처럼 사랑하라는
하나님의 아들인 예수를 사람의 아들 예수라는
도성인신道性人神 한 몸 배치 2원론의 기독교

그러나 선교 빌미 아프리카, 남아메리카
극동, 때의 동방 예루살렘 한반도 평양까지
식민시장 확대, 아편전쟁, 개무시 전쟁 발발
동서 독일의 분단처럼 아닌, 간교 섬나라 일본
강제, 내선일체 빌미의 식민 땅 남북을 분단
구라파 사람들은 오늘도 구라파 것들 전쟁을
공산 스탈린 후원으로 김일성 동족상잔의 80년
잘린 강원도 메나리조의 강원도 원조 아리랑
강원도 아리랑의 숨이 걷힐 듯 주어 새김처럼
강원도 금강산 일만이천 봉, 팔람 구 암자
북한강 남한강 두물머리 만나 서해까지 물길을
러시아와 우크라이나 사이의 구라파 전쟁에

북은 무기 결국 작은 키 청년들을 실전 참여로
남은 암묵 살상 무기의 동원으로
북 동원령 몰살 무기 연습은 동 서해 공해상에서
남북 새벽과 하늘 밤을 칼금 낮밤 연습 중이라는

5.
그림자가 없어 환한 실존으로 구라파의 부조리
십자군 전쟁과 시장, 식민주의와 1, 2차 대전과
구라파의 처방을 까뮈는 이방인, 전략과
흑사병과 시지프 신화로 비유 힐난 처방
물극필반物極必返* 털 가슴 구라파 치유 없는 파멸
우월 백인들 싸움에 문명과 기독교 종말까지 예고

없어 더욱 있어야만 함으로 하나님
삶과 죽음 한 길 구라파 저주가低株價
저주는 산꼭대기로 돌덩이 밀어 올리는
도로아미타불처럼, 부질없음의 삶 간파하는
도돌이표, 시지프 신화로 가슴 털 풍자 카뮈
카뮈는 그림자가 없는 정오 사상 부르짖으며
숯덩이 알몸과 하얀 이빨, 검은 눈, 붉은 피
호모 사피엔스 옛 산실, 아프리카의 아프리카
햇살의 언덕과 사막 목마름으로 땅 아프리카
구라파 뒤돌아, 인류와 사촌 유인원의

호모루덴스 호시절의 젖 터전, 아프리카
구라파 속의 아프리카, 호모 사피엔스 유럽의
빛 그림자 아프리카 정오를 찾아 떠나야 했다

　6.

　8,800m 높이 히말라야 열네 웅좌들
무내무외 얼음덩이들처럼
그림자 없는 사람, 무영無影 싣다르다님
석가모니가 태어나고 7시간 뒤에 일어나
다시 일곱 발짝 발걸음을, 뒤라 했던가
오른손 검지 펴서 하늘을 향하고
왼쪽 검지를 펴 디딘 땅을 가리키면서
사람은 본래 8,800m 깊이 열네 꼭대기
그림자 없는 꼭대기 사람 실천으로
「天上天下唯我獨尊」
백제 석공 아사달은 석존 마음, 불국사 석가탑
석가탑 무영無影을 무영舞詠으로 붙잡아서 세웠다는

　7.

학승이 많았다는 오대산 월정사까지 길
월정사 찾아가는 길은, 레테의 강물처럼
홀로 노를 저어감이나 징검다리 돌도 없는
종교가 뭉친 주먹이면 장날의 패거리들처럼

물길 위 시멘트 다리 버스의 통과 안타까웠다

시인이어야 했기에, 그러나
회색 시멘트 다리 아래 알갱이 달들 가을 물소리
발을 담그며 내 또한 수유 수작酬酌 지금까지
저 흐르고 흘러가는 달빛 조각들, 편의 하나에도
물결에 섞이는 하늘 달의 편 편의 회광반조
이물관물 회광반조, 시인의 길 걸어가야 하는
不一不二, 일주문과 바늘귀 천칭에 올려 가늠하는 법

월정 달 계곡에 두 발을 담그다가
스물 시절 한가위 밤 홀로 찾았던
경상남도 기장군 일광면, 日光 바다
달밤, 무릎에서 가슴 바닷물 속의 적요
걷다가 헤엄치다가 본 내 다리와 몸은
빛 덩어리요 해인海印이었음의
몸과 달이 꺾이고 섞여 하나였음의
굴광성 빛덩이 몸나 만나지 않았던가

8.
한 손에 다목적 지팡이 의지 몸이 되어
코흘리개 시절 부모님 옛터를 찾아갔던
달 오름 기다려 때의 우물 논두렁 길을 걷는

절름 나에게, 그림자의 그림자가 말을 걸었다
그림자의 그림자를 붙드는 심정이 어떠하냐고

삶의 변곡과 임계점 안의 너를 잡았느냐고
례순 누이와 광목 책보자기 등에 둘러 묶고
동심초, 바위고개, 고향의 봄, 부르며 오갔던
자운영꽃 안개의 바다, 논두렁 달밤을 오가며
망양罔兩, 그림자뿐, 그림자 길 나그네였음을

그르메의 그림자 놀이터
엄마는 누이의 치렁 머리에
누이가 엄마의 은비녀 흰 머리에
꽂아 주셨던 안개처럼, 자운영꽃
환상처럼 자운영꽃 달빛 지평으로
무너지는 몸과 마음 추슬러 찾아오다니
철이 들면 세상 뜬다는데 옛길 찾아왔으니

하늘 달의 화광반조 물속 달 조각으로 항해
지월指月
전자지팡이 불빛 삼아 부끄러움이 대낮처럼
몰두와 붕 뜸도 없는, 늙고 병으로 몸나의 길
자운영 꽃길을 걷는 떠날 때가 다가오나 보다

*후임 제자 : 율곡 이이처럼, 49세에 아깝게 세상을 등져야 했던, 지훈 조동탁 교수의 후임을 맡은 고려대학교 민족문화연구소 소장, 홍일식 교수이다.

*無內無外 : 인식론으로 무는 안팎이 없다는 포괄의 빈탕한데(無極)를 말하는 것이다. 그러나 시간과 공간 안의 제한으로 사람들의 사유는 존재론으로 한계 안에서 유무로 無를 파악 혼동하고 있기에, 그저 있음의 반대로 시간과 공간 인간이라는 한계 안으로 파악하는 버릇에서 무내무외와 유무의 무를 혼동하고 있다. 시인들이 질서 안의 언어들에 때를 벗기는 일도 사물을 반탕한데(공동번역 창세기1:2절 참조)로 인식하는 데서 언어의 창조가 생겨난다. 무는 밖이 없고 안도 없다. 무내무외의 세계를 언어 안에서 잡는 시인들, 독일의 시인 횔델린의 푸른 꽃 시들을 해석하였던 하이데거는 언어는 존재의 집이라 했다. 필자는 우리, 나아가 동양의 무외무내 사상을 '존재의' 집으로 대치하며 시를 쓰려고 하고 있다.

*理一分殊 : 퇴계가 사숙, 함께 성리학의 완성을 이루었던 주희, 주희가 젊은 시절 몰두했던 불교 네 단계의 이법계, 사법계, 이사무애법계, 사사무애법계 이론이었던 이일분수 이론을 성리학에 주자가 가져왔다. 퇴계에 이르러 心 안의 性과 情을 하나 안의 둘이란 이기이원론이 정립되었고 주자는 송나라에 관학으로 주자학을 퇴계는 안동을 중심으로 조선의 예법 중시 성리학이 정립되었다. 하늘의 달은 理(道)의 세계요, 물결이나 풀잎 위 이슬 속과 너와 내 눈 속의 달(器)은 分殊라는 이론이다. 노자는 道可道非常道, 名可名非常名에서 理는 道, 分殊는 名이라 했는데, 유, 불, 선 공부의 지훈, 여기에 당시 서구시인들의 시법까지 會通했던 구용 시인은 구곡에서 시의 깊이와 기법으로 理一分殊을 회통한 시를 썼다.

*不一不二 : 不二法門의 준말로 상대적 차별을 초월한 절대평등의 會通으로 경지이다. 九庸의 시 세계를 압축하고 있는 장시 九曲은 불교의 7식(안,이,목,구,비,신,의)과 제8 아뢰야식, 도교의 역설법을 활용하면서, 서구의 프로이트, 융의 잠재의식(libido)과 브르통의 초현실주의 콜라주와 데뻬이즈망(단절의 미학) 수법까지 조화, 지양(aufheben)한 회통의 시를 써 왔다.

*物極必返 : 동양사고의 틀이요, 들보인 주역의 一陰一陽之謂道(한 번 기울면 한 번은 돌아서 세움이 온다.)의 중국인과 우리 고유의 사고방식이다. 하늘과 땅과 인간의 관계, 그리고 관계와 관계로의 사람의 일도 '달도 차면 기운다'는 처럼 물극필반의 사고가 지금 14억 인구의 중국과 세계 속에 산재해 있는 중화 중국인의 마음이다. 이것이 사해동포주의 안에서 중국은 54개의 族은 인정하지만, 독립국으로 國을 억제하는 정책이다. 지금 공산주의 중국은 세계의 각양 종교를 종교로는 수용하되 중화사상 안과 밑에서 인정을 하는 정책을 쓰고 있다. 재주는 곰이 하고 이익은 중국이 가져가는, 中華 중국의 공산주의 변증법이요, 지금 공산당 체재 아래 중국이 止揚하는 사해동포주의 사고방식이다.

5. 춤추는 버선발, 이원좌 화백
- 몰두. 붕 뜨는 화가 ③

1.

봉화 청량산 국립공원 입구
퇴계 선생의 옛 쉼터 학소대鶴巢臺
학소대 소나무들에 학 울음 없었다
그럴 리가, 기다리다가
정상이 뫼山 모양이라 경이롭다는
산 중의 산, 청량산은 숨이 막힌다는

길이 46m, 높이 6.7m의 실경산수화
청량대운도 그려 남기고 하늘 길 휠휠
청량산의 학소대 물길을 따라 떠난
외우 실경산수 야송 이원좌 화백
퇴계가 오산吾山이란 청량사 툇마루와
흰 구름이 굽이굽이 축융봉 감싸 흐르는
청량산의 육륙봉 길 함께 발걸음 옮기었다

황건적 난을 피하여 몽진蒙塵
몽골국 몽골 공주의 사위 공민왕
공민왕의 슬픔이 안개 두르듯 청량산

원효, 의상, 명필 김생, 최고운 선생 등
서라벌 얼골* 기개들이 물줄기 타 흐르고
기암괴석들 사이사이 앙상 솔가지들 절묘함
아슬아슬 산길의 맛은 어둑해짐도 놓쳤다

해동공자, 퇴계가 중2 나이 지학 시절
괴나리봇짐 허리춤의 공부 일념 청량정사
청량정사 객방에서 실경산수 야송과 하룻밤
야송은 지금껏 붓을 들고 낮밤으로 백로지며
창호지 한지가 1톤 트럭 한 차 반은 넘으리라는
일찍 홀로 되신 어머니의 허리띠 묶음 덕분이란
어쩌다 붓 잡는 일, 방심일 때면
「염려 말거라 아들아, 내 여이 있대이」
보리밥과 붓 한 자루, 존심의 오늘까지라 했다

  2.
야송은 중·고·대학강의 일도 접고
쌓인 낙엽 속에 언 손발 넣어 데우고
삼면 해안과 만상 절경 산 바위들
하얀 폭포 보며 갈증 마음 가라앉혔고
눈이 왜 산에 사는지, 묻고 보게 되었다

지우들과 인사동의 한밤까지 순례

소줏잔 거나해질 때면, 여인 한둘 섞이는
"내가 야송이니라" 때면
Bya여사 풍금 연주와 그녀의 절창 허스키
야라교也裸敎 교주님 어깨동무 영광이라는
"내가 야송이어야 하느니라" 입언처럼
야송을 야송케 한, 자기확신 최면을 걸었다
탐라 제주에서 금강산까지 산 찾아 강 따라서
야송의 그림 또한 슈벨트 미완성 교양곡이랄까
백두산은 잠시 유보, 유명 달리해 안타깝지만

중화 절경 장가계의 실경을 따라 그릴 때는
허연 수염 긴 머리 기인이랄까, 도인이랄까
지팡이에 화선지 깃발 농자야聾者也 꽂아 들고
귀-머거리 행색, 중국인 시장 돌아 풀칠이었고
금강산 스케치 때는 담배갑 들추다가
천 원 지폐 날아가, 벌금 '10달라'란 말에
내 나라의 내 돈, 내가 주우면 될 것 아이가
경상도 어투 세워 버티며 실경을 그렸노라는

봉화의 한 농협창고, 촛불 켜고 치성단을 쌓아
화선지 위로 도르래와 사다리를 타고 오가며
3년 낮과 밤 붓을 고르고 먹을 갈고 붓을 잡아
웅혼 청량산 파노라마로 육륙봉 대작 실경산수화

한반도, 나아가 세계 미술사에 우뚝 한국화 화가로
점정點睛 오체투지 낙관, 청량대운도 완성이었다

   3.
잎 지고 잎이 터 오르기 전후 2월
청량산은 수시 눈비가 섞여 내리었고
왜놈들 송진 채취 소나무들 검은 멍자국
눈비 젖어 찍고 할퀸 소나무들 송피
열 손가락이 얼고 가슴에 품은 수성 볼펜
얼었다 녹기를 멍 자국의 런닝셔츠 가슴
배꼽 아래까지 솔잎 모양 볼펜 상흔들
얼룩 속옷과 스케치북을 불에 구어야 했고
빈궁과 배고픔 필심을 물고 버티면서
청량산 골과 구름 능선 따라 그렸다

   4.
붓 힘줄 따라 터지는 소나무들 송뢰松籟
살아 있어야만 했기에 솔잎을 씹을 때면
산봉과 능선을 헛칠 때도 숱했다는, 허허
청완 앞이라, 담배 쬐끔 참고 삼간다는
산마을 사람들은 화톳불 곁에 떨고 섰는
야송의 불규칙 허연 수염과 옹송 키 제자
그림 그리는 일도 농사를 하는 일처럼

참, 힘이 드는군요
투박 어투로 위로, 푸념 섞어 동정 말씀에
청량 봉과 봉을 따라 2월 햇살이 넘어갔다

산봉과 골짜기 패임이 맵게 드러나는
소한과 대한, 두 겹 추위에
감각이 멸한 열 손가락과 발가락
눈썹과 수염이며 콧물과 혓바닥이 얼어
추위 녹이고 볼펜과 스케치북을 붙들고
세상 뜬 어머니가 지성이면 감천이다, 아들아
「내 여이 있대이」
청량산 정기와 홀어머니 손발톱 정성으로 야송은
살아 있어야 했고, 살게 될 것을 확약해야 했었다

　5
청량대운도 완성, 서초동 국립미술관
하회탈춤 곁들어 펼쳐지자 모인 인파들
입에서 입으로 각종 메스콤들 격찬
청송군민들과 군의 관계자들, 경상북도는
시중화시, 화중지시* 야송 그림을 남기자
솔바람 청송에 '군립청송야송미술관'을 세우고
길이 46m, 높이 6.7m, 화폭 속에 오체투지 낙관
생전 야송의 말과 귀 침묵 눈과 푸른 화혼을 기려

청량대운도 위한 상설전시관을 건립하였다
실경산수 심령으로 포옹, 이원좌는 먼저 갔지만
야송의 목숨·얼·화혼으로 청송야송미술관
실경산수 금수강산, 야송 화혼을 지켜갈 것이다

외우 야송은 그림의 현장을 확인하는
붓 가는 대로, 수필도 명쾌한 필치였다
금수강산 곳곳 찾았던 그림 사랑
학소대 사철 소나무 학들의 울음
청량산 서른여섯 봉 청량 햇살 화혼
글과 그림 되어 흐르는, 낙동강처럼
청송군립야송미술관, '붕' 떠 영원하리라

6.
꺾인 한 날개
일찍 혼자 몸 되시었던 어머니
대추나무 가지와 열매처럼 다섯 아이들
박봉이지만 장남은 선친의 화혼 잇는 일
버텨 지킴으로 오늘까지
안동의 처녀요, 안동의 처자妻子만으로 다짐
여필종부 한결, 순종 마음씨 류정희 여사님

야송이 산과 강과 섬을 그릴 때면 조석으로

메나리조 치성과 자기 확신으로 최면 야송에게
여유가 두 손 마음으로 드렸던, 본문 2,220쪽
자음색인字音索引 112쪽, 동아한한대사전
야송은 작심 일주일에, 독파하였노라며
집에 놀러 와, 독파 기념이라며, 지금도
시를 기다리는 미완 수묵 수석화 여섯 점
독서에도 빈틈이 없었던
경상도 뚝심으로, 자기 최면 야라교주로

외우로 스승으로, 몰두 뒤 '붕' 떠
꼭대기의 오롯함, 야송 이원좌 화백
여윈 낯과 허연 수염과 대낮처럼 한복차림
한반도 실경산수의 광화요, 용마루처럼
실경산수 야송 이원좌의 모습과 붓 길 얼골
길이 46m, 높이 6,7m, 오체투지의 청량대운도
청송군 신촌리 군립청송야송미술관 영원하리라

*얼골 : 얼과 골, 즉 얼의 골짜기로 그 사람만의 얼굴에서 그 사람의 골짜기 얼을
본다는 말이다. 우리말로 철학하기 다석의 立言이다.
*꼭대기 : 아무 곳이나 입을 대는 오리새끼처럼 아닌, 꼭 손을 대야 할 곳에 손을
대고 멈춰 있어야 하나의 일을 이룰 수 있다는 비유다. 한 날 야송이 집에 놀러와
자기는 한 번 붓에 먹을 찍으면 그림 하나를 완성한다고 했다. 그렇게 그린 그림
여섯 장이 나의 시를 기다리며, 내 집의 반바지 안에서 때를 기다리고 있다.

*畵中之詩 詩中之畵 : 당나라의 학자인 공영달이 주역의 복희씨 8괘와 64괘, 그리고 괘에 해석(단象)을 붙인 문왕, 괘와 단의 詳說 384효(효爻)를 붙인 주공, 주역에 十翼 결부하여 완성한 공자의 주역을 평하며 한 말이다. 상형문자의 꽃으로 한시와 붓으로 문인화, 讚詩와 讚畵의 중화 문화와 한일까지 절묘한 조화를 말한 것이다.

*야송에 대한 야송의 평가와 몇 분의 평가이다. ①古法을 배우고 제파諸派를 절충하여 수묵산수의 일가를 이루었다. (미술평론가 박명인) ②한민족의 정기와 작가의 혼이 어우러져 영롱한 결정체로 집약되어, 어느 민족 누구도 흉내가 불가능한 경이로운 창조만이 결국 살아서 남는다. (야송 이원좌) ③어쩌면 村夫 같기도 한/ 어쩌면 奇人 같기도 한/ 어쩌면 道人 같기도 한, (시인 주원규) ④우리 금수강산 방방곡곡을 찾아 그린 화가 야송은 물빛을 닮고 산빛을 닮은 화가였다. (지인들, 화단의 정평) 20세기 한국미술사에서 세계에로, 야송 실경산수 청량대운도는 그의 넋, 얼골, 붕, 8.800m처럼 꼭대기와 위치로 그림이다. (현재 김흥호)

6. 장미, 무무 놀량
- 62년 시 벗 송상욱

1. 프롤로그

석이네 집이죠, 누구요
불유구 내我 일흔 나이, 한 날 아내가
참 오랜만이예요, 여보
송 선생님이세요, 전화기 건네며
汐이네 집이죠
나도 앞으로 석이라 부를 거야, 때면
미대 나온 막내딸*까지 쟁그러운 죠크

2. 니캉 내캉, 62년

1)
대학 3학년 1학기의 정신분석학 강의시간이었다
머리에 포마드를 바르고 휑출 두 눈을 껌벅껌벅
강의실 뒤 두 번째 줄 낯선 학생이 앉아 있었다
집으로 오던 길, 남포동에서 다시 갈아탔던 전차
남포동에서 영도 전차 종점까지 차 안 상은과 나
통성명 송상은, 머뭇거리다가 목을 어루만지면서

숨벅거리는 말투, 노트를 좀 빌리자는 상은이었다

상은相恩은 영도 영선동 나는 몇 골목 아래 남항동
노트를 끼고 봄비가 오던 날 상은의 고모집 문간방
기타를 든 채 히죽 웃음 뒤부터, 62년 상욱과 만남
설창수 시인 등 시화전과 시 낭독회가 번성했던 시절
초현실의 발상이 뛰어나다는 상은
상은은 조향 교수님 후원과
기림을 입고 초현실주의 기법의 시에 매진 송상욱
상욱은 음전했던 가정학과 문00과 함께 시 낭송도
뒤 몇 번 상욱은 Mjs을 만났노라, 허죽 웃었다
전과 때문에 나보다 졸업 한 학기 늦었던 송상은
송상욱은 '1회 동아 문학상' 수상 재원이었다

졸업 후 소식이 뜸했던 송상욱
한 날 시외전화 상욱의 근황이었다
결혼 후 진도에서 중학 교편을 잡는다는
아무래도 섬에서 선생질 그만 접고
아버지와 고향을 등져야 하겠다는
껌벅 숨벅 목소리로 10여 분 전화 뒤
만나 의논할 게 많다며 전화를 끊었다

1973년 6월 마당의 몇 장미꽃들 유월

축대 위의 골목 집 부산 나를 찾아왔다
인내천 천도교 수련관 언양의 작천정
5월 작천정 맑은 기슭에 피어오르던 솔잎들
솔잎과 설탕, 소주 ⅓, 1년 된 가양주 몇 병을
비우면서, 아버지와 아내와 결별해야 하겠다는
왼 밤을 시와 살아갈 일과 나와 아내의 만류에도
문제는 내가 해결한다는 새삼 다짐, 아내의 해장국
출근 길 내 손을 다시 잡고, 상욱의 다짐 말이었다
아내 사랑하고, 힘들겠지만 조막 아이들 잘 키워라
내 문제는 내가 해결하겠다는, 손을 걸어 말이었다

　　2)
1980년 3월 영동시장 골목 반 지층
월세 섞어 몇 계단 지하 상욱의 전셋방
조막손 모양 검정 항아리에 장미 한 송이
장미*는 내 시의 원천이라며
말 속의 구멍이듯 퍼석 웃었다

엑스란 내복이 유행이었던 시절
나는 두터운 엑스란 내의 몸으로
몸매는 가꾸어야 함이란, 댄디즘 성향 상욱
멋들이 상욱은 강남 스타일 익히려 그랬을까
여자들 스타킹처럼 살이 비칠 듯 엷은 내의를

내 엑스란 내의를 쿡, 웃다 함께 잠이 들었다

상욱은 '시와 의식' 복간이 어떻겠느냐는
입시 준비 수업 귀찮다면서도, 목구멍이 포도청이니
서울 적응에 안간-힘, 상욱은 말죽거리 00여고 근무
우리는 웃으면서, 나는 은평구 신사동의 하숙집으로
상욱은 개도 포니를 타고 다닌다는, 강남구 말죽거리
개포동 12평 서민 아파트에 당첨, 서민 아파트 12평의
둘이서 이삿짐 풀고, 소주 한 잔, 서울 생활 출발이었다

    3)
단양으로 수석 채집, 한 날 따라나섰다
상욱은 두 손바닥만큼 크기와 둥근 검은 돌
여인 허벅지처럼 까슬한 맛의 검은 돌 한 점
검은 열기 돌 품으며 이 돌은 내 각시야 웃었다

한 학생 언니뻘 여자와 교제하고 있다는
집에 놀러 온 그녀가 침대에 기대어 앉자
그녀 머리 위의 돌이 혹 불편할까, 성급
그녀 머리 거쳐 돌을 들어서 옮기려는데
여자는 혼비백산 문을 박차 나갔다 했다
검은 돌을 각시라 했던 무무 놀량 송상욱
돌도 숨이 있다는, 애니미즘 저주였을까

은평구 00학교로 자리를 옮겨야만 했었다

   4)

 21년인가 되던 해 은평구 00학교 명퇴 신청
전교생을 운동장에 모은 자리, 송별사를 대신
선생보다 시인 이름을 찾아 씻김굿으로 송상욱
「부용산, 진주 남강, 만년필 하나, 연분홍치마」
기타에 맞춰 우리가요 부르며, 시인 출발의 박수
남녀 공학 운동장 모아 하얀 원피스와 부용산 재창
그날의 휘나레는 목포의 눈물이었다는
음유시인, 62년 속옷처럼 내 친구 송상욱

인사동 인디아 2층 찻집에서
3층 오르는 좁디좁은 갈퀴 층계
보고 싶다, 혼자서 찾아갈 때면
석이야, Mjs를 나는 아직 잊지 못하고 있다
Mjs은 어디서, 무엇을 만지고 있을까, 상욱은
지상 오르페우스가 지하 에우리디케 보고픔의
지옥 계단 오르듯 집필실, 어둑 3층 좁은 층계
기타를 들고 연분홍 치마, 만년필 하나
몇 여자의 품을 들락거렸지만 Mjs의 환상에서
깨어나고 싶지 않다는 허접 웃음 친구 송상욱

상욱의초등학교5학년시절이라했다고흥개펄에서스물사촌누이따라
양철대야밀며낙지를잡는데대야속의낙지한놈이탈출누이고쟁이속으로
한발을넣고또한발을 쓰윽걸치더라는놀란가슴상욱은그놈대가리를붙
잡고씨름하는데벌건얼굴스물누이의뻘묻은손이뺨따구내리쳐개펄에낙
지와딩굴었다는우스개었다,인사동골목 통풍에는비상격인낙지볶음을
막걸리와들며내게상욱은이열치열이여모인우리들 웃음속의까짓것나는
발등이부어며칠드러누어야했다 (디졸브Dissolve)

부르면 뛰쳐 나가겠다는

그래서 그래야 함으로, 그랬을까

상욱은 너울 개량 한복과 염색 군화 애용이었고

기타와 더불어 흐린 날이면 소우주 나를 부르는

방자 징소리 여운 무무 놀량* 사람들과 어울린다는

절에 가면 칠성단과 지장보살님만을 찾는다는

신이 있고 없는 것은, 내 마음먹기 나름이여

맷돌 출판사와 연간 '송상욱 시' 발간이었다

  5)

빈한의 60년대 공대에서 허접 국문과로 송상은

화인이듯, 누구임을 의식 않으셨던 조향 은사님

쉬는 중간이면 내 앞에서 담배들 꺼내 피워도 괜찮네

시는 가로 세로 재고 깎는 퇴고가 아닌, 적막 달밤

절 문간 밀고 들어가는, 추고라야 은사님 강의였다

한 학생의 교수님, 버스가 급정차 사람과 사람 간 충돌
그런 충돌도 신선한 충동으로 이미지라 할 수 있습니까
버럭 성질을 이기지 못해서, 분필을 팽개치고 나가셨던
교수님께 사과하려는데 내게 동행을, 상욱도 따라나섰다

조향 교수만의 120분 채워, 열혈 교수법
가르침은 탄소(C) 중 골수요, 결정체 평이었지만
공부가 어려워 더욱 서늘했던 금광석처럼
신라와 당나라 고승들의 상당 법어처럼
삼만고이일성순參萬苦而一成純
석탄 덩어리가 용광로
용광로의 불 속에서 금강석으로 탄생
돌아보니, 할喝, 山是山 水是水 세 층위*
때의 앞선 강의였다

20 나이 나는 생명파와 청록파, 이광수와 김동인
기껏 이상, 쉬- 감춰 정지용이나 KAPF 정도, 그러나
조향 교수의 열혈과 kairos(찰나, 눈깸) 분명함의 의문표로

로트레아몽의해부대위에서박쥐우산과재봉틀의만남살봐도르달리제
임스조이스의식의흐름푸르스트의잃어버린시간의자유연상법무신론
프로이트의 Super-ego,ego,Id,Libido에디프스컴플렉스칼융의원형
집단무의식베르그송의순수지속트리스탄쟈라의다다임상실험의사였

110

던브르통의초현실주의 I,II,III의선언과공산당과결별오브제론왜와무
엇이아닌어떻게로의시퇴고를찍어버리라는추고아시체雅屍體놀이몽
타주콜라주레드메이드커밍스의입체주의보들레르의 인공낙원과악의
꽃알튤렝보의바이앙Voyant의미학이상과삼사문학과...
중에도 나予는 에세네에 가깝다는 고신파 3영도교회 조금씩 흔들 마
음 찬양대 대원이었고...
64년 은사님 덕으로 졸업앨범에 '이상론 발표' 서늘
내 모습과 스승님 사진이 올라 있다

  6)
상욱의 시집과 시가 시단에 알려지면서
시와 의식 동문과 동인들*은 서울 동문 소00의
시와 의식, 지면 정화를 위해 서울서 만나자 했다
문단 타협이 싫다며, 해결책은 결국 맘몬이즘의 벽
머쩍 얼굴들만 보다가 우리는 헬쓱 헤어지고 말았다

강남 말죽거리 00여고 근무하던 시절 송상욱宋相煜
상욱은 전봉건 시인에게 나를, 전봉건 시인은 다시
현대시학에 들른 00고, 이북 동향 김00 시인께 부탁
밤 기차로 부산까지 찾아오신 김시인 도움으로 나 또한
적자생존, 시멘트와 자갈 등걸 밭, 더러 길가 포장마차
서울살이가 시작이었다

엄격 송씨 본가 교육자셨던 아버지의 행실
기독교 속의 이중 도그마가 싫었던 송상은
상욱은 미국 남장로교회 소속 전라도 순천
기독교 명문 순천 매산고등학교를 중퇴
부산 서면의 00고교에 편입 졸업이었다

우리들은 독보 독존 조향 은사님을 모시고
재학생 중심 'Ohoo, 오후에의 입상, 시와 의식*'
어느 해던가 상욱이 현대시인협회 시인상을 받았던 때
상호 벗으로 시문학의 지면 문인 소개의 때 나는 상욱을
원형 삶 개안과 에디프스 컴플렉스, 슈르의 시인으로
상욱은 나를 기독교 시혼의 푸른 시인이라 평이었다

   3. 쟈니 기타

초파일 연등 속 불 오르듯 태종대만 돌
수석 시를 쓰시는 선생님은
자아알 아시잖습니까, 그래서 상당 고가의
노란빛으로 차츰 문양이 피어오를 것입니다
그래야만 하겠지요
얼마나 멀어서 가까운
가까워서 먼 연등석의 그리움인가
송상욱의 집필실 기타 소리를 생각하며

진주 남강의 초파일 연등놀이
세월 두고 닦으면 오른다는 연등석燃燈石 구했다

쟈니 기타, 상욱의 시를 위해
어스름 밤 흐린 구정물 통 속에서
목에 통기타 두른 듯 상욱의 모습처럼
태종대 연등석 하나 가슴에 안은 것은
바람 불던 날의 연등석 산지 태종대였다

뒷날 여관방 아침이었다
구정물 통 앞의 뻔뻔한 약속처럼
연등 올리듯 새벽 물에 담가 보았다
초파일 연등의 빛은 오르지 않았다
연등이 오르지 않는 빈 무대 나는 혼자였고
연등 오름 없는 객석도 잿빛 돌덩이 나였다

상욱의 노래 희미한 옛사랑의 그림자
몽환 돌 속에서 초파일 연등을 바랐던
태종대만의 사월 초파일 연등 오르듯 돌
쟈니 기타 상욱이의 연분홍 치마
좋아라, 상욱의 기타 소리를 기대했던
미열처럼 자괴와 치솟는 분노 속에서
23시 20분 서울행 완행열차, 잿빛 돌의 무게

전화 답은 거제도의 돌밭이라는
더 기다려 보셔야 한다는
부산역 기차 올라야 했다

　4. 장미 한 송이

영동시장 반 지층 조막손 검은 항아리
항아리 속의 선혈 붉은 장미 한 송이
한 송이 장미꽃의 메타퍼는 인사동
상욱의 집필실 십구공탄 재에서 차츰
넓고 깊이 자리를 잡아 음유시인 상욱으로
인사동 골목골목 홍어찜처럼 노래 퍼져 나갔다

달밤이면, 소박疏薄 어머니의 달빛 눈물
어머니의 달빛 소박과 붉은 촛불의 슬픔
고향 아버지만의 집, 너른 마당과 대숲 소리
촛불과 설움이 바랜 어머니의 베적삼 삶을

인사동 상욱의 조막 집필실에는
서럽게 바랜 베적삼 빛의 십구공탄
어린 시절 어머니 희고 붉은 울음 오브제
상욱의 시들 바닥에는 장미꽃 그림자처럼
맑게 탄 십구공탄처럼 어머니 장미꽃 울음

시와 노래로 치환, 리비도의 해체 승화였다

기타와 방자_{方姿} 징과 덕지덕지 한지 벽에는
집안 서예가 열암 송정희의 '無' 액자가 하나
장정 셋이 앉으면, 숨소리에 방문이 알고 열렸던
시와 기타에 우리 가요, 인사동 음유시인 송상욱
한 많은 미아리고개, 박달재, 소양강 처녀…
상욱의 시와 노래를 아낀 작곡가 반야월과 만남
가수협 등록 인사동의 음유시인으로 자리를 잡았고
인사동 연가, 세월을 작사하고 기타에 실어 불렀던
붉은 살점 발리듯 상욱만의 시와 우리 가요 노랫가락
묶여 처진 푸른 차가움, 석이 시는 접근 어려움 때문에
우리 사이에 때로 먼 그리움, 가까운 거리감도 있었다던

5. 아듀adieu, 62년

2024년 7월 15일
원규, 상욱, 汐이, 산수 들어 세 사람
상욱의 단골, 상욱을 언뜻 선상님, 들렸던
서오릉의 한 골목 콩국수 집
주형과 나는 냉콩국수, 상욱은 더운 콩국수를
덜 식은 콩국수 남기며 앙상한 몇 손가락으로
만년필 하나, 그 귀한 우리 노래를 기억하느냐

송상욱의 허죽 웃음과 손가락 장단이었다

「손가락 장단, 이 맛이 나는 참 좋더라」
우리 세 가족끼리*만, 몸이 회복되면
꼭 만나자는, 연달아 담배 몇 모금 뒤
맷돌 출판사 이름을 '무무'로 바꾸겠다며
나는 아내의 차 기다려 타고 일을 볼 터이니
식어가는 생강차 붙든 손 놓으며 집으로 가시라는
'집으로 가시라는', 멀건 눈빛 그리움의
유언이 되어 버린 송상욱의 마지막 말이었다

　6. 에필로그

계속 무더위, 7월 27일 토요일
아버지의 62년 친구 석이에게 치유의 기도를
믿음의 두 아들이 아버지 귀에 토요일 약속했다는
상욱을 위한 긴절, 치유 기도를 준비하고 있던
26일 성 금요일, 이른 아침이었다
상욱이 우리 곁을 떠났다는, 부인 무설無雪 여사의
울음 보듬어 다독이듯, H.P 속의 가늘은 흐느낌
두 아들 가족이 사는 의왕으로 남편을 모셨다는
빗길 안양의 장례식장 찾았을 때는 특유 보헤미안
웃음과 벙거지의 모자 휘갈겨 덮은 62년 벗 송상욱

고개 숙여서 잘 가시게 거듭 고개 깊이 숙여

먼저 가서 잘 계시게, 그리운 우리들 친구야

빨간 장미꽃이 대신, 하얀 국화 슬픔을 놓고

문형 주원규와 손을 잡고 울먹거렸던

바닥에는 엄마의 잘 바랜 베적삼 빛 연탄재

멀건 웃음과 기타와 부용산 가는 길과 하얀 원피스

기타 줄에 목청이 트일 때면, 얼쑤 장단 친구 주원규와

汐아, 부를 듯 방금과 오!늘 숨벅스런 상욱의 영정사진

사흘마다 한 송이씩 생전 살빛 연탄재 속 빨간 장미꽃과

62년 상욱의 장미꽃 시와 노래의 동동憧憧, 빗길을 되돌아

되돌아 허적 보헤미안 영정 상욱의 사진을 우러러

문형과 汐이는 빗물 찍어 너와 이별이란 슬픔 안아야 했다

*셋째 딸 돌담과 허름한 기와집 그림이 좋다면서 당시 상당액으로 상욱은 사 주었다.

*디졸브Dissolve : 오버랩과 비슷한 뜻으로 한 화면이 사라지는 것을 말한다.

*무무놀량 : 울타리 없는 인사동 모임일 때면 상욱은 이름이 난 무속인 무OO과 각종 예술인들과도 자주 어울림이 있었다.

*독보酷評 : 서울대에서 한 번도 시간을 얻고 강의를 하지 못했다는? 이OO 교수의 평론집 저항의 문학, 주역 수지비水地比䷇의 취우驟雨 비유처럼 몇 줄 글로 선생님에 대한 가혹한 평이 실려 있다.

*①見山是山, 見水是水→②見山不是山, 見水不是水→③見山祇見山, 見水祇是水⇔④山是山, 水是水의 경지, ③④의 경우와 경지를 상당 설법의 클래스(불, 법, 승)라 한다. 나는 재학 당시 박사학위 다섯 명함의 서경보, 동작동 국립묘지유공자 묘역의 한뫼 안호상, 이선근 박사도 출강 우리는 그분들의 강의를 들었다.

7. 시탑

- 동행 50년, 문형 주원규 시인

1. 시탑詩塔

1)

우리가 시와 수석으로 켜켜이 만나고
4, 50년 세월 탑, 그대와 내 허옇게
성긴 머리와 모래 등짝은 버석거린다

2)

시를 짓고 돌짐 길을 나눠지면서 살아온
남한강 옛 물터, 목계, 서창, 포탄, 지곡
여주 은모래 밭, 비속의 평창 뒷산
뒤져 걷다 만난 명석 까만 꼬리까지 흑돼지
남한강 돌들의 무릉도원이란 도화리桃花里
청풍, 단양, 평창, 가슴 뛰며 만났던
돌 맛과 건네는 손맛과 생각을 만져 사귀었던
그대 갈현동의 집 7년째 한 날 옥상 물통에서
떨림으로 올린 피라미드의 모습 초콜릿 한 점
아직도 칡순 냄새 갈현葛峴의 하늘의 맛이었다

서로의 불알까지 훤한 부끄러움, 문형文衡*

여윈 몸 단단 판단 친구 주원규

문형은 시어 고르고 모시는 법이 돌탑을 올리듯

삼국유사 서라벌 땅의 한 원귀가 백여덟 번의

탑돌이 하듯 모국어 사랑을 응시하고 매만져서

응시하는 시인이 되었고, 탑처럼 삼각 구도 우리말

돌 속에서 시의 눈금 붙잡았고,

문형은 권변權變으로

저울대 생각과 저울추의 정서

사변事變으로 백제의 우리말과 글

항심으로 수평과 방정 먹줄을 잡고

문득과 함초롬 다독임으로 언어 간택이었다

돌올함은 선산 기슭 고향 집의 가을 감처럼 익힘이었고

어머니 베틀과 이룸 아버지의 노끈 뭉치의 전수傳授였다

  3)

문형 주원규를 만나고

행동거지의 조신 단정함을 보며

그의 아호를 문형이라 지어 드렸다

文衡은 조선 조정의 대제학이면서, 시란 가마솥에

쌀과 보리 섞어 뜸을 들여 밥을 짓는 어머니 마음이다

계사년 봄 깁스한 다리 나는 아호 文衡, 발문을 짓고 썼다

문형의 시는 권변의 시상에 사변의 언어 얹고 불쿰으로 다독였다

저울대 눈금 위 시를 얹음은 우리가 돌밭에서 만나 돌을 내려놓고

돌아서 다시 만지며 저울추의 기우는 추를 살피듯, 더러 내 시의
넘치거나 미달의 언어, 문형은 웃으며, 무게 그대로 더 익혀 보세요
첫 시집 『절두산 시편』의 시들은, 잘 익은 가을 홍시의 맛이었다

문형은 7년을 옥상 물통 속에서 한국화 야송 이원좌로부터
석연, 초콜릿 남한강, 탑 모양 돌 소나무 좌대에 앉혔다
그의 서재에 솔향의 좌대 남한강 초콜릿 시탑 돌을 맞이하며
시탑에 부끄럽지 않게 잉크 냄새 시집을 한 권 더 놓아야지
잠겨 흐르는 눈빛으로 문득, 청완 덕이야 웃으며 약속이었다

* 文衡 : 아호 文衡에서 文은 논어 옹야편의 문질빈빈에서 가져왔다. 文質彬彬이
란 글의 형식과 조화가 암수 돌쩌귀처럼 꼭 맞음이요, 언어의 행과 연의 연애가 시
라는 것이다. 衡은 저울대의 눈금이다. 권변에서 權은 저울추를 말하고, 事變은 저
울대에 올려 다는 질량으로 사물의 무게. 주원규가 시를 만지고 보는 눈은 시단
에서 인정하듯이 언어의 간결 견고함, 그리고 인정과 안정의 미학이다. 석인들이
形. 質. 色 수석 중에서 으뜸으로 치는 質에 해당됨이 그의 시를 보는 눈이며 돌을
자연예술로 대하는 美學이다. (2013년 晩夏 풍동 서창 가에서, 청완 짓고 쓰다)

2. 도화리 후사 桃花里後詞

1)
우리가 아직 일정 거리로 남아
도화리 돌밭 찾아가던 날 새벽
충청도 땅 수안보까지 안개

부드러운 차단 안개가 깔려 있었다
안개, 무산된 꿈 밖에서 돌꾼들은
탐석은 진리라고 말들 쏟고 있었지만
우리는 젖은 안개 한강 응시하고 있었다

차가 남한강을 끼고 비포장 들며 돌꾼들은
부풀어 흐르는 강물 안타까워하고 있을 때
주형, 이곳이 수몰되면 어린 시절
우리가 뒹굴다 일어섰던 저 잔디 무덤
유년의 파란 잔디도 물속에 잠기겠지요
『그래요』화답 속으로 차는 달리고 있었다

    2)
차가 비포장 거역처럼
비탈길을 터덜과 너덜
먼지 덮어 잿빛 문신의 가로수들
복숭아꽃 도화리는 보이지 않았다
서너 빈집 추녀를 돌아가는 바람소리
수몰하는 도화리 돌담 스치고 있었다

김형, 저 빈 집 마당 보세요
두엄이 반쯤 허물린 햇볕 속의
복숭아꽃들 환해서 적막이었고

허공을 태질하는 먼지와 햇살이
무지개 빗자루처럼
장미꽃 두엄 마당을 쓸고 있었다

헤쳐지고 뒤집힌 물가 돌밭
우리는 혹시나 가슴까지 물 장화
급류 휘도는 미끄러운 강물 속을
뒤뚱 질퍽 이끼의 돌, 물속 돌
서툰 광대처럼 뒤뚱거릴 때면
손을 내밀어 주었던 작은 손의 포근함

   3)
주형은 툭 불거진 이마 괴석 한 점
땀에 젖어 산 모양 돌 또 한 점
나는 무형상 미석 서너 점
우리가 도화리 돌밭을 벗어날 때
복숭아꽃 바람의 메아리
물 밑 우리의 잠을 깨워다오
수몰된 우리의 슬픔을 건져가다오
돌들 웃음과 울음, 반쯤 잠긴 도화리의 돌밭
물총새며 솔개 오름처럼 남한강 수석 1번지
주형은 탐석 초행, 물에 부푼 큰 손 나에게
허리께 마른 수건을 건네주며 웃어 주었다

8. 등정. 모세의 산

1.

기독교가 로마인의 법과
돌길 로마의 법망 안으로, 뒤
로마법을 등져야만 했던 수도사들, 중에
맨발 수도사들 맨발 얼과 골 믿음 따라서
순례자들 순례가 그치지 않았다는
모세 산으로 가는 산문처럼 입구
순례자들이 머문 2인실의 목침대
삐걱 목침대 부은 발등 아내 남겨두고
물 한 병, 건과류 한 봉지, 손전등 하나
밤 두 시 반 모세의 산을 올라가는 길
떨기나무 속의 불과 십계명을 받았다는
모세의 산 등정 위해 투어 차 출발이었다

모세의 산, 기슭에 도착
떨리는 목소리 사제의 무사 등정
〜위하고, 〜달라는, 출발 기도
밤 세 시 별빛 돌길을 걸어 올랐다
은빛 멸치들이 부딪치고 몰려가듯

쏟아져 손에 잡힐 듯 찬연이랄까
황홀 별빛들
땅은 순례자들 불빛 줄을 이루었다
찬연 별빛과 찰랑거리는 불빛 모세의 산

오르는 산길 굽이마다
서고 앉아 되새김 낙타들의
큰 눈 더운 입김 오물덩이 밤 길바닥
낙타 몰이 베두인 눈길과 흥정하는 순례자들
팔순 나이 모세도 걸어 올랐다는데
흥정을 피해 서둘러 걷다 오물을 밟았던
모세의 산 오름은 밴댕이젓 비린내였다

모세의 산 오르는 밤길 몇 번
일행으로부터 이탈이었다, 밤길
헛디뎌 넘어지면서도, 숭엄미崇嚴美
황홀 밤하늘 별빛을 보고 읽는 일에서
눈을 떼지 못했고, 그래야 할 것만 같아서
쏟아질 듯 하늘 별에서 눈을 떼지 않았다
별똥별들이 칼을 내리치듯 하늘에서 내렸다
밤 산길 형형 순례자들 손과 이마 불이 달렸고
10m쯤 밝기 불을 들고 나는 밤길 걸어올랐다
순례자 반딧불 뭉쳐 날듯 별들의 산정을 향했고

숨이 차면 별빛 아래 앉았다가, 불빛 사람 길보다
별빛 인도함을 따라 모세의 산을 별 율법 오르다가
찰나, 순례자들과 떨어져 혼자 밤길 걷기도 했다

어둠이 엷어지는 산정은 붉은 비단 피날레
생피 맛처럼 아침 해가 터지고 피어 올랐다
산정에는 두른 담요 채로 해를 감싼 순례자들
카메라를 붙든 채 바위에서 바위로 뒷걸음
모세의 돌산은 성경 속 열두 성 열어 놓은 듯
순례자들 얼굴은 상서로움 미문처럼 얼굴이었다

   2.
붉은 햇살에 안긴 새벽 모세의 산 바위들
홀연홀몰 붉은 성채로 변신 바위들
불모 시나이반도의 끝 모세의 산은
순례자들 피와 하늘 약속이 푸가 음계처럼
요한계시록 열두 홍옥과 백옥, 진주문처럼
하나님이 불 붓을 잡아 쓰시고 모세가 받은
붉은 금단, 붉은 피 약속으로 십계명이었고
붉은 하늘, 맑은 전율, 붉은 절벽, 하얀 기쁨
산은 순례자들 침묵 물음, 울음 웃음의 터였다

붉은 바위 만지고 보았던 모세의 산

붉은 바위들은 천국 오르는 길 성채였고
오장육부 찌꺼기들 털어내는 붉은 참회요
삶의 회한과 치유로 붉은 살점의 산이었고
푸른 환희, 갠 슬픔, 소용돌이로 신전이었다
소용돌이처럼 놀란 환희는 피부색을 넘어서
회통, 불이不二, 지평 융합의

동행 이00 장로 선창으로
'Amazing grace' 국제공통어 노래로 터졌다
절창이란
부끄럼과 놀라 터짊으로 오순절 다락방처럼
붉은 울음과 웃음 침묵 전율이어야 하고
전율은 우러름으로 하얀 부끄러움이어야 함을
가서 보고 느끼고 만지며 알게 되었다
때의 모세가 비었던 산 아래 유태인들
광야에서 이슬처럼 핥아 만나를 먹던 혀
혓바닥 거역과 광란의 노래 유태인들 생각했다

모세의 십계명으로 산은 더욱 붉어야 했기에
흑, 백, 황 사람들은 가슴의 살점을 씻어내듯
바벨탑 사건 후로 그들과 나만의 구음이 아닌
순례 우리들은 '참 아름다워라' 주님의 세계는
구음이 하나였던 노아 방주 속의 노래를 불렀다

노래는 방주가 나아가듯, 손에 손을 잡고
잡힌 손 더욱 붙들어 방주의 이물에서 고물까지
티끌 눈을 씻어, 내 안 찾아오신 당신을 보게 하신
손전등보다 별빛, 여호와 모세와의 회통으로 모세의 산
붉은 바위 위에 서고 앉아서 확답 확신으로 노래를 불렀다

　　3.
불이 활활 올랐지만
연기가 오르지 않았다는 떨기나무
I AM WHO I AM*
떨기 불 숲에서 불렀다는
모세의 산에 때의 떨기나무는 없었다
때의 떨기나무로 추정과 추측이라는
성채 캐더린이던가, 캐서린 수도원의
떨기나무가 그때의 種DNA 거라는
수도원 담장 기대 담 밖을 넘어 보는 떨기나무
순례자들은 찔레덤불처럼 떨기나무 담장을 따라
밀리고 밀리다가 뒤꿈치 들어 겨우 인증사진이었다

왜 그랬을까
순례 버스에 앉아 세례 받았을 때의
더듬어 외웠던 열 계명, 계명들 중에서
3계명으로 광복동 입구 종일 클래식 다방과

7계명이 유년의 찔레순처럼, 목구멍에 걸렸던
떨기나무가 없는 모세 산은 민둥 바위들 마른 산
사막 가뭄에 붉은 가시들처럼, 모세의 십계명 산
없는 떨기 가시가 가멸찼던 십계명으로 모세의 산
산정의 모세 기념교회 뒤로 두고 산 아래가 궁금해
유대인들 광란의 산기슭이 그리워서 걸음 재촉이었다

* I AM WHO I AM : 나는 스스로 있는 자이다. 나를 빼면 자연이란 뜻으로 해석하는 신학자들도 있는데 나 또한 중세의 교회사를 읽으면서 대문자 유일신 GOD와 나我 'I' 대문자를 뺐더라면 좋았으리라는, 칸트가 순수이성비판에서 섬나라 영국의 장님으로 산업혁명과 프랑스 이태리 중심 대륙의 앉은뱅이로 합리론 철학을 눈이 먼 장님이라 진단했다. 이 문제를 눈을 가진 앉은뱅이를 업은 장님으로 대륙의 합리주의를, 이성과 상식으로 비판, 결과 인본주의 안으로 신을 가져온 결과가 절제를 망각한 서구의 오늘은 무신론에서 해체주의로 신학과 철학을 해체하는 지경에 이르렀다. 동양의 노장 사유처럼 대명사 '나'를 하늘의 짝으로 自然이라 했더라면, 그들의 종교 전쟁과 구라파의 우월성이 덜하였을 것이라 나我는 생각한다.

9. 진짓상 추억
- 밥 퍼 최일도 목사

「밥 퍼」
50년대 춘궁기, 찔레순 햇살 온몸 받으며
검정고무신 아까워 맨발 논두렁 길을 오갔다
샘물과 푸성귀로 배를 채울 때면 엷은 뱃가죽
뱃가죽엔 푸른 실핏줄이 선연하게 꿀렁거렸다

어머니가 새벽 물 기르고 독을 긁는 소리도 들었다
어머니와 누이가 부뚜막에서 꽁보리 누룽지 물 밥
숟가락 들 때면 눈곱 눈과 입술은 침 흘려 바라보았다
맨살 윗도리 가슴과 배꼽 사이 땀과 땟국 얽힌 길처럼
청군 홍군 동무 무너뜨리는 기마전
동무 노래가 무성했던 시절 우리는
지금 국회의 동서의
청군 홍군으로 나뉘었고, 70%는 청군이 이겼다, 때부터
배달민족은 이적도 靑紅 기마전 중, 38선 긋고 말았다

「밥 퍼」
60년대 중반까지도, 미역 줄기나 말린 파래
진달래며 찔레 꽃잎 가끔 입에 쑤셔 넣다가

고향을 팽개치거나 어버이 얼굴 뒤돌아 부르면서
비린 살 냄새 서울로, 한양으로 치달아 올라왔다

청계천 복원 지금은 사람들 발 담그는
휴지休止, 여름 그늘이 되었지만
봉제공장, 흐린 청계천 덮고 땀 찢고 찢으며 노를 저었다
재봉틀과 형광등 새벽까지 꼴찌들끼리의 코피 닦아주던 날
한 젊은이 푸른 분신 후, 천동 벼락 청계광장 불 터 되었다

밥 앞서 노동의 자유를
7, 8, 90년대 동서남북 줄을 긋고 줄 세우기
틈과 사이, 풍우 한발은 더욱 목마름으로
21세기도 10여 년 지나는데 지구촌 분단 나라다
이제는 벗이여, 진지를 드시게나
만큼, 성숙으로 저울 눈금 치울 때 되었는데
6, 70여 년 한민족은 경의 경원선 녹슨 궤도처럼
21세기도 10여 년 지나는데 지구촌 분단 나라다
불 말질 노총, 절대지존 둘러친 화형검뿐이다

죽 쑤어 개를 주는 사대주의에 사로잡히고
죽인지, 밥인지
밥도 죽도 팽개치는 동서 당쟁 아궁이
끼리끼리 밥 퍼 대신 밥을 쏟고 짓밟는

부지깽이 대신 머리끄댕이녀까지 등장했고
서둘러 지방자치 선밥 선거 밥상 발상법은
내 지방, 내 패거리, 내 새끼들
쉰밥과 배탈, 거짓과 부정, 서슴지 않았고
고두밥 쉰 밥 배탈 한밤까지 술, 노래방으로
고향과 나라 상심, 아이들은 밥을 싫어하였다

종묘 담벼락 저만큼 보이는 종3 갈봄 여름 겨울
늙은이들 처진 어깨를 밀고 당기는 파고다 공원 길
말투 말법 편 갈려서, 동남 서북 상앗대질 살고 있다
밥을 진지로 모시지 못하고 꾸역꾸역 넘기며 살고 있다
내가 만났던 주름 눈물 속의 주눅과 한 끼니 겨울 點心
종묘 담벼락 의지 '밥 퍼' 초겨울 한 날 점심 식사의 초대

「밥 퍼」
내 나라 눈 뜬 한 사제가 밥이 없어서
하얀 찔레순 여자들, 청량리 죽살이 88번지
청량리역 한 늙은이의, 그리고 88번지로부터
성찬식 밤 예수와 제자들의 다락방 식사법을
두 손으로 밥을 올려 드리기 시작한 '밥 퍼'
5, 60년 나라 어머니며 철든 아내 솔기 마음
쌀 한 줌 솔기 6, 70년 교회의 성미 마음씨
찌든 빈궁 사람들 모시고

살과 피 찢어 죽어 사는 법 마가의 다락방
먹히고 먹이리라, 눈 뜬 사제 가슴 요동이었다

원수인 물불이 제 몸을 스미고 살라 밥이 되는
훈민정음, ·, ㅡ, ㅣ 모음 삼재 3단계
물ㅁ/ 불ㅂ/ 원수가 풀ㅍ/을 올리는 정성으로
하나님 아들 예수가 사람의 아들 밥이 되는 법의
사람이 밥에 빌붙어 사는 짓 아니라지만, 말씀보다
밥과 포도주로 진짓상 먼저, 살과 피 예수의 복음
내 나라를 복음으로 밭갈이 일꾼, 한 젊은 사제가
하얀 사제복을 행주와 행주치마로 삼으면서부터
'밥 퍼'가 진짓상 되는, 밥과 법은 한 몸이라는
빛 힘 숨, 예수의 성찬 마음으로 밥상을 차리었다

하늘 우러름敬天과 빈궁 이웃 사랑愛人
뵈지 않은 하나님 섬기는 작은 뜻 한 목자가
물밥이나 선밥, 불 밥으로 끼리끼리 내 나라의
한결 맘과 몸 공궤 낮고 더욱 팬 곳을 찾아
물처럼 스미고 불처럼 살라 밥이 되었다
밥 퍼가 진짓상이 사라진 오늘
「백성의 밥은 하늘이다」
정부마다 바뀌는 통계상으로
누구 속에 불을 지르나, 3만 불

서울역이며 종묘 앞까지 「밥 퍼」
서울은 세계에서 돈만 있으면
살기가 좋은 식색과 음식남녀 골라잡아 천국
성전性殿 질퍽 깨끗 화장실 땅이 되고 말았다

10. 완급 지하철 9호선

1.

부들과 가시연꽃과

개헤엄 발가숭이 아이들과

천렵과 노들강변 길의 여의도

여의도는 본래 사방 넓이 2.9km의

황포돛대와 베잠방 새우젓 땀내와

허연 옷가지 아낙들 시린 손빨래 터와

한강 범람 때면 젖먹이 동물들 표류 터

켜켜이 모래알들 퇴적 여의도는 섬이었다

섬나라 대동아의 전쟁 때는

내선일체 황국신민과 욱일기와

가미가제, 활주로, ~뻔 했었고

1953년 잠시 미군 비행장에서

5.16 군사정부가 집권, 뒤는

물막이 모래주머니 기중기와 해머와 굴삭기들

유물사관 김씨 절대 지엄至嚴

낫과 망치, 붉은 붓대 주체사상 깃발

김일성 광장과 북한의 밀실 김씨 혈통과 맞장

모래섬 여의도는 5.16 군사혁명 기념광장 명칭
밀실 광장 남북 어디도 맘 ⇄ 몸 둘 곳 없었던
광장廣場의 월남 작가 최인훈은 결국 중립국을 선택
청년 명준을 인도양 지나는 중 자살을 선택해야 했다

군사혁명 여의도 5.16 광장 이름과
「잘 살아보세, 새벽종이 울렸네」
백열 닭장 집처럼 여공들의 영등포구
빗속 홍등 영등포 시절이 해체된 뒤
여의도는 8도 오작烏鵲, 추어鰍魚, 떼들의
등에 아닌 똥파리며 불나방 떼들이라 할까
빈대, 이무기들 난장 터가 되고 말았다

모래섬 여의도는 켜켜이 다발 돈의 섬
자칭 여의도는 한강의 기적 맨하튼이라는
눅진 강바람과 가로수와 잿빛 페이브먼트
강변 돗자리 사이와 틈 불장난 웃음과 울음
유리 밀실과 배달민족 이름으로 치킨과 호프
불야성과 가끔 추회 노인들의 지팡이와
우루룩 젊은이들 웃음 뒤 흐느낌 성채로
 8.4km의 '花無十日紅' 빗발이듯 벚꽃의 길
모래를 두드려 쌓고 다져 여의도는
판도라 상자로, 불과 불사랑 난장 뒤 모래 마음으로

~로부터 전자칩 무덤, 명령 하달
정권들의 입맛대로 KBS 1. 동양방송을
백색공포로 앗아 KBS 2. 방송국과
백색테러 젊은이들 담배 연기 속 유언비어
강화유리 벽 속의 유리 칼날 증권사들
한 손에 커피 또 한 손에는 담배
한 손엔 핸드폰 젊은이들 침 섬
피면서 떨어지는 꽃잎 가꾸어 벚꽃놀이와
벚꽃 길 휘감는 팔도 이무기 떼들 섬 여의도
휘뚜루마뚜루 빈 하늘에 베틀을 걸어
돌올突兀 서부 경남 달변 한 설교자의
별빛 대신 알루미늄 십자가와 수은등 예배의 처소
십자가 향해 두 손을 모으는 요단강 건너 섬 여의도
여의 지하는 급행과 완행의 연자방아 지하철 정거장

2.
~카더라
거시기~, 같아요
아니면 말고, 잡것들
니나 잘 하세요
벚꽃들이 눈송이처럼 누설하며
서둘러 떨어지는 요설들 혓바닥 섬
반근착절盤根錯節* 심사, 심의 국민을

불모와 입만 열면 국민이 용서하지 않는다
누가 국민 아닌 네 편으로 궁민窮民인데
빌미 삼아 대낮 주먹질 밤이면 웃음 주먹의 전당
야합과 분열의 뒤 나와 내 패거리는 거들먹 뒷짐
너와 니 패거리들 때문이야, 검지 세워 삿앗대질

나 말고 너를 탓하는, 네 탓뿐 삿앗대질
내 속의 너, 너 속의 나
너와 나의 동남 서북 분단 나라의
분단 갈라치기 허허 지폐 손가락들
든 손가락이 나와 나의 가슴을 향하는
민심즉천심 빌미의 지엄으로 사상누각, 아닌
부끄러운 손들을 낮게 모두고, 서야 하는 섬

백성의 밥은 하늘이다
안심 국태민안 법안과
하늘 뜻 돔 지붕과 낮밤 머리 싸매고 맞댐으로
스물넷 국회 기둥이 맑은 불 올라야 함으로 섬
작은 키 어머니처럼 장성 아이들 어깨 뒤에 계신
땅을 우러러 하늘 마음 안은 사람들 쟁쟁 목소리가
하늘 우러러 사람들 비빔밥 기도 소리의 섬 여의도

모래섬임을 알면서도, 모래를 다져 여의도

3.1, 8.15, 태극기 바르게 올리는 법과
6.25, 3.15, 4.19, 5.18 반 태극 올려야 하는 법과
누가 뭐라 하며 씹어도 5.16을 기념 새마을기와 태극기
단동십훈 10.3 개천절, 7.17 제헌절 태극기 계양하자는

동족상쟁 천안함 두 동강 사건과
유태 유월절 양들 이집트 탈출 때의
문설주 피 신앙을 호도糊塗, 세월호
아직도 그 생피를 핥는 무리들
아이들 수학여행까지 「네 탓이야」

왜, 어째서, 누가, 누구의, 무엇을, 위해
선장이란 놈이 먼저 내려버린 KBS 화면 뒤
쉬, 쉬잇, 그리고 유언비어 나라
미제출 세월歲月, 세월호歲越號 전말서
여의도는 반쪽나라 반 토막 헛바닥
거시기들, 아이면 말고, 난투장
그럼에도, 그렇게 함에도 여의도, 지금은
기적 한강의 석과불식碩果不食 맨하튼의 섬

3.
물과 불은 상극이지만, 두 입술소리
불 ㅂ과 물 ㅁ과 풀 ㅍ은 너와 나의

한 입 두 입술의 순음으로 파찰소리
원수의 물과 원수 됨 불이 한 줄기의
풀잎이 되고, 우물 불이 꽃잎처럼
한 숟가락씩 하나가 익은 밥이 되는
불과 물 원수가 새싹과 새끼들 밥을 위해서
두 손바닥 하나가 되어야만, 모래섬 여의도

물이 땅에 스미어 푸른 싹 올리어
울긋불긋 꽃과 붉은 열매를 올리는
모래섬 여의도는 물 위에 앉아서
불 담 둘러치고 있지만
4계절 두루 돌아 가을 하늘 붉은 감알처럼
한마음 한 열정으로 지켜야 할 모래알의 섬
입만 칫솔이나 넣었나 검붉은 혓바닥
국민 아닌 내 패거리가 용서하지 않는다는*
우리 패거리들만이 백성들 편에 서 있다는
국민 이름 아편 들먹, 편에 편을 쪼개 가르고
횡설수설 감언이설 사전투표를 해야 이긴다는?
궁민을 위한 비밀투표를 확인 거수기로 조성
모래를 씹고 모래의 말을 뱉는 사상누각의 여의도
퇴적 모래, 모래 씹은 말들 사막 국회의사당의 역은
지하철도 백성 위한 국회 시끄러울까 완행열차만 정차
조신하며 서둘러 오감 더욱 조심으로 멈추고 있다는

유리 헛바닥처럼 대리석 계단과
둘레길 애완견 목줄처럼 젊은이들 가슴 명패
분홍 밀실 헛바닥 유투브와 모스부호와 SNS
등나무와 칡덩굴 엉클어지듯 사발통문과
인공지능 A.I 로봇이 안내하고 가로막는
잘린 허리 좌우로 다시 거듭 헤쳐 모여 유언비어
유언비어가 앵벌이처럼, 진원과 변신으로 여의도
녹두꽃에 죽창 꽂은 전주 고부 녹두새 울음* 후
완행열차 출입구엔 민주민족 시민들 완전함을 위해
민주 노동자연맹 휘하의 무엇보다 시민안녕 지하철
지상 햇살 그리운 지하철 노조 입장이란
깨알 검은 글씨로 백성을 위하는 결사반대 방문
그래야 할 것 같아, 에두른 마음으로 찬찬 읽었다

켜켜이, 뒤죽박죽의 뜸배질 00 민주와
소, 말, 뿔 염소의 젖 흡혈의 아이들에게
아까시꽃 꿀맛처럼 000 선생들, 하향 평균화
여의 지하철은 빨간불 급행 휜칠 사람들과
파란불 완행 오르는 작은 키 더딘 사람들과
이적도 한양성 예 조선의 용머리 격格인
분단 나라 용산의 벌은 동학사건 후
영구 분단과 야합의 정권을 위한
청, 왜구, 태평양 건너 USA로 이어 이들만의 안방

우리가 걷어내고 가꾸며 서로를 품고 살자는
국방부의 전시계획 지금 대통령의 집무실
용산 발 유투브 또한 손바닥 王 점술인의
왕벚꽃처럼 유언비어 비린내 없어 산실

때문에, 완전 한쪽 때까지
빌미와 야합의 척결을 위해서
동학 그때처럼 죽창의 노래 다시 부르고
더욱 불 밝혀 대낮처럼 당당히 불러야만 한다는
반쪽 땅 지하부터 지상 공중파까지 노조 사람들은
완행 지하철에 오르는 민주시민들의 안전 안녕과
콩과 보리 숙맥불변 완행 지하철 사람들을 위해서
사고思考부터 생각 전환이 절대절명이라, 붙었다는
검지가락 천지비天地否* 격문을 붙여야 했다는
나랏말, 훈민정음으로 격문을 나는 씹어 읽었다

    4.
켜켜이 퇴적 모래의 섬 여의도
팔도 모래 사람들 말놀이와 눈싸움
땡볕 사막 시들마른 말들의 흥정 난장 터
밤섬의 사람들이 너른 벌판 섬이라 불렀다는
여의도汝矣島는 집권하는 너 여汝당의 뜻대로?
북한 수령이 무서워했다는 폭탄주가 시작한 곳

폭탄주 강남 맛들이에, 북한 책사 머리뼈가
대포에 의해 박살 거시기 만들어졌다카는?
웃음과 울음 침묵과 활전舌戰 낮밤 섬 여의도
여의도는 집권자의 뜻대로만, 아니지
사람들 술책과 의도意鬪 여의주랄까 재칼이랄까
덫이 되어 홍수에 밀려온 포유류와 쇠파리 떼들처럼

지하 여의도와 당산堂山 금줄 마을로 이어지는
옛 당산나무 잘린 터엔 형형 1회용 비닐 조각들
조각 비닐에 섞여 출세 노림 일확천금 붉은 부적
아직도 입시철 선거철이면 사다리 붙들기 위해
부적은 베델 광야 야곱의 하늘길 사다리랄까
사람들 두 손 모으는 당산 점집들은 문전성시라는

여의 지하와 당산 지상과 허공 걸어 당산철교 길
수직 5, 60m, 일백육십 여덟 계단쯤, 에스컬레이터
지하 지상에 걸어 전자동 꿈틀 숨틀 검은 사다리
구 파발마 전령 말발굽 소리라고 할까, 조국의
문제는 우리 남북 민족끼리 한미 연합훈련 빌미
빌미로 삼아 평양 북한서 동해와 서해로 미증유
정체불명 우르릉 번쩍 장長, 단거리 번개 울음의
자장가로 불꽃놀이 웃음으로 살아가야만 한다는
삐걱 때로 철거덕, 밀물과 썰물의 소용돌이

지하 여의도역에서 지상 한강의 당산역까지

9호선 에스컬레이터에 몸 싣고 오르내렸다

*반근착절盤根錯節 : 후한서 우후전虞詡傳, 기존(훈구파)이나 토착세력(영.호남)이 깊이
뿌리를 박고 박혀서 얽힌 뿌리가 흔들리지 않는다.

*국민이 용서하지 않는다는 : 국민 빙자 애국심은 악당들의 마지막 피난처, 이때
의 애국심은 진정한 애국심이 아니라 사리사욕을 감춘 위장된 애국심이다. 영국의
시인 존슨의 경귀다.

*천지비天地否䷋䷋ : 왕이 위에 있고 백성이 밑에 있는 괘로 마음이 서로 통하지 않
고 막혔다는 괘이다. 니체의 진단처럼 사람들이 통째가 되지 못하고 도토리 키 재
는 단편이 되었다는 것이다. 이런 경우 사람들은 나만 내 패거리만을 위한 몰염치
를 정당화하기 위해 반근착절일 수밖에 없다.

*大方廣華嚴藏經 : 화엄경의 본 이름이다. 40개의 주제를 80권에 담아 놓은 것이
다. 大는 하늘, 方은 땅, 廣은 만물이다. 佛은 깨달은 사람이고 열매며, 華는 인격이
요 됨과 다움으로 꽃이다.

11. 들소리는 새벽 한恨 소리다
- 양의 해, 양치기 시인의 기도

    1.

들녘 들소리는

들녘사람들 한숨이요, 땅의 소리다

작아서 큰 마음 한결 정복淨福의 터

개펄처럼 비린 목숨들 엎드린 땅소리다

양띠인지 염소의 띠인지 아침 해인지

지구촌 唯一有二 분단국 조국 코리아

눈길 속을 검은 레일로드의 경의선

경성에서 평양성 거쳐 신의주가 종착역

창밖 눈 내리는 경의선 겨울 객실에 앉았다

언어와 핏줄까지 하나라는 배달겨레*

열혈 말들만 아귀아귀 마른 밭에 게웠던

낮밤 70년, 세 치 혀와 혓바닥 쌈박질 휴지休止

피 쏟고 어린 육백 리, 155마일 오가는 경의선

오르내릴 때면 카키색 젊은이들 처진 잠들 본다

저 곤한 잠맛이 불을 물고 지키는 3.8선 24시

철모와 방한 귀마개의 겨울을 지키는 기침소리
지금도 저 젊은 또래 방아쇠에 언 손 얹은 채
불연, 상극 빌미의 교란작전 때면 진돗개 암호
불 눈초리 들풀 으깨지는 침묵 캐터필러
전우가 기대어 잠든 청년들의 문산까지 경의선
쏟은 피 가슴 뼈가 아직도 비무장의 육백 리
겨울 숲 겨울 새들 대화는 무슨 빛 무슨 소리일까
기대 잠든 한 청년이 가위눌린 것일까 입술의 경련

    2.
마른 하늘 예루살렘과
이방 팔레스티나 순례자 길
바란광야의 모래바람 속에서
길 잃은 한 마리 양을 보았다

싸락눈처럼 모래바람에 휩싸인 바란광야의 모랫길
두건 쓴 사내들과 차도르 여인, 순례자들 오갔지만
누구도 잃을 길, 양에게 눈길을 주는 이가 없었다
순례자 길이었지만 이방인으로 나 또한 잠시, 힐끔
싸락눈처럼 모랫길 양 곁에서 서성거렸을 뿐이었다

동녘 아침 나라, 너와 나 분단 조국 코리아

을미년, 양띠 해가 동쪽바다 능금처럼 올랐다
순한 눈, 순한 울음, 양들처럼, 배달 흰옷 사람들은
나라가 구만 리 창창하여라, 딸 아들 위한 새벽 마음
바란광야 바람 속 양처럼, 어미들은 눈물의 열두 치마
아비들은 흰 무명 적삼 등짐으로 황토 길 헤적여 왔다

새벽이면 살폿 대문 여시고 우물 터 길을 가셨던
동편에 맑은 해 오를 때면 가족들 수복강녕 위해
장독대와 뒤란엔 정화수 올리던 황촛대가 놓였고
작은 키 저민 가슴 어머니의 치성은 눈물부터였다
아버지는 새끼들 겨울 방바닥 군불과 헛기침 섞어 올렸다
때면, 빨간 까치밥 서리 감 몇 알 햇살에 붉어서 서러웠다

3.
2015년 양띠의 해도
홍익인간, 훈민정음, 한 마음 옹소리의
하늘 씨앗 품은 텃밭 마음씨의 배달겨레
빛, 힘, 숨소리 금쪽 아이들이 태어나고
양털이 깎이듯 목숨의 그네가 오를 것이다

한 민족 한 겨레, 언제일까
침묵과 벌집, 상극 상생, 겨레 코리아
불 울타리 둘러 어둔 그림자, 분단 70년

한 민족 한 겨레, 홍익 마음 언제일까
지구촌 유일 지존 말꼬리 붙들다 난파
남북 혹은 북남의 한 말 배달겨레 지금은

태극기 올릴 때면 동해의 물과 독도와
애국가 속 핏빛 설악 단풍이 떨어지고
맞춰 오르는 을숙도 새 떼처럼, 남쪽과
백두 혈통 철옹 자벌레 낙원 북쪽이다
절대와 절명, 지존 북쪽 한결 얼음 70년

남쪽은 양치기 소년과 마을 사람들
삼권분립이 아닌 서로 다짐, 눈속임
푸른 대문 세세년년 침묵 암호 풍월주인
깨진 의사당 인간들은 언어 항쟁 양파까기
종묘가 있는 지하길 속까지 니편과 내편의 탓
꺼벙한 구경꾼들 속에서 터진 입질과 주먹다짐
지하철 땅속에서 바란광야 양처럼 길을 잃었다

북쪽은 단말마 불구덩이 일제 식민지 시절
회심과 성령의 평양성은 세계 기독교에서
코리아의 예루살렘이라 불렸던 성채였었다
부벽루와 을밀대 능라도가 화폭처럼 대동강
큰 나라 고구려, 푸른 물결과 활터의 언덕

장대재는 하늘 하나님 추녀처럼 장대현교회
장대현교회*의 추녀를 까부순, 터 그 자리에
절대지존, 시체 금박 금수 태양궁전 만들었다

느부갓네살 2세 왕의 꿈*
그때 퍼런 칼날의 꿈이
언제 도적처럼 찾아와서

임진강에서 금강산 해금강이 바라뵈는
분단의 철조망, 강원도 고성 명호리까지 248km
산양과 멧돼지 노루 고라니 뒤똥 암꿩 꽁무니 장끼
천 년 살며 난다는 학이며 나비 꽃 뒤엉켜 비무장 땅
배달겨레 남과 북 창과 칼을 꺾어 보습 댈 땅 일구며
타고동동, 타고동동, 왼갖 악기들을 들쳐 메고
비무장 수직 철조망 불 울타리로 전진할 것이다
아리랑 가락 맞춰 헤쳐 D.M.Z으로 나아갈 그날을
이뤄지리라, 이루어져야 한다, 학수고대 너와 나다

　4.
을미년 양띠의 해
돈만 움키면, 코리아는 남쪽도 북쪽도 천국이라는
아침 해 창밖 광림교회 알루미늄 십자가에 반짝이고
정발鼎鉢 기슭 국립일산암센터 등져 해 넘어가겠지만

148

오르는 해, 너와 나 가슴에 푸른 동앗줄 걸어 붙잡고
지는 해 뒤는 우리들 옷섶에 재워 밤을 맞이하게 한다

비빌 등짝 푸른 풀 뵈지 않는다, 양들 울음과
동서 패거리들 니편 말고 나만의 내 편 꼴이어야
아우성들은 어둠 낭떠러지 길로 양을 몰고 간다
늑대들 울부짖음 순한 양들 울타리를 넘어오기 전
어른들은 양치기 소년 거짓말 말고 일어서야 한다

바란광야 뺨 후리던 싸락눈처럼 모래바람 내 조국
돌연변이, 뿔난 염소들의 박치기는 사라져야 한다
늙은이가 한겨울 가평 얼음물 속에서 가슴에 품은
우리 어머니들 기원 마음과 더하기표 하얀 문양 돌

양띠의 해는 정화수 올렸던 지어미 새벽 마음 이루어지기를
아이들은 환호작약, 물음 눈과 느낌의 크레파스 가슴이기를
젊은이들은 용왕매진, 물음 짊어지는 단단 어깨와 다리기를
서리 맛 늙은이들은 까치밥 감알처럼 쉼표 하룻날이 되기를
저녁 진짓상은 정화수의 맘과 헛기침 손자들 웃음 섞이기를
참회 맘과 밑힘으로 양의 해 손을 모아 하늘 아래 놓이기를

  5.
이천 년 전, 그날 팔레스티나 모래 들판

이 독사의 자식들아, 빈 들판서 외치다가
헤롯 안디바 생일 밤, 샬로메의 살랑 춤과
쟁반에 모가지를 올렸던 새벽 들소리의 사내
별 계율이 들소리 사람 야훼의 어루만이었을까
없어 있음, 절대 하나님 침묵의 사랑법이었을까

알 수 없어라
밤하늘에 별빛이 오르는 어제와 오늘과 장래를
칡덩굴 엉겅퀴 휘감아 휴전 155마일 마른 피의 터
들녘 소리로 외쳐야 하는 목숨의 노래는 무엇일까
분단의 철조망 두고 SNS 가상공간 속의 댓글일까
대낮에도 도적질 난도질 공공 입들만 바라봄일까

분단 70년, 동방 예루살렘 배달민족 꿈을 꾼다
155마일, 칡덩굴 엉겅퀴 불 울타리는 차곡차곡
처음 세례 너와 나의 가슴 장미꽃처럼 보듬기를
무릎 꿇어 신구약성서 66권, 일점일획 갈피마다
성서무오설, 믿고 받은 날과 그 믿힘이 모질어
광복 분단 70년, 양의 해 첫날에 두 손 모으며
마른 눈물 숨어 찍으며 나는 또 일기장을 편다

「메네 메네 데겔 우바르신」*

을미의 새 해, 길 잃은 하얀 옷 양들 마음

순한 눈 양들 목마름을 비 갠 해 아침으로 초대

흰 것이 흰 것을 거부해서 더 희어졌던 하얀 슬기 겨레를

손을 잡아야 터지는 기쁜 울음, 메나리조 가락 숨 들녘을

들소리는 들녘의 빛, 힘, 숨, 사람들 하얀 한숨 노래 터임을

*배달겨레 : 최현배 선생에 의해 보편화, 동이의 한민족을 예스럽고 지게 표현했던 코리아의 한 명칭이었다. 한반도를 중심으로 모여 사는 단군 자손들을 배달민족이라 했다.(한글학회 우리말 큰 사전) 지금 우리는 배달겨레의 倍達을 配達로 戱畵, 인도와 차도를 돌진하는 젊은이들의 목숨 건 질주, 빨리빨리, 오토바이의 配達, 轟音과 더불어 배달되는 음식을 또한 빨리빨리 쫓기듯 먹고 있다.

*장대현교회 : 기독교가 이 땅을 찾았던 때 동방의 예루살렘으로 불렸던 평양성, 평양의 쟁대재 언덕에 1907년 장대현교회가 세워졌다. 22세에 교회를 찾았던 조만식 선생이 장로로 섬기고 있었고, 주일이면 1,500명 기독교 신도들이 모였다. 공산 정권을 세운 김일성은 장대현교회를 까부수고, 그 터 위에 자기의 만수대집무실을 만들었다. 김일성이 죽고 아들 김정일이 집권, 1994년에 금수산 기념궁전으로 개명하였고, 김일성 시신을 유리관 속에 보관, 시체 참배를 강요하였다. 김정일이 죽은 뒤 3대 김00은 금수산 태양궁전으로 개명하였고, 장대현교회의 정문이 있었던 곳에 보라는 듯, 김부자의 30m 가까운 동상을 세워 북한 사람들은 물론 그곳을 찾은 사람들에게 참배를 시켰다. 남쪽의 어떤 세력 편들은 물론, 이들과 함께하는 종교의 지도자들, 중에서 우상숭배를 금하고 있는 천주교 신부며 개신교 목사들도 이곳에 헌화와 차례를 좇아 절을 하고 있다는 뉴스였다. 이것이 지금 남한의 四分五裂 개신교 등 샤먼 종교의 실상이다. 양을 인도한다는 유일 하나님께 목사들 유일하신 하나님에 대한 믿음의 본질을 팽개치고, 이데올로기로 w.c.c, 특히 n.c.c 측은

신앙의 정도를 넘어 그들의 방편으로 북에 동조하고 있다.

*느부갓네살 2세 王 : 구약성서 디니엘 2장 31~45, 3장 1~5, 5장 5~29, 믿음이란 바라는 것들의 실상이요, 보지 못한 것들의 증거라는 말을 기독교의 본질이라 보고 믿는 나는 남북한이 하나로 되는 길은 통일이란 형제 관계를 넘어서 歸一이어야 한다는, 부모의 마음처럼 하나가 되고 되어야 한다고 보고 있다. 그런데 북한은 잘 모르겠지만 우리 현실은 부모는 요양원으로, 나에게 절대 순종의 개새끼는 안방과 거실로 모시는 相不離 개판 세상이 되고 말았다.

*메네메네 데겔 우바르신 : 디니엘 5장 25절이다. 메네는 '計數로 세다'의 수동형으로 세어지다 계수되다, 데겔은 저울로 무게를 달다. 우바르신은 나누어지다, 조각이 나다 뜻이다. 이 비유를 우리의 역사로 가져와 볼 때, 지정학적 위치로 주변 강대국의 눈치를 보며 살아온 것이 지금까지 우리 역사이었다. 광복 후 김일성과 이승만이 그랬고, 하나됨을 실현하려다가 죽임을 당한 조만식 선생과 김구의 경우가 잘 증명하고 있다. 우리의 음식문화는 느림으로 발효와 끓여서 만들지만, 먹을 때면 느림의 미학이 없다. 지금 핸드폰으로 비유되는 우리 문화와 민족성의 빨리빨리, 갈기갈기, 온몸을 흔드는 젊은이들의 노래가 그렇고, 학문과 철학은 겉핥기로, 특히 향원鄕愿, 政商輩들은 거시기, 너나 잘하세요, 아니면 말고, 말장난과 집권하는 자들은 대부분 자기 패거리만을, 서둘러 시행착오 삼일 공사, 경망함으로 국가를 찢고 갈팡질팡하게 해 왔다. 부모 아닌 형제의 수평으로 도토리 키 재기 마음 남북 문제 또한 마찬가지다.

12. 에스더와 인당수
- 효녀 심청과 부림절

1.

남향 마을 입구에는
늙은 느티나무가 청홍
금줄이 두르고 서 있었다
육전소설 청이처럼
어렸을 적 트라우마 소녀였다는
상련相憐으로 심청의 일생을 그린
기독교 신자 전영미 화집을 읽었다

밥 짓는 연기가 삽살개들 꼬리처럼
중년 아낙들의 동동걸음으로 물동이
황성에서 백년 하객 사위가 온 것일까
사립문 안에서 씨암탉의 목이 뒤틀리는
해장죽과 사금파리와 흙냄새의 고샅길을
감긴 눈을 뜨고 싶은 심학규의 손을 잡고
터진 손등 헤진 소매, 청이 걸어가고 있다

비나이다, 비옵나이다
천지신명과 일월성신께

소녀의 목숨을 받아주시고
아버지가 눈 펼쳐 밝은 세상 보시기를
인당수 회오리 파도 위로 열다섯 청이는
목숨을 던졌다, 갈퀴 파도 인당수 물결들
예수가 꾸짖었던 성난 갈릴리 물결의 인당수
인당수 지금은 3·8 이북 적멸 뱃길이라 했다

2.
버석 길과 허연 터번 페르시아 사내들
우리 옛 홑바지처럼 헐렁 페르시아 복식
텔레반이나 하마스 남자들의 턱수염처럼
구레나루 남정들이 땡볕 길을 가는 오는
눈만 내놓은 검은 차도르 페르시아 여인들
낙타가 바늘귀 문으로 들어가듯이
코흘리개 까만 눈 아이들 손목과 종종걸음
낮은 문 낮은 널판자 지붕 밑으로 사라졌다

알라만의 절대와 절명으로 신의 나라 페르시아
지존자 배신하면 반드시 돌아오는 칼 부메랑의
하얀 대리석 바닥과 아라베스크 무늬 구중궁궐
궁궐에는 현란 배꼽춤 파티와 혹간 웃음소리
웃음소리 위로 열사의 달빛과 별들 쏟아졌다

백향목 문짝들 구중궁궐과
땡볕 대리석 그늘 뜰이 보일락말락
궁궐 초소, 이스라엘의 이지음 모사드
유태인 포로들 책사며 모사 모르드개
거울 안 뒤지듯 궁궐 안의 일들을 보다가
둘째 유태인 왕비 에스더 불러 귓속말이었다
유태인 포로들 멸절, 하만이 흉계를 꾸미나니
너를 불러 세움이 이때를 위함이 아니었겠느냐

유태 책사 모르드개는 깊은 눈을 줘
히잡이 썩 어울리는 왕후 에스더에게
유태 여자 네가 왕후로 간택이 된 것은
이때를 위해 야훼 뜻임 잊지 말아야 한다
궁궐의 제 2인자의 자리군힘 장군 하만이
게르만 민족이 아우슈비치 유태인의 학살
유태인의 척살을 위해 몰두하고 있나니
잊지 말아라, 이때를 위해 네가 세워졌음을

   3.
곽씨 부인이 뜬 눈 채로 눈을 감은 뒤
젖동냥洞糧으로 심학규는 외동딸 청이를
동네 젖먹이 아낙들 젖줄에서 젖줄로의
적선지가필유여경

청홍 금줄 느티나무에 소원 비는 마을 인정
아낙들 젖가슴 보시 놓은 뒤의 나이 청이는
장님 아버지 심학규 손을 붙잡고 밥술을 구걸
일곱 나이 들면서, 청은 지금의 가정부 일들과
늦은 밤까지 삯바느질, 삯바느질이 없는 날이면
눈 먼 아버지 손을 잡고 어머니 무덤까지 걸었다

포로의 땅 페르시아 부모가 없었던 에스더
유태 소녀 에스더의 후견인으로 모르드개는
페르샤 왕 둘째 왕후로 에스더가 뽑히게 도왔고
지금 이스라엘의 모사드가 북한 땅의 핵시설까지
우리 좌파 정권 국가정보원 첩보보다 한 수의 위
옛 페르시아의 땅 이란 핵 설비의 위치와 정보를
구레나룻 이란 정보기관 앞서 파쇄하듯
에스더의 양부였던 유태인 포로 모르드개는
궁궐 문밖에서 궁성의 일거수일투족 꿰고 있었다

4.

심학규가 개천을 오르며 약속하였던
몽은사 주지 스님께 공양미 삼백석
삼백 석의 공양미, 아니 세 댓박의
동냥이라도 누가 우리에게 쉬 주겠어요
조반상 앞 열다섯 청이와 장님 심학규의

성난 파도 인당수 길, 눈물 찍으며 조반상

오늘 아침은 이밥에 고기반찬이구나
아버지가 연신 놓친 수저 더듬거리며
참 맛나다, 뉘 집에 제사라도 있었느냐
이밥의 숭늉마저 마시고 싶다는 심봉사
숨겨 들썩이던 청의 어깨까지 흐느낌이
핏줄 아버지의 마음 눈에 밟히고 말았다

비단 몸매가 안성맞춤 후궁 에스더
에스더가 하만의 유태인 척살 음모
후견인 모르드개에게 듣던 날
스물하나 왕후 에스더는 말했다
3일을 먹고 입는 일, 모두 끊고
유태 여자로 골방에서 야훼께 매달리리니
페르샤 모든 유태인 포로들에게 알리소서
저와 유태 민족의 3일 금식이 끝나는 날
페르샤 왕궁, 여자란 칼 계율에 걸리더라도
내 민족과 후견인은 결코 말을 하지 아니하고
검은 윤기 수염과 검은 털 가슴 왕 앞으로
허리춤엔 항상 날이 선 칼집 속의 칼날 법
죽으면 죽으리라, 인당수의 길 나아가리라

유태계 리즈 테일러, 화장과 짙은 눈썹처럼
연분홍 살랑 짙은 입술, 유태의 딸 에스더
왕의 부름이 없는 후원 길을 혼자 걸어서
대리석 길과 모자이크 벽 비단 침실 왕만의
항상 허리춤 칼날 왕의 처소 향해 걸어갔다
그 밤 곱고 고운 에스더의 자태
왕비 에스더에게 금가락지 끼워 주며
에스더여, 이 밤 네 소원이 무엇이냐
왕은 거푸 네 소청이 무엇이냐
나라의 반쪽을 너에게 주겠노라

5.

는개가 걷히고 잔잔한 봄 인당수 뱃길
중통외직中通外直 연분홍 연꽃 한 송이
꽃가마 모습 꽃봉오리 뱃사람들 건져왔다
꽃봉오리 열리고 청은 왕후의 직함 얻었지만
수심愁心뿐 청의 마음을 읽고 까닭을 안 왕은
도라산 역에서 개성까지 중간 쯤? 때의 황성
황성문 활짝 열고 한라 기슭에서 백두산 천지까지
전국 맹인들 위한 잔치가 열린다는
성산포에서 두만강 청진까지 방을 걸고 붙였다

맹인들 전국 잔치가 내일이면 끝나던 날

녹슨 휴전선 철조망처럼 차림 장님 심학규
검은 손때 지팡이 기대어 궁궐 문 들어섰다
어젯밤 꿈속 심봉사를 만났던 청이, 아부지
왕후 청은 열다섯, 그때 뉘 집의 제사라도
때의 밥상 곁 울음 목소리로
「아부지」
심학규를 불렀고, 걸인 장님 심학규는
목소리는 열다섯 때의 청이 목소리 분명한데
감긴 눈 아직인 채 네가 내 딸 청이란 말이냐
뺑덕어미에게 뜯긴 관과 땀내 망건의 모습으로
비단옷 청에 안겨 칠흑 심학규는 두 눈을 떴다

히잡이나 부르카 차림이 아닌
연분홍 연꽃처럼 비단옷과 짙은 속눈썹
앵두 입술 모양 스물한 살의 나이 에스더
유태 처자 에스더는 뜬 눈 아버지께 청이 안기듯
그 밤 맨몸의 왕과 하만을 궁중 연회에 초대했다
이렇게 고울 수가 에스더여, 네 소청이 무엇이냐
칼 없는 허리춤 자리 만지며, 칼을 가져 오너라
너의 소청이 무엇이냐, 거듭 묻고 캐듯 물었다
왕의 수염보다 더 짙게 정돈, 하만의 턱수염
젊은 몸매 고운 눈 에스더의 왼손 검지는
구레나루 하만을 찍듯 가리켰고

숨겨 에스더의 몸매를 핥고 훑던 하만의
아우스비치 유태인의 몰살, 꾸몄던 하만
턱수염 하만을 흐느끼면서 거듭 가리켰다
정돈된 수염 하만은 자기 집 후원 장대에
검은 수염 바람에 찢기며 매달리고 말았다

    6.
당동벌이黨同伐異의 좌우 찢어 분단 내 나라
분단 남북 동서 이후, 내로남불이라 했던가
내편과 니편, 성형 눈꺼풀을 치켜 마음으로
찢겨 흩어짐은 혈육도 마지노-선 심사의
70여 년 분단 속에서 마음과 눈길을 차단
반은 숨어 크게 웃고, 반쪽은 부릅 눈으로
지금 남쪽과 북쪽, 동남 서북 끼리 내 나라
네가 진짜 청이란 말이냐, 뜬 눈 심학규가
핏줄 끌어안고 소용돌이 물결처럼 떨고 웃었던
인당수 해안 바위 뚫어 지금은 남 멸절 전초기지

한쪽이 멸절 때까지, 유태 민족주의와
알라만의 원칙주의 텔레반들 페르시아
페르시아 왕에게 나아갔던 처자 에스더
이방 칼금 땅에서 포로 유태 책사 모르드개는
죽으면 죽으리라, 부메랑은 하만의 칼날 마음

하만의 목 장대에 걸어 유태 민족 몰살을 풀어
디아스포라 유태인들 부림절 두 주인공이 되었다

   7.

성지순례의 마지막 밤 체험은
기브츠 유태의 농장 낮은 목침대의 체험
낮은 목침대 설친 잠 뒷날의 아침이었다
갈릴리 아침의 호수 걷다가 돌아오던 길
기브츠 후원 고운 잔디 위 3단 몇 화분대
허연 화분대 3단부터 화분에 물을 내리면
물의 흐름이, 2단 화분 거쳐, 1단의 화분
1단 화분을 적신 물을 잔디로 스미게 하는
기브츠에 살면서 정원을 관리하고 있다는
내 나이 또래 기브츠 거주 노인장 만났다

샬롬
목례와 허죽 웃음 나에게
머뭇거리다가 웃음으로 얼굴
황색 작업복 흰 수염 노인장
띄엄 우리말로 말과 바디랭귀지
눈빛과 손짓 말씀을 건네어 왔다
서울과 제주, 판문점에 들른 일 있었다는
지금도 팔레스티나 분쟁 땅 위의 이스라엘

약속의 땅은 90%가 산과 사막으로 땅이지만
그러나 야훼와 광야의 언약을 푸르게 가꾸는
또래 노인과 악수를 나누다가 노인의 거친 손바닥
페르시아 식민시대 모사드 모르드개 모습 떠올라서
분단국 기독교인 장로 내 모습이 진짜로 가짜임 실루엣
진짜로 싫은 말, 진짜를 써야 하는 진짜 부끄러움이었다

   8.
여객선이 38 이북의 바다 백령도
우리 섬 백령도에 접근하고 있다는
방수 조끼 서둘러서 벗지 말아달라는
안개에 가린 바다 저기쯤 열다섯 효녀
심청이 하얀 속치마 눈물을 뒤집어 쓴
몸을 던진 곳으로 추정되는 인당수라 한다고
쾌속 여객선 선상의 마이크
인당수는 회리바람과 물결의 뜀이 쉬는 일 없다는
여섯 과장 판소리 효녀 심청 판소리가 탄생한 곳
38 이북 백령도는 남북 대립의 천칭이요, 온도계
북은 백령도 기습 침투를 위한 철야의 훈련을
최적지로 거친 물결 인당수를 활용하고 있다는

백령도가 눈앞, 갑판 위에서
괜찮으시다면

내게 두 손으로 명함을 건네어 주고
내 명함 두 손으로 받은 또래 장로님
출판사 일을 하고 있어서
내 함자 익히 알고 있었다는
명함 속 장로님은 개화기 육전소설 심청전과
야훼 이름 한 번도 언급이 없는 설화 형식 에스더
부림절 두 주인공 모르드개와 에스더의 에스더서
에스더書, 66권 정경에 넣는 일을 놓고
신학자들 논란이 인당수의 물결처럼이었다고

혈육 아버지의 뜬 눈 만남을 위해 연꽃 환생으로
설화 심청전과 부림절 에스더의 민담체 이야기를
나에게 꺼내 놓으신 장로님께 나 또한
서울과 38 이북 백령도, 백령도처럼 멀고 위태
좋은 시는 긴장으로 두 이미지가 멀면 멀수록
손에 잡힐 듯해야, 눈 앞 백령도처럼
그래야 좋은 시라는 프랑스의 시인
피에르 로베르디 은유 가져와 답을 드렸다

  9.
죽이려는 술책에 감김이 아닌, 죽으면 죽으리라
하만의 유태 민족 몰살 흉계를 되받아, 에스더
출판사 일을 하고 있다는 장로님은

민족 위한 에스더의 선택과 아버지 눈 뜸을 위해
기독교 서적에서 문화 일반으로 시야 넓히고 있다는
인당수 환생 심청전 비유 왜 내게 말을 하였을까
방수조끼 함께 벗으며 출판사에 한 번 들르시라는

2021년 백령도 인근에서 북 어뢰 폭침 천안함
동족상잔 그날이 치욕의 날 아닌, 정권은 기념의 날일까
검은 리본 마음과 가슴이었을까, 문재인 정권의 추념식
주름 가득 하얀 치마저고리 두렷 어머니가 죽으면 죽으리라
대통령에게 천안함天安艦 폭침이 누구 짓이었느냐는
KBS, MBC, TV 화면 더러 SBS, 누구 조종에 움직이느냐는
소복 어머니만의 어머니의 용기를 보다가
먹먹한 가슴 나 또한 화면 속 어머니처럼
어머니의 마음처럼 그래야 한다는 마음으로
눈물 찍어내다가 백령도의 추모일기 찾았고
디아스포라 유태 민족의 몰살을 면케 하였던
정경에 넣을 것인가, 말 것인가 망설였다는
유태인 제축 일, 부림절의 에스더와 모르드개
66권 속 에스더서 속의 모르드개와 에스더의
유태인들 부림절 사건을 세 번째 읽어나갔다

우리는 단군 배달 한민족이라면서
폭침 천안함과 38 이북 뱃길 백령도

164

분단의 나라 화합을 위한 서울연회 장로들
승무원 103명 중, 해군 사망 40명
지금까지 침몰 실종이 6명이라는
감리교 서울연회 장로님들과 그날과 그때의 백령도
해군 특유 모자와 세라 복식에 짠한 바람이 지나갔던
전몰용사 하얀 위령탑 흔들림 없는 청동 브론즈 얼굴
백령도 전몰용사들 그때와 그날의 얼굴을 어루만졌다

백령도 전몰용사 순례 추념식
찬송 음계가 안개 바다 그날 때처럼
때의 무심 물결들 따라 퍼져 나가고
전몰용사들 하늘에서나마, 안식을 위하여
안내 해병대 목사님 말씀과 묵념, 합심 기도
합심으로 기도가 끝나자, 자유 대한민국 심장
수도 서울 안의 감리교회 장로 직함, 교회의 어른들
몇 분 장로들은 안개 바다 바라보며, 눈시울을 찍었고
브론즈 복식 장병들 아쉬어 만지고 뒤돌아 또 만지면서
나도 해군으로 서해에서 두세 장로들은 눈물의 전우애를

이명이면 좋으련만
서울연회의 장로들 중에서
장로 직함이라며 얼굴에 웃음의
인증의 샷, 그럴 듯하게 박히었느냐는

그들의 말과 어투, 고저와 장단에 따라
헤쳐 모여서 다시 고개를 숙이는 이들과
고개 세워 하만이랄까, 침묵 웃음을 보았다
동족의 상잔, 전몰용사들 유령탑 앞에서까지
작은 마음 측과 편, 찢어서 가슴 분단의 나라
일기 속의 그때 백령도 추념 순례일기를 덮었다

    10.
금강산 길이 열리고 남쪽 관광객들 일렬횡대 온정각
온정각의 정00 님 공덕비에 새긴 남쪽 한 저널리스트
한복 그 저널리스트 세 치 혓바닥은, 천안함 폭침은
한민족 북한 소행 아님이 소숫점 0.001, 확실함이라는
북한민족 정권 소행이었음을 당신 두 눈이 보았느냐는
이북 소행 아니었음을 확률로 %까지 계산해 보았었다는

태풍 매미가 동해의 남부를 휩쓸었다는 뒤의 뒷날
온정각, 저널리스트의 공덕비 글씨 앞에 서 보았다
천안함의 폭침을 두고, 그의 %까지 거들먹 거부했던
비틀 파장 뒤 주막 나서는 주막체처럼 글씨 비석 모습
화강석이었던가, 비에 젖은 비틀외틀 글씨체 허허로움
창경궁 인근 창문 밀쳐서 그는 왜 자살을 해야 했을까
태풍 매미 지나가는 온정각 비 속에 홀로 남아 있었다
비석의 비틀 주막체 비문, 빗줄기에 젖어 있었다

혹여, 극렬 남북 한편의 일방적 승리
백두혈통 혈기 북쪽의 젊은 지도자가
가족과 친족 관계에서 00父로 호칭되는
북한 책사를 자동화기로 폭파시키었듯이
하만이 스스로 세우고 제가 달렸던 장대
나 또한 그렇게, 그처럼, 되리라는 생각보다는
소풍 날 열두 돼지새끼들, 제 열 손가락으로 헤며
그런 찢김 나 말고 누구와 누구부터 아니겠느냐는

유태 처자 에스더의 에스더서 찬찬 다시 읽었다
야훼의 호칭이 한 번도 나오지 않는 정경 에스더서
곁에 놓인 두세 에스더서의 주해들 나는 밀쳐놓고
심청과 에스더서라 할까, 에스더와 인당수가 좋을까
전영미 또한 청이처럼 어렸을 때 트라우마 소녀였다는
별이 없는 별 밤 새벽 서창가 기대 앉아서 혼자 읽었다
전영미 또한 청이처럼 어렸을 때 트라우마 소녀였다는
기독 신자인 전영미의 청이와 상련으로 화집을, 거듭
주해서들 곁 공동번역 에스더를 끄덕이며 더듬어 읽었다

세 마당

완월동 접시꽃

그림, 기산 고만식

부부, 성지순례

1. 옹알이

시월 중순 가을비 걷힌 마을 길
더러 흠집의 몰타르 길을 걸었다
유모차 밀고 가는 가을 눈빛 젊은 엄마
갠 하늘 초롱초롱 새끼와 엄마 옹알이 길

가을 길의 만난 젊은 엄마와 새끼 옹알이
시인의 언어는 나랏말 지킴 옹알이라는데
지금까지 나와 너의 옹알이 무엇이었을까
계속 시의 새벽 길을 펴고 걸어오고 갔는데
얼 옹알이 모국어 시들은 어디 박혀 있을까

둘레길 벤치 가을을 앉았다
풀숲 가에 버려진 유모차 하나
유모차 의지하며 할머니가 걸어왔다
휴우, 유모차 기대 할머니의 옹알이
버려진 유모차 곁 한참 뒤뚱거리다가
휘적휘적 온몸을 지탱하는 늙은 유모차
보는 이는 가을바람과 벤치 앉아 나余뿐이다

우리 얼과 숨 시의 옹알이는 무엇이었을까
그리움으로 옹알이들 개키는 다듬이였을까
엄마가 아이 볼 만지며 까꿍 하듯 시인의 길
가을 잎 몇 옹알이하듯 벤취에 내려와 앉았다

2. 어떤 부활

   1.

서울살이 윤심덕 처음 가정교사 집은

감청 널마루 적산 가옥 이층집이었다

방금 도끼가 지나간 듯 생살 솟을대문

너른 정원 왼편 연못에는 부평초들

물가 돌과 흙벽 사이와 사이

방금이듯 수선화 벙글어 지당이 있었다

   2.

가을밤 웬 비바람

적산가옥 이층의 방문이 열리고

바람 소리와 뭉텅이 흐느낌 소리

텅텅거리며 계단을 내려가는

명주 커튼이 몹시 흔들렸다

이를 깨물고 다짐했지만, 그뿐

수선水仙은 동경 음악원과 토월회 회원으로

살기 위해 사의 찬미와 사람들 앞에서 찬송가를

앵콜, 더러 웃으며 불러야 했다

3.

선상은 비가 멎어 있었지
바다는 첫 새벽 꽃밭을 이루고
이카루스의 꺾인 날개
하얀 머플러 비에 밟혀 있었지

망망한 현해탄을 북 치며 오갔지
그녀의 슬픈 사랑 얘기 넘기면서
목관이 덮은 사의 찬미 아침까지
꽃상여 수선 윤심덕 매고 갔었지
관부關釜 연락선
돌아와요, 부산항에
(암전)

*수선 : 윤심덕의 아호, 평양 출신 윤심덕은 토요회 연극회원이었고, 유부남 김우
진과 연인 관계, 현해탄 관부연락선에서 동반자살이었다. 수선화는 그리스 신화 나
르씨스와 관련이 있다. 꽃말은 자기애, 고결함의 상징이다.

3. 아버지의 담뱃대

1.

한 날 상투를 자르셨던
굵고 거친 손바닥 아버지는
흙 품으로 돌아가시고, 생전
아버지 걸음 법으로 가을 길
뒷짐인 채 어슬렁어슬렁
단풍골 둘레 황혼 길을 걸었다

도회 사람들 잦은 걸음, 길 저만큼
산 오르는 길이 잡풀에 가려 있었다
살아온 버석 날처럼 구렁텅이 가린 잎들
구렁 길바닥 길바닥 허위허위 걸어서 왔다

낙엽 몇이 걸친 의자에 앉았다
가을바람에 나뭇잎들이 호롱불과
촛불과 그을음 속 램프등 노를 저어
밝은 전등 아래 더욱 혼자 나余를 만났다

2.

엄마 등에 업혀 마른 떡 깨물었던 막내둥이

174

순하디 순한 막내딸의 구파발마 집 찾았다
두 놈 손주에게 묶인 구파발마의 막내딸
다짜고짜 두 놈이 등을 말의 잔등으로
큰 놈이 뻐걱거린 목을 타고 올랐다
둘째 놈은 내 허리춤을 웃음으로 끌었다
화택과 푸성귀 묶임 몸이지만 나아지겠지
푸른 피 어린것들 태우고 허리를 붙들려
두 손 무릎으로 끌리며 기어다녔다

순둥이 막내딸의 아버지인 나我는
막내딸 손자들 구 파발마처럼 밥이다
왜 돼지 갈빗살을 아이들은 좋아하는지가
기침할 때면 휑한 내我 갈비뼈의 메아리
할아버지는 손자들 노리개요 밥이다
울리고 떨림으로 할아버지 땅의 계율
아버지 나라 계율은 허공에 지게를 걸고
가슴 뜯겨 새끼들 키우는 어미 거미처럼

딸과 손자들 돼지갈비 저녁의 뒷날
거미줄에 걸린 어미 거미의 갈비뼈처럼
기침을 하며 나는 허허로운 가을 둘레길을
어린 시절 아버지가 휘파람 불며 집 후원을 걷듯
뒷짐인 채 도회 사람들 뒤져 고개 들고 하늘 보며
그래서 그랬을까, 혼자 걷는데 능애가 내렸다

4. 능소화 피던 길

- 김충길 KBS. PD

1.

그대의 이순 나이 들면서 글벗으로 불꽃이었다
영도다리가 오르내리던 시절, 보듬다 웃기도 했다

능소화가 전설처럼 활짝 피고
대나무 울 서늘한 일산 밤가시마을
울 없는 울타리의 집, 일산 이웃으로 살던 날
조롱 속 풍동 기거 내자와 나를 초대했었다

2.

주일이면 무악산 예 푸른 물길 터 교회 찾아가는 경의선
경로석 앉거나 설 때가 많았지만 책 붙든 눈 떼지 않았다
내가 눈을 열어 미술잡지 속 그림 운운 말일 때면 글벗은
그림 전반과 현대시를 생살 발라내듯, 능금 맛 얘기했었다
광화문의 연작시를 건네고, 벗은 두 번 연달아 통독했다며
영상 미학에 대하여 '프린트'라서 미안하다고, 하였지만
정치했던, 영상으로 시 맛을 내는 시에 새로운 눈 뜸의

우리는 십수 년을 함께 현재 선생님 주일 9시 연경반

'쌀, 살, 올, 얼, 얼나, 꼭대기, 붕 뜨는 삶법' 멤버였고
벗은 열정 한 일 매듭 후, 다른 일터 부름을 받아 달려왔었다
틈을 쪼개 더 나아가는 삶을 위해 벗들 불러 모아 산을 오르고
우리 나이 컴퓨터 그래픽은 신천지의 눈뜸이라 내게 권유했었다
경상도 사내들만의 맨살을 찢듯 「칼클타」
숨 몰아 지하 색소폰과 화실의 하루, 하루 속의 이틀이었다

밤가시마을, 지하 2층 어둔 계단, 매캐한 금관악기 연주실
그대 집 능소화가 흐드러졌다며 지하의 연주실 초대하였다
비아 돌로로사 사람 아들이 피땀으로 길 오르며 웅얼거렸던
Amazing grace
처음은 활달, 끝은 애절한 흥얼거림 내 노래 맞춰 들려주었다

선배, 작은 뜰이지만 죽순이 오르면 집으로 또 초대하겠다는
관객은 나뿐이었지만, 듀엣으로 두 사람의 열정 연주 색소폰
나는 지하의 색소폰 소리에서 만파식적 서라벌 옛을 생각했다
흥인문 교회 떠나 지금은 일산 변두리 상가 안의 목회하신다는
바리톤 목소리 이순 나이 듀엣 목사님 흰 머리카락 소개하였다

   3.
7월 끝 주일이었던가, 경의선 속의 초췌해진 글벗을 보며
아내는 엘리베이터 함께 권했지만, 유리 벽 밖의 계단 길
젊은이들 역 계단 신촌을 뛰듯 내려갔다, 교회 찾아가는 길

벗은 내 방 3시의 서창, 새벽에도 불이 환한 국립 암병동
밤새워 여윈 불빛, 암센터 검진을 받았노라 했다

가팔랐던 계단 지하 연주실 혼신 글벗의 색소폰 소리
그대가 초대했던 지하 2층쯤 매캐한 연주실을 떠올렸다
틈을 쪼개고, 다시 쪼개기 삼 년, 넘어 하루에 세 시간씩을
어떨 때는 수렁에 빠지듯 색소폰을 혼자서 부르곤 했었다는
올훼와 에우리디케 어둠과 빛, 뒤돌아 별리 계단을 생각했다

능소화가 지고 늦더위에 윗옷을 벗은 삼식이 나를 보며
가을에 권사님 내외분을 꼭 초대함이 좋겠다는 내자의 말
8월 경의선서 다시 벗을 본 아내는 초췌해짐 안타까워했고
글벗은 경로석이지만, 두 분 소곤거림 참 아름답다고 했다
아내와 내가 환한 세브란스의 암병동 찾았을 때, 웃었던
사흘 뒤였다, 전화 속 글벗의 잦아들 듯 목소리는
'이 은혜들 어떻게 다 갚아야 하나' 거의 말 놓음이었다

    4.
벗이 병상에 뉜 주의 날을 지나고 9월 초하룻날
벗이 없는 경의선 홀로 앉아 집으로 오는 길이었는데
그대가 하나님 품에 안겼다는, 교회로부터 문자에 무너졌다
진위 다시 확인, 떨리는 목소리와 핸드폰 늙은이 들썩이는 손
H.P 게임 곁의 짧은 바지 여자애가 할끔, 자리 박차 달아났다

'나 같은 죄인 살리신' 지하 2층쯤 글벗의 혼신 연주 색소폰
벗이 가꾸다 간 그대 집 대나무 매듭 울은 날과 달로 푸르리라
두 손으로 모신 벗의 진홍 능소화, 부활처럼 환하게 피어나리라
이제 한여름처럼 느린 걸음과 더러는 마른 겨울의 대지팡이 의지
능소화 지고 피는 그대의 집 울타리 저만큼 혼자서 걸어보리라
그래도 능소화 활짝 피는 날이면 못내 푸른 대나무 울 기웃거리라
대나무 스치는 바람은 그대 색소폰 소리와 죽순 되어 또 오르리라

나 같은 죄인 색소폰 소리로 잠든 내 믿음을 깨웠던, 벗이여
믿음은 거저를 넘어서 '믿힘'이어야 한다는 벗의 생전 말씀
그대 웃는 얼굴과 이젤 위 미완으로 붉고 푸른 혼불의 그림들
벗이여, 더운 입김 색소폰 지상 계단 걸어두고 바람으로 흐르게나
훨훨 자유이게나, 영도다리가 오르고 내리던 시절을 함께 안은
믿힘과 열정을 일깨워 태우고, 잠든 그대와 나 한 길의 글벗이여

5. 혼의 상처
- 사랑 불 켜 하늘길 가다

1.

겨울이 고개를 드는
서북쪽 서울의 하늘
구름이 낮게 깔리고
문밖에 놓인 한국일보 사회면
"사랑 따라 하늘길 가다" 표제
젊은 행원 자살 보도하고 있었다

날마다 동전 뒤집듯 정쟁政爭
규환叫喚으로 가정 폭력범들
아비阿鼻 오공비리범
스산했던 지면은 털리고
경이로 안겨 오는 한 소절 모국어
사랑 불을 켜고 하늘길 가다
사운거리는 갈대처럼 모국어들이
자살은 생의 외경 거스르는 일이지만
한 젊은이 죽음의 레퀴엠으로
너무 쓰린 풋풋함으로 안겨 왔었다

그는 돈을 만지는 은행원이라 했다
언제부턴가 지폐를 자동으로 넘기듯
사랑도 돈으로 넘겨 헤아리는 세상
그는 배금주의 신상 바탕에
닻을 내려 정박하고 있었지만
병이 깊은 한 여자만 사랑했다 한다

그녀가 숨을 쉴 때면 공기가
걸러지지 않고, 쏟아지는
중증 폐 앓이의 처녀
부모의 반대가 올림픽 그 시절
김포가도 인공폭포수처럼 쏟아지고
손에 넣은 몇 주가도 뛰고 있었지만
맑고 고운 마음으로 사랑을 묶고 키워
살아가노라면

아내의 뚫어진 공동空洞마다
햇살 내려와 청결하게 씻기리라는
두 손을 잡고 모아 살아가노라면
하늘 하느님도 꼭 도와주시리라는

가계수표 한계 몇 번인가 넘어서고
국민의 국민에 의한 국민은행 발송

서면으로 재촉 호출을 받아
인조대리석 은행의 문 들어설 때면
'어서 오세요, 반갑습니다'
녹음으로 맞이하는 칼금 목소리
안녕히 가세요, 닳은 목소리 여자가
반복되는 휘몰이 목소리로 삶의 슬픔
사람들 줄을 따라서 기다리고 있었다

퍼렇게 넘어지는 날이 선 지폐들에
눈을 빼앗기고 마른 침 몇 번 삼키다가
「사랑 따라 하늘길 가다」
젊은 행원의 자리는 저 어디쯤이었을까
바닥살이 겨울 세상에
사랑은 '물질에 선행한다'는 택선고집
다짐하며 떠나갔다는
젊은 행원 죽음을 떠올리고 있었다

    2.
신혼여행 첫날밤 꿈이었다
유채꽃들과 햇살 사이로
남편이 뛰어오고 있었다
흔들리는 유채꽃들 서슬에
오월의 햇살에 찰랑거렸다

한라산 기슭의 푸르른 갈대들
그들은 오월 풀밭에서 뒹굴고 있었다

꿈은 이어지고 있었다
남편 온몸에 거미줄이 걸리고
그녀는 두 손과 입으로 뜯어내고 있었다
그녀의 손과 이빨에 거미줄이 감기며
이빨이 빠져나가고 있었다
처녀시절 몇 번이고 비춰 보았던
엑스레이 검은 틈바구니 속 동공들
멍울 피가 거미줄에 방울방울 달렸던
그녀는 침대 곁 스탠드를 켰다
입술에 가득 피가 묻어 있었다

그녀와 남편 새 베갯잇에도
멍울 피가 엉키어 있었다
그녀는 돌아누워 손을 모았다
오늘밤만은 가위눌린 꿈에서
용서를 받을 줄을 알았는데
차츰 그녀의 흐느낌 잦아들고 있었다

그녀가 불을 끄고 돌아눕는 사이
그도 꿈속을 걸어가고 있었다

맨발로 모래 위를 달려오는 건강한 아내
비릿한 허벅지 굴곡이 드러나고 있었다
그는 두 팔을 오월 유채꽃처럼 벌리고
돌아누운 아내 온몸을 감싸 안았다

꿈은 이어지고 있었다
마른 모래밭 위였다
아라비아 여인들처럼
검은 천에 감기어 아내는
서귀포의 바다로 날아가고 있었다
손을 젓고 뒤돌아 저으며 날아가고 있었다
콜록거리면서 바다 저편 하늘로 손 저으며
저으면서 날아가고 있었다

돌아누운 아내 허리를 다시 감싸며
꿈은 반대라고 하는데
꼭 반대라야만 하는데
가위눌린 꿈으로 몁을 감고 있었다

3.
신혼여행 유채꽃들 위 햇살처럼
아내는 노란 드레스의 차림이었다
아내는 피어 있었다

돌아서서 한 번 콜록거리고
남편 가슴에 기대는 아내
가슴에는 깊은 눈물이
잠시 눈이 먼 욕정도 일었다

아침 바람은 몸에 해로워요
계단 내려서며 아내 손 잡아주었다
아내가 흔드는 손길 위로
북한산 중턱에 안개 걸쳐 있었다
안개 같은 세상살이, 손을 흔들어주고
그녀는 문고리 다독이다 문을 닫았다

그가 네 시쯤 가계수표 대조하다가
낙인처럼 사람들의 인장 검토하다가
전화를 건네어 받았을 때는
노란 드레스 차림 아내, 고즈넉이
선연 웃는 얼굴로 누워 있는 아내

하얀 종이 눈물 접어 눌러놓고 아내는
저는, 당신 사랑 불 들고 하늘 오릅니다
행복하세요, 부디
저 세상 가서도, 저는 황홀할 거예요
깊은 사랑 당신 가슴에 잠시 기대었지만

눈가의 눈물, 무척 행복했었노라고

그도 겨울이 깊어지던 한 날
사랑 따라 하늘 길 가노라는
부모님 가슴 못 치는 서러운 길 가노라고
아내가 베다 간 고운 때 베개 위에서
그리고, 반쯤 남은 물컵이 하나

4.

사대문 한양을 오는 길은
말을 세 번 갈아탄다는 역삼동驛三洞
플라타나스 잎들 떨어지는 십일월
혼수용 중고가구만을 전문한다는
흠 티 하나 없이 반짝거리는 가구들
팔십 년 들며 더욱 호황을 누린다는
십이월 햇살 아래 우구구 부려지는
반짝거리는 가구들과 플라타나스 잎들

빨리 넘기고 자리 뜨려는
히끗거리는 귀밑머리
십일월 호수처럼 눈, 중년 여인과
물건들이 아까운 듯
빨간 롱코트에 눈이 작은 또래 여자

길에 나앉은 경대 속으로
플라타나스 잎들 떨면서 떨어지고
무심히 지나가는 차와 사람들
어제까지 그녀들은
사부인 덕입니다, 호칭, 헤아리던 사이었다

예부터 아내가 죽으면
뒷간에 들려 그것 한 번 만져보고
씁쓸하게 때로 음흉하게 웃는다는 남자들
남편이 가면 쌀을 씻다가
허연 뜨물 웃음을 머금는다는 여자들

지금은 24시 사우나에서 대담하게
불가마 방 오가며 추적추적 웃는다는
이승 길 남아, 남자와 여자들
그래도 그날 조간신문 사회면에는
눈물 속 피고 진 사랑법 깨우고 간

사랑은 좋고 나쁨이 아니라는
사랑은 받고 줌만이 아니라는
목숨까지 나눠 안고 안기는 길이라는
사랑은 물질보다 선행한다는
택선고집擇善固執 다짐해 놓은

서릿발 말과 꼬리뼈까지 자본주의

말초신경 안테나뿐 비정 서울의 거리

이중으로 잠긴 집 현관 앞에 떨어져 있는

'사랑 따라 하늘길 가다' 신문 보도는

한 소절 레퀴엠 신문 보도는

고개 떨구는 법 가르쳐 놓고

서울 서북의 하늘에서 시나브로 첫눈이

집으로 가는 내 발걸음 재촉하고 있었다

6. 화륜선 사랑
- 돌아오지 않는 강

1.

산문에서 돌아와 품에 안겼던

동성동본, 정임貞任

한 줌의 재로 몰운대까지 길

목잔木棧 영도다리가

오포소리와 함께 오르내렸던 시절

외화 전용, 때로 앵콜 남포동의 남포극장

흐린 날이면 지린내가 극장 계단 출입구며

좁아 넉넉했던 남포동 길바닥까지 흠흠欠鑫

이본 동시 상영 때면 불연 필름이 끊어지기도

육십 년 초 2층 계단을 오르는 맛으로 남포극장

2.

하얀 두겹 주름치마 인주처럼 빨간 입술

오월 뽕나무꽃 사잇길처럼

방금이라도 보일 듯 풍요 젖가슴

열릴 듯 단속곳 사타구니와 금발머리

멍 때림으로 금발 마릴린 먼로

화면이 겹치고 떨리면서 포옹 장면과
거친 파도 위 안간힘 노를 저어나갔던
「River of no Return」
나는 국제시장 카키 잿빛 복식으로
임은 이마 몇 여드름 가려 가루분
분홍 블라우스의 가슴 가린 두 가닥
치렁머리의 땀내 묶은 그대로였다

'돌아오지 않는 강' 주가 뒤
백치미 매력? 눈웃음 금발의 마릴린 먼로
신사는 금발을 좋아한다, 7년만의 외출 등
가슴 털 합중국 사내들에게 장작불을
팽창 자본주의 米國 세 번이었던가
수달이나 곰 카펫 위 스쳐가듯 결혼
한 날 진공간 라디오 정오 뉴스였다
수달 허리처럼 간지러움과 괴로움과
눈가의 이슬 몇 자국은 동충하초랄까
먼로는 너른 방 혼자서 명정酩酊과 불면
발가벗은 몸으로 잠에 잠겨 버렸다는

    3,
비 속의 밴쿠버 인디언 노숙자들 거리를 출발
3대 세계 명산, 록키산 여정 둘째 날이었다

금강산 열 배 크기로 추측컨대 열 배도 훌쩍
12만 2천봉 록키산은 사시사철이 명경지수요
숲과 연어가 회귀하는 맑은 강과 하늘이라서
중년 엄마 가이드의 흠뻑 갈채 섞어 치사였다
로버트 밋참과 먼로의
돌아오지 않는 강 촬영지를 들른다는
잔설과 푸른 침엽수 록키 맑은 숲길 걸었다
백인 미국인들이 백인 부부들만으로 관광이라는
내 또래 네댓 지팡이 늙은이들과 로버트 밋참처럼
사내들과 동행 나이키 운동화 금발 여인 몇이 섞였다
마릴린 먼로의 돌아오지 않는 강의 얘기인 듯한
백인들끼리 살진 속삭임이 귀를 스쳐 지나갔다

캐나다도 비가 오지 않아서, 그렇다는
오십 중반 여자 가이드의 귀띔이었다
금강산의 열 배 12만 2천 봉도 넘을 거라는
극찬을 넘어 극찬의 산자수명이라 해서
목잔 영도다리가 오르내렸던 스물 시절
들린 다리 아래로 출렁거렸던 푸른 물결
크고 작은 배들이 잠길 듯 오고 갔던 영도다리
돌아오지 않는 강 배경 또한 못지 않으리라는
추억의 강물 품었는데, 숲속을 따라 흐르는 강물은
돌아오지 않는 강 화폭처럼 출렁물결이 아니었다

지친 다리와 눈과 귀 가슴 좀 틔어 주는
바위와 바위 틈새를 돌아 흐르는 물소리
하얀 물 띠 푸름으로 청정 폭포 몇 굽이
흔들리다 한 번인가 뒤집혔던 화면 속의
강바닥은 작은 돌들과 젖은 이끼 석회암
기슭은 유년기 돌담처럼 세월 돌 검버섯과
둥치 큰 까마귀 여남은 돌 위에 앉아 앉았다

목로주점이었지 아마, 노래 불렀던
마릴린 먼로가 그녀의 남친이면서
연적으로 두 사내와 아이가 둘이었지, 아마
하얀 치마폭 들쳐 말리고 날렸던 먼로의
파도를 거스르다 휘감은 물 속에 뒤집혔던
낮은 의자 남포극장, 정임의 손 더듬거렸던
안간힘 노가 꺾일 듯 추억 속의 강은 아니었다
돌아오지 않는 강 촬영지란 홍보 덕분이었을까
인도에서, 홍콩과 멕시코에서, 반쪽 내 나라에서
사람들은 그들만의 말과 웃음을 섞어서 인증 샷
손바닥 안의 핸드폰, 폰들의 불빛으로 랑데부였다

   4.
우리말과 영어 섞어 가이드의 자기 소개였다
밴쿠버에서 전주까지 사주단자 지고 온

백인 남편과 밴쿠버 시내에서 지금 살고 있다는
쌍둥이 남자아이들의 엄마, 엄마임을 힘써 강조
물을 거스르는 연어처럼 우리 정부 통역도 거든다는
그녀의 에피소드와 친정 엄마의 세 자매들은 지금도
밴쿠버와 전주 사이 도투마리 날줄처럼 안부 묻는다는
어머니와 이모들의 고향이 호남제일문의 고도 전주라는
가이드는 네댓 번 내 엄마의 고향이 전라도 전주라 했다

그녀는 강남 말죽거리 근처 한 여고를 마치고
잦은 해외 근무 아버지 덕택에 유학의 길 올랐었다는
지방 학맥 때문에 이민 결심 밴쿠버에 살고 있는 사위
거류민의 장이 남한 어느 곳 출신, 또 어떤 학맥이냐는
캐나다 이민생활 둘째 사위가 조신함으로 말이었다
십 년이 훌쩍, 적응이 힘이 들었고, 지금도 벅차다는
안온과 평온의 캐나다 딸을 찾은 내게 두 번째 말이었다

    5.
부산 행 KTX에 몸을 실었다, 1960년대는
서울역까지 여덟 아홉 때론 열 시간도 이미
지금은 2시간 40여 분, 맞아주는 이 없지만
푸르렀던 시절 화륜선처럼 정임의 그리움
흠흠 바다 냄새 가맛골 나는 부산역에 내렸다

추억 그 시절의 길을 묻고, 더듬어
하루에 딱 한 번만 오른다는 시간 맞추어
목잔 아닌, 넓고 붉은 쇳덩이 영도다리
허공으로 치닫는 그리움의 춤 영도다리를
떨린 손 올려 인증 샷, 다리가 내려진 뒤
지하 남포동에서 장림까지 지하철 올랐다

길을 묻고 다시 더듬고 물어
푸른 갈대숲의 가을이 사라져버린
아파트 숲 하단역에 내려, 몰운대 가는 길
잡고 잡히었던 손목을 놓아야 했던 추회
대신 주름 손바닥에 지팡이를 잡고, 허허
하늬바람이 갈대숲을 휘저었던 그 시절 그림자
아파트가 쓸어버린 몰운대의 옛길 홀로 걸었다

청려장에 의지 늙은이 몸으로 찾은 몰운대
돌아오지 않는 강 배경이었던 록키산 찾아든
강물처럼 말라버린 서녘 볕 아래 내 긴 그림자
갈대숲 사라진 갈대들의 곡두 추억 길을 걷는
그리메 옛길 걷는 내 그림자의 부질없음이여

6.
산문에서 수련 여승의 길, 정임

194

가을처럼 눈매와 이마의 몇 개 여드름
수련 비구니 아닌 보살님 정임情姙으로
스치는 승려들 언롱言弄 끊이지 않았다는
돌아와 품에 안겼던, 화륜선
지금은 폐항처럼 불씨와 녹슨 바퀴의
이적도 정혜 치癡 못한 내 곡두선이
재 속의 불씨를 개켜 재워 둬야만 하나
부산 출발 23시 30분 서울행 완행열차 올랐다

재래시장저물녘의절인생선대가리작은입에우격다짐어쩌다꽃게너
게딱지에밥알비비면'나,나도,저는요'새끼들우루룩뒤다시조선간장이
겨마른숟가락작살처럼후볐던게딱지세월지금은동네할머니돼지뼈해
장국의뼈를손가락으로찢어발라먹는맛이진짜맛나다는,출가한새끼들
걱정어머니와뒤죽박죽지아비생각오지랖뒤의진펄처럼시를외면한숨
과짜증으로잠이오지않는다는때로수면제로고된잠듦을채우기까지닳
은치마폭금가락지도끼지못한코로나팬데믹을서녘해아래서어머니로
엄마로아내로

광장시장 종로 5가, 유니온 사람들 전통 먹자골목
그 맛남을 씹어 보겠다고 줄을 서는 흑 · 백 · 황 · 음식남녀들
열린 대화로 하얀 치아, 0치과는 두 번 허리 펴 쉬어 오르는 3층
허리 굽혀 8부쯤 능선이었나, 아내의 0치과 약속이 내일 오후였지

7.

경부 완행열차 창가 옛 기대어 잠을 청했다
동성동본 혼인 금기의 그 시절
산문에서 돌아와 감기라 하면서
더욱 품에 안기었던, 스물 시절의
옷소매로 잦은 기침을 애써 감추었던
몰운대 기슭에서 하얀 재로 뿌려졌던
목잔 영도다리에서 해넘이 몰운대까지 길
몰운대 쪽으로 까마귀 하나 울며 날아감 보았다

눈을 뜨니 부산스런 사람들의 부산스런 서울
서울역을 서둘러서 문산까지만 지상 지하
경의중앙 지하철과 풍동 숲속마을까지 길
마을버스를 기다리는, 더디어 짧았던 세월
그림자 그림자 춤으로, 도돌이표 갈애
그리움이 화륜선 박물관처럼* 나의 사랑은
무명 무지 그리움으로 불수레 화륜선이었다

* 주역 대성괘 64는 시간이란 하늘, 공간이란 땅, 관계와 관계로 사람
들의 삶을 64괘에 넣어 그 양태를 말한 것이다. 63괘 水火旣濟☲☵(水昇降
光:햇살)는 바른 삶의 매듭과 맺음의 모습이요, 64괘 火水未濟☵☲(염상누수
炎上漏水:눈물)는 미련과 미완이 다시 시작되는 도돌이표로 未練으로 삶의
모습이다. 산수의 나를 돌아보니 내 삶과 사랑은 얼줄(愛經)이지 못한 무

지, 無明의 목마름(渴愛)이었고, 철부지였으며, 염상누수였고, 박물관에 보관, 검은 연기 화륜선처럼 회한으로 화택처럼 사랑이었다.

  * 안회가 죽자 공자는 「하늘이 나를 버렸다」고 땅을 치며 통곡하였다. 한 제자가 사후에 대해서 공자에게 물었다. 공자의 답은 오늘을 잘 살아라, 내일도 모르는데 하물며 사후를 어찌 알겠느냐, 그래서 공자 중심의 유학은 생활철학이요, 伸=神=春과 歸=鬼=秋=春秋, 운명론적 자연주의요 무신론이라 한다. 그러나 인생은 죽음으로부터라는, Kairos 인생관을 믿고 살아가신 인류의 스승들이 있었다. 이것이 기독교와 불교의 내세관으로 삶이다. 또 무신론과 유신론 휴머니즘까지 생태철학으로 주역은 63괘 水火旣濟☲☵(水昇降光)와 64괘 火水未濟☵☲(炎上漏水)의 도돌이표처럼, 부운처럼 一陰一陽으로 삶의 계산과 推算으로 삶 법이었다.

7. 부운처럼
- 운에게

1.

그대 향한 쓸리는 파도

마음은 구름 잡기였던가

연안부두 화톳불 밤처럼

환한 실루엣 운*이여

그대가 쓰고 지우면서 보듬었던

명주 전족으로 글과 말씀들

「발등이 이따금씩 부워와서요」

묶고 차마 자르면서 다듬어 4.6배판

화톳불 운의 혼불, 일곱 권 문학전집

옥죈 가슴만, 부산에서 서울로

열릴 듯 달아야만, 쌍문동과 해운대

입춘 새벽부터 동짓달 긴 밤의 목마름

한밤에서 새벽까지 붙들고 붙들린 채

부운 발등으로 고뇌와 어루만짐 화톳불

그대 한 맘 한 길 일곱 권 얼골* 가을 열매들

한 장 또 한 장 터칠새라, 보듬고 읽었습니다
첫 만남은
1970년 경부고속도로 개통 4일째
이화여대의 전국 사서교사들 강습
한 날, 서지학의 리포트를 위해서
인사동 길 통문관, 옛 책들의 묵힌 그리움
나는 김기림 모더니즘 시론, 윤은 상허 이태준
한국의 모파상이라 불리었던 상허의 문장강화를
때부터 문학 공유, 혼과 맘으로 만남이었습니다

비 내리던 봄 밤, 세종문화회관 실내악 사중주
군밤 들고 권하며 눈길 광화문
덕수궁 돌담길을 몇 번이고
창경궁 너른 후원祕苑 여름 나뭇잎들 사이에서
남산도서관 함께 초대받아 크로바 꺾어 꽃반지
그리움 사이 사이에서 그리움 쌓고 허물었지만
청나라 소설가 심복의 부생육기*
蕓처럼 조심 또 그리운 예법으로 속삭임
친구가 되고, 될 수가 있으면 좋으련만
간결 말씀과 푸른 그리움으로 글맛들과
누이처럼 말, 말씀들 계곡을 접고 개켜
내乒 시탑의 분홍에 찻잔 담아두었습니다

3.

연안부두 인천 오가는 뱃길처럼

오롯 온전함으로, 부생육기의 운처럼

전족으로 그대 떠난 연안부두, 화톳불 길

끈이 풀린 미투리의 마음 혼자 걸었습니다

일산00 근무 시절의 신촌역

청나라 소설 부생육기의 저자

심복과 동갑나기 아내 운 사이 예쁜 얘기

둘만의 서가 윗줄 7번째의 책명과 줄거리를

정확하게 맞추면, 더운 차 한 잔을 공궤

두 손으로 공궤하는 법을 들려주면서

두 사람 이름으로, 일산에 한 이백 평쯤

땅을 구하고 청운聽芸서재 만들면, 좋으련만

그래서였을까, 일산에 늙은 맨발 내 지금만

자갈 위 던져진 씨앗처럼 열매 없이 늙어가고

인천00 시절은 학교 기와 추녀 비둘기 안주와 소줏병

소주 권하는 경비원의 취기, 혼자 꺾기 안타까웠다는

부산에서 서울까지 덜렁 전화 때면

서울에서 부산까지 더러 전화와 편지

그대 향한 그리움을 못난 비유로 93통

파커 만년필로 또박또박 뒤 생략 78통
겨운 마음 괴로움을 수틀에 새기듯 답신
'사랑하였음으로 행복하였네라'
우리 또한 청마와 모시적삼 이영도 선생의
두 사람의 서간집, 한마음 출판사 통해서
서간집 묶음이 어떻겠느냐는 나의 제언에
몇 번은 연안부두 찻집에서 성북구 쌍문동
그대 어머님 쓸쓸한 뵙고 쌍문역 찻집에서
동행들 틈에서 잠시 짬을 내었노라, 웃으면서
두 번의 맨발로 해운대 만남과 동백섬 둘레길
고운 선생의 햇살 무덤과 파도소리의 찻집에서

눈 뜬 세상 눈을 먼저 감으면서
그대가 두고 간 자성으로 시
"산처럼 선 이대로 살다가
한 그루 나무 되어,
이끼 낀 바위 되어,
다시 만나리,
당신들로 하여 이 세상을
더욱 즐겁게 살다 갑니다,
고맙습니다,
삶은 아름다웠다고, 고마웠다고"

4.

1962년 女像에 '뚜나가 울며 온단다' 당선
1975년 한국문학 '산처럼 사노라면' 신인 당선
물이 오른 듯한 솜씨와 투명한 문장이다(동리 선생 평)
전족 마음, 한결 명료 청정심, 수필로 등단,
문교부 000, 여중학교 00의 임무를 끝으로 퇴임
수필을 사랑하는 쌍문동 문인을 지망하는 분들과
공부하며 늘그막 인생을 새삼 얘기하고 있노라고

한 날 인사동의 경인미술관
감잎 내려지는 가을 툇마루
염색 지운 흰 머리로 나란히 앉아
태양을 닮은 빨간 감이 참 곱다는
침묵 뒤의 뒤, 나의 답은, 겨우
신장 때문에 아직도 오토밀 들고 계시느냐는
한 날 절친 친구가 중앙일보의 부음란
여류문인 000님 소천 보았느냐, 전화였습니다

5.

"간이역
해 질 녘
가버린 기차를 기다리는"
친구를 통한 그대의 부음訃音 뒤

친구는 내 얼굴 찬찬 뜯어, 허무하지요
허무함을 어떻게 어려우면 나를 부르라고
잘 달래기가 힘이 드느냐고

우리말 가슴을 정성과 애정으로 보듬은
베틀 위 씨줄과 날줄 붙잡은 북紡錘처럼
정곡 수필과 시, 소설과 희곡, 평론 등
큰 언니가 중심 되어 전집 일곱 권 상재
운韻의 글들 연분홍 호마이카 글받이 상 위에
생전 외로워서 오롯했던 가슴 품어 문집 7권

해후처럼
세 번째 창경궁 후원秘苑을 산책하던 때는
합동시집 '절대공간' 시들 품어 읽었노라며
"생경 언어 터치보다 언어를 다독이고
더 시에 취하고 연애에 빠져 보시라는
황태 두들겨서, 나는
해장국의 맛남을, 부생육기 운처럼 드리리니"
흘김 뒤 고운 눈매 누이처럼 보살핌 깊었습니다

6.
그대가 남긴 분청막사발, 때로 옹가네 장맛의
청자연적처럼 희푸르고 청결 빨래들처럼 글발들

금아 피천득 선생댁 호마이카의 상과 장롱

선생님의 웃음 한결 삶을 꼭 보러가자 했지만

상경 후는 그래야만 했기에 그대와 약속 지키지 못한

띄엄띄엄 그래야만 했기에, 몇 번의 안부, 차 한두 잔

후학後學 내 시혼과 심비心碑에 황탯국 맛남

해운대서 바라보았던 오륙도 밤 등댓불과

연안부두 늦은 귀향 밤 배들 함께 보았던

때면 그대 향한 보고픔은 서치라이트처럼

그대 먼저 보내고

생경 시어들 두드려 황태 해장국처럼

맛남과 다시 만나야만 함으로

운韻처럼 우리말 개키고 삭혀 다독이며

시인으로 온전 사는 일 새겨 두겠습니다

7.

한경직 목사님과 실향민 중심 영락교회

6.25 남침 새벽 제단을 지키다 인민군 총살

순교한 장로님을 기념한 남한강 자연 돌비석

돌비석을 보러 가자는 나에게

명동성당 들려보았느냐며

프란체스코와 작은 형제들 꽃송이

성·클라라 수녀 얘기를 들려 주며
내 손 위에
비단실처럼 닿을 듯 말 듯 두 평행선
뒤는 얽히어 한 줄 한 몸 돌, 선물이라면서
지중해 해안에서 가져왔노라는 검은 돌 하나

춤은 좀 배우셨나요
발레리나 연작 시가 생동감 있어서요
믿으시려나…
한 때 나도 수녀 꿈을 안았다는
일산 숲속마을 홀로 섞어찌개처럼 삼면
책들 속 새벽 세 시 전후의 집필실
손만 뻗으면 안기듯
생전 그리움이 만져지는 운의 문집 7권

운의 얼굴, 얼골, 그리운 얼굴
얼 골짜기와 꽃봉오리 글발들
얼의 골짜기 4.6배판 전집 일곱 권
부생육기 심복과 여주인공 운처럼
프란체스코 작은 형제들, 꽃 중의 꽃
수녀 클라라처럼 마음 안기고 떠난 누이여
신새벽 자갈밭 걷듯 허적 일산 숲속마을

인시寅時 침묵 아파트 9층 방에 불을 켜면

침묵으로, 그리움으로, 그대 문집 일곱 권

손을 주다가 홀로 연안부두 찾아갈까

부생육기 심복처럼 나만 혼자입니다

*芸 : 향초이름 운, 청나라 소설가 심복의 부생육기, 여자 주인공이다.

*얼골 : 얼굴에는 속나의 얼골이 스며 있다는 노자의 玄玄을 우리말로 옮긴 것이다.

*부생육기 : 심복과 진운의 아름다운 사랑을 제재로 한 수필처럼 자전적 소설이다. 浮雲六記의 부운은 이백의 春夜宴桃李園序의 "덧없는 인생 꿈과 같아, 즐거움 위한 기회가 얼마나 되겠는가(浮生若夢 爲歡幾何)"에서 가져왔다. 그러나 부생육기는 시경에 있는 哀而不悲의 관점에서 담담하게 사랑과 부부애를 그린 심복과 진운의 자전적 譚詩랄까, 수필처럼 소설이다.

8. 완월동 접시꽃

1.

바다로 흘러갔다는 여자도 잠들고
그녀의 지울 수 없는 소금끼
레떼강, 검푸른 질膣
삐걱이는 목침대 위 노를 저었다

2.

그날 가을비 내리는 날
비는 내려서
남포바다 속살까지 적시던 날
친구는
우리가 가끔 들렀던 목조 이층집
남포바다 횟집으로 초대했었다
생각해 보게, 이 친구야
영도다리가 오르내리던 그 시절
그 길을 걸으며
허공으로 빈 주먹만 흔들었던 시절

가끔 고갈산 올라 바다를 보며
푸른 목마름만 만났던 그 시절

욕망과 권태 사이를 오가는
쇼펜하우어의 시계*
그 시계의 추처럼
빈 흔들림으로 표류했던 시절들
그러나, 자네는 얘기했지
흔들림과 해체의 아픔 속에
전능자의 창조적 진리가 스며 있다는

나는 창 너머 고갈산 바라보았다
비에 젖어 사원처럼 고요한
고요함이 문신처럼 누워 있는 영도
영도는, 내가
성부와 성자와 성령의 이름 아래
몇 방울의 물로 세례를 받았던 곳

비는 내려 비린 남포 바다
발동선 몇 닻을 올리고 있었다
갈매기들 꺼억꺼억
비에 젖어
울음마저 꺾이며 날아오르고 있었다

시나브로 비가 내리고 있었다
고갈산 중턱까지 안개에 가려
정박한 배들마다 불이 켜지고

남포바다는 하염없는 안개나라 성채
우리는 안개 속에서 술잔만 항해시키고 있었다
오늘은 우애어린 명으로 자네를 거느리고자 하니
완월동 접시꽃들 구경이나 한 번 가 보세나

　　3.
완월동은 옷소매 가득
달이 모여 사는 곳
하얀 수은 수은등 불빛 아래
청홍의 접시꽃들 포개어
온후했던 우리 누이들
터진 손등마냥 포개어

그녀가 모태를 벗은 곳은 M시라 했다
왜, 주간지에 크게 두 번이나 보도되었다는
자기 학교 소아마비 여학생과 결혼했던 교장 선생님
또 한 번은
자살로 몰고 갔던 소아마비 그 여학생 뒷얘기의
영생여고 시절이라 했다

울 아래 접시꽃 곱게 피던 날
아버지는 바다로 떠났다 했다
새엄마 서슬에 소아마비 동생 업고
달빛이 작살처럼 내리던 선창가

선창의 달빛 따라 걸었다 했다
아빠, 새엄마 말 잘 들을께요
다짐하다 디딤돌 헛디뎠다 했다
사지가 멀쩡한 그녀만
어느 병원 목침대 위라 했다

한 날의 밤 꿈이라 했다
울안에 접시꽃들 곱게 피어
접시꽃들 흔들리는 사이로
절뚝거리며 동생이 가더라 했다
뒤 이 도시까지 흘러와
봉제공장 수습공으로 전전하며
몇 봉지 라면으로
현기증 달래기도 하고
그마저 거센 감원 바람으로
직업소개소 문 몇 두드리게 됐노라 했다
서면 P지하 다방 시절에는
법적으로 총각이면요
가끔 외출 때마다 바뀌는
사내들도 있었노라 했다

    4.
그녀는 흐느끼듯 얘기하고 있지만
창밖 어둠 속으로 토닥토닥

가을비가 내려지고 있었지만
벽을 타고 들려오는 삐걱거리는 소리들
말없이, 나는
그녀의 목침대 위 누워 있었다

옷고름 여미면서
그녀가 내민 숙박계
나는 근根으로 끝나는 이름 석 자
주민등록란은 검은 볼펜을 잡아
……1120711
아라비아숫자 열세 개, 불길한
직업은 상업이라 쓰고
행선지는 비워두었다
그녀가 방을 비운 사이
그녀의 목침대 흔들어 보았다, 삐걱거렸다
몇 번이고 흔들어 보았다, 삐걱, 삐걱거렸다

소리는 모든 관계에서 성립한다
물질과 물질의 사이와 관계에서
소리는 탄생하지만
소리는 비물질이다

소리가 돌아와 머무는 곳은 벽이다
사람들은 소리 피해 벽을 만들지만

견고한 성 여리고를 만들지만
지금 벽들은 소리하는 숲이다
대숲 우우우 죽창으로 일어나
경문왕 감춘 귀까지 넘실거리는
절망의 죽창들이 가고 오는
숨 가쁜 층계다

  5.
그녀의 전축에 스위치 넣었다
드비시의 열두 음 바다가 뚝뚝
떨어지고 있었다

손님 음악을 좋아하세요
밖에서 친구분께 들었어요
팁도 받구요
오늘 거래는 음악과 더불어 하지요
작은 손 아른아른 건네오는
잠옷 사이 그녀의 허벅지
솜털처럼
안으로 안으로 살랑거려 오고 있었다
모든 식물의 종자가
부드러운 솜털에 숨기어 흔들리듯, 그렇게

6.

토닥토닥 비는 내리고 있었다
바다로 흘러갔다는 그녀마저 잠들고
남포의 새벽 지나가며 낮은 뱃고동
소리는 흰 포물선 숲을 이루어
고갈산 중턱으로 떠가고 있었다

붉은 밧줄 내리고 흰 손을 흔들었던
창기 라합 성, 완월동
비에 젖어 비수처럼 수은등
수은 불빛이 완월동 속살까지
비에 젖어 새벽 안개의 속에서
표류하고 있었다, 나는

*쇼펜하우어 시계 : 쇼펜하우어는 가정은 부유했지만 정신적인 그의 삶은 불행하였다. 72세에 세상을 떠났다. 그는 의지와 표상의 세계란 책에서 지성과 의지의 싸움에서는 언제나 의지의 승리로 끝난다 했다. 무신론자였던 그는 이성 중심 서구 사회에 인도사상 우파니샤드의 梵我一如와 더욱 있음으로 無의 개념을 도입하였다. 뒷사람들은 쇼펜하우어를 하나의 문화의 꽃나무로 비유했다. 쇼펜하우어의 나무에는 칸트라는 비판 정신의 꽃, 플라톤의 이상세계라는 예술적 관조의 꽃, 인도의 우파니샤드의 열매를 맺은 철학자라 말하고 있다. 필자는 시계를 視界의 입장으로 썼다. 한편 쇼펜하우어는 니체, 사르트르, 라캉으로 이어지는, 이성과 의지를 끊어버리면 無, 무 속에는 서구 중심사상만 아닌 Upanisads(인간이 시도해 온 자아추구의 노력 중 가장 훌륭한 결과)의 실유實有와 실존으로 세계가 전개될 것을 주장하였다.

9. 월악 비가

1.

여름 장마가 걷히고
찰랑 창창 햇살 머금은
논두렁 길 따라 걸어가다
잡풀 사이 희고 파란 콩꽃들
월악산 기슭에 그리움으로 흔들리다

산 그늘이 맑고 깊어서
푸름이 한 짐 가득 월악산
맑고 푸른 물결이 차고 시리다
물을 거슬러 오르는
송사리 한 떼와 만나다
내딛는 물결 따라 흩어지고 정렬하다

작은 주둥이들 원을 이뤄 전열을 가다듬다
물속 돌을 살피는데 정강이와 무릎을 공격하다
고놈들 혼신의 간지러움이 사타구니까지 차오르다
돌 뒤집는 급한 마음 놓고 밥이 되어 잠시 서 주다
살랑거리는 뭐랄까, 짓거리들처럼
간지러운 즐거움에 빠지다

2.

골짜기 위쪽에 검은 연기 오르다
개새끼들 개를 태우는 짓일 거라고
다가갈수록 노린내 더해지다
불 가에 딩구는 소줏병들
주둥이가 나간 놈들 있었다
무엇을 저렇게 불에 놓고 있을까
손수레와 땅에 흩어져 있는 옷가지들
그을린 개의 모습은 뵈지 않았다

불 앞에는 윗니 몽땅 달아난 늙은이
샌들 한 짝 끼운 옹송한 한 사내의
무엇을 태우느냐, 묻지도 않았는데
난산으로 충주로 가던 차에서 세상을 뜬
며느리를 땅에 묻고
아들 달래어 유품들을 사르고 있노라는
나는 듣고만 있었는데, 늙은이는
가는 귀가 먹고 생각도 왜소한
사십 문턱의 아들이 다시 혼자라는
아들의 슬픔 불에 섞어 뒤적거리면서

아내 보내고 나도 혼자 한 지가 오래라고
어디서 오셨느냐고
서울 나들이 한창일 때는 나도 괜찮았다고

서른다섯 며느리는 서울살이서 흘러왔다고
모진 세월 연기 섞어 뒤적거리면서
노린내도 오히려 고소한 것일까
누런 콧물을 훌쩍이면서
검붉은 속옷 더미들 불에 뒤져 얹었다

눈이 벌건 작은 키의 사내
몽그라진 몸체 구겨져 있었다
슬픔이 술에 섞여 몸도 가누지 못하고
샌들 한 짝마저 불에 집어 던지며
흘기는 듯 흐느끼는 듯
흐르는 물소리 섞여 입을 열고 있었다
▼▼랄, ▼▼놈, ▼새끼들, ▲이 뭔데
늙은 애비 쪽으로 짧아서 긴 상앗대질
울부짖는 적요 앞에서
진토배기의 무질서 언어짝들
늙은 애비 패인 뺨에 눈물이 엉키었다

나 또한 장성한 새끼들이 버겁은 애비
귀가 활짝 나였지만 위로 말도 못하고
흐르는 물소리에 섞이는 욕지꺼리
내 아랫도리를 절절하게 붙잡음이여
돌아서는 발길 검은 연기 하늘이 너무 푸르러
월악 하늘이 너무 맑아서 돌짐 채 나도 눈물 찍었다

3.

검은 연기 흩어지는

계곡을 밟아 오르며

갈대 하나 꺾어 물고 물길 건넜다

흐르는 물결처럼 살아 있음의 그리움

산 중턱에는 누가 살고 있을까

해바라기꽃들 넘치는 저곳은

햇자락과 산자락이 영청으로 어울리는

워어즈워드와 누이 도로시가 산책했음직한

흔들리는 고요 속에서 작은 교회가 서 있었다

두 남자 슬픔을 재워 달라고

두 손 잠시 모으고, 나는

오늘 기도는 하늘에 닿을 것만 같은

푸른 녹슬음 은은한 교회의 종탑

종소리가 흐르는 물에 풀리고

골짜기 오르는 여름 바람에 섞이어

월악 푸른 하늘 아래 흔들고 있었다

그들의 아픔 안아 기도를 올린 탓일까

월악의 하늘이 점지한 것일까

계곡이 쓸리면서 내어놓은

빙 돌아가며 삭은 옥빛 돌 한 점

온몸이 휘청거리도록

돌을 지고 급한 물길 건넜다
물길처럼 지면서 지우면서 지금까지
인연의 붉은 줄은 몇 가닥 어디쯤일까

단칸방 시절
돌처럼 마음 풀지 못하고 사흘만의
늦은 밤길 돌아왔던 낮은 천장, 30촉 백열등
40kg 남짓 아내는
푸른 심줄이 선연한
가슴과 목덜미 그대로 잠들었고
어린것 하나는 여위고 짧은 팔과 품에
나머지 새끼들은 파가 있는 몽돌들처럼
구겨져 있었음의 많은 시간들

   4.
월악 맑은 계곡 내려오는 길
검은 잿속 실낱 연기가
연줄 못 끊어 피어오르고 있는데
늙은 애비와 몸집 옹송했던 사내는
어디로 갔을까, 나는 돌 짐인 채
남은 불씨 뒤섞여 잠시 서 있었다

당신 돌의 짐 때문에

이마 위 새치라고 하면서
흰 머리가 성가시다는 아내와
장성하여 늦은 시간에도 당당하고
말버릇도 웃자란 새끼들의 집
돌밭 나서 문득 피붙이 그리움이
큰 물이 지나고 찾아간 월악은
슬픔 속에 내 그리움이 잘 개켜진
달빛이 흩어지는 창창 계곡이었고
월악 기슭 따라 너른 돌밭은
귀가를 서두르는 그리움이었다

10. 한탄강 설화

1.

논과 밭이 ▲▲랑가
밭과 논이 ▼▼랑가

가을이 절정으로 내리는 길을 따라
사람들로 지체가 되는 길을 따라
한탄강 돌밭으로 흘러갔었지
내 본명 끝자 根이 씹어 볼수록
맛깔이 나겠다는 보조개 여자와
친구의 낭중囊中에서 솟아나는 듯한
노래를 팔베개 삼고 싶다는 또 한 여자

예전에는 말고도 급한 여울이
깨진 거울 바닥의 햇살이듯
탕탕하게 흘러갔다는, 지금쯤
한탄강 가을맛이 물에 녹아 흐르리라는
청산 자살바위 아래 닻을 내렸지

2.

정박한 한탄강은 폐항처럼

가을 가뭄으로 질척거리는 한탄강
그림자마저 말라 비틀어 있었지
예전에는 맑고도 굽이치는 물결이
천만 갈래로 흘러갔다는
우뚝 버틴 청산 바위 그림자
천 갈래 만 갈래 사람들은 슬픔을 씻으려
뛰어내렸다는, 그런 날 밤이면
빠르게 흐르며 물살이 울었다는, 전설의
진주 남강 촉석루 물결이 막히듯, 이곳도
물길 다잡아 댐을 막고부터
찾아와 자살했다는 소문이 가뭄에 콩 나듯도
하지 않는다는
이끼가 마른 음산한 자살바위 밑에서
닻줄을 확인하면서 우리는 술을 마셨지

내 본명의 끝 자를 안주 삼아
술을 입에도 댈 줄 모르는 한 여자와
친구의 불알火卵 속에서 솟아나오는 듯한
노래 베고 잠이 들고 싶다는 또 한 여자와
그날은 바람이 흩어지고 물가도 말라
강바닥 흙모래까지 깨우며 지나갔었지
바람 속의 청산 자살바위
덩그렇게 내 끝 이름자
꽃대궁처럼 하늘 아래 솟아 있었지

내 짝이 될 뻔했던 여자의 얘기였지
백제가요 정읍사, 허연 허벅지처럼
달이 뜨는 밤길을 걷기가
조금은 외진 마을이 고향이라 했지
아마 정읍사 여인도 이 길을 걸었으리라는
남자들 마중 나가는 여자의 밤 마중길
헤아려 보라며 눈짓으로 말을 이었지

얘기 속 여자의 남자는 낮농사와 더불어
밤놀이 또한 여간이었다며, 웃었지
건장한 사내는 앓음도 별 없었는데
어느 날 세상을 버렸다 했지
위아랫 동서들 눈물 섞어 위로하는 말은
논과 밭이 그래도 많으니
논과 밭에 기대어 살라는 반쯤 째진 눈웃음
윗동서의 지나가듯 위로하는 말을 받아
사십 중반 그녀는 목을 놓았다고 했지
논과 밭이 ▲▲랑가
밭과 논이 ▼▼랑가
조문객 남자들이 듣거나 말거나, 꺼억꺼억
콧물과 눈물 버물러서, 그녀는
남편 목관을 안고
넋을 놓아 울었다 했지

남편이 땅에 묻히고, 가을걷이가
끝났는데 노래는 정읍사 달밤처럼
소녀 시절 그녀의 귓속까지
들렸다 했지, 겨울이 가고
봄 달이 허연 박처럼 잘익은 밤
여자는 핏덩이 달랑 업고서
어디론가 훌쩍 흘러갔다 했지

   3.
친구와 나는 마른 바람의 강가
거나해져 웃었지만
물씬 그리움 섞어 읊어가듯 그녀 얘기는
딸과 더불어 지금 혼자 살아가는
몇 번인가, 뻔!했던
서러움이 깃든 때로 낮은 청얼거림으로 저음
바람이 갈앉은 자살바위로 가을잎들만
하나 둘 시나브로 내리고 있었지

그날 친구와 나는 한탄강
마른 돌밭 거닐다가
친구는 특유 거칠은 바탕에
마른 이끼 비틀린 검은 골짜기
끝부분에 구멍이 가린 음석 한 점을

나는 낭중 푸른 심줄과 주름이 잡히고
마모된 윤기 검붉은 알맞이 남근석 한 점을
얘기 몫이라 그녀의 두 손에 안기어 주었지

내가 건넨 매끄러움 감춰
남근석 돌을 감아쥐는 여자의
갈한 그만큼 옹깃한 그리고, 좋은데요
넘치는 눈빛으로 돌을 안은 여자
그녀는 없음, 그대로 들내지 않고
갈함 그대로를 목말라 하며
문 걸어 살면서도 넉넉했던 여자
우리가 만난 두 여자는
피나지 않을 만큼 살아가고 있었지만
외로움으로 더욱 넉넉한 여자들이었지

돌아오는 길 마른 밤바람의 차창
서울 서북 하늘 어둠 속에서
붉고 푸른 가로등 흘러가고 있었지
성지청聖之淸 사나이 유하혜는
끼 엉킴 이웃 과부와 밤을 함께 나면서도
천장 향한 배꼽과 헛기침과 구겨짐 없었다는데
논과 밭이 ▼▼랑가
밭과 논이 ▲▲랑가

224

정읍의 밤길 걸어가는 두 남자, 우리는
몸이나 한번 풀어버리고, 가자고들
붉고 푸른 등이 한마당 가득한 집
귀퉁이에 차를 멈췄지

    4.
두 여자 대답은 무녀처럼 들떠 말했지
웬일인지, 한 여자가 하나의 양석과
검은 음석을 건네받은 뒤
말랐던 계곡에 불이 오르더니
달이 비쳐오기 시작했다고, 허허
가을 밤길의 달빛이 없어서
두 남자는 길 한 번 헛돌고, 길 위에서
정지했던 우리들의 차는 천연스레
사람들 뒤를 따라 서북쪽 서울로
쩝쩝, 흘러 들어서고 있었지

11. 여승과 에스컬레이터

1,

태풍 가을, 어제 덕분이었을까
서늘과 청명함으로 아침의 서울
지상 당산역에서 지하 여의도 출근의
서울살이 서둘러 오르내리는 사람들
닳은 혓바닥처럼 9호선 에스컬레이터
내 목젖 높이쯤 희끗 중년 여승 뒤져
상행으로 계단에 올라 있었다

부동심, 유동하는
마음은 차츰 눈에서 가슴을 따라
여승의 민머리 정수리에서 음전한
나이키 신발의 뒤태로
민머리 머리를 다독인 청량 비누 냄새
냄새는 어린 시절 면 소재지 이발관 거울
쇠똥 머리털 문질렀던 검정 비누와
까까머리 시절 검정 비누의 나를 생각했다

닳은 강철 계단 에스컬레이터 9호선 길은

찢어 묶고 헝클어 무너뜨린 머리카락들의
허물어진 입, 반쯤 하품, 사내들의 출근
당산 지상과 허공까지 일렬종대
켜켜이 모래섬 여의도 지하역까지
가을은 두 팔로 사람들 초대하는데
사람들은 잿빛 옷과 퀭한 눈동자와
검은 행렬 사람들 당산 지상 역에서
여의 지하까지 침묵 가을 행진이었다

   2.
미증유
위험은 순간이니
뛰거나 걷지 마십시오

9호선 지상지하 내리 오르는 지하철 계단은
70년대 등굣길 교문 교복 검열처럼 두 줄로
검은 옷가지와 H.P 손뿐, 백의민족이었는데
두 귀를 감싸 막은 귀뚜라미 안테나
침묵으로, 출근 사람들의 만원 설레임

삐걱거리는 에스컬레이터 철 계단에서
두 눈은 핸드폰에 박혀 사람들 틈새를
뛰어 내려가고 허둥거리며 뛰어오르는

불빛 지하 계단과 햇살 지상 가을의 랑데부
서울살이 구름처럼 사람들 출근 9호선이었다

　3.
가을 능금의 맛, 사각거림이랄까
가을 복식으로 중년 여승의
갓 풀 먹인 듯 헐렁 청람 가을 법의法衣
잔주름 이마와 하늬바람 지난 마른 입술
민낯 눈썹과 성긴 눈가 잔주름은 그대로
가슴에서 목덜미까지 선연 정맥혈 가린
포도 알알이듯 백여덟 염주들 간지러운
움쩍 않는 여승 등엔 조막 배낭이 하나

여름 폭우에 찢기고 터진 무덤들처럼
뛰어 내려가고 뛰어오르는 사람들의
반쯤 가슴을 헤벌린 긴 머리카락들과
부슬 사내들 틈에서 움쩍하지 않았던
내 움쩍함이 너무 죄스러웠던
대방광불화엄장의 세계는 저런 것일까
가을 햇살과 민머리 눈주름 여승과 만남

요한묵시록의
수정문 안의 생명나무랄까

228

화쟁과 회통, 원효 선사
회광반조 원효의 '새벽말숨'이랄까
잘 가꾼 가을 봉분처럼 까까머리 여승의 자태
물리시간에 졸며 들었던 굴광성 가을 한강물은
이승과 저승 무량무진 찰랑거림으로 랑데부였다

    4.

양양 낙산사가
불에 찢겨 무너지고
2년 됀가 봄날에 찾았던
불바람 빗질 뒤의 낙산사
청동 종탑과 몇 만금쯤 청동 종소리의 형해
검은 청동 형해를 타고 오르던 파란 잎들과
민둥산을 타고 앉은 해수관음의 서늘함처럼

    5.

찰랑 서늘 한강의 가을빛과
청람 법의法衣 까까머리 여승에 뒤져
물밑 여의도 전자동 전자 불길과
예 서낭당 촛불 동네 당산역까지
삐걱 더러 철렁 굴광성 에스컬레이터
에스컬레이터의 바퀴들 여승에 뒤져
뒤져 서서 흔들렸던 비틀, 열혈

비틀 허접의 마음으로 나
탐 · 진 · 치, 내 본심 읽은 것일까

이순 이저쪽 길쯤일까, 여승은
2호선 당산역 지상의 정거장에서
백열여덟 알알 만지면서, 한강 쪽을
가을 눈빛, 한강의 물빛 바라보았다

12. 살풀이

1.

살煞

살풀이는
구천九泉에서 九天을 잇는
목숨 불 부르며 올리는 베옷 춤이다

흰 옷깃 소매와 아슬한 구렁텅이
닳은 손톱과 무진장 설움이 만나는
늦은 밤 어머니의 무명 베틀 노래랄까
아, 취한 눈 선배의 영상회상 산성의
내리막길 염소 고기와 생피 냄새랄까
답가로 내 요단강 건너서 만나리랄까
사립문 하늘을 여는 노래와 춤이다

하얀 소매는 속마음 휘도는 천만 갈래
진물 상처에 소금 뿌리는 아림 춤이다
밤을 물고 터진 피를 재우며 호곡하는
춤사위와 침묵은 소리하는 촛불 벽이다

煞, 한겨울 쩌렁 목숨이 깨지는 소리다

  2.
흰옷 가락으로 급살을 막고 쫓는 살풀이
모진 살덩이 화톳불처럼 목숨의 춤이지만
겨울 툇마루 쓸어가는 높새바람 춤사위지만
가락은 잘린 밑동에서 꽃봉오리가 오르듯
구천에서 구천을 미리내 별 다리 맑은 춤이다

때의 사람들 침묵과 슬픔은
눈을 인 가지들 바람이 후려 가는
덮인 눈 위에 햇살 지상이 눈이 부시듯
살풀이는 재를 살라 불꽃 눈 올리는 춤이다

살풀이는 핏빛 칼 물어
자진으로 눈물 춤이지만
흰 살풀이 버선코 그림자 춤이요
한겨울 어머니의 베틀노래처럼
잉앗줄에 터진 손과 닳은 발꿈치 춤이다

*2009년 5월 29일 금. 맑음. 나라의 얼굴 대통령을 지낸 분이 자살을 택하다니?
내 살아온 날수 23,448. 서울광장에서 노무현의 노제를 텔레비전을 통해서 바라
보았다. "이것은 운명이다. 누구도 원망하지 말아라. 아주 작은 돌비석 하나만 세

232

워라." 그러나 노제의 주최 측들은 "산 자는 나를 따르라, 사랑합니다, 행복했습니다. 나무아미타불, 眞空妙有" 등, 여러 갈래 輓詞와 서울 하늘을 가린 노란 풍선들, 어디에 감추어 두었다가 쏟아져 나올 수 있었을까. 나는 路祭의 모습을 보다가 주역 여섯 번째 ism의 문제를 다룬 天水訟☰☷ 괘처럼 국민과 정부, 정부와 편 안의 단단한 비타협 또한 정부를 보았다. 7년 전 눈이 쏟아졌던 날 초대를 받았던, 전북 익산역의 젖어서 더욱 검은 기찻길처럼, 두 평행으로 반쪽 내 나라, 괴로웠다. 그러나 眞空妙有라는 말이 그래도 내 괴로운 마음의 닻을 올리게 했다. 화합으로 출항의 날을 위한 닻을 나만이라도 걷어 올려야 한다. 이 시는 運命을 天命으로, 진공묘유의 마음이 되지 못하는 지도자들, 갈라져 원망하는 나라 모습이 안타까웠다.

네 마당

물을 탁본하다

오륙도 전경, 사진 제공 이충엽

1. 해운대 소묘

가. 月出

그대 램프에서
펄럭이는 바다
은하수 너머
꽃게 오지 않고
무지개 눈썹 하나
굴러가고 있다

나. 파도

북을 치며 오더라
갈매기 떼 울음 숲까지
몸 풀어 달아나는 바다
오순절 허리께로부터
꽃으로 떨어지는 소낙비
연금 바다의 흰 손
우리 율법은 춤추는 함몰
바다 저편 빗질하며
이별하는 무지개
원반 구르듯
황혼이 열리는 만년설 바다

2. 수녀와 하프

바람이 잔잔한 날이었다
기체가 김포 활주로 이륙
잠시 흔들거리고 서울이
눈 아래서 흐려지고 있었다

출입구부터 눈 인사로 동행
귀밑 솜털이 애잔한 수녀님
우리 몸은 계속 치솟아
발 아래 구름 계곡 흐르고
아카시꽃 향기처럼 알싸함이
배꼽까지 치밀고 있었다

수녀님 품의 이게 뭐지요
하프 일종이예요
까만 제복 속의
피곤한 듯한 이마
그래서 더욱 포근해 보이는
왼쪽 입술에 까만 점이 하나
죽어 천상의 꽃으로 필 수 있다면

G현의 선율 흐르고 있었다

빛
하프
수녀님
하얀 음계
찔레꽃 파고
연미복 차림의
그녀는 불 지피고
객석에 앉아서 나는
불꽃놀이 밤하늘 저편
무반동 탄알로 가 박히고
불꽃 가슴 오지가마 눈 사태
불티로 나르는 혼과 살의 축제

로마의 하늘은 맑았는데
조국의 하늘은 불친절하군요
몇 년 머무르다 오는데요 수녀님
7년째요, 순간 정변 속의 내 나라
기체가 몇 번 기우뚱 참 어지러웠다

비행기는 낙동강 하류
오륙도 바다가 곡두처럼

푸른 그리움으로 반가웠다

김해 김씨의 텃밭 김해공항
출입구 나서며, 그래야만 했을까
하프 안은, 수녀님은, 요
짐을 찾아야지요, 성 베네딕트 수녀원입니다

23년 전 얼굴 하나 남녀공학 졸업하면서
나는 수녀가 될 거예요, 문예반 성애成愛
성애가 수녀로 지낸다는
베네딕트 울타리는 장미꽃 천국이었는데
그리움 손을 흔들며 수녀와 헤어져야 했다

3. 월휘月輝

소록도 밤바다
초승달 오르고 있었다
동지섣달이었는데 명주폭 물결
별들이 사금파리처럼 소록도

붉은 눈썹 신부처럼
조선종이 문풍지처럼
떨면서 달빛은
옷고름 밤바다에 풀고 있었다

하늘 향한 청청 소나무들
한센 사람들 젖은 꿈이었을까
그네들 터진 살 옹이었을까
철조망 안 마른 눈뭉 엄마와
철조망 밖 미감 딸의 울음소리와
동승의 목탁소리 소록도
목선 한 척이 푸른 날 눈물처럼
적막 선창에 닻을 내리고 있었다

4. 오륙도 점묘

1. 용호동 둘레길

푸른 선율과 잉앗줄을 당기듯

중모리 자진모리 휘몰이의 바다

진양조 보표譜表의 가락 썰물 때면

분명 잡힐 듯 여섯 섬 오륙도는

여섯 섬이지만 밀물 때면 다섯 섬

옥빛 햇살 속 오륙도는 다섯 섬이다

달이 오를 때면 해연 속 정맥혈처럼

여섯이면서 다섯의 모습으로 오륙도

한때는 소금물에 절어 터진 살갗들의

찢긴 피붙이들 터진 울음마을 용호동

용호동 이기대 바라봄이 동동이라서

부산항 눈썹 오륙도 향한 둘레길 만들었다

둘레길 오르자 피붙이로 안겨 오는 오륙도

옛 신라 부산 어머니들 오륙도 향한

동동연연憧憧戀戀 파도 불심을 보았다

2. 우삭도 -방패섬과 솔섬
사리 때면 드러나는, 두 섬 우삭도
솔섬과 방패섬 사이 푸른 파도 윤무 때면
둘이었다가 밀물 때면 한 몸으로 우삭도
드락나락 방패섬과 푸른 솔의 청정 솔섬
사리 때면 분명 두 섬이라 우삭도라 했다

여며 저민 출렁 어무이 가슴처럼 방패섬
파돗날 솔섬의 아랫도리를 휩쓸면 자맥질
방패섬은 여礖이지만 여에 기대어 선 솔섬
솔섬 솔가지들은 겨울 해풍에도 청청이었다

썰물 때면 방패섬은 작은 키 어머니 가슴처럼
명치뼈까지 잔물결이 쉼 없이 이어지고, 때로
집채만큼 진파 때면 솔섬 가슴팍을 다칠라
솔선하여 자맥질하는 어머니 마음으로 방패의 섬
어미 마음 방패섬은 솔섬의 솔가지들 막아주었다

3. 수리섬
수리떼가 무리 지어 날았던
수리 대신 갈매기들의 수리섬
수리의 떼 사라진 뒤 바다 갈매기들

인조 새우깡 보채는 갈매기들 허연 똥과
목화솜처럼 갈매기 털들이 섬을 덮고 있었다
수리섬 돌아오는 유람선 따라 갈매기들
날 선 부리와 검붉은 눈매로 갈매기들이
새우깡 보채며 찍어가는 서슬 파돗날이었다

   4. 송곳섬
작살이랄까, 닻처럼 꽂혀 있었다
용호동 둘레길에서 만난 송곳섬은
우삭도와 수리섬 굴섬 등대섬 사이
추처럼 박혀서 송곳섬이라 했다는
검푸른 닻줄을 내려 정박해 있었다

오륙도의 수평방정 추처럼 송곳섬
고향 찾은 사람들 그래도 믿는다는
비린내 유년을 몰아오는 합장이었다

   5. 굴섬
뭍 향한 그리움으로 굴섬
그날 겨울 파도는 패인 가슴은
더욱 메나리조의 출렁거림으로
섬 기슭 보채어 쿨렁쿨렁 돌아가고

유람선 위 나를 돌아오라 채근이었다

굴섬 기슭 낚시꾼 몇 서고 앉아서
낚싯대를 드리운 채 손을 흔들었고
유람선 화답은 돌아와요 부산항이었다
관부연락선 시절 현해탄의 부산
아들과 함께 유람선에 올랐다는
젊은 덧니 일본 엄마와 눈으로 인사
새우깡 노나 갈매기들 향해 손 들었다

　6. 등대섬

허연 철제 계단 겨울 바다가 추웠다
계단 다한 곳에 하얀 등대가 있었다
바다와 뭍에 비바람이 몰아간 날 뒤의
칠흑 밤 때의 등대 불빛은 대마도까지
수평방정 바다와 하늘은 참 평화로웠다

별빛들 평화, 밤바다를 보듬기 위해
등대 겨울 계단 오르는 사람 없었지만
한 계단 또 한 층계씩 하얀 쇠 사닥다리
등대섬 하늘 저어 갈매기들 날고 앉았다

244

5. 고양의 사계

1. 봄

햇볕 마을 고양을 고향 동네라 가꾸었다
호미 든 아낙들은 꽃길을 진짓상 받들듯
남정들은 무논 살피듯 장딴지 걷어 올려
삽을 잡고 고향 지키듯 고양을 가꾸었다

고양을 고향으로 눈웃음과 땀으로 사람들
흙 마음 그리움으로 고향을 심고 가꾸었다
진달래 철쭉이 흐드러진 한 초등학교 교정
아이들 아우성이 꽃향 버물듯 봄 길 걸었다

2. 여름

진달래 철쭉 뒤 푸른 잎들 찰랑거리는 길
호수공원에 비린 하늘 여름이 빠져 있었다
하늘 향해 팔뚝 쳐드는 물속 가지들에 취해
솔바람 사이 벤치에 앉아 문득 밤이 되었다

하나 둘 별이 돋는 겨드랑이 가려웠다
본래 나무와 사람의 고향이 하늘이었을

볕이 높은 마을 고양 마을에 와 살면서
두 날개 펴 고양에 살면서 하늘을 알았다

3. 가을
햇살이 풀 먹인 가을 빨래처럼 널렸다
백석동 지하 백여덟 계단 세어 오르고
풍동마을 가는 마을버스를 기다리는데
젊은 날 연서처럼 갈잎이 한 잎 또 하나

가을이었구나
늙은 가슴 맴돌며 마을버스가 도착했다
고양에 와 살면서 사람들도 나뭇잎들도
어린 시절 사립 여닫던 고향 맘으로 산다

4. 겨울
내가 사는 숲속 마을
눈이 살아 하얀 꽃등 켜듯
한밤 닫힌 베란다 문을 두드리며
창밖 어둠 밭에 흰 불을 켜 두었다

고양은 어느덧 이십 년 고향처럼 세월
너른 마당 축복처럼 쌓인 눈 거니는데
눈을 인 나무들 하얀 길을 혼자 걷는데
눈싸움 고향의 벌판 웃음 손길 부드럽다

6. 바다 변주곡
- 물을 탁본하다 ①

그대 출발 날개 위로

점화하는 바다

거문고 현을 당기는

순례의 바다

빛 낡아 푸름에 잠든

고궁의 바다

금발서건 레이스

가슴의 띠

요한 쉬트라우스 휘도는

장미의 바다

구름 열두 층계

파도는 날아가고

뿔뿔이 기어가는

분만의 바다

그대 어둠의 행진

포물선 선회하다
빙하의 환희 그리고 죽음
검은 철조망의 바다

부활절 불 밝히고
침몰하는 신의 손목
허공에서 내려와

허공으로 사라지는
유황 불 바다

수심의 황홀
가면으로 돌아가는
오광대 바다

하얀 꿈의 랩소디
그대 여윈 목 끌어안아
나목들 바다

굴원의 마지막 잔
우렁차게 파손하는
고선자의 바다

*孤仙子 : 최치원 선생의 도교적 삶을 상징한다. 해운대란 이름은 최치원 선생이
지었다. 동백섬에 가묘와 동상이 있다.

7. 르네 마그리트
- 물을 탁본하다 ②

1. 하이퍼 공간

궁즉변窮則變, 변즉통變則通,

통즉구通則久, 천칭이지 못한

분단, 분열 팔십 년 단군왕검의 땅

경교장 하얀 피 적삼과 고의 김구가 아닌,

친미 이승만 집권 이후 적폐積弊? 씻어내듯

우림霖雨 속의 때로 취우驟雨 섞어서 56일의

치우침이다, 공정 평등 저울대는 지금부터다

환난의 부채질, K.B.S 재난 연속의 일기예보

사람들은 고저치高低値 분명 형형의 마스크들

하이퍼 공간

젖어 말린 마스크로 우리는 석 달 열흘만의

하늘이 구름 마스크 벗기었던 날 외출이었다

2. 절대공간

르네 마그리트 초대전이 열리고 있다는

환한 날, 이승에서 불을 켠 저승까지의

인사동 아트센터 지하 1층 너른 전시장

전시실의 지하까지 에스컬레이터

극사실주의, 절대공간
공간의 절대 착란과 환상으로 판타지들
초현실주의 화가 마그리트 전시장 찾았다

말숨의 폐쇄 지하 1층 전시장은
허연, 때로 검고 붉은 마스크들
눈빛과 H.P의 빛 그림 전시장은
이브와 아담의 에덴동산 그때처럼
풋사과로 입과 코와 반쯤 눈가림의
르네 마그리트풍 하이퍼리얼리즘*
보이지 않아 있음으로 신의 본체를
푸른 침묵과 착란과 환상으로 초대
있음으로 보이지 않은 서슬 바이러스
바이러스 서슬이 두려워 사람들은
붕대를 감은 나사로처럼 행렬이었다

신은 사람들 뒷모습에
당신만의 모습을 투영
빛과 때로 그림자로 들락거린다는
때문에, 마그리트는 자신의 뒷모습을
층층거울을 비치해 보았다지만 거울 속
뒷모습 기운 비틀걸음 나는 절망이었음을

지하 전시실 삼면 벽을 채운 대형 스크린
스크린에 중절모 검은 신사들이 소낙비처럼
그림의 떡이나 낙엽처럼 잘 익은 빵조각들의
구름과 꽃과 모자와 검은 우산들의 애드벌룬
문을 나서는데 어디선가, 우 우 우 바람소리
흑백 사진으로 일렁거리는 숲과 수런거린 달빛
격자 판타지 집들과 울타리의 환한 그림자
숲 그림자와 격자 창틀이 흔들 절대공간 랑데부

파이프를 수도관처럼 그려 열어 놓고
「이것은 파이프가 아니다」
마그리트의 봉초 담배 파이프
파이프는 천년 신라의 만파식적일 거라는
달걀을 놓고 달걀 속 털들이 구만리장공처럼
구만리 하늘 나르는 대붕 날개와 물총새의 부리
북한산 기슭 삼각산을 날개로 백운대는 부리로
졸탁지기
마그리트는 달걀 속 털에서 병아리들 부리까지

결혼한 성직자 붉은 탐심과
헤겔의 변증법적 바캉스와
빛을 모으고 빛을 그려 흩어 놓은
캠퍼스 속 마그리트만의 환상 제국

사람의 아들에게 연금술 신의 날개를
르네 마그리트는 화판 위에 뒤죽박죽
여름 어머니 수제비처럼
두꺼운 사실과 환상 산보로 만들었다

잘린 구두가 포동 발로 헛보이게
시각이 빚어내는 환상과 착란을
비빔밥처럼 섞어, 마그리트의
'이것은 파이프가 아니다' 분명 파이프를
기존 언어와 기존 그림 속에 빠져 있는
사람들의 혼돈 시각에 차렷 정돈법을
아무리 무서운 독재자라도
발가락이 나온 구두로 행진하는
꿈꾸는 권리만은 빼앗을 수가 없음임을

3. 실존 공간
미세먼지가 걷힌 청명 종로구 인사동의 하룻날
사막 별밤처럼, 환한 지하 마그리트 그림 순례
울며 만류하는 백수광부의 처와 여옥의 공후인*
에우리디케를 다시 지하세계로 떨궈 보내야만 했던
음유시인 오르페우스*의 뒤돌아 울음이 아름다운
우리는 시를 보듬고, 시의 밭만 받들고 가꿔 보자
어릿광대 시인들 몇 서울 살며 즐거운 나들이었다

*hyper—realism : 60년대 미국에서 출발, 極寫實主義로 번역한다. 極(지구의 남극 북극)은 한계를 말하면서도 錐(저울추, 始終, 수직 균형)와 權(저울대, 좌우의 수평 균형)을 유지하고, 極은 파장과 진동을 동반하며 움직이고 있다. 마그리트는 초현실주의 화가들 중에서 사진보다 더 극사실의 그림을 통해 착란과 환상을 결합한 화가로 알려져 있다.

*줄탁지기啐啄之機 : 벽암록 계송 중 하나다. 닭도 모르고 병아리도 모르지만 삼칠 일이 되면 병아리는 알 속에서 어미 닭은 밖에서 쪼아 병아리가 나오게 된다는 것이다. 즉 깨달음이나 믿음은 내가 깨닫는 것이지, 남이 나를 알고 깨닫게 하는 대는 한계가 있다는 것이다. 중국 禪宗의 할喝 대화법을, 나는 성경의 예수와 니고데모의 중생 경험 대화에 대입하고 생각하는 버릇이 생겼고 시법에 적용하고 있다.

*오르페우스 : 그리스의 음유시인 오르페우스가 지하의 지배자 하데스에게 음악을 들려주고 그의 처 에우리디케를 데리고 지하세계를 탈출한다. 때에 하데스의 당부는 뒤를 돌아보면 절대 안 된다고 했지만, 에우리디케의 발걸음 소리가 들리지 않아, 되돌아 확인하다가 에우리디케는 슬프게 울면서 지하세계로 다시 돌아가고 말았다.

*공후인 : 古今註에 보면 평안도 남포쯤으로 추정되는 곳, 술병 하나 들고 물을 건너던 백수광부와 그를 말리던 백수광부 처도 물에 빠져 휩쓸리고 만다. 뱃사공 곽리자고가 그의 처 여옥과 동네 사람들에게 얘기하였다. 여옥이 곁에 있던 공후를 켜며 불렀다는 공무도하가, 이루지 못해서 아름다운 오르페우스와 여옥의 마음으로 우리는 지하 마그리트 전시를 보고 수령이 6백 년 지나고 있다는 향나무 커피집에서 시와 인생의 얘기를 나누었다.

*르네 마그리트 : 바다의 남자, 희극정신, 전원의 열쇠, 사랑의 원근법, 능욕凌辱, 붉은 모델이란 구두 한 켤레, 대가족, 빛의 제국… 네델란드 화가 마그리트는 주도면밀한 사실주의 기법으로 상식에 도전하는 환각적인 장면을 연출, 예컨대 동쪽에서 해가 뜬다는 상식의 삶에 도전하여, 일상과 상식을 탈피하라는 충격을 안겨준 초현실주의 화가이다.

8. 알바트로 자코메티
- 물을 탁본하다 ③

1.

百尺竿頭進一步

2.

포동 뺨 한들 걸음 일상 걸어
서녘 그림자 오브제로 치환置換
청동 긴 팔과 흐릿한 갈비뼈들
뭉클 머리통에 박힌 시선과 눈빛
철사 무릎으로 걷고 있는 사람들
철골 브론즈가 시를 밟고 섰다는
알베트로 자코메티의 새벽 화집을 펼쳤다

스물 자코메티를 여행으로 초대해주었던
초로신사 뫼르스가 베네치아 한 호텔에서
가벼운 기침 몇 시간 신열과 두통 속에서
미안하이, 내일이면 나아질 걸세, 그리고
멎어버린 목숨, 초노 뫼르스 목숨을 보았다

어머니의 집과 어린 시절 다녔던 개신교 교회가

스위스 동남쪽 알프스 기슭이어서 자코메티에게
장례식은 알프스 적설 산봉우리처럼 신비였는데
스물에 목도한 뫼르스의 죽음은 한갓 사물일 뿐
죽음이 너무 가까이어 온몸으로 허무를 보듬게 하였다는
자코메티 화집을 넘기는데 장자 제물편 천뢰성이랄까
천둥과 가을비가 창문 밖의 붉은 시그널 새벽을 깨뜨렸다

   3.
헛되고 헛되며 헛되도다
해 아래서 헤적이는 모든 수고들이
베네치아 한 호텔 초노신사 뫼르스
memento mori*, 뫼르스 죽음은
알바트로 자코메티의
알프스 작은 햇살 예배당
햇살처럼 주음의 약속을 찢었다는
새벽 손바닥으로 자코메티 화집을 넘기는데
빗소리가 새벽의 유리창을 때리며 지나갔다

1961년 프랑스 파리의 오데옹 극장
베케트의 부조리극, 고도를 기다리며
무대 연출을 맡은 알바트로 자코메티는
마른 가지에 잎 하나, 석고나무 배치했다
나무 아래는 회색 옷의 한 남자가

모자를 쓰고 벗어 다시 모자를 쓰는,
등 굽은 또 남자 벗은 장화 다시 신는,
두 사내에게 양치기의 소년이었을까
'고도는 오늘 오지 않고 내일은 옵니다'
모자를 쓰고 벗는 사내와 장화를 끼고 벗는
청맹과니 두 사내들의 권태로운 모노드라마

「마침내 나는 일어섰다, 그리고 한 발을 내디뎌 걷는다
어디로 가야 하는지, 그리고 그 끝이 어딘지 알 수는 없지만
그러나 나는 걷는다, 그렇다, 나는 걸어야만 한다」
　　　　　　　　　　　　- 알베트로 자코메티

사람은 고도인 나와 자기에게 돌아가야 한다는
하지만 오지 않는, 연극 속의 자코메티의 고도
자코메티는 뭉클 두상에 길어진 팔과 다섯 손가락
어릿광대처럼 앞만 보고 걷는 가늘고 꺾어질듯 다리
철골 핏줄과 뚜벅뚜벅 걸어가는 사람들을 탄생시켰다

　　4.
파괴와 탄생 현장으로 자코메티의 작업실
작업실은 스치면 부서지고 넘어질 것처럼
크고 작아 눕고 기대어 미완성으로 형해들
허연 천으로 봉인된 석고상들의 묵시록

흰 천을 두른 철골들은 말들의 묘지였다

모델이 되어 주신 어머니며 아우와 아내
알프스 햇살 기슭 작은 교회를 사랑했던
알베트로 자코메티의 철골 브론즈들은
영혼의 무게를 달고 재는 준비를 위해
고무풍선처럼 철사에 숨을 쉬게 하였고
백짓장 곶#에 영혼을 입히는 작업이었다
작업 뒤는 버버리코트 걸치고 비를 맞이하는 법과
알프스 햇살 숲에서 온몸의 씻김을 맘으로 즐겼다

구라파 평론가들은 말했다
만년설 알프스의 신비처럼
20세기 유럽 예술의 두 봉우리, 피카소는
게르니카 화폭처럼 부르죠아들의 난폭이랄까
허얀 캔버스에 비구상의 색채들로 온통 채웠고
자코메티는 쇳덩어릴 진흙덩이처럼 주무르고 깎아
2차 구라파전쟁 뒤 베케트의 부조리 석고 무대처럼
전쟁으로 고도가 되어버린 구라파 사람들의 실존을
확신으로 걸어가는 기운생동 브론즈를 탄생시켰다고

百尺竿頭進一步
메멘토 모리

자코메티의 흑백 화집 덮고 잠시 눈을 감았다
건드리면 무너질 듯 두 번 수술
병약 발걸음으로, 나는
가을비가 는개로 바뀐 숲속마을 둘레길을
메이드 인 코리아 짝퉁 버버리코트 찾아 걸치고
허적 흐느적 둘레길 는개 아침을 혼자 걸어나갔다

*memento mori : 〈죽음을 기억하라, 너 또한 반드시 죽는다는 것을 기억하라〉 전쟁을 승리로 이끈 후에 로마의 개선장군들이 시가 행렬 때 행렬의 뒤를 따르는 노예에게 메맨토 모리를 외치게 했다. 자코메티는 20세의 한 날 잊을 수 없는 극적인 순간을 만났다. 그를 이태리 여행으로 초대해 준 뫼르스가 베네치아 여행 중 급사한 사건이었다. 자코메티의 말이다. 나는 죽음이란 늘 장엄한 모험으로 생각하고 있었는데 죽음은 단지 무이며 보잘것없고, 부조리한 것일 뿐이었다. 이후 나는 인간이 산다는 의미와 본질을 탐구하기 시작했고, 시선과 눈빛을 담고 있는 頭像의 철골의 작업에 몰두하였다. 성경 다음으로 구라파 지식인들이 많이 읽는다는 메멘토 모리格인 노자, 노자 도덕경 31장의 上將軍居右 言以喪禮處之 글귀는 동양인들과 노자의 반전사상을 극명하게 드러내고 있다.

9. 겨울 박물관 가는 길

국립중앙박물관 가는 길이다
젊은 엄마와 겨울점퍼 두 아들 만났다
노인석 놓인 종이 동생뻘 애가 주웠다
엄마들 서울처럼 할퀸 눈알이 아니었다
노인석 내가 기특해서 말문을 열었는데
국립중앙박물관 찾아가는 길이라 했다
통영서 올라왔다는 젊은 엄마와 개구쟁이 두 아들
주운 종이 작은 손에 비린 통영 바다가 어른거렸다

박물관엔 특별 불심판 폼페이 최후의 날
소한 겨울 특별기획전이 붐비는 중이었다
반라, 세월에 닳고 찢긴 모자이크 벽화들
금줄 두른 전시대 위엔 호롱불 청동 등잔
제단 곁 술잔과 방금이듯 맷돌이 하나
로마 여인들 금은 동 옥 액세서리와
로마 군인들 녹슨 전쟁도구들이었다

A.D 79년, 8월 24일, 십팔 시간 날
불구덩이 최후 폼페이, 그때와 그날의

불이 지나간 집에 사람 셋과 바비큐 돼지
건너 진열대 위는 굵은 목줄 상처 그대로
집을 지키던 단말마 모습 부러진 개 모가지
검은 잿더미 위에 갈비뼈와 허연 이빨 해골들
웃음 위로 불 이빨 환락의 잿더미 성채 폼페이
뒤틀린 입뼈와 가슴 잿빛 화산재로 굳어 있었다

아비규환 불 타임 십팔, 열여덟 시간
우리말 연음현상으로 sspal 찰나 사람들 발악의 성채
젊은 시절 불덩이 몸맘으로 숨어 보았던 흑백 음란 필름들
16mm 쯤 색채 비디오테이프, 폼페이 사람들 성교의 장면을
정염 화면 퀭한 눈 관람객들 목 뺀 머뭇거림, 다시 뒤돌아
내 나라 젊은 여자애들, 부끄러움으로 할끔, 발걸음이 빨랐다

무릎보호대 나는 서둘러서
전시실 밖 의자에 기대 무릎 만지며 기다렸다
전시실 나오는 아이들 잡은 손 사람들 바라보았다
한결 숙연이었지만, 환한 그늘의 얼굴과 얼굴들
통영의 젊은 엄마 그녀의 두 아들도 만났다
며느리와 통영 두 손자 동행이란 내 나이쯤 어른과 눈인사
기회가 되시거든 통영 겨울 바다를 바라보셔도 좋으시리라는
두 아이 허리 굽힘의 법과 젊은 엄마 인사법 통영 잊지 않았다

오후 들며, 차츰 소한의 추위 두터워지리라는
동행했던 두 지우와 겨울 박물관 나서 지하길
국립중앙박물관의 넓은 마당 푸른 댓잎들처럼
무릎보호대 두른 절름 느림보 내 발걸음을 맞춰
두 벗들과 지하길 내내 푸른 걸음 댓잎 얘기였다

10. 굴광성 음성

1.

푸른 잎들이 희푸른 속살로 얽힌
주말농장 고구마의 검푸른 줄기들
녹슨 낫을 들고 쳐냅니다
난마처럼 줄기들 베이고 뽑혀 나가며
부러진 고구마에서 전분이 하얀 젖처럼
하얀 피의 사람 이차돈을 생각하게 했다

얽히고 설켜 내我 몸속의
푸른 정맥과 검붉은 동맥처럼 얽히어 고구마 순
꺾인 끈끈함 고구마 순을 쳐내다가 일본 제국주의
주기철 목사님과, 33인이 투옥, 옥중에서 한 사람
옥중 순명順命, 김예진 목사님 하얀 피를 생각했다

2.

신앙수련 방편으로 청년 시절 찾았던
사랑의 원자탄, 산돌 손양원 목사님의
두 아들 장례식에서 아홉 가지 감사를 드렸던
그리고 자식을 죽인, 원수 두 팔 안아 품었던

동족상잔으로 여순반란 사건, 지정학적인 운명
지정학 발치가 죄라면 여수와 순천 뿐이겠습니까

산돌 손양원 목사님과 발치에 누워 두 아드님
동인과 동신의 무덤 소나무 사이로 소록도 바다
가슴으로 한센환자를 보듬었던, 소록도의 손양원
소록도 한센인들 앞에서 누군가 고자질 인민군의
동족 고자처럼 고자질, 인민군에 의해서
동인 동신처럼 총살의 순교, 손양원 목사님
산돌 목사님 사랑의 원자탄 아닌 지금 분단 내 나라
형제 가슴 겨냥 유도탄 내 나라 분단 지금까지 생각했다

…여수애양원교회앞/손동인저는순천사범입니다/동신저는순천중학
입니다/동희저는국민학교4학년입니다/…4중창/김지회홍순석지창수
안제선/손동인4월3일제주도에서좌익분자들과한인가요/지금왔던재
선은과격한좌익입니다/손동신좌익계열학생들은패거리를지어공산주
의이론을학습하지요/…합창숙청의노래/지주야물러가라어서물러가인
민은너희를용서하지않는다경찰아물러가라어서물러가인민은너희들을
요구하지않는다/김창기안재선은좌익학생들과함께손동인동신을끌고
등장/안재선망할자식반동자식지금이라도예수만배반하면살려주지/손
도인안재선군그대도예수를믿으오그러면평화의사람구원받고기쁨넘치
는삶을살게될꺼요/일동죽여죽여죽여죽여죽여예수쟁이는다죽여라/손
동인내영혼은죽어도못죽이리/일동죽여라죽여라어서/손동신안되오안
되오못죽입니다저를대신죽이시오/멀리서총소리들린다/…국군의반격

과합창/기관총소리수류탄터지는소리/김지회홍순석지창수좌우에서등
장/국방군의반격이여의치않소/그중에일부는귀순하였소/김지회이제는
다틀렸는가지리산에들어가빨치산이나되련다빨치산이나되겠소/무대
뒤에서들려오는합창소리/내주는강한성이요/(무대어두어지고시간흐름
을나타냄)…/원수를사랑하라는하나님말씀을따라 손양원내사랑한반도
에붉은깃발날리더니어둠의영몰려와총부리겨누이네북풍한설다시불어
한반도가요동치네찬란한봄이여언제오시려나찬란한봄이여왜안오시려
나왜안오시려나…안재선쓰러진시체에쏘았을뿐이요/사령관여러분조용
히하시오/그것은안됩니다/목사님그것은안됩니다/나덕환그래도사령
관님졸지에두아들을잃은손목사님의애타는소원을들어주십시오/동희
야어서나오너라아버님이말씀하신내용을사령관께말씀드려라어서… 동
희울면서죽이지말랬어요/두아들의장례의예를서신아버지손양원목사
사랑하는애야원교우여러분…회중과합창단눈을들어하늘을보라

   (대본 김희보, 박제훈 오페라, 인류 역사에 남겨질 최고의 사랑 실천, SOHN
YANG WON, 2012년 3월 8일. 예술의전당 오페라 극장)

   세 번 찾았던 푸들시들 한센인들 터진 살덩이 섬
   소록도 사랑, 이방 수녀들의 손톱 밑까지 사랑과
   손양원 목사처럼 사제들의 온몸으로 사랑과 헌신
   소설가 이청준 당신들의 천국, 건축 현실 고발과
   김동리 무녀도, 액자소설 무녀도 속의
   무녀 모화의 아들 욱이 기독교 성지 평양 다녀온 후
   기독교 전도사 욱이, 아들이 서양 귀신 씌웠다는 모화
   아들을 죽이고 신라의 무당 모화는 회오리 물결 속으로

264

모화의 딸이며 욱의 이복누이, 낭이 배 속에는
낭이 살과 전도사 욱의 더운 피 꿈틀거리는
생명이 이차돈의 흰 젖 피처럼 죽은 욱이의

3.
문산에서 출발 내我가 오르는 지하철 백석 시인 이름으로
하얀 돌 들판 백만 인구 고양특례시, 108 계단 백석의 역
낭이의 아랫배처럼
거무스레 피부 임산부가 핑크색 자리 앉았다
지하철 종점이 강남의 변두리 오금이라는
오금에는 강남 제비가 돌아와 집을 짓는다는
오금이 저리는 지하철의 경로석에 앉아 나我는
거무스레 버짐 꽃 검은 눈 처자의 만삭 아랫배
제비가 집을 짓고 새끼들 제비 오금까지 길일까
내가 내리는 남부터미널 동남아 작가들 특별 돕기
초대의 예술의 전당 지하역 내린 뒤도 앉아 있었다

4.
고양특례시 반토막 남발 막말 나라
무엇이 이곳만 특별 특례란 말인가
변두리의 주말농장
아내 지시에 따라 고구마를 캔다
아내가 인터넷과 씨름을 하며 습득한
산성 토질을 알고, 고구마 순 골라 심어서

굼벵이 먹은 고구마는 뜸했지만
누가 버리고 간 것일까, 굼벵이가 먹은
통뼈, 내 팔뚝만큼 고구마로부터
어린 손자 잠지 끝 모양의 고구마들
굼벵이 갉아먹은 고구마 던져 있었다

굼벵이가 먹었다고, 사람들이
버리고 간 자리, 변비에 그만이라는
굼벵이 고구마 이삭줍기, 만류에도 나我는
젊은 과부 룻이 보리 이삭을 줍듯, 아내는
꿈틀 굼벵이 호박고구마 털고 자르며 주웠다
굼벵이가 먹다 버린 고구마처럼 못난 지아비 곁에서
굽힌 허리 휴우, 고구마를 주우며 아내의 말이었다
당신은 허리 굽혀 줍지 말아요, 남자의 체면이 구겨요
아내 발치 저만큼 허리 굽혀 굼벵이 입 스쳐 간 고구마
먹다 멈춘 옴팍 굴광성 굼벵이 고구마를 털다가
마른 젖처럼 고구마 굴광성 시인 나를 보았다

   5.
밀레의 만종이 사라진, 변두리 도시의 주말농장
신호등 건너 하얀 알루미늄 십자가 일산 광림교회
베들레헴 들판에서 모압 여인 룻이 보리 이삭 줍듯
아내와 나는 사람들이 버리고 간 굼벵이가 파먹은

266

허리 굽혀 굼벵이가 사람들 손과 눈 버리게 한
우범 해방지대 고구마들을
모처럼 푸른 가을 하늘, 붉은 신호등 아래서
주워 든 고구마를 들고 푸른 신호 기다렸다

간만에 담임목사 말씀과 행위가 일치해서
신도들이 북적거리고 있다는
너른 교회 지붕 바라뵈는 앞길에서
기다리는 푸른 신호까지도 즐거운
한여름이면 베란다 열린 문으로
광림 새벽기도회 교회서 부르짖는
굼벵이가 고구마 붙잡아 갉아먹듯
굼벵이의 타법으로 기도 소리 따라
컴퓨터 자판을 굼벵이듯 두들기는데

언어 줍고 고르며 자판을 두들기는데
언제 다듬어 씻고, 불 위 얹은 것일까
고구마 잡수세요, 내자의 굴광성 목소리
컴퓨터 자판을 어루만지듯 더운 사랑 훑어갔다

11. 동점東漸*. 초·중·말복

1. 초복

하늘은 청명입니다

흰 불 아카시아꽃 언덕

유모차 속에 아이 잠들어 있습니다

유모차 밀며 가는 임부의 치맛자락 맴돌며

하얀 새끼강아지가 꼬리를 치며 할끔 멍멍

새근새근 강아지의 하얀 털과 혓바닥도 청명입니다

저만큼 몇 대 대형 트럭이 지나가고

아카시아꽃 향기 부서지며 날리고 있습니다

예비군복 사나이 둘이서 오토바이를 몰고

아카시아꽃 환한 언덕을 오르고 있습니다

뒤에는 재래종 누렁이가 묶여 뛰고

각목과 나일론끈 오토바이에 실려

곁을 지나면서 개는 꼬리치고 있습니다

끌려가며 뛰어가면서 개의 발자국

시멘트 길에 매화꽃 송이들 각인되고 있습니다

지나가는 사람들은 오늘이 초복이라서

게 중에는「개새끼들」
오토바이 뒤에 대고 욕질 사람들도
'얘야, 개들을 조심해야 하느니라'
아들 손목 잡고 가는 엄마의 잠언도 있습니다

사람들은 예부터 사람이 무서워 개와 친하고 있습니다 개 목에 사슬
이 깊어질수록 사람들은 안온한 꿈속으로 떨어진다는 전언도 있습니다
무수한 사람들 무수한 개꿈으로 뒤척이는 밤에도 서러운 사람들 서러
운 꿈으로 뒤척거리는 밤에도 개는 깨어 파란 눈으로 사람들의 밤 지켜
짖고 있습니다

어젯밤 꿈 밖으로
꼬리치며 뛰어가던 프란다스 개
불길한 검은 개들을 몰아오고 있습니다
아카시아의 숲에 검은 연기가 잠깐
매화송이 물고 개들이 질주하고 있습니다

비가 오고 바람이 지나가고
매화 꽃송이들, 초복이 지나가는
시멘트 길 위에서
서럽게 짖으며 뛰어가고 있습니다

  2. 중복
우리가 한여름 남한강 하류 흘러와

두터운 햇살 아래 배낭을 내렸을 때
돌밭은 목마름으로 버석거렸습니다
발을 디뎌 전진할 때마다 푸석거려 흩어지는
목 마르다, 목이 마르다는 모래의 알알들
목이 마르다고, 버티며 흐느끼는 풀잎들
모래언덕 방풍림의 버들가지 잿빛 거미줄
거미줄에는
불나방들 잔해 몇이 흔들리고 있었습니다

어린 싹 몇 줄 올리고 있는 땅콩밭
가는 줄기 여름 불개미들 오르내리고
땅콩밭 사이 빈 집 나일론 빨랫줄
빨래들은 부적처럼
잘린 팔 런닝셔츠가 몇
끈끈한 강바람이 부채질하고 있었습니다

강물은 가늘게 반짝일 뿐
검은 이끼 아래
크고 작은 마른 돌들 누워 있을 뿐
위험 팻말 수위 강바닥이 드러나고
반라의 사람 몇 허벅지 오르는 강물에서
여름 투망을 던지고 있었습니다

반 팔 런닝셔츠 청년들 태우고

경운기 하나 털털거리며 오고 있습니다
그들만의 흥거운 낯선 유행가
마른 돌들에 콧등을 부딪치며
꼬리 처진 개가 오고 있었습니다

내가 질척이는 물가에 앉아
마른 이끼 돌 하나를 씻으며
흰 무늬 곡선에 가슴 뛰고 있는데
등을 난타하는 청년들 웃음소리
돌밭 위로 경운기 몇 번 전진후퇴
뒤를 따르던 누런 개 목이 부러져 누워 있고
누운 개털 위로 강바람이 스쳐 지나갔습니다

청년들은 짚불로 개를 태웠습니다
까맣게 그을린 몸뚱이 움츠려 개는
검은 눈 눈썹의 눈물을 태우며 개는
날카로운 이빨로 불을 문 채 있었고
불가에 둘러앉아 몽고리안 청년들
붉은 눈 허연 이빨로 웃었습니다
전진후퇴 민족상잔으로 6.25 개죽음의
무수한 몽고리안 청년들 생각했습니다

친구의 입대 환송이라 했습니다
한여름 병영으로 떠나는 벗을 위하여

잘 익은 개고기에 소줏잔 나누며
'개새끼야' 힘 주어 손목과 등 두드리며
▲도, 조심 뿐이야, 희야가 기다리잖아
우정의 갈빗살 물고 뜯으며
소줏잔 오가고 있었습니다

그날 밤 우리가 강가의 어둠에 묻히고 있을 때
물총새 울음이 우리의 꿈숲까지 흔들고 있을 때
나는 보았습니다
일곱 꼬리에 불을 달고
설원을 내닫는 건장한 개들이
후퇴 전진 경운기 피에 젖은 바퀴 굴리며
신륵사 쪽으로 뛰어가는 것을
초승달이 피에 젖어, 짖고 있는 것을

우리가 뒷날 도자기 구경을 위해
마을에 들렸을 때
사람들의 수근거림이었습니다
어젯밤 김씨네 장작불 초벌구이 분청 화로가
슬픈 개들 울음 속에 깨어졌다는, 수근거림을

  3. 말복
어린것들과 도착한 곳은
양평의 한 돌밭이었고

물길을 터야만 한다
물길을 트지 말아야 한다
돌밭은 황폐한 신전이었습니다
물가로 나서자
허연 배를 뒤집어
눈이 큰 눈치며 탁탁 쏘는 맛의 쏘가리
비늘이 반쯤 벗긴 붕어도 섞여 있었습니다

--Limit, 붉은 깃발의 차단--

돌들 밀고 가는 한여름 부르도자들 폭음
검정장화 인부들 담배연기와 마른 기침
돌들은 가락국 고분처럼 쌓였고
먼지로 가려진 대형트럭들 번호판
번호판을 가려 떠나고 있었습니다

구릿빛 팔뚝 사내들이 담배 권해 피우고
아낙들 몇은 가마솥에 둘러앉아 있고
눅눅한 강바람은 아낙들 치마 들추고 있었습니다

몇 순배인지 소줏잔 돌아가고
형씨
지나가는 내게도 술을 권하며
낮술에 취한 사내들

사내들의 자랑 근원은 새끼들과
고향 팽개친 친척이며 친구들과
서울 진입 성공담 뒤
그들만 비애의 근원, 고향을 씹는
더욱 취해 쓸쓸함으로 노를 젓는
허공은 구릿빛 심줄 팔뚝이었습니다

한두 잔 술 때문이었을까, 뒤져 앉아
혼잣말로 넋두리
사랑과 죽음이 비애의 근원이란,
반추상으로 중얼거림의 내게
속이 허하면 더 빨리 취한다 웃으며
아낙의 뜨거운 한 사발 국물이었습니다

취기 섞인 내 빈 수저 위에
흐물거리는 꼬리뼈 한가득 건져주는
양평 사내들과 내자들 말복 날 인정
나는 Jura기 공룡이 꼬리에
불이 달리는 것을 생각했고,
꼬리마다 불을 달고 강물을 향해
침몰하는 검정 개들 질주를 그렸습니다

어디서 날아오는가
흰 새들의 작은 날개

날개 사이로 위태로이
투망을 던지는 늙은 몇 사내
강 건너 세종대왕 능 아래로
여름 꽃상여 떠가는 것을 보았습니다

여자들이 모은 개 뼈를 핥으며
꼬리 흔드는 말복의 개새끼들
산 개와 사람들의 슬픈 축제
서울살이 어린것들과 나는
마른 물가 옅은 물에서 개헤엄
개고기 접대받고 개헤엄의 말복이었습니다

*東漸 : 서구인의 가치관(理性 위주의 인생관, 자연관, 종교관), 로마처럼 투쟁과 쟁취로 가치관이 지금 우리의 曲尺이 되고. 그들의 학문과 사상적 방법과 제도, 그 제도를 동양 3국(중국=中體西用, 조선= 道體西用, 일본=洋技和魂) 중국과 일본보다 우리 경우는 중일보다 비판적으로 수용하지 못하고, 6.25 민족상잔이 분수령이 되어, 우리의 삶이 占領(占=漸)(氵/물+車/수레+斤/도끼)을 당하였고, 당하고 있다. 자식이 없는 지금 대통령으로부터 조막 여자애, 페미니즘 노처녀, 홀로 할머니까지 개를 얼마나 사랑하는가, 狗와 犬의 구분과 선별도 마찬가지다.

* 프랑스인들의 개 : 프랑스인의 개 인식은 다른 가축에 비하여 개는 사람과 떨어져 살지 않고 길들여진 동물로서 인간 사회에 참여하고 있다. 한 예로 프랑스의 개 이름은 사람들이 자주 다니는 극장의 이름이 많다. 즉 개의 이름은 비유법 중 환유적(근접성에서) 관계면서 작명은 은유적이다.(구조주의 사유와 체계:인간사랑, P76쪽)

12. 독도, 맨발로 서다

1. 선상에서
신라 22대 지증왕 그 시절
이사부 우산국의 울릉도 남항
동족끼리 찢겨 6.25
동북 공정, 만주는 조선족 중국 땅
독도는 동해라 애국가 그러나 일본 소유라는
식민 잔재 우리 돌섬 일본과 분쟁 속의

쓸개처럼 있어야 하는 돌섬이지만
오장육부 쓸개가 빠진 지도자들의
독도 향하여 쾌속정의 출발이었다
생애 두 번 몸 실어 애국가 속 바닷길
당신의 뜻이 잔잔한 바다를 약속하시리라
손을 모으고 바다 위 하늘 향해 우러렀다

객실은 독도 체험 나선 몇 중년 부모들이
아이들과 함께하는, 모습이 섞여 있었다
내 생애 마지막 독도 찾음이 아니었으면
탕탕 동해 물결과 당당 출발 아침이었다

어류들 대륙붕 독도를 두고 한일협약

때의 밀약을 깨우듯 뱃전 부딪는 파도

중년 한 남자의 고저 말투로 H.P

패거리들은 불콰 얼굴로 밀어붙여 훈수

그들 곁은 독도 수비대에게 건넨다는

플라스틱 생수통이 여럿이 묶여

독도 찾는 맨손의 나는 부끄러웠다

안개가 객실 안까지

사람들 얼굴과 소리를 차단했고

흰 너울 뱃전을 부딪치며 때렸다

너울이 심하면 독도 접안이 어렵다는

경상도 악센트로 세 번에 걸쳐 고지告知

목소리 부려지는 선실은 침묵으로 감싸였다

불콰한 패거리들과 사업상 서울까지 H.P 놓지 못한

열 오른 사내들 소리 걷으며 나비의 두 날개처럼

선체는 애드벌룬이듯 뒤뚱 뒤척이며 전진이었다

    2. 젊은 엄마와 젖먹이

몇 걸음을 뒤뚱, 앞 선실 기웃거렸다

객실은 사람들이 사람에 기대 잠들었거나

붉은 구명조끼 걸친 채로 카카, 카카오톡

홀연홀몰 안개와 동해의 파도 인증 샷이었다

객실 앞의 낮은 좌석이었다
가슴 헤쳐 젖 물린 젊은 엄마
가슴의 옷깃을 여미지 못한 채
흔들리며 젖먹이와 잠이 들었고
1회용 태극기 둘, 옷가지 가방이 놓여 있었다
독도를 향하는 배에는 반드시 태극기 배치되어
있으리라는, 태극기도 준비 못한 어찌해야 하나
가슴에 태극 마음을 품지 못한 부끄러움이었다
독도까지 반쯤이 남았다는 선상 마이크, 이어
너울이 높을 경우 독도 접안이 어려울 수 있다는
안개가 벗겨지고 파랑을 재운 바다가 답이라 했다

독도가 손을 뻗으면 닿을 듯 가까운 거리
접안 시도가 가능해서 여러분들 복이라고
구명복인 채, 가만들 앉아 계시라고
손 뻗으면 잡힐 듯 내 나라 췌장처럼 돌섬
독도가 잡힐 듯 가슴의 뜀 누를 수 없었다

　3. 독도에 잠시 맨발
누구랄 누구도 없이, 만세
만세 소리들이 태극기 섞여 터졌다
태극기 없는 맨손 나는 부끄러웠지만
두 팔과 맨손을 하늘 향해 올렸다

여행은 사진밖에 없었다는, 사람들
발을 밟지 마세요, 독도의 사진을 박느라
동해의 돌섬, 독도는 물 샐 틈이 없었다
돌섬 독도의 하늘과 햇살과 파도 소리
더러 허연 소금 바닥 콘크리트 포장 길
사람들 틈을 빠져 나는 걸어나갔다

바다 냄새가 밴 절벽 아래로 다가갔다
콜럼버스가 세웠다는 달걀 정도쯤 돌 하나
떨어지는 찰나 앞서 키가 큰 서양 사내가
떨어지는 돌멩이를 주워
카키 빛 조막 배낭에 넣었다
한 걸음 늦다니, 멘붕 아까웠다

힐끔, 부끄러운 낯 중년의 서양인
벽안 사내 배낭과 눈길 마주하였다
그가 찾은 우리 땅 외딴 섬 동해의 독도
손길에 앞서 풍우 세월에도 쓸개처럼 섬 독도
작은 돌조각 독도 하나 줍고 부끄러워하는
아쉬워 괜찮다, 더욱 괜찮다고 웃어 주었다

이OO 대통령이 하얀 글씨 '한국령' 독도 내려
어루만지며, 잘 지켜달라, 동도의 철책 길

철책 절벽 길 따라 오르는 사람들이 보였다
수비대 아빠가 안고, 뒤를 따르는 젊은 아내
철책 길 오르는 사람들, 빈손 나는 부러웠다

독도를 찾아 세 번에 독도에 내려 기쁘다는
남산 아래가 집이요, 교회 새벽기도 끝나면
성경을 품은 채 남산의 둘레길 따라 걷는다는
울릉도와 독도의 길을 안내해 주셨지만, 되려
두 시인의 '덕분입니다' 겸손함에 문득
비아 돌로로사 성지 순례 나를 돌아보았다

갈릴리의 호숫가에서 달걀 반쪽 크기의 돌멩이
갈대 헤쳐 집어 들었던, 때의 부끄러움으로 나
독도 돌멩이 습득 부끄럼으로 눈 인사 푸른 눈의
키가 큰 서양 사내가 독도를 찾아 만난 돌 한 점
눈 인사와 웃음, 독도 찾은 보시 괜찮다 했던

  4. 돌아오는 선실
독도 내려서 한 시간도 미달
일회용 태극기와
돌길 맨발의 마음도 되지 못하고
신발인 채 내리고 밟아 본, 독도
왜 신과 양말을 벗고 맨살 맨발로

서늘한 가슴과 머리로 우리 땅 독도를
두 손과 발 가슴으로 안음이지 못했는지

독도를 출발, 돌아오는 뱃길
독도 여객선은 서유석의 홀로아리랑
분단민족 한을 안고 안김으로 혼자의 아리랑
떼창의 아리랑이 아닌 홀로 부르는 아리랑일까
미군은 나가라, 00편 응원가처럼 아라랑 홀로일까
객실 좌석은 핸드폰 열어 사진을 보며 웃거나
패거리들이 잠든 속에서 한 사내의 사업상
목이 간 소리로 저리도 저렇게 달래며
독도의 협상?, 저렇게 애달아 문제였을까
독도 돌아오는 선실까지 매달려 H.P
전화 놓지 못한 동해 독도가 고유 우리냐
식민시절 점유 일본의 소유냐, 처럼
붙들고 고저음성 끊어지지 않았다

다시 앞 객실 젊은 엄마와 어린것
엄마 품 어린것 휘청거려 걷는 나의
뒤뚱 걸음의 모습 나를 보고 웃음이었다
나는 단동십훈 눈을 맞추며, 깍궁
독도에 내려 독도 수비 아빠 품에 안기었듯이
독도 지키는 아빠와 너의 조국을 잊지 말아라

또랑또랑 엄마 품 태극기 흔드는 젖먹이 만났다
독도 접안과 애드벌룬 안개의 바다와
가슴에 젖먹이 달고 독도 찾은 젊은 엄마와
출발에서 돌아오는 뱃길 H.P 놓지 못하는
지증왕과 이사부 우산국 울릉도 남항 도착
사람들 내린 뒤 좌석에 팽개쳐진 몇 태극기들
하나는 세 번을 시도 독도 기쁨 장로님 내자께
하나는 처녀 시절의 티, 아내에게 안겨 주었다

돍→ 돌→ 독, 하여 돌섬 독도는
독은 백제의 어법 지금도
전라도에선 돌을 독이라 하고 있다는
독섬이 맞다는, 분단 동해 한국과
식민시절 일본 사이 훼장 속 돌멩이처럼
내게는 골리앗 이마 향한 다윗의 물맷돌
지금도, MBC
KBS 등 하루의 처음과 끝으로 태극기 독도
떼 지어 떠남 아닌 오름으로 을숙도 철새들
오르고 있을까
사람들이 버린 태극기를 가슴에 안아야 했던
멀미가 덜 가셔 울렁울렁 호박엿처럼 울릉도
독도 오가면서 구명조끼의 독도
1회용 태극기 셋 수거 가슴에 품었던
이사부 울릉도 남항은 어느덧 밤이었다

다섯 마당

광야의 식탁

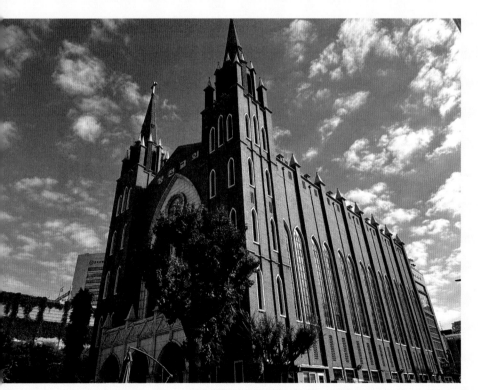

신촌, 창천감리교회 전경

1. 물잔 앞에서

물 한 잔 앞에서 손을 모읍니다
물처럼 기도하지 못하고
물처럼 투명하지 못하고
부드러움으로 흐르지 못하고
부딪쳐 정화하는 물 마음이지 못하고
떨어져 떠가는 것들 다독여
물길이지 못했습니다

봄 흙 간질어 숨 오름에 박수이지
시월 과일바구니처럼 탐스러움이지
푸른 외로움 여름 잎들의 그리움이지
곧추선 마른 엉겅퀴, 내가 나를 찌르는
테라코타 긴 목처럼 꺼진 불 기다림으로
시든 것들 흰옷으로 감쌈이지 못했습니다

아내가 개켜놓은 흔흔 가을 이불처럼
펼쳐 초대함에 화답으로 팔딱 가슴이지
겨울 들녘 시나브로 하늘길 연기이지
쭉정이 재우는 겨울 가랑비지 못했습니다

섬에서 자라나

피난 길 정착 섬이지 못하고

바다를 바라보며 바다이지 못하고

바다를 떠나 남상濫觴, 포석정 술잔이지를

목말라 하는 것들 위한 한 잔 물 마음이지를

언제 마셨을까, 반쯤 물잔 모은 손 그대로였습니다

2. 자모사

- 유주에서 장가계 기찻길

1.

여기는 삼국지연의 제갈공명과
맨발 맹획 사이 칠종칠금 남만의 땅
기차는 터널과 구릉 쉼 없이 반복하다가
너와집 즐비, 들녘 정류장 떠남을 잊었다
차창 밖은 2월 햇살이 붉은 수수알 쏟았다

작고 여윈 사람들이
70년대 서울역 남행열차
명절 남행의 보따리처럼
꼬리에 꼬리 물고 내렸다
아름다워 슬픔이란 저런 모습일까
한주먹감 어머니를 패인 볼 아들이 업고
여윈 웃음들이 어머니와 아들 사이 쏟아졌다
고향을 찾은 사람들 길에 2월 햇살 넘실거렸다

아들 등 업히어 여윈 어머니는 웃었다
사랑이란 포근해서 저런 부끄러움일까
보살핌은 부끄러워 저렇게 포근함일까

아들 등에 업혀 가는 작은 몸의 어머니
작은 키 내 어머니, 나는 목이 매었다

   2
크고 작은 비닐봉투 던져졌다
철로 가 넝마주이처럼 어머니는
쪼그려 앉았고 철둑 뒤 산자락엔
푸른 호숫가 갓 스물은 지났을까
처녀의 검푸른 호수 눈은
던져지는 비닐들 햇살 눈으로 지키고
어머니 손과 입술 비닐치마 음식물 찌꺼기들
함박웃음 호수와 비닐과 비닐에 엉켜 엄마와 딸
씻고 개켜 모은 비닐 바구니 햇살이 씻어주었다

두 모녀 함박웃음 보다가, 나는
땡볕 여름도 지나고 겨울 바닷가에서
밀려오는 미역이며 우뭇가사리 파래들
60년대, 어머니가 기운 속곳서 꺼내셨던
「얘야, 객지에서 배는 곯지 말아라」
구겨진 비닐처럼 지폐 한 장 또 한 장씩

호수의 물결처럼 앞날 약속을 하며
두 모녀 웃으면서 일을 하는데

순간 40여 년 전 눈물 다시 찍으며
어머니, 가슴에 안기어 불러 보았다
칠종칠금 맹획의 땅 남만을 기차는
느림을 보듬고 기적 울려 출발이었고
2월이었는데 맨발인 채로 침대칸에 앉아
이과주 한 잔, 창밖 하늘도 푸른 맨발이었다

3. 수초, 빛, 힘, 숨,
- 119년, 창천감리교회

1. 빛
1906년 무악 기슭의 푸른 물길 터, 창천滄川
생명나무의 심지心地 창내마을 몇 믿음 형제들
호롱불, 촛불, 백열전등, 평양 거쳐 신의주까지
경의선, 맑은 물길 봄가을 신촌마을 빛이 되었다

광혜원 세브란스가 연세전문, 연세대학교로
바깥 연延 인간 세世, 날개, 세계 속의 오늘 안았고
내 죽거든 쇼팽 장송곡 말고, 베토벤 심포니 9번을
처녀 몸 흰 옷고름 검은 치마 김활란 박사 이화여전
眞, 善, 美, 다짐 배꽃 이화여자대학 자리 잡으면서
맑은내 덮어 잿빛 아스팔트, 사통팔달 오늘 이르렀다

속에서 빛, 힘, 숨, 하나님 숨결 증언, 하늘 성도들 집
믿음의 기도 엄마, 아빠와 아들 딸들, 딸과 아들, 아이들
수레 두 바퀴처럼, 기도의 땀 헌신 하나님 집 세워 키웠고
창천감리교회 119년 빛, 힘, 숨, 밑힘의 숲, 오늘이 되었다

2. 힘
내가 섬기는 창천교회는 누에가 그 몸 8만 배의 명주실

명주실 속 고치가 나비 되어 나르듯 우뚝 오늘이 되었고
처음은 민낯처럼 작은 예배 처소에서, 센서 등 오늘까지
하나님 붙든 믿음의 형제자매들이 허리띠 바르게 조였다
신촌 존심 1호, 건물과 열린 본당과 백 주년 기념 기념관
기미독립 33인 중, 8대 이필주 목사 기념, 3.1절 기념예배
교파를 넘어 자유, 해방, 밑힘, 대학촌에 예수 증언의 확증

방황 젊은이들 초대 문화쉼터, 문턱 성전을 활짝 열었고
높고 맑은 교회 창 짧은 치마 아이들 부끄러움 묶었으며
젊은이들 안아 씻는 샘물 고딕식 건물 하나님 집 되었다
한날 00도 어디선가 수학여행 중이라는 남녀 아이들 인솔
연세 출신이란 한 선생이 본당 앞에서 아이들과 인증 샷
'왠지' 짐작이 갔지만, 촬영하는 모습에 마음은 기뻤다

「붙든 집 헌증獻贈, 초대 노경준 목사님」
3.1절 33인 한 분, 8대 이필주 목사님
예수 더불어 신앙 인재 양성의 밑힘 장학기금
두 손 넘치도록 묶은 허리, 21대 조병직 목사님
통성기도, 골방 속 기도, 휜 등과 땀 등짐과
25대 박춘화 목사님 중심 신촌에 우뚝 제3 성전

신촌 존심으로 고딕식 성전 세운 뒤
사람들은 목사가 곧, 그 교회다움이란
교회도 적자생존의 법과 경쟁 속으로

얼음 악수, 불 마음, 흐린 하늘빛처럼
날들도 있었지만
28대 구자경 목사님은 2016년 창립
110년 되던 해의 첫날
나를 놓고 형제와 이웃을 초대하는
'처음 마음으로 돌아가자'
29대 장석주 목사님은 118년 창천감리교회
「생기공동체로, 씻어난 체험의 회복으로」
2024년과 알곡 22세기 창천 위한 기도와
더욱 찰진 말씀과 생활 속 성령의 체험을

　3인칭 진리 안의 자유, 창천교회는 평신도 여성운동의 초기부터 앞장
이었다. 조만식 장로와 한 길 피난 서울 생활, 전선애 장로님은 창천교
회 전도사 일을 자청, 겨울이면 북아현동 눈길의 연탄 수레 끄시었고,
하나님 품에 들자 조 장로님 손톱과 함께 국립묘지 안장이셨다. '저 높
은 곳을 향하여' 이철경 장로님은 천·지·인 삼재 오행, 한글의 서체
중 궁체의 으뜸자리 개척과 완성이셨고, YWCA 여성 인권운동으로 출
발, 이희호 장로님은 후광님 영부인까지로, 경상도 언어들이 청와대를
둘러싼 해었지 아마. 기획위원 내외를 청와대 초청, 한 공기의 밥과 무
섞어 쇠고기국, 푸성귀 네댓 찬, 마른 모습 인사말에서 그래도 오늘은
주님 안의 식구들이라서 밥이 목에 매지 않고 잘 넘어갑니다. 하셨고,
국립묘지의 안장이었다. 지금도 기획위원 ⅓, 두 손으로 알뜰 원로와 시
무 여자 장로들은 새벽 성전바닥 섬김부터 공중기도까지 교회 봉사 임
무를 수행하고 있다.

3. 숨

수초, 씻어 난 성도들 첫 삽 밑힘으로 돌아가자
처음 세례와 임직 사명 받은 때, 한결 약속 마음으로
너와 내가 한 남자 한 여자로, 처음 사랑의 그 시절로
욕심과 욕망 불신 재우고 촛불 한 자루 첫날 그 믿음의
처음 그때의 우러름과 성령의 마음으로 두 손을 모으자
창천교회가 하나님의 집, 세상 속의 나이 118주년을 맞아
흙 빚어 너와 내게 영 불어, 주님 사귀도록 창조된 우리들
나와 너보다 3인칭의 맑은내 창천, 3인칭으로 하나님의 집

성가나 성불의 성가, 성가대가 아닌
삼위 하나님 아들 한 분 찬양, 찬양대
맑은 내 하나님 청지기 처음 약속의
순일純一, 마음으로 성령 약속을 품어
나부터 나를 꺾어, 수초 무릎 기도의
맑은내 그루터기 성부, 성자, 성령 삼위
맑은 내 지상 창천교회 빛, 힘, 숨 하나님의 집

*주의 부르심을 받아 섬기고 있는 滄川監理教會의 역사는 1906년 창립, 2024년 오늘까지 118년에 이른 하나님의 반석 위 지상 집이다. 우리 교회는 지금 신촌의 명물 고딕식 숭엄 교회로 자리하고 있다. 부끄러움 무릅쓰고, 이 시는 믿음과 밑힘으로 내 신심을 담고, 주 안의 남은 지상 생애를 정리하려는 의도로 쓴 시이다.

*빛, 힘, 숨 : 성부, 성자, 성령을 시로 형상화, 그 이해(詩的破格=Peotic license)를 위한 우리말 표현이다.

*守初 : 守는 지킨다는 의미요, 初는 옷 의衤 + 칼 도刀의 회의문자로 옷을 재단한다, 첫 단추를 바르게 낀다, 세 살 버릇이 여든까지라는, 그리고 수초는 118년 교회의 처음을 잊지 말고 생각하자는, 또 처음에만 매몰되지 말자는, 의미를 포괄하고 있다.

*믿음과 밑힘 : 믿음은 위에 있는 힘(유일 하나님, 부모, 스승. 하느님)을 믿고 의지하는 것이다. 밑힘은 배로부터 나오는 즉 소금물이라도 먹어야 내는 힘이다. 비유컨대 믿음은 머리에서 가슴으로 힘이요, 밑힘은 배로부터 가슴을 거쳐 머리로 거슬러 오르는 힘이다. 예컨대 죽은 하마는 흘러가지만 산 송사리는 거슬러 오르는 힘으로 성령의 교회이다. 所見이지만, 머리와 입으로의 믿음은 너와 나를 속일 수 있으나, 밑힘은 나와 너를 속일 수가 없다. 너와 나의 머리와 배의 관계라 할 수 있다. 즉 내가 하나님을 믿는 것은 믿음이요, 하나님이 나를 믿어주는 것은 稱義 믿음이요, 다음이 웨슬리의 성화로 밑힘이다.

*聖과 讚 : 거룩할 聖은 귀 이耳 + 드러낼, 드릴 정呈의 합자로 표준의 가치 뜻으로 쓰이었다, 표준이 될 만한 말을 변별할 줄 안다(논어 朝聞道夕死可矣, 도덕경 人卽道 道卽 天 天卽自然), 즉 聖(耳+目+口+鼻의 합자)은 하늘과 땅, 성현의 말을 듣고 깨달아서 아는 인본주의로 인간 존중이다. 그래서 성현과 천지신명 자연으로 확대(상대성=real)이다. 예컨대 천주교의 성.그레고리안 聖歌처럼 聖의 범위는 넓다. 한편 기릴 찬讚은 말씀 언言 + 도울, 기릴 찬贊으로 이루어졌다. 言은 위에 있는 것을 기린다는 의미로 말과 글로 하나(一), 즉 하나(절대성=REAL)인 대상에게 존경과 경배를 드린다는 뜻이다, 한자의 의미로 볼 때 성가란 기릴 대상이 넓고 많다는 의미요, 찬양은 하나님 한 분께로 歸一한다는 뜻이다.

*디졸브Dissolve : 오버랩과 비슷한 뜻으로 한 화면이 사라지는 것을 말한다.

4. 성전 바깥 기둥에 기대어

1. 팬데믹과 성전

신촌 로터리와 하얀 침묵 세브란스와
서울에서 평양 거쳐 신의주까지 경의선
경의 분단선 철로의 두 철길 모양
영성과 이성 두 첨탑과 고딕 형
믿음과 밑힘으로 오-늘 118년
제3 열린 성전 창천교회

신의주 순대의 맛, 주님 품에 안긴
허리 꺾임이 90도, 일제 일신여고 출신
백옥처럼 얼굴 이북 영변 출신 여 권사님은
신촌 바람 속에 앉아 시든 배춧잎 속 다듬었고
시든 배춧잎처럼 먼지 섞인 믿음이 부끄러워
순대 속 새벽을 채우기 전 풋풋한 배춧잎 지폐들
주름 두 손등과 무릎을 꿇어 새벽 제단에 드렸다

등짐으로 철판 삐걱 계단과 젖은 베잠방이
시멘트 바람 속 벽돌 짐, 작은 키의 권사님은
종종걸음과 마른 목젖 땀방울을 엮어서 드렸고

30여 년 한 길 공무원으로 실밥 넥타이 장로님은
퇴직 뒤 돋보기 눈과 쉼 없는 말매미 울음 두 귀
돋보기 닦고 귀를 세워 말씀 새벽 제단을 지켰고
신혼부부 몇은 빛나되 반짝거리지 않기를 다짐
서로의 가슴에서 반짝거렸던 결혼 기념품들을
손을 잡고 봄 제단에, 믿음 다짐으로 드렸으며
건축 책임 장로들은 보낸 세월 되돌아 믿음과
밑힘의 삶 보듬고 더욱 다져 세우자 다짐이었다

　　2. 하학상달*
붙든 말씀과 숙이고 우러러 기도의 목회자는
기도 속 눈물을 걷어 문득 당신 뜻 보여주시는
침묵과 침묵 사이 미세 음성 주님의
땅 위 주님의 성전 건축을 엎드리어 내 먼저
시나이반도 만나의 아침이 되어야, 붉은 벽돌
한 장 또 한 장 철근 줍는 마음, 오병이어임을
도움 사제들은 힘을 모으고 소리 낮춰 기도였다

노아가 방주로 무지개 약속을 받았다는
땅 위의 성전은 빈탕한데* 반석 위 놓아야 한다는
믿음의 형제들과 자매들의 두 손으로 씻어 드림
말씀은 주님이 걸어가셨던 지상 길 무지개 약속처럼
사제들이 그 길 보며 잡고 걸어가는 법 보여야 한다는

때에 예배를 알리는 종소리는 벙글어 터지는 꽃봉오리
말씀은 찰랑거리는 샘물로 성령의 목마름을 벗어난다는

네 발에서 출발 두 발로, 나는
두 발 뒤 뒤뚱거림에서 지팡이 의지 걸음
모래 몇 줌과 벽돌 몇 장 드린 부끄러움이
펜데믹 말문 막아, 허연 마스크인 채
닫힌 문 적막 성전 바깥 기둥에 기대어
사람은 땅 위의 나그네니라, 이명처럼
「내 나라는 이 땅과 모래 세상이 아니다」
성전 바깥 기둥 젖은 그리움 쓰다듬었다

   3. 이방인 뜰처럼
카뮈의 소설 페스트, 중년 의사 리유
혼자만이라도 리유의 용왕매진 떠올렸지만
성전 바깥 기둥보다 적막함으로 지나가는
형형 젊은 남녀들의 마스크 행진
페스트 속 의사 리유와 오랑 시와
세브란스로 향하는 앰블런스 소리의 신촌
지팡이와 마스크 의지 유년 그 시절
낙동강 전투 때는 대구와 부산 교회들의
호곡으로 부르짖음이 낙동강과 오륙도까지
피난민들과 한 맘몸으로 새벽기도였다는

펜데믹의 지금, 이방인 뜰이 이랬을까
저물어가는 이방인 뜰을 쿨럭거리면서
이방인, 그럼에도 기둥에 기대어야 했다

*下學上達 : 논어 헌문에 있는 말이다. 낮은 곳에서 배우고 출발하여 위의 것과 통한다. 사제들은 내가 믿지 못하고 믿어지지 않는 하나님에 대한 믿음을 사람들에게 전파할 수 없고, 해도 안된다는 뜻으로 성화다. 웨슬레 입언이다. 믿음은 거저요, 직관이요, 밑힘이기 때문이다.

*빈탕한데 : 眞空妙有 하늘의 말씀 훈민정음으로 기독교에 접근했던 다석의 우리말 풀이다. 해석을 붙인다면 창세기 1장 1절에서 5절의 어둠(무극=氣)과 빛(태극)의 선후 질서와 상극 상보로 관계다. 동양 氣의 혼재라 했고 서양의 플라톤이나 토마스 아퀴나스 등은 제 1 動因이라 했다, 第一動因에 의하여 天地와 사람 물상의 움직임인데 성리학은 무극이태극이라 했다. 즉 어둠 다음이 빛의 세계요 상극으로 상보이다.

5. 흙 위에 쓰다

가을이었는데
갈릴리 하늘은 동풍 가을이었는데
예수께서 제자들 어부의 시절 손과
목마름을 보시고
예루살렘 동편 다윗의 샘으로 가시다가
성전에 오르시어 가르치셨다
누구든지 여자를 보고 음욕을 품는 자
지위가 높은 자도 간음이니라

마침 간음의 현장에서
붙들려 와
검은 소리로 대숲 이루는 입이며
붉은 주먹들 앞에 떨고 있는 여자
이즘 프로야구 공만큼 돌 앞에
과녁이 된 여자
라보니여, 모세의 율법의 돌로
여자를 치리이까
이 여자를 쳐 버리리이까

야훼께서 비유 말씀을 멈추시고
여자 곁에 다가와
그녀의 찢긴 겉옷
칼금 어깨의 뼈 넘어
비릿한 갈릴리를 한 번 보시고
돌이켜 사람마다 움켜 잡은
돌을 둘러 보시고
허리 굽혀 손가락으로
흙 위에 글을 쓰시다
라보니의 흰 옷자락 위 붉은 천
흰 옷자락 위 붉은 천은 흘러
쓰신 글을 지우시었다

라보니여, 이 여자를 흙만도
율법의 돌로 치리이까, 쳐 버리리이까
흘린 붉은 천 걷어 올리며
허리 굽혀 다시 글을 쓰시며
야훼의 말씀이셨다

88 청량리나 종로3가 미아리고개, 그리고
압구정이나 청담동 일산 홍대를 지나
일산 로데오 거리까지
여자 곁에 무릎 꿇던 자들은 어디 있느냐

형제의 죄 용서하되

일흔일곱 번씩 다시 일곱 번

두 손을 모으고 허리를 굽혀서

가르쳤거늘

너희들 중 죄 없는 자가 먼저

이 여자에게 돌을 던져라

금실의 채색옷 서기관이며

지금 국회처럼 사두개인*과

정죄의 멍에 일번지 바리새인이며

어른부터 구경 나온 사춘기 아이들까지

너를 고소하던

율법의 공들은 어디로 갔느냐

그들이 버리고 간 돌멩이처럼 여자

그녀의 주위에는 가을 능금 햇살이

여자여, 가라

나도 용서하노니

두 손을 모아 용서하는 사람들 곁으로

가서, 더욱 용서하며

다시는 마른 동풍* 속에 떨며 울지 말아라

*사두개인처럼 국회 : 좌는 노동자 중심, 중국 공산당과 우리 민족끼리, 우편은 시장 중심 米國과 함께해야 한다는 16세기 임란을 두고 선조의 평양을 거쳐 의주 몽진까지 길바닥에서, 수레 멈춰 동인과 서인처럼, 입만 열면 패거리 국민이 용서하지 않는다는 黨을 짓는 나라가 찢겨 밝힐 때면 시인은 모퉁이의 흰 돌처럼 예언자가 되어야 하는데 엉거주춤 나는 내게 寒心이다.

*동풍 : 이스라엘 땅은 서편에 갈릴리가 있어서 우리와 달리 동풍에 비가 오지 않는다는 것을 성지순례를 하면서 가이드에게 들었다.

6. 유리 상자 속 크리스마스

바람 불어 춥던 날
눈이 내려 곱던 날
바다가 보이는 언덕 위 교회
솔방울 떨어진 눈발 속에서
뒹굴었던 화이트 크리스마스

솔방울과 목화송이
하얀 인조 솜덩이와
빨. 주. 노. 초. 파. 남. 보 색종이들과
트리에 달려 반짝거리던 작은 전구 알들
녹슨 종탑에 온몸을 달아 종소리 예배당
언 손을 불면서 오르던 예배당 언덕길
함박 겨울 웃음 서양식 메리 크리스마스

말표 검정 고무신으로 내달았던
함석 초등학교 겨울 복도와 운동장
루돌프 사슴코처럼 볼이 터지고 빨갛던
그리움과 부드러운 부끄러움과
볼이 빨갛던 영희의 맨손 추억

성극, 성냥팔이 소녀가 눈 속
계단에 구겨 잠든 채 막은 내리고
그래도 화이트 크리스마스

진공 라디오 속 캐럴송과
쇠죽 불 아궁이 할머니 곁 앉아
생솔가지 눈물을 보듬었지만
할머니 무명치마에 기대어
눈처럼 녹았던 포근한 두 눈꺼풀처럼
때의 할머니 나이도 추억도 지난
유리상자 밖의 추억 메리 크리스마스

7. 광야의 식탁

1.

만리장성과 더불어 인공위성에서
곡두처럼 삼각 윤곽이 두렷하다는
부활 무덤, 피라미드에 주눅이 들고
깨진 코 스핑크스의 암호 셋 수수께끼
졸다가 바깥을 보다가, 새우잠 틈과 사이
투어차는 예수 피난 곱틱교회 이집트 출발
시나이반도 모세의 호렙산 기슭 여정이었다

파피루스로 봉인한 띠배, 젖먹이 모세
갈대 상자 속 모세가 파라오 딸의 아들로
웃고 쫓기고 쫓겨나서 불혹 나이 미디안
마른 하늘 미디안 광야에서 양 떼들 몰았던
여든 나이 모세 광야 세월의 한 날
호렙산 기슭으로 양 떼를 풀어 놓고
양들 지키며 보다가 떨기나무 덤 속에
불이 붙었지만, 연기가 없는 모습 보았다

내 종 모세야, 가까이 오너라

신발인 채 그대로 넘어서지 말고
불이 붙은 떨기나무 속의 음성이었다
너와 내 백성들이 해진 신발과 여윈 맨발로
흙벽돌 빚고 흙처럼 밟히는 신음소리 들었다
나는 너를 다시 파라오의 궁 이집트로 보내겠다

나와 너희들의 조상, 아브라함 사이
상수리나무 횃불 약속 그 언약을 믿고
지팡이 하나만 들고 네 형 아론과 함께
열 재앙이 이집트 온 지방 파라오의 궁
파라오 궁의 장남까지 목숨을 거두는 날
너희들은 네 집 문설주에 양의 피 바르고
무교병과 마른 나물 쓴바귀 서둘러서 들고
어린것들과 늙은이들 앞세우고 이집트 출발
신발 끈 동여 묶고 시나이반도 길 걸어야 한다

너는 나와 약속 한 길, 여호아 말씀
온유함과 때로 서릿발의 말씀을 받아
빵과 물을 애원하는 마른 눈망울에
투명하게 배고픔 간직하는 법을 가르치고
버짐꽃 시나이반도의 길바닥을 함께 걸어서
붉고 푸른 홍해의 넘실 물결 걸어가야 한다

2.

투어차가 달리는 삭발이듯 시나이반도 먼지 길
차창 밖은 이따금 쇠꼬챙이 모습 앙상한 침엽수
버짐꽃 벌판과 거푸 현무암 바위와 마른 구릉들과
투어차는 이슬람인들과 이스라엘의 6일 전쟁의 터
시나이반도 땡볕과 황폐 길바닥 덜컹거리며 달렸다

풀 한 포기 살지 못한 시나이반도
푸른 호박잎의 새벽 맑은 이슬처럼
아침이면 하얀 만나의 땅 시나이반도
털어 넣고 털면서 먹어도 배가 고팠다던
해가 뜨면 이슬처럼 사라진 이슬과자 만나
만나는 허기의 유태인들이 씹었던 눈물의 과자
모세는 이스라엘 사람들 불안과 눈물을 달래며
풀 한 포기 없는 시나이반도 불기둥 구름기둥의
낮밤 사막의 길을 따라 걷고 서며 걸어야 했었다

모세의 시나이반도 이슬과자 만나처럼 말씀과
어쩌다 마른 꽁치 뼈 맛의 메추라기 가슴뼈를
모세와 이스라엘 사람들의 황무지 시나이반도
그럼에도, 둘러앉은 광야의 식탁 앞은
식탁 위의 만나와 때로 메추라기를 놓고
하늘 양식, 주신 여호아 앞에 이스라엘 사람들

척박 광야 사람들 이스라엘 식탁을 생각하면서
투어차 앉아 간식과 물병인 채 순례자 내 모습
때의 시나이반도 먼지 벌판을 달리며 부끄러웠다

　　3.
흔들 호마이카의 상다리 시절이었다
새끼들 떡바구니 웃음은 아니었지만
마른 물푸레나무처럼 정맥혈 아내와
도란도란 반찬 투정, 고만고만 새끼들
새끼들 앞에서 설익은 내 기도 생각났다
그리고, 시나이반도의 이스라엘 사람들은
광야의 식탁 위에 놓였던 만나와 메추라기
잣씨처럼 만나와 메추라기 가슴뼈 생각하는데
투어차는 마라의 쓴 우물, 그때 우물이라 했다

허기 되새김하면서 유태인 광야 식탁 40년
유대민족 불안과 불평과 허기로 시나이반도
이스라엘 사람들은 분단 우리의 실향민들이
오두산이나 강화도의 북쪽 개펄 앞에서
망원경으로 실향 터 임진강의 북쪽 핥아보듯
유태인들은 요단강 건너, 가나안의 복지에는
포도와 아몬드꽃이 피어 있으리라 믿었을까

열두 지파 열두 명 청년들
두 사람 여호수아와 갈렙의
신실한 어깨 출렁거리게 했던
찰진 포도송이와 올리브 열매들
아니, 때의 요단강 푸른 물결이
요한 슈트라우스 봄의 왈츠처럼
맑고 푸르게 흐르고, 구름 속에서
구원의 뿔 나팔소리 울리리란 것을

객지에서 돌아오는 아들의 가슴 안기며 어머니
아들아, 고생이 많았었다는, 작은 키 어머니의
어머니 가슴처럼 여호아 약속이 꼭 있으리라는
그러나, 요단 건너 가나안 복된 땅은 지금도
유월절 양의 피 문설주 피와 마른 나물
때를 잊지 말라는 것일까, 그래서 그랬을까
대영제국과 구라파는 팔레스티나 사람들 땅을
디아스포라 유태인들 정착지로 점지었다

사래의 몸종 하갈과 혈기 아브람 사이
백세 아브라함과 사라 아들 이삭의 사이
이스라엘과 이스마엘의 때로부터 지금까지
뺨에는 뺨, 눈에는 눈, 로켓에는 로켓으로
잔인한 은총, 앗고 빼앗아, 팔레스티나 복지

통곡의 벽에는 디아스포라 유태인들의
하늘길 오르지 못하는 젖은 눈물 편지들
끊긴 나라 경의중앙선의 나를 생각하는데
투어차는 서울의 지하철 5호선이
여의나루역에서 물밑 한강 통과 마포에 이르듯
투어차는
홍해 속 불빛 길을 따라 이스라엘 땅 도착이었다

4.

새벽 정화수 한 사발 냉수 마음
어머님처럼 손을 모는 법 모르는
목이 마르다, 나는
정수기 맑은 물 앞에서
나는 더욱 목이 마르다
전자칩 군사분계선 내 나라 남북의 불춤
미증유, 겨레 가슴 향한 하늘까지 불춤들
불춤 올린 뉴스는 꿈속까지 가위눌림의 나는

사람 편 기도와 입맛 설교에 얼을 뺏기고
보이지 않아서 더욱 목을 죄는 쇠사슬과
들리지 않아 더욱 뚜렷한 주먹과 망치소리들
니편 내편 패거리들 중국산 주파수에 얹히고 맞춰
메추라기 가슴뼈처럼 버석거림뿐 소망이요

풍요 베개 분열분단 조국은 흰놈 골짜기다*

5.
체감 아침 온도가 영하 18도라는
살얼음 낀 겨울의 현관문을 열었다
땅 열매 중 가장 해를 닮았다는, 감
늙은이 뺨처럼 쭉정이 몇 감이 달려 있는
잎이 떨어진 감나무 검은 둥치에 기댔다
어젯밤 거센 바람에도 쭉정이 몇 알 그대로
체감 영하 18도
서북 서울 아침 맞이하고 있었다
식물은 겨울 옷을 벗고 섰는데
잎 진 감나무 가지처럼 가슴을 풀었다
열린 가슴으로 감나무 곁 서성거렸다

모세와 아론 이스라엘의 사람들이
시나이반도 광야 마른 길 걸어갔듯
이방인의 뜰, 내 집 겨울 마당 걸었다
헤친 가슴 벗은 발바닥 온몸이 저렸지만
지등紙燈에 촛불 켜 언 손으로 크리스마스
크리스마스 이브 새벽을 생각하며 서성거렸다

아침 식탁 초대, 아내 목소리가 따스했다

헤친 가슴 여미고, 현관에 신발을 벗었다
신을 벗다가 온기가 남은 신 발바닥 만졌다
보이지 않아 있음으로 지탱하고 있는 밑힘
너와 함께 하신다는, 미세 음성이 신발 온기처럼
순간, 몸 지탱해 준 신발의 온기 내 신발을 놓고
머리 굴림으로 ~척, 아내의 식탁 요량했던
유일무이 자연처럼, 유일의 신履 하나님과
내 몸을 지탱하고 있는 편한 신발神의 함수
절대 신발과 몸을 지탱 작은 신의 모순 변증법

온기의 신발에서 여호와와 더불어
시나이반도 척박 신발끈 조어서 걷는다는
없어 더욱 계시는 절대 신과 신발의 광야 길
불기둥과 구름기둥으로 인도하셨다는 하나님
여호아 사랑은 때로 손길이 아닌 발길질이란
발길질 맨발 사랑을 신발에 간직
하나님을 내 머리에 신발처럼 얹어 만나는
'나는 스스로 있는 나다*' 하나님을 만났다

6.
아내와 새끼들 식탁 앞에 앉아 오늘은
「우리가 앉은 이곳은 거룩한 땅이니」
놀란 눈 아이들

아내와 내 감사기도 대신 함께 눈을 감고
두 손을 모아 가슴에 기도를 올리자 했다

280mm 뭉뚝 발 운동화 신발 속 온기
온기 속의 온몸 지탱 알맞은 신발과
없어 더욱 있고, 있어야 함으로 신의
네 신발을 벗고 가까이 다가오라는
아내와 아이들에게 너의 신발 맘 풀라는
숟가락 오가는 소리 속 음성이 들려왔다

8. 솔로몬 성전
- 임진각과 통곡의 벽

1.

우리말 성서와 찬송가의 유리바다 성채
레바논 골짜기 백향목 기둥과 청동의 벽과
은금으로 지성소의 지혜의 왕, 솔로몬의 성전
유태와 이스라엘 남북 분단의 망치소리 읽었다

지금도 앞으로 땅 위의 삶은 그럴 수밖에 없다는?
팔레스티나 재림 때까지 분단 예루살렘의 황금 성채
재림의 날이 오면 먼저 부활 제 몫을 잡겠다는 감람산
죽음 뒤도 불 욕심으로 회색 돌관들 싸움의 터 예루살렘
금이 간 대리석의 관 평화가 서녘 햇살에 누워 있었다

2.

예루살렘 통곡의 벽으로 들고 나는 출입문
남녀칠세부동석 분별이 지켜지고 있어 기뻤다
이방인 문 들어서며 나는 온몸의 수색을 거쳤고
유태 랍비들만의 까만 키파 하나 골라 머리에 얹고
화장실 향하는 길 두터운 책들이 책장에 꽂혀 있는
통곡의 벽 화장실, 랍비들 수련 공부방 둘러보았다
화장실로 통하는 길마저 유태인과 유태의 경전들
머리의 피도 덜 마른 청소년들이 엄숙으로 걸었고

기웃거리는 나를 검은 수염 청년이 스쳐 지나갔다
통곡의 벽 가는 문을 들어서 그래야 할 것 준수
검은 키파 벗어서 손에 끼고
땀 냄새 쓰고 온 내 모자 다시 고쳐 쓰고
지식과 지혜 실천 선생들의 검은 키파 랍비의
키파가 어울리는 유태 랍비들 앞서 걸어나갔다

광장에는 노아시대 함, 셈, 야벳 삼색 피부의
통곡의 벽 앞에 키파를 쓴 흑, 백, 황, 사람들
순례 남녀들이 뒤엉킨 통곡의 벽 광장
방년 20세라는 이스라엘 여군들 거꾸로 총구인 채
1분대쯤 능금 살결 여군인들
「샬롬」
총대 맨 애잔 한 여군에게 말문 열었다
상기된 뺨과 땀 얼굴로 눈웃음을 주는
분단의 나라 코리아 사람들 좋아한다고
총대를 쥔 채 처녀 아이들 카키색 바지와
카키색 가슴께를 여미어 올리면서 웃었다

하나님의 아들 예수가
예루살렘 여인들에게
십자가 지고 가는 나를 위해 울지 말고
너희와 네 자손들을 위해 울어라 했던
솔로몬 성전 바라보며 돌 위에 돌 하나도

남기지 않고 깨지리라 했던 통곡의 벽
지혜와 완벽 건축 솔로몬의 성전은 오늘까지
쌓인 돌벽 몇 번이나 쌓고 허물어져
쌓고 또 허물어 지금 이슬람사원 되었는가
통곡의 벽을 통곡 없이 나오던 예루살렘 밤길
깨진 돌과 돌담보다 굳어진 분열 중동사람들의
명치뼈에 다시 돌을 얹고 있는 모습을 보았다

   3.
남녘 사람들 짝사랑 편지들이 임진각 철조망에
1953년 정전, 녹슨 기차 바퀴 아래 맨드라미꽃
잃어버린 30년 노랫가락처럼, 울긋불긋 편지들
꽂은 남북 어느 곳에서 날아와 아직도 그날의
동족상잔 슬픔의 녹슨 기차 녹슨 바퀴 아래
맨드라미가 분단 하늘 메시지를 올리고 있는가

통곡의 벽 광장에 불이 켜지고, 나는
랍비들 모자를 쓰고 통곡의 벽까지, 아니
임진각 망배단과 저만큼 끊어진 철조망의
서낭당 가는 길처럼 붉고 서러운 편지들
그날이 오기나 할까, 나도 검은 글씨 몇
땀내 모자 눌러 쓰고, 그날이 올 것이라
통곡의 벽 편지들 틈과 임진강의 철조망에
떨리는 손과 붉은 가슴 봉인 소원을 걸었다

9. 히브리 노예들의 합창

1.
춘사春史, 나운규가 감독 주연의
무성 흑백영화 아리랑을 보았다
대학 1학년이었던가, 목잔 영도다리 시절
이본 동시 상영극장 영도 시네마였다

소낙비 내리는 필름 속의 주인공 나운규
무명바지 저고리, 결국 낫을 들어야만 했던
군국 일제, 나운규 주연의 레지스탕스 아리랑
변사의 목소리에 눈물과 두 주먹 불끈 쥐었다
때부터 정선과 밀양, 진도아리랑 더러 들을 때면
3·1절, 8·15, 6·25 떠오르며 눈물과 두 주먹을
아파트의 국치 국경, 태극기 혼자 올리고 내리었다

수금을 버드나무 가지에 걸고
불러야 했던 바벨론 포로시절의
나운규 아리랑처럼 히브리 노예들 합창
쥬세페 베르디의 오페라 나부코 속
히브리 노예들의 합창

바빌로니아 느브갓네살 2세 왕이
시온의 성 저만큼 그발 강가에서
히브리인들에게 그들의 지금 슬픔
눈을 뜨고, 손 놓고 계시는 여호아
애굽 탈출 야훼의 능력 합창하게 했던

    2.
▲▲▲의 신군부 시절이었다
빛고을 사람들 불복종항거를 두고
멱살 매체들과 온갖 헛바닥들의 유언비어
노자 몇 푼, 배낭 하나 서울을 벗어났다
거룻배로 건너야만 했던 충청도 포탄리 돌밭
히브리 노예들이 버드나무에 수금을 걸었듯이
인적이 끊긴 남한강의 달 오름 혼자 맞았다

젖은 달빛이 포탄 물가 버들가지들
밤 버드나무 가지들 휘젓는 바람소리
야훼께서 시온의 포로를 돌리실 때에
바벨론 여러 강가 거기에 앉아서
그 중의 버드나무 가지에 우리가
우리의 수금을 걸고
시온을 기억하며 울었도다

서울 돌아와
베르디의 나부꼬 중 합창을 듣고 들었다
내 마음이여
황금의 날개로 언덕 위에 날아가 앉아라
다정하고 훈훈한 바람, 향기로운 나의 옛 고향
요단의 푸른 언덕과 시온성이 우리를 반겨주는*

오, 빼앗긴 나의 조국
지금은 왜 잠잠하기만 한가요
하지만 믿어요, 야훼께서 사랑하시고
굳건한 용기를 우리에게 주시리라
울며 씨를 뿌리려 나가는 자는 반드시
기쁨으로 그 열매를 거두리라는 것을

　　3.
24자 훈민정음 창제 어지가 분명한
그래서일까, 유일 두 동강 분단 조국
동남 서북 지금 토막 동강 나라와 민족의
장대현교회의 장대재 그때 터는 만수대로
김씨 3대의 절대지존 태양의 궁전 성채로
만수대 넓은 광장은 우리말 우리글로 새긴
불덩이 불화살들
꼬부랑글씨들 아파트에서 잠든 남녘 동포들

불수레와 불화살 실은 행진과 한밤의 함성들

새벽이면 붙들었던 성경을 접어 놓고
국가 재난방송 K.B.S 장대현교회 옛터
파발마 말굽소리처럼 만수대의 불꽃놀이
휘뚜루 불 수레와 불 대포를 돌진, 돌격
까부순다는, 주눅 말법으로 K.B.S 남자 아나운서
앙칼 북 여자 아나운서 불을 물고, 우리 지존을
건드리면 불 청소한다는, 여자 악다구니 말 보았다

평양성 장대현교회* 성령 회개운동을
길선주 목사 등 3.1운동과 간디 다음
무저항의 저항, 조만식 장로의
물산장려운동으로 이어졌던 일들을
칼날 군국주의 일본이 무릎을 꺾었던
8.15 광복절이 여호와이레이었음을
하나님은 제 백성 발길로 사랑한다는
나는 믿으며 무릎으로 믿고 있다

동방의 예루살렘이라 했던 평양성
민족 독립운동의 활화 터전이었음을
시온 여러 강가 히브리 노예들 합창처럼
평양성의 지금 만수대 언덕에 여호와닛시를

분단 국경 국치의 날이면 아파트 창틀에 한둘

나도 태극기를 올리고, 그 태극기 접어 내리지만

베르디의 오페라 나부꼬처럼, 안익태 오페라 아리랑

아리랑 가락 남북 하나 되는 날 오리라는 밑힘을

*베르디의 오페라 나부꼬 중에서 그 절정인 히브리 노예들 합창에 몇 자 첨삭하였다.

*. 장대현교회 : 33인 중 길선주 목사, 조만식 장로, 옥중 순교 주기철 목사 등 많은 기독교 지도자들을 배출했다. 장대현교회 있던 곳을 까부숴 출입문 있던 곳은 김부자 동상을, 그리고 지금은 만수대로 바뀌었다.

*시편 137 : 2~4 우리가 바벨로니아의 여러 강변 거기 앉아서 시온을 기억하며 울었도다. 우리를 사로잡은 자가 우리에게 노래를 청하며 우리를 황폐하게 한 자가 기쁨을 청하고, 자기들을 위하여 시온의 노래 중 하나를 노래하라 함이로다.

10. 아펜젤러 기념교회

1885년 서구의 부활절,
부활주일 아침의 인천 항구 제물포
이 땅 최초, 감리교 선교사 아펜젤러 부부
조선 땅에 입을 맞추듯, 첫발을 내렸습니다

선교사 아펜젤러는 배재학당, 정동감리교회 세우고
조선민족 독립이 하늘 아래서 꿈이 무너지지 않도록
독립문의 정초식, 전지전능하신 하나님의 보살핌으로
독수리가 두 나래 펴고 조선 하늘을 향해 날아오르듯
대한의 독립과 조선인의 자유와 평등이 영원하리라고
그래야만 한다고. 젊은 선교사 아펜젤러 선교사님은
1896년 독립문, 독립문의 정초식 기도를 맡았습니다

목포의 성서번역자 모임을 위해 뱃길로 서해
어청도 앞을 지나갈 무렵 어디선가 나타났던
조선 땅 기독교 복음 선포 뒤의 뒤가 두려웠을까
일본 상선과 충돌 젊은 나이 선교사 아펜젤러는
조선인 신자들과 서해바다 수장되고 말았습니다
목포로 가는 아펜젤러 선교사와 동행 성도님들은

성경 품은 채 어청도 물속 지금도 잠들어 있습니다

새만금 입구에 선교사 아펜젤러를 태웠던
배 모습으로 순교한 아펜젤러 기념교회와
충남 서천의 마량진 바람 언덕에 순교자
아펜젤러의 선교사 하늘 꿈틀 돌 조각상
퇴계와 선달 기고봉이 만났던 서울 서소문 길
배재학당의 옛 자리에 아펜젤러 기념관이 있고

정동감리교회가 증축되면서
정동교회 김00 시인이 간직해서 보시라
천에 묶어 붉은 벽돌이 두 장
조선 사람들보다 조선을 더 사랑했던
선교사 아펜젤러
선교사 아펜젤러가 조선 땅을 가슴으로 안 듯
아펜젤러의 땀과 기도가 스미고 이룬
아펜젤러 가슴처럼 붉은 벽돌 두 장 품고 있습니다

아펜젤러 빈 무덤이 있는 마포구 합정동合井洞
양화진 외국인 선교사들 묘역이 있는 합정동은
밀물 때면 서해 물이 한강의 물과 합환하는 곳
마포나루가 있는 합정동 외국인 선교사 묘역은
서울 사람들의 물 아래 발치로의 마을입니다

지하 합정역을 오가는 때나

금화터널 지나 독립문 만날 때면, 나는

서해 어청도 푸른 물결 눈과 마음 아펜젤러 선교사

조선인보다 대한제국 사람들을 더 사랑했던

감리교 선교사의 환청으로 아펜젤러

조선의 독립은 영원하리라, 문득 듣곤 합니다

*아펜젤러 기념교회의 시는 세계 청소년 보이스카웃 대회가 펼쳐졌던 군산, 군산의 새만금 방조제 입구의 선교사 아펜젤러 기념 감리교회 전시실에 비치되어 있다.

11. 우치무라 간조 기념교회

  1.

진정한 기독인은 하나님의 영spirit*
나의 몸과 혼에 부싯돌처럼 부딪칠 때
때의 불꽃처럼 딱 부닥치는 그 순간을
붙잡고 사는 삶이 기독인이라 했습니다

피폐 전후 일본의 실천궁행으로 기독 사상가
일본 사람 내촌감심內村鑑三, 우치무라 간조는
침묵* 이후 오늘의 기독 사상의 선각자이면서
사람의 아들 예수처럼 일본인 발치가 되었던
아열대 지방 숲과 여름 침엽수 숲길을 걸어서
우치무라 간조를 기념, 기념교회 찾아가는 길
검은 사금파리 검은 조각 돌길과 긴 돌담이
정연, 푸른 고요에 둘려 숙연한 곳이었습니다

기념교회 지붕은 검붉은 세월과
검푸른 이끼 시멘 콘크리트
변신 속 그레고리 잠사가 커다란 벌레로 변했던
벌레의 모습으로 지붕을 설계, 덮여 있었습니다

들어서는 곳은 카프카 변신의 동굴처럼 은은한 빛
벽에는 '애국금주愛國禁酒, 선유선학善遊善學'
폐전 일본 기독인들이 공동체로 나아가야 할 글귀들
일본의 기독교도들이 일본인으로 걸어가야 할 금언들
우치무라 간조와 믿음 형제들이 실천궁행으로 글귀들
선연 전등 빛이 따뜻하였고, 검은 옷 여자 안내원이
침묵 눈과 수신호만으로, 참 일본답다 생각했습니다

기념관 교회 안의 머묾 규칙은 묵상 5분
5분의 묵상 안에서 우치무라 간조의 삶과
검은 사금파리 돌길과 돌담이 뇌리 속에서

  2.
돌아와서 책장 속의 내촌감삼의
구안록이며 로마서 상·하권 강해
눈이 자주 닿는 곳에 생피처럼 전집 8권

극동 사람 우리 성정엔 요한복음서와
바울의 로마서가 예수 삶의 골수라 했던
전후 일본 사람 우치무라 간조
예수의 살과 피로 자신의 몸과 마음의 세례
본래 내 속 보혜사 성령으로, 성령의 힘으로
하나님께 용서를 받고 용서를 받은 몸으로의

용서받은 내 몸, 실존 자체가 교회가 되어야지
교회가 사람들만 조직체 됨을 싫어했던, 때문에
이 땅의 '성서조선' 김교신 또한 사람 되기 운동
함석헌의 성급한 무교회 운동과 '씨올' 편협으로
민주화란 미명으로, 달음질도 하였지만

우치무라 간조는 무교회주의자가 아니라
성령 안 너와 내가 한 맘몸 교회가 되고
하나님이 내 속에 내가 하나님의 속에서
온전한 교회와 패전 일본인 내가 되기를
예수와 함께 나를 통해 교회 공동체를 실천
예수의 지상 삶을 붙잡아 살려 하였던
선유선학善遊善學 지상 사람 아들 예수처럼
예수의 모습을 본떠 실행 일본의 모습이었습니다

묵상 뒤 5분 침묵 속 아우성으로
강단 없는 기념교회를 나서는 길
나서는 출입구는 불빛 없는 침침함으로 잠시 현기증
좌우 낮은 길과 중앙으로 양철 소리 길 깔아 두었습니다
발을 옮겨 한 걸음 때마다 내 내딛는
발치와 발걸음을 조심해야 한다는 요란한
중앙 양철 길 밟을 때마다 양철 소리 깔아 두었습니다

3.

젊은 시절 섬기던 부산 고신파 교회였습니다
산전수전, 늦깎기 목사님 설교 시작은 반드시
내촌감삼의 믿음과 일치 행위의 예화로 시작
축도하기 전 다시 한 번을 우리는 우치무라 간조의
삶 속 언행일치, 내촌감삼 삶의 법을 밟아야 한다는
그런 의미에서 신 불신을 떠나 새마을운동의 성공은
꼭 이루어져야만 한다 설교였습니다

구불 논두렁과 마른 밭두렁
초가마을 어귀마다 깃발 새마을
때로 쥐나 들고양이 사금파리 골목길은
시멘트를 사용 포장된 길로
초가지붕은 회색이나 붉고 푸른 스레트 지붕으로
초가 추녀의 천연 빗소리는
새마을 깃발과 새마을 노래와 국민체조 때를 맞춰
새마을 노래와 어깨의 띠, 요란했던 양철의 물받이

4.

부산 송도의 복음병원 병원장이요, 지금 의료보험
첫걸음 격인 청십자 운동을 펼친 장기려 박사님은
우치무라 간조 제자 격이란, 함석헌 선생을 부산에
초청 때면 청십자 회원이었던 나는 함석헌 선생의

씨울 모임 몇 번 나갔는데 정보계 형사들이 녹음기로
함 선생의 말씀을 녹음하였고
나도 그 모임의 발치에서 카메라의
앵글에 구석까지 잡힌 일이 있었습니다

한 학생으로부터 인혁당 사형 문제로
질문을 받았습니다
나는 침묵할 것인가, 말 것인가, 망설이다가
'침묵의 시대는 유언비어가 더 정직한 거란다'+a
씨울 모임의 때에 사진 몇 번 박힌 죄, 나는
동래경찰서 반말투의, 정보계 또래 형사의
발치에 서서 부동과 부동심으로 기다렸던
조심하시라는
거저 선생님이라 한 번은 용서한다는
시험과 시련을 거친 일이 있었습니다

*靈 : spirit, 유태인들은 1층 천은 모든 생물의 세계(body, 몸나), 2층 천은 동물과
사람들의 세계(soul, 맘나), 3층 천을 하나님의 세계로 다른 생물들보다 영(spirit, 얼나)
을 가지고 있는 사람만이 하나님과 대화를 할 수 있는 靈을 구분하고 있다.
*침묵 : 엔도 슈사쿠가 쓴 소설이다. 18c 일본의 기독교인들을 사무라이들 일본
정권이 잔인한 배신으로 압박 박해했던 역사적 사건을, 때의 사실에 입각하여 다
룬 종교 소설이다. 세계적으로 기독교 신앙의 배척을 다룬 일본의 소설이다.

12. 부활절 칸타타

    1.

지금 올리고 있는
두 손 열 마디 영혼의 풍금이
가나 혼인 잔치
어머니를 여자로 불러야 했던
고뇌와 전능으로 당신의 포도주
손발 정결례 돌항아리 속 찬물처럼
당신 나라 향훈의 맛을 떠서
드렸던 정결 법을 허락하십시오

어젯밤도 꿈속에서 뒤적거렸던
탐貪, 진瞋, 치痴, 마음 그대로
여자를 보고 음욕을 품는 자
두 손의 비빔 입술만 기도에서
지상에서 당신이 혼자였듯이, 내게도
당신께 올리는 송진 냄새의 목 계단
덜 마른 통나무 한 조각쯤은
썰고 다듬어 세움을 허락하시옵소서

    2.

아이들은 소리치고 깔깔거리면서

당신 집의 길 뛰면서 웃으며 찾으시게
해와 달과 열 한 별 요셉처럼 꿈이
봄 푸성귀 냄새에 섞었다가
가을 볏단들 절하는 법 배우게 하십시오
분단 남북 어린이들에게 함박눈처럼
하얀 잇바디의 웃음 벌판
뛰어 오감을 허락하십시오

몸과 손 눈만 웃자란
흔들리고 잠기는 십대들에겐
비파를 켜다 달아나야 했던 다윗에게
요나단처럼 바른 판단이
다윗의 벗이 되어 성지 이스라엘 꿈을
골리앗과 같은 전자파
검은 유혹 계단으로부터
떨어져서 하늘 바라보는 용기와 순결을
그래도 뒤돌아 십대들, 당신 나라 푸른 계율
계율의 땀 다음 사랑을 가르치게 하시고
험한 세상 사는 그들의 공허한 두 손바닥에
당신의 물맷돌 하나씩을 잡게 하는 분별력과
요셉과 다윗의 용기를 가슴에 품게 하십시오

  3.
청년들에게는 포로시절

다니엘과 세 친구들처럼
분단 조국을 위해 눈을 뜨고 울 수 있는
해방과 순결의 당신 마음 터를 베푸시고
느브갓네살 2세 왕의 검붉은 불덩이 중오로
화덕 불길에 일곱 더한 풀무 다니엘과 세 청년
풀무의 푸른 불길 위를 거니시는
흰옷 당신의 팔과 가슴에 안기어 털끝 한 올까지
백열 불덩이도 시원한 바람으로 부딪치는 믿음을

기드온 삼백 용사들처럼
항아리 속 믿음을 빛으로 자아올린
가슴 속 항아리를 열게 하시어
북으로 가는 남녘 뱃길이
모세 앞 홍해 갈라짐처럼
손뼉과 환호 속에 열림을 허락하시고
탐라의 성산포에서
국토의 우듬지 나진 선봉 부두까지
북과 남 청년들에게도 땀 이마 웃음
북춤으로 일어서는 빛 날개 허락하십시오

   4.
동녘으로 긴 그림자
어른들에게는
당신이 어부들을 부르셨던

밤새 빈 배와 마른 동풍처럼 그들에게
갈릴리 호수의 꿈을 꾸게 하십시오
당신의 말씀 받아 그물을 던지되
고호 정원의 아침 아몬드 꽃잎처럼
남풍에 흔들리며 웃는 어부들이시게
서머나교회의 작아 큰 면류관을 씌우시고
생명 나무 열쇠 가슴 깊이 품게 하시며
더러 해가 돋는 휴전선의 흙 냄새
머리 둘 곳 없다는 당신의 곁에서
잠꼬대와 잠이 들게 하시옵소서

    5.

당신 지상 일 보듬은 중견 사제들에겐
물과 불이 한 몸으로 함께 빚은 밥 한 그릇
밀밭 길 걸어가며 꺾었던 밀알이게 하시고
숭늉의 맛을 배워 잊지 말게 하십시오
젊은 사제들이 사경회 목사들이
진실 선지자나 당신의 비유 말씀을
'같았다, 야곱 얘기었다'
진실 비유 말씀을, 얘기라는 사이비 말투들
당신 말씀 숫돌에 그들 혀를 놓아 갈게 하시고
늙은 사제들에겐 털지 못하는 붉은 살점과
내가 아니면, 아니고 말고, 완고의 묵정밭과
혀끝의 서러운 미련과 간지러움 놓게 하십시오

사제복 사람들에겐 침묵
칼날을 안으로 더욱 안으로 가는
말씀과 나무 십자가를 마련하게 하십시오
새벽이 열리는 땅 하늘 부활 입춘 절기면
조선 어머니들이 올렸던 하늘 마음
정화수 찰랑거린 새벽 걸음의 법처럼
사제들 목을 축여주는 사마리아 여인의
버린 물통과 물 터 아닌
조선 항아리의 아침 샘물 맛이게
사제들에게 당신 말씀의
정한수 찬물을 주시옵소서
허공을 치다 잠든 말 숲에서
홀로 피는 가시 수련의 작은 수줍음이게
사람과 ism 우선 불신의 이 시대
갈멜산 엘리야에게 보여주셨던
서녘 구름 한 점을 허락하시옵소서
소나기 당신의 말씀이 마른 땅을 빗질하되
비 갠 여름 해거름의 서늘함이게 하소서
불신과 맹종으로 사막길 사제들 아닌
갈라진 땅에 철든 사제들 보내주시옵소서

   6.
직분을 맡은 이들에겐
숨길 닿는 땅의 일에 골몰하게 마시고

버석거림과 채움으로 만족하게 마시고
내 안과 위를 보는 일의 시간을 허락하시옵소서
어부 시몬의 그물코에 걸려 허덕거리는
게네사렛 베드로 고기 비린내를 털게 하시고
풍랑 위 걸어오셨던 당신의 옷자락 되게 하소서

한 손에는 당신 말씀을 붙들게 하시고
또 한 손에는 느헤미아의 흙손을 잡게 하소서
당신의 집은 우리 기도로 쓸고 닦게 하시며
당신이 달린 나무 십자가 활활 옹이결
그 안에 새겨 있는 부활의 확약을
귀 있는 자에게 듣고 봄을 허락하소서

　　7.
부활절 칸타타를 올리는 이 날
어린것들 곁에는
작고 둥근 타악기들 들게 하십시오

청소년들에게는
물빛 금관악기들을
당신 집 문설주에 걸어놓게 하십시오

청년들에겐 우리들 분열 밤 깨우는
당신의 말씀 언약궤 둘러메는 시온의 어깨와
종소리 보신각 두 팔 두 다리를 허락하십시오

334

부활이 깨우는 북소리가 울리는 이 날
노인들에겐 부활의 하얀 천 십자가
흰 천의 당신 나라를 느릿느릿 털어놓게
성전의 돌담길 부활의 싹을 허락하십시오

사제들에겐 두 벌 옷과 신들메
작은 꿈 사람들 돌아보고 또 돌아보는
알맞이 전대와
신발인 채 잠드는 때도 가지게 하십시오
당신의 말씀 앞에 굽은 허리를 펴
하늘을 가리키는 모세의 지팡이도 허락하십시오

우리 직분 맡은 이들에겐
당신 말과 숨 울타리를 둘러서게 하시고
부활의 칸타타를 올리는
깊어서 아름다운 밤
독수리 날개처럼 높아 멀고 가벼운
동이 터오는 부활의 말씀 터를
우리의 분단 남북 서울과
순교자들의 장대재교회가 있었던 평양
동남서북 부활 창문을 열고 새벽 발걸음
햇살에 헹구고 부활의 날개 되게 도우십시오

여섯 마당

발치에 눕다

도산서원 (펜화, 신혜식)

종손 이근필 선생과 필자

1. 장회나루

거문고 가락도 도포 자락도 젖어 있었다
젖은 의관인 채 서 있는 퇴계 이황 선생과
한 사내에게 연분홍 마음 관기 두향의 거문고
구담봉과 옥순봉 산기슭을 감아 흐르고 있었다

퇴계가 한양 벼슬살이 서소문 밖, 서소문 지금 낮밤은
광화문 촛불에 뒤져 태극기 물결로 맞섰지만, 그적지뿐
유행가 안동역 따라, 사람들은 장외나루 유람선 오르고
나루터의 장외, 한 여인이 뜯긴 거문고 줄처럼 서 있다

일흔아홉 번 사직서 퇴계와 두향의 젖은 사랑 장외나루
유람선 마이크는 유람객들에게 '매화분에 물을 주어라'
두향의 활급휴서* 매운 사랑을 유행가에 채워 애처로운
만추 낙엽들 장회나루 젖은 거문고 줄을 보듬고 있었다

*활급휴서割給休書 : 가위로 옷섶을 자른다는 뜻이다. 잘린 모습이 나비의 날개를
닮았다. 離婚狀이 아닌 이연장離緣狀이다. 퇴계가 단양을 뜨고 두향은 기생의 적을
떠난다. 20여 년 수절하다가 퇴계가 세상을 뜨고 3년 喪을 거둔 뒤 강선대서 투신
하여 생을 마친다.
*단양 8경 : 도담삼봉, 석문, 사인암, 상선암, 중선암, 하선암, 구담봉, 옥순봉.

2. 도산서원 가는 길

잘 자란 나무들 사이 걸었다
가을 도산서원을 찾아가는 길
나무들 가을이 하늘 받들고 있었다
잎이 진 가지들은 귀뚜라미 촉수처럼
하늘의 엽서들 흔들리며 흔들거리면서

논어 자장편* 주해서 리理를 읽다가
열두 살 퇴계가 황홀한 깨침이 있어
나지막하면서 또렷한 목소리로
처음 물음의 법*이었다

「모든 일의 옳음이리*입니까:」

퇴계의 숙부요 스승이었던 송재 이우는
어린 퇴계 불쿤 물음의 법 너무 깊고 높아서
사흘의 말미를 내게 주거라, 뒤에 말을 하였다
사흘 뒤 부사父師요 숙부였던 송재의 답이었다
너의 학문은 리理로써 일찍 자리매김이 되었다
일찍 세상 뜬 진사 형님 이 식을 생각하면서
서운瑞雲이 가득한 이 자리 형님이 계셨더라면

옷깃을 여미고 형님을 만난 듯이 기뻐하였다

가을에 찾았던 문순공 퇴계 이황 선생님의
도산서원과 서당 사이 매화당의 매화 한 잎
선생이 처음 올리며 사직서 한 장을 받들었듯
품고 있던 선생의 매화 시집 갈피에 조심 끼웠다

해거름 도산서원 나오는데
퇴계와 제자들 사이 서찰들처럼
낙엽들이 가을 햇살 아래 흔들리면서
뒤돌아 뒤를 돌아서 아쉬움 옷깃을 스쳤다
서원 나서 서걱거리는 비포장 길 맑고 포근해서
여민 마음으로 두 손 모두고 나는 한참을 걸었다

*子張篇 : 주된 내용은 스승 공자와 제자 자공, 친구 사이 자유와 자하 자장 등
제자됨과 친구됨의 도리를 대화체로 기술했다.

*물음법 ↦불큄↦ 물음⟹풀림 : 우리말 순음 3단계 「ㅁ, ㅂ, ㅍ」에 대한 유영모
의 해석이다. 공부에서 물음〈질문〉이란 우리가 딱딱한 음식을 입에 넣어 불궈서
먹듯이, 나의 문제도 먼저 내 생각 입에 넣어 물고 불궈야 문제가 풀린다. 퇴계의
공부법은 평생 정독과 암기였고 제자들과 공부할 때도 불큄 물음과 더욱 불큄 문
답이 중심을 이루었다.

*理 : 程朱에서 퇴계로 이어지는 性理의 리는 理 = 太極이란 뜻이다. 이치 理는 구
슬 玉과 마을 里로 이루어졌다. 여기서 里의 자의는 사물을 이루고 있는 층이나 분
해할 때 떨어져 나간 결을 가리킨다. 理는 주자가 불교에 심취 공부했을 때의 理事
法界의 논리를 가져온 것이다. 성리학 理의 자형은 옥의 결이요, 뜻이 玉不琢不成器
로 확장되었다.

3. 아내의 빈 방

- 제자 함형에게

1.

퇴계가 사락정四樂亭 권질의
얼뜨기 따님을 맞아들여 살면서
사방 선비들이 찾아와서 글을 배우던 때였습니다
선비 이함형도 전라도 완산 땅에서 찾아왔습니다
평소 말수 적은 제자가 퇴계는 마음에 걸렸습니다
어느 날 집에 다녀오겠다는 선비 함형을, 선생은
예의 잡곡밥에 가지나물과 산나물 두세 가지 밥상
당신의 집 낮은 식탁의 아침으로 초대하였습니다

함형은 말로 때로 귀로 흘려들었던
스승 집의 성긴 음식과 서툰 보리밥의
부인 권씨 어눌 말솜씨, 덜 닦인 자태 보았습니다
십 년 넘어 빈방을 지키는 아내의 음식 솜씨보다도
떠날 때면 수심 여민 아내보다 덜 씻긴 스승의 부인
그럼에도 평소 존경하던 스승은 혈기의 제자 앞에서
얼뜨기 아내 지시에 정성으로 응대 마음 눈을 주며
권씨 대하는 애정어린 눈길로 화답함을 보았습니다

2.

길 떠나는 함형에게 스승은 서찰 하나 주었습니다

겉봉에는 찍어내듯 단정, 스승의 당부하는 글씨
노차물개간路次勿開看
길을 가는 도중에는 편지를 개봉하지 말아 달라는
겉봉이 정연하여 접는 일도 조심스레 다섯 마디 글
함형은 궁금증을 누르고 누르면서 먼 길 걸었습니다
집에 도착하자, 비어 있어서 더욱 정결한 그의 서재
비워 둔 서재 안으로 서녘 햇살이 들어와 있었습니다
함형은 스승의 서찰 열어 두 손으로 잡고 펼쳤습니다

겉봉보다 더욱 정갈 스승의 마음 글이었습니다
그대 거문고 줄은 고르지 않아서 흩어진 채이고
비파의 줄은 타지 않아 가는 먼지가 더욱 쌓였다
내가 배워왔고 제자들에게 가르침의 시종 길은
성현이 되기까지 집이란 몸을 다져서 고르고
가정이란 마음을 잡아서 타는 법을 가르치며
사내 대장부는 하늘 우러르고
땅 밟고 사람 일 붙듦에 앞서
부모 공양 아내 사랑 집안부터 먼저
섬김과 내 먼저 나를 바로 살고 서는 법
부부가 됨의 금슬, 현을 잡고 고름이
모든 일에 앞서 있는 법임을
전라도의 순천 땅 제자 함형은
우선을 바꿔 잡았으니, 공부해서 무엇하리오

남편이 노래하면 아내는 마음으로 따르고
수소가 달리면 암소는 뒤를 좇아 따르나니
수컷이 울면 암컷은 반드시 응답함이 있는 이치의
자연으로 소이연과 성인은 소당연 그 길 걸었는데
그대 성인의 가는 길과 말씀을 따라 배우는 선비로
공규空閨 아내를 두고, 성현들 말씀 따르겠다 공부는
근본과 지금을 어김인데 공부는 해서 무엇하리요

   3.

함형은 10년만에야
내당 마루에 초석을 깔게 하고
소반 위 아내가 가져온 정한 물
정한 한 그릇 물처럼 아내의 서러움
아내 앞에 서서 스승의 글을 읽었습니다
마주 선 그의 두 눈과 고운 아내 두 눈에는
정화수, 그리움의 청사초롱 눈물이 맺혔습니다
부인을 다시 부르고 맞아 재배하며 예 치렀습니다

스승 퇴계가 떠나고, 부부는 삼년 상
때의 스승이 함형에게 건네었던
길을 가는 도중에는 개봉하지 말라는 서찰
눈물 맺혀 아내 손에 스승의 서찰을 안겨 주었던
선조의 부부애『路次勿開看』
순천 함씨 가문은 퇴계의 서신 오늘까지 간직이었습니다

4. 익어감에 대하여
- 몽유도원도

1.

14세기 계유정란이 빌미가 되어
형제가 형제를 살육 뒤 행방을 감추었던
안견의 몽유도원도夢遊桃園圖
19세기 들어 한 날 일본이 노략질
일본 천리대의 대학박물관 소장이라서
돌려 주지 못하겠다는

한 날 내 나라 나들이
미술관 유리 진열관 속의
바랜 비단 두루마리 수묵 담채화
왼편부터 들판 초가집과 때의 일상을
중간은 도원으로 가는 동굴과 천인단애
산봉과 안개의 차단 길이 열리듯 사라지고
오른편은 찰랑찰랑 복사꽃과 천도복숭아
동산 기슭 아래는 낮은 초가와
일위一葦 빈 배가 한 척, 몽유도원도

세종의 셋째 아들 안평대군 한 날 꿈 얘기를

현동자玄童子 안견이 3일 낮밤 걸쳐 그렸다는
섬나라에 앗긴 채 600여 년
아림과 그리움으로 그 세월 비단 폭
옛 사람들의 풍류 삶을 그린
안평대군 후원 안견의 몽유도원도

  2.
예수 가족 피난 교회 이집트 갔다가
잿빛 목물과 석물, 금박으로 미라들
오천 년 전 이집트의 국립박물관
대영제국, 서구인들의 늑탈 흔적과
지나가는 발자국 사람들을 지우고 있는
이집트 중년 사내의 엎드려 걸레질과
가볍게 떨렸던 턱수염 사내의 나라 사랑을

나는 天地人 삼각의 탑 피라미드와
스핑크스를 돌아온 덜 털린 먼지 길
북극성처럼 웅좌 피라미드
이집트 사람들을 생각하면서
출입구부터 신발의 법 조심했지만
언제 와 다시 보랴 몰두 유물들 살펴보다가
뒤돌아보니 내가 지나쳤던 신발 자국 엎드려
걸레질하는 이집트 중년 사내에게 목례 보냈다

3.

오버, 랩

빼앗긴 몽유도원도 빌어와 전시했던

유리진열관 속, 안견의 몽유도원도와

국립박물관 이집트를 찾은 때의 미증유

세계 사람들 발자국과 발자국들의 상처를

엎드려 걸레질했던 중년 사내의 이집트와

두 무릎으로 닦고 안아 지키지 못한 몽유도원도

미라의 나라 이집트의 중년 사내 무릎 꿇은 걸레질

눈과 마음이 걸려서

박물관이나 옛것 전시관 찾을 때면 눈과 마음 씻는다

5. 발치에 눕다

낙동강 521.5km 물길 우듬지의 땅, 안동
조선 선비들의 용천龍泉, 안동댐이 있는 안동은
기호畿湖와 퇴계학맥 도산서당 문하생들 말씀처럼
퇴계 선생은 수백 전적 속의 높고도 깊은 뜻
쉽게 풀어 가르치셨고, 원근 제자들 맞아들임에
부친의 안부를 먼저 묻고, 버선발의 마음으로
마당 내려와 깊음으로 제자들 영접이었습니다

때문에
윤집궐중允執厥中*의 ㄱ온을 잡고
당신을 서당 훈장으로 불러주기를 바랬던
퇴계의 가르침은 높고 밝은 가을 달이요
우러름敬으로 선생은 낮은 몸가짐이었고
한여름 문을 닫고, 주자서와 주역의 낮밤
독서에 몰두 이췌痌悴, 여윈 몸 시달렸지만
얼음 항아리처럼이라 말씀이었습니다

학행일치 선생을 사숙, 3번째로 퇴계의 종택
매화 동산 돌들에 새긴 매화들의 찬시 이른 봄과

매화 없는 매화 여원 가지들 가을 매화의 동산
우리 돈 천 원의 쓰임과 높이만큼, 유택 건지산
비바람 오백 세월 선생의 겨울 건지산 올랐습니다
「退陶晚隱眞城李公之墓」
남향받이 산중턱 작은 돌에 새겨진 10자뿐 묘비명
안동 땅 조선 선비 퇴계 이황 선생 누워 계셨습니다

유택으로 오르는 정오의 낮은 산 가을 길
신새벽 선생의 기침소리가 들릴 정도 거리
발치에 평토장처럼 마른 작은 무덤 또 하나
유방암으로 세상 떴다는 봉화 금씨 문중 태생
선생의 큰 며느님 햇살 아래 누워 있었습니다
죽은 뒤, 오는 세상이 있다면
오는 세상 거기 가서도, 나는
집안 안팎을 화평하고도 즐겁게
집안 사람들 간직함은 너그러운 말씀으로
그러나 당신께는 엄숙, 사람들과 화목함으로 아버님
시아버님의 시중은 꼭 내가 들고 싶단 말씀을 남겼던
작고 낮은 무덤이 햇살 세례 가을을 누워 있었습니다

하늘에 계신 아버지의 뜻을 먼저 묻고
아버지 하늘 뜻하심 따라 십자가 지셨던
하늘 아버지 아들과 사람의 계보로 예수

예수님을 없어 계심과 빈탕한데 맘이라 했던
그리고 밑힘을 맞이했던 다석 유영모 선생*은
예수를 붙잡은 기독교는 땅 위 최상의 효자종교라 했고
철든 진보 신학자들도 효도를 근본으로 받든 우리나라
예수의 십자가에서 아버지의 뜻을
효도 예법 죽음을 안는 성정 들면서
교회의 밖 구원이 가능하다 했습니다

햇살 속 선생 무덤 두 번을 읍揖 뒤돌아 내려오는 길
열두 폭의 안동 삼베, 평토장처럼 작은 햇살 속 무덤
내 나라 부덕婦德 앞에 두 손을 모으고, 다시 되돌아서
성지순례 때 눈대중으로 예수의 팔복산 높이만큼 건지산
충효가 잠들어 있는 나즈막 건지산 퇴계 선생과 큰 며느님의
가문 가법과 시아버지 말씀 수발, 진성이씨 집안 큰 며느님의

우러름과 옳음*과 마땅함으로
두 분의 오백 년 숨 쉼으로 터
두 분이 묻힌 안동 땅은 내 나라의
물러나 가르치고, 우러르며 받들었음이
천 원 지폐처럼 좁은 토계 물길이, 천삼백 리
낙동강에서 동해로 합환合歡의 세례가 아니겠느냐는
교회 밖 구원 있음, 발치의 메시지가 아니었겠느냐는
부활과 구원의 마음으로 퇴계 따라 발길을 디뎠습니다

조선의 아버지와 아들로의 선비

퇴계 선생과 금씨 문중의 큰 며느님

우러러 받듦과 모심으로 은유 예법, 조선의 숨 터 건지산

예수의 믿음과 믿지 않음을 빌미, 형제와 화목이지 못했던

불효 불급, 불신과 갈등의 나, 그날 나는 참 괴로웠습니다

*윤집궐중 : 요임금이 순임금에게 왕위를 선양할 때는 繼天立極이란 입언을 주었다. 동이족 순임금은 우에게 왕위를 禪讓하면서 人心惟危, 道心惟微, 惟精惟一, 允執厥中, 16마디 당부의 말을 당부하였다. 윤집궐중은 중심을 잡는다는 말이다. 中이란 수레바퀴가 매달려 있는 빈 곳이다. 움직이는 바퀴들을 붙들고 있는 중심축이요(노자 도덕경 11장). 팽이가 멈추듯 돌고 있는 힘의 균형을 잡아주는 錘이다.

*다석 유영모 : 우리글 우리말로 철학하기 개척자다. 다석은 훈민정음을 '하늘계시'라 해석했다. 우치무라 간조의 영향을 받기도 했으며, 다석은 보이지 않아 더욱 있음으로 하나님의 아들인 예수가 사람의 몸을 입고, 땅에 온 분이라 했다. 그래서 사람은 本是 빛의 존재다. 빛의 존재로 사람을 환언시키기 위해 어둠의 세력을 십자가란 못에 육신을 박아 승리, 다시 산 예수를 효자라 했다. 무엇보다 다석은 하나님의 명령을 몸으로 받아들여 살았던 孝子 예수를 믿는다 했다. 예수를 받아들이면서 우리 마음속에는 영원한 생명의 불꽃이 타고 있다. 하나님의 말씀이 타고 있다. 사람은 하나님의 말씀에 불타는 聖火라고 했다.

*우러름과 옳음(敬以直內 義以方外) : 군자가 경으로 내 안은 곧게 하고, 의로써 내 밖을 방정하게 하면 의가 획립되어 덕이 외롭지 않고 반드시 돕는 이웃이 있게 된다(德不孤 必有隣)는 의미다. 공자가 주역 곤괘의 文言傳에 쓴 말인데, 文言이란 글을 빛나게 한다는 뜻이다. 공자의 시관인 형식과 내용의 구체화로 三遠法(高遠, 深遠, 平遠), 思無邪는 과거와 마찬가지로 장래에도 시의 정의에서 빼놓을 수 없는 다섯 손가락 안의 立言이 되고 되어야 할 것이다.

6. 정훈庭訓

– 어머니 박씨

선생이 태어나 아직
칠 개월 핏덩일 때
진사 이식의 두 번째 아내
삼십이 세 어머니는 홀로 되셨습니다

지금도 실한 우리의 어머니며
철든 아내들이 그렇듯이, 어머니 박씨는
母를 버리고 무冊로 살다 간
당신은 한사코 비우시고
가정과 자식만 포용하시었던
열두 폭 치마의 수수하고
눈물을 숨어서 닦는 보통 여자였습니다

누에 치고 들일 속에 땀 냄새 안동 삼베 수건 동여매고
마디 굵은 터진 살 손등으로 빨래며 길쌈하시던
들나기 싫어하는 가슴팍이 깊은 조선의 여자
깊은 밤이면 가끔 외로움이 목젖까지 마르게 했던
조선의 보통 여자였습니다

홀로 된 시어머니 성심으로 손발 되어 드리고
전실 자식서껀 일곱 자녀들 가끔 타이르시기를
전실 자식들은 배움이 없다고 말들만 던지니
「공부만 아니라 몸가짐도 살펴보아라」
특히 어리디 어린 시절의 선생에게는
너는 마음 씀씀이가 올깊어
세상이 너를 용납지 않을까 두렵다
고을 원님 정도가 족하리니
높은 벼슬길은 행여 나서지 말아라

어머니 말씀 가슴에 넣고 새겨 선생은
물러나고 물러섰던 선생의 삶 깊은 곳
母는 없고 毋가 되어 살아 있는, 언제나
드러나는 것 애써 감춘 가슴팍 깊은
무명치마와 성긴 삼베 적삼 조선의 여자
삼십이 세에 홀로 되신 실한 어머니
조선 여자 깊은 가슴으로, 지금도 퇴계 퇴실
온혜리 선생의 태실 거친 손바닥으로
춘천박씨 집안 어머니는 살아 있습니다

7. 스승과 제자
- 퇴계와 율곡

   1.

스물셋 율곡이 성주에서 강릉 가는 길

퇴계 선생을 찾아가 율곡의 문안이었습니다

소생이 일찍이 배움의 길을 잃어

사나운 말이 가시덤불 뛰어들 듯

이리저리 몸과 마음이 떠돌던 때

두어 칸 계상서당 문 두드려 3일 머물렀습니다

퇴계 선생의 고요한 삶은

천여 권 경서가 방의 삼면 벽에

마음을 열고 말씀하실 때는

갠 하늘 밝은 달처럼, 계상의 물길처럼

계신공구戒愼恐懼와 경敬 마음과

성현들 말씀 사립문처럼 학문 자세를 보았고

깊은 생각 쉬운 가르침, 선생의 학문은

계상서당 밤 물결이듯 소자의 귀 풀고 열었습니다

   2.

내 나이 쉰여덟 병은 이미 깊었고

사립문 여닫고 청려장 짚어 온 나날
때로 풍루風樓에 오르내리고 살면서
봄이 반쯤 매화꽃 활짝 핌 못 보았더니
그대를 만나 이 밤 얘기를 나누니
마음은 매화꽃 향보다 만남보다 은은합니다
그대 이름 익히 듣고 늙은 가슴 설렜더니
이름난 선비치고, 헛됨 아님을 알았습니다

춥고 어두운 물결 위에
섶 울타리 이엉 얽어 달팽이집
푸른 솔과 대를 심었던 내 마음
그대를 만남으로 나는 보았습니다
봄이 오니 꽃이 피는 하늘 이치와
꽃이 피니 봄이 온다는 합환화 섭리를

　　3.
계상서당 물소리가 어둠을 깨우듯
율곡 이이의 물음이었습니다
「선생님」
사람 마음 속의 리기理氣
두 법 이치가 분별로 느껴지는 것은
성정 마음이 내게 다가와 적응할 때
心 안에서 하나로 드러난 것이 아닙니까

354

율곡의 心 안에서 성정이 섞임으로 하나임을
퇴계는 공부할 때 분별을 먼저 통어할 줄 앎으로
근본은 둘이면서 하나로 작용되는 선후를 안다는

깊어가는 계상서당 촛불 앞에서
퇴계 선생의 깊은 답이었습니다
내 속에는 이미
나를 바름으로 이끌어 가는 법
마음이 있습니다
깨어 바름常惺惺으로 이치는 나의 주인이고
나를 깬 그 밝음에 놓고 집중해야
나아가 적용에 마음을 흐리지 아니함이요
나날의 앎과 삶에서 바름과 옳음의 끈을
놓치지 않고 붙들 수 있는 것입니다

  4.
이십삼 세 청년 율곡이
사흘 머물다가 떠나던 이른 봄
하얀 서설이 내렸습니다
율곡은 말에서 내리고 또 내려
세 번 되돌아 허리 깊이 숙였고
선생은 계상서당 좁은 들과 물길 따라
굽이 돌아 꺾이는 기슭에서 바라보면서

『후생가외』손 들고 들어서 보냄이었습니다

조선의 두 스승은 자기의 길을 선명하고도
벌판의 아침처럼, 그리움으로 걸어갔지만
내가 찾아 나선 계상서당 옛터는 사라지고
계상서당의 터였음, 세월 태엽의 표지
잡목 잡풀 사이로 도산의 겨울 햇살이
내 어깨를 감싸 퇴계의 물길을 따라서
퇴계 구택의 대문 앞까지 걷게 하였습니다

8. 스승과 제자

- 有朋自遠方來不亦樂乎

1.

바위 틈과 속, 솟는 물처럼

깨우고 깨치어 살아가리라

이름을 지어 몽천蒙泉*

선생은 새벽이면 몽천의 길 걸어가

물속 하늘을 보고 하늘 아래 나를 보며

몽천 속의 하늘과 땅 위 당신의 모습을 살피고

진실을 뜨고 진심으로 성정을 여미었습니다

씻고 닦은 지혜로 제자들과 담론함에는

몽천 물처럼 잔잔하며 깊은 말씀이었습니다

2.

가을이 무르익은 달밤이었습니다

리·기는 둘이면서 하나라는 선생의 생각을

정자正字 기명언으로부터

하늘의 달 『眞影』과 물속의 달 『光影』을 들어

心 안의 성정은 공발共發이요, 둘이 아니라는

붓끝은 시리도록 날카로웠지만, 온화한 서신

서신을 새겨 읽다가 선생은 몽천으로 나갔습니다

싸늘 바람이 엷은 옷섶을 여미게 하였습니다
몽천 속 달이 몇 번 흔들리다 멈췄습니다
그렇구나, 내 하늘의 달 있음에만 매달려
가까운 물 가운데 달을 놓고 있었구나
선생은 몽천 물 한 모금 떠 마시고
물속의 달을 떠서 먹을 갈고 갈아
붓대 잡고 왜『4對7』먼저 분별되어야 하는지
7包4* 혼륜渾淪 가닥을 잡아야 함인지 답을 썼습니다

『사단리발이기수지四端理發而氣隨之』
사단은 리가 나아갈 때 기가 따름隨之이어야 하고
『칠정기발이리승지七情氣發而理乘之』
칠정은 기가 나아감에 리가 태움乘之이어야 하는

정주程朱 학통과 매듭으로 성현들처럼
학문의 정도는 분변分辨 뒤 통합이어야 함을
성현의 생각을 자기 생각에 먼저 맞추려고 함은
초학자들의 성급함으로 폐단이라는 것을
선생은 기고봉에게
맑고 깊은 생각 풀고 살펴 감아 답을 보냈습니다
생생불궁生生不窮으로

깨어 사는 사람 마음의 성정은
자칫 나만 붙잡은 정과 성 마음을
실펴 성 먼저 정 살핌 위에 놓아야 합니다
산 마음은 흐르는 맑은 물에 비유하는데
흘러가야 함으로 물처럼 본성을 맑고 고요하게
체용으로 성과 정을 분별하는 학자로의 성정입니다

그대는 이기와 성정의 나뉨에 대하여
氣 한 덩어리요, 이기공발의 확집만을
내 생각의 바람벽으로 성현들의 4 對 7은
성현들의 들보요, 주춧돌로 붙듦이 아닌
거저 밟고 가는 생각으로 가득함입니다

4단은 칠정 안이라는 그대의
혼륜으로 七包四의 옹호와 변론은
예컨대
그대와 내가 집을 나서 먼 길을 나아갈 때
말과 사람이 하나 되어相不離 길을 가지만
돌아와 집에 이르면 말은 마구간으로
사람 또한 마땅히 사람의 방相不雜으로
갈라져 가고 갈라져야 됨을 그대는 버림입니다

그대도 모두어 보고 긍정하는

배는 물 위로, 수레는 땅 위로
솔개는 하늘을 만나 하늘을 날고
고기는 바다에서 바다를 만나 뛰는
소이연과 소당연
연비어약鳶飛魚躍
큰 틀에서 벗어남 아니하길 바랍니다

그대 4단7정 두 성정이 한 근원이다
한 몸뚱이다, 한 마음이다
몇 번이고 뭉쳐 물어오는
늙고 둔한 늙은이의 거듭 우견愚見이지만
분별함이 공부의 먼저가 됨을 힘써 알고
뭉뚱 혼륜 앞서 분별을 알고 걸어야 함의
새벽이면 몽천 속 달 곁 서성거리는 나지만
하늘의 달과 물속의 달 사이
깨침을 주는 그대 서신을 기다리겠습니다

선생과 고봉 사이 여덟 번에 걸친 사단칠정 변론은
마음이 사물에 접하여 움직일 때 하나이면서 둘이요
둘이지만 하나가 되어야 함의 현묘를 들춤이었습니다

『4·7정』 성정은 너와 내 마음 안의 둘 먼저
그리고 회통으로 하나가 됨의 이치임을 붙잡아야 합니다

360

성과 정은 心 안에서 어울려 한 가닥처럼 피어남이지만
선후 갈라봄에서 어울림으로 정진했던 공부법의 선생과
어울림 그대로 하나를 뭉쳐보려는 고봉의 공부 방법과의
툭 던지듯 당돌 질문에 답 또한 던지고픔도 있었겠지만
우러름과 정성으로 됨과 다움을 후학에게 깨침을 주었던
오가는 편지들은 여민 가슴과 저민 가슴 만남이었습니다

공부란 치열함으로 묻고 나를 던져 주장함이되
끝은 나를 겸양의 말과 법으로 묶어 마무리하는
하여 퇴계와 젊은 고봉의 봄 벌판 바람처럼 펼침과
가을 낟알을 걷어들임으로 공경은 죽비소리처럼
뒷사람들에게 그리고 지금은 서구의 이분법을 넘어서
천인상응 유기체로 인극人極 삶의 본이 되고 있습니다

*蒙泉 : 주역 64괘 중 네 번째 괘 산수몽䷃괘에서 가져왔다. 도산서원에서 선생 당시는 마시는 물로 썼다. 몽괘는 교육의 괘이다. 제자를 깨친다. 가르친다는 선생의 입장과 선생에게 배운다, 깨친다는 제자의 입장이 들어 있다.

*7包4 : 4단과 7정은 하나로 성정이 피어나는 마음의 안에 뭉쳐 있다는 리기1원론이다.

*4對7 : 4단은 마음이 피어나기 전이고, 7정은 마음이 피어날 때의 차이로 리기2원론이다. 퇴계와 고봉 사이는 주제 중심으로 편지를 주고받았다. 그중에 자성록에 수록된 편지들은 爲己之學을 밝힌 신유학의 성리학에 관련이 깊은 것들이다. 오고 간 편지들은 천리와 인성에 관한 문제를 중심으로 의리의 실천으로써 진퇴와

거취의 문제, 그리고 존심과 양성의 실천과 궁행의 문제 등이 들어 있다. 특히 정지운의 天命圖 해석을 둘러싼 고봉 기대승과 심과 성정을 중심으로 한 理氣의 一元과 二元의 논쟁이 서로의 학문적인 입장을 지키면서도 특히 퇴계는 그의 도학 공부의 허점을 보완하는 계기로 삼았고, 비판함에도 26년의 나이에 차가 있음에도 불구하고 敬을 지켰던 공손함과 절제의 화법과 상호 신뢰의 태도였다. 지금처럼 경망함의 시점에서 볼 때 참으로 우리 철학사에서 빛나는 결실인 것이다. 퇴계는 이 편지글들을 항상 책상머리에 두고 때때로 살펴보면서 학행일치 당신의 삶을 지탱하는 거울로 삼았다고 퇴계의 자성록의 서문에 기록하고 있다.

　*奇字 : 광주의 기명원이 처음 벼슬을 시작할 때의 품계로 조선의 정 9품 벼슬 명칭이었다.

9. 퇴계체退溪體

선생의 서체를 보고 평을 냈던 학자들

봄비 뒷날 잎처럼 푸르고 부드럽다는

세대 거쳐 선현들 평이 생각난다

붓 잡아 지나감은 연푸른 잎들 붙듦처럼

부드러우면서 단단함과

고담枯淡과 온후함으로

기를 세우지 않아서 기가 살아 있다

매화연에 새벽 먹을 갈았던 선생의

온고溫故 필법 모심에서 출발, 사람들 사이에

퇴계체退溪體는 점을 찍고 획을 잡아 돌아감이

헛되이 세우고 서둘러 깎음이 없다는 평이다

선생의 글씨를 보고 있노라면 글씨 속에

우러름敬 한 길로 사람됨과 다움의 결정체

선인들부터 지금도 조심스러움으로 말을 묶고 있다

옥진각 진열 속 풍루風樓 속 선생의 가난 정성 숨결과

장판각 중심에 놓였던 목판 위 선善 자 보며 깨달았다

선생의 글씨는 천구홍벽天球弘璧을 보는 듯하다

퇴계 문하 대산大山 이상정李象靖*의

말씀에, 자잘한 혀끝 나를 여미면서

서북 서울 하늘 새벽 창문을 열고 닫아

먹물 섞어 먹을 갈며 주막체 글씨나마

붓을 잡은 손이 부끄러워 붓을 놓는다

오백 년 전 퇴계체의

부드러움이면서 단단하고

고담枯淡하면서도 흔흔欣欣함으로

퇴계체의 단정한 우러름이 솟고

샘물처럼 솟아나는 퇴계 탄신 500년

기념문집 서체와 글귀들 넘기며

오백 년 그날을 오-늘 내 속으로 모심이

사람들 이에 헛수고困而知之 애씀이지만

잘한 일이라 나予는 나我에게 다짐한다

*이상정 : 퇴계의 후기학파에 속하는 성리학자다. 목은 이색의 후손이며 안동에
서 태어났다. 그의 나이 25세 영조 11년에 문과에 급제하였으나 벼슬을 기다리지
않고 고향으로 내려갔다. 때문에 대산은 가장 퇴계다운 삶을 살았다는 평가와 18
세기의 성리학을 한 차원 높이고 진보시킨 중심인물로 평가를 받고 있다.

10. 월천서당
- 선비 한 길 월천 조목

월천 조사경 선생은
예안면 月川里에서 태어났다
15세 지학부터 퇴계 문하에서
오직 배우고 닦음의 길을 걸어갔다
지금은 비어 있는 작은 집 한 채
조목의 얼골 터에 늙은 은행나무 하나 가을이었다

적빈赤貧과 가난으로 살아갔던 월천 조목은
스승 퇴계를 좇아 강직 더욱 청렴과
학행 일념 평생으로
퇴계 가시고 스승을 대신 서원 제자들을 훈도하였고
지금은 상덕사 정면 중앙에서 남으로 '퇴도 이선생'
동쪽 벽에서 서향으로 '월천 조공' 모셨다
월천은 도산서원 푸르러 깊은 문 열고 잠근
퇴계 준걸俊傑 여섯 문하생 으뜸이요 모퉁잇돌이다

월천은 퇴계와 함께 책을 읽고 질문하고 답하면서
배운 그대로 삶에 옮겨 한 길 떳떳 선비 길이었다
한겨울도 마르고 빈 솥 코흘리개 자식들 속에서

웅크린 채 펼친 심경心經 갈피 눈물 위 글귀들을
눈물 떨어져도 직방대直方大 심정으로 읽어나갔다

동계 정온이 지은 『월천신도비명月川神道碑銘』
선생의 아름다운 자질은 퇴계를 스승으로 만남에서
더욱 이루어 나아감이 더해질 수 있었고
퇴계의 도학은 월천을 제자로 거둠으로 빛나게 되었다
월천 아니었으면 어찌 퇴계가 살아간 학행일치와
절차탁마切磋琢磨의 퇴계만의 길을
지금 우리가 물려받을 수 있었을 것이며
조석으로 퇴계의 뒤 따름이 아니었으면
월천 조식의 선비 한 길이 있었을 것이리오

까닭에 내가 월천 조목 언행과 사업에 대하여
대부분 생략하고 상세하게 밝히지 않았으니
후인들 가운데 조목 선생을 살펴보려는 사람들에게
먼저 퇴계를 살펴보고 나서 그를 알게 하고자 함이다

동계 정온은 「월천집부록月川集附錄」 신도비명에 봄갈 절절한
월천 조사경이 퇴계의 제자로 걸어갔던 한 길을 써 놓았다

11. 도학연원방 툇마루

1.

이른 봄 퇴계종택 찾은 달밤이었다
종손 이근필 교장 안내로 종태 후원
동방 『도학연원방』* 툇마루 홀로 앉았다

도산서당에서 제자들과 심경心經 공부
퇴계가 새벽이면 몽천蒙泉 물 한 모금
회광반조의 달을 떠 먹을 갈아
광주의 기고봉과 心 안의 리기
사단칠정四端七情 선후와
분변分辨 통합으로 학리學理 몰두
예禮와 선비로의 신유학 지평 확장

2.

여름 달밤이면 반타석에서 시사단 사이
제자들과 술 한 잔 시를 읊으며 뱃놀이
주야 쉬지 않는 물을 보며 세월 아끼었던

도학연원방道學淵源方 백열등 흐린 툇마루

후원에 혼자 앉아 달을 안고 안겨 속삭이는
매화원의 희고 붉은 더러 연분홍으로 매화
이른 꽃봉오리 선생 삶법 그려 보지 않았던가

선생이 평생 매화를 아껴 손수 가꾸며
매화는 내게 매형梅兄이요, 군자라 했던
숨 거두시기 사흘 전 도산서당 동쪽 창가
저 분매를 내어다가 물을 주어라, 하셨던
저녁 무렵 흰 구름 서당 위로 모여들고
지붕 위에 한 치 정도 흰 눈이 쌓였다는

  3.
누웠던 와석, 정돈하라 하시고
부축하여 몸을 일으켜드리시자
앉아 제자들에 둘려 돌아가시고
구름이 흩어지고, 눈이 멈추었다는

열예닐곱 나이 단양 관기 두향의 거문고
궁·상·각·치·우, 상, 치의 보표처럼
선생의 유택 건지산이 바라뵈는 종택 매화원
선생이 정자관 베옷 두루마기, 청려장 의지하여
선생 몸 머물던 집이었는데 '붕' 저리 가벼울 수가
매화원 이른 봄 밤 단정완완端正婉緩 걸어가시었음을

그리워하며 옷깃 세우고 매화원 서성거리지 않았던가

*道學淵源方 : 퇴계의 禮와 리기이원론의 성리학을 조선의 정통으로 보는 영남학파와 퇴계를 숭모한 안동시에서 지금 새로 꾸민 매화원의 퇴계의 물줄기 上溪의 옛 종택 후원 벽에 붙여 있는 이름이다.

12. 진성학십도차

도는 형상이 없고
하늘은 말이 없는 집이라
신 이황은 생각합니다
성현 말씀을 따라, 소견이지만 도란
맑게 비어 있는 하늘처럼 터이기 때문입니다

성학은 백성의 지도자를 수련하는 학문입니다
백성의 지도자가 되고 되어 있는 이의 마음에는
온갖 기미와 징조들이 모여들고 나가는 곳이요
모든 책임이 모이고 쌓이며 허물어 터져나가기 때문입니다

임금을 하늘이라 바라보는 것은
백성의 삶을 살찌게, 무너지게 하는
창문 없는 상하좌우 청렴 유리의 벽
유리 공간이요, 유리 곳간입니다

때문에
간언諫言하는 직책을 만들었는데
지켜야 함으로 의疑를 임금의 앞에

따라야 함으로 승承을 임금의 뒤에

왼편에는 나가자 나아가야 한다는 보補를

오른편에는 돌아 살펴보자는 필弼을 두었습니다

신은 학술이 보잘것 없고, 말 주변도 서툰 데다가

질병으로 자주 앓게 되어 시강侍講도 못하였습니다

낙향 후 추위로 떨며 병으로 거동이 어려운 가운데

성학십도를 만들었지만 글씨마저 단정하지 못합니다

병풍 한 벌 만드시어 거처하시는 방에 펼쳐 두시고

조그만 수첩을 만들어 책상 위에 두고 살펴 주신다면

야인으로 오늘 내일 언제일까, 신하의 처지이지만 이황은

근폭*을 올리는 정성으로 임금 됨과 다음의 글을 삼가 올립니다

*선조 : 당시 퇴계 등 뛰어난 선비들의 侍講 때면 지참 또는 궁녀들 치마폭으로 숨기를 잘했던 철부지 왕이었다.

*근폭芹曝 : 미나리와 햇빛을 쬔다 는 뜻으로 시골의 한 농부가 맛있는 미나리 무침과 겨울 양지쪽 햇살을 임금에게 올리고 싶다고 했던 중국의 고사의 인용이다.

(김석, 도산서원 가는 길, 進聖學十圖箚에서 발췌)

광화 광화문

판화, 배남경

수석, 조선전도

1. 점호. 중환자실

마취에서 풀리며 마른 입술 나는
간호사님, 용변은요?
중환자실은 화장실이 없어요
그냥 침대에 누워 해결하세요

두 사타구니 정지 위한
허연 거즈에 감긴 검은 두 돌덩이
중환자실 문은 필히 반쯤 열어 두어야만 한다는
허연 거즈 속 돌맹이들 미열 무게를 견디면서
부끄러움 해결이 되는 사람들 틈 밤을 보냈다

신음 소리가 대낮 숲이랄까 적멸보궁 목탁소리랄까
새벽 울음들 속 하얀 침대 둘이 뒷문으로 사라졌다
새참과 점심 사이 쯤 내 침대는 4인실 일반병동으로
열린 병실 또래 여인이 떠나는 침대 나를 바라보았다

아린 두 사타구니, 일반병동 병실로 옮겼다
출입문 가 침대의 커튼 젖히며 00씨죠, 점호
입과 항문이 제 위치로 돌아와 있었음, 깜빡

용변은요, 찰나
간호사의 침묵 눈과 놀란 마스크

이틀 후에 퇴원, 통원치료를 잊지 말라는
모국어 해체하는 시인이란 점호, 부끄러웠다

2. 함박눈과 꽃삽

함박눈이
내리는 밤이다
날개들 하얀 축제
한데서 돌아온 아이 손등처럼
지상은 차고 부드럽다

점멸등과
잎 진 나무들 사이
쏟아지는 하늘 박수들
빈탕한데 하얀 말씀이다

함박눈 내리시던 날
함박눈 길 어머니와 누이가 길러오신 샘물
새벽 샘물 맛 시 한 편 떠서 올리지 못하고
눈을 맞이하는 지상의 나는 어둠이다
먹물 같은 어둠 속이다

함박눈 내리는 하얀 밤을 보다가
이사 오며 들고 온 꽃삽을 찾아

베란다 창문을 살며시 밀었다
하얀 말씀 내려오시는 허공으로
두 손에 받쳐 꽃삽을 들었다

3. 세움의 노래

- 경전 훈민정음

1.

너와 나, 우리의 재운 빛 솟는 힘은
샘물처럼 솟구치는 맑은 숨일 때만
내 맘 먼저 붙잡고, 네 몸 세움으로
얼꽃 나라 숨, 광화 광화문이 열린다

나다움과 나라됨, 여미고 저며야
어둠을 사르듯 재 속속 불씨처럼
암수 두 문짝 돌쩌귀를 이루어 여닫듯
훈민정음의 『빛, 힘, 숨』 물처럼 번지고
뜯고 고쳐, 고쳐 뜯어 세운 광화 두 문짝
어제와 오늘, 장래가 수직과 수평으로
배달나라의 열린 숨터 숨결 광장이 되리라

2.

재운 빛 솟는 힘 맑은 숨터
세종로 1번지 광화문
광화 문짝 암컷 돌쩌귀로 나는
찬 이마 뜨거운 네 가슴 맞아 들이고

그대는 나에게 꽃대궁처럼
광화光華 사계四季 동맥과 정맥이다

암수 돌쩌귀 마음과 손 되어 여닫는 광화문
좁아터진 죽창 마음, 어제와 오늘, 어머니의
세종로 지나 태평로 정다산의 서울역
철갑을 두르듯 소나무들 사라지는
소월로 옛 목멱木覓의 남산, 목멱을 둘러
퇴계로와 율곡로, 충무로와 원효로
하나면서 여럿, 여럿이면서 하나 청계천
일즉다一卽多, 백두에서 한라까지 아리랑
광화光華 광화문에 아리랑 가락이 오르리라

4. 광화 빛과 그림자

가. 전태일 동상

백성은 나라의 근본이요
밥은 백성들의 하늘이다*
나라 있음의 근본은 백성이요
정부나 임금의 존재함은 백성의
더운 밥 다음과 아래의 차례이다

「근로기준법을 준수하라」
「노동자는 기계가 아니다」
"내 죽음을 헛되이 하지 말라"
청년 전태일 동상 찾아가는 길
구리 추념 땅바닥 발에 밟히어 글씨들
아니다, 아니고, 아니면 말고 아니었다
찬밥 대신에 더운 밥이 전부만 아니다
구피발마 병자호란 봉홧불처럼
거부의 몸짓 꿈틀거려 불로 찢겨 올랐다

한 청년 검은 불 연기로 청계의 하늘 뒤
붉은 머리띠 서울은 통행 금지 낮밤으로

마른 눈물들 찢긴 진창 만세 소리가 피로
두 주먹 청계천 하늘 봄비는 피처럼
평화시장 소녀들 머리에 수건과 상앗대
노동 새벽부터 밤중까지 이빨 활화산이었다

2010년 늦가을 전태일의 다리 찾았다
무질서 오토바이들과 통기타 젊은이 두어
그날의 노동요 하늬바람 속에 부르고 있었다
지구는 온난화라는데 명치를 부여잡는 한기뿐

목화송이처럼 허연 조화 하늬바람 떼가 흔들며 갔다
누가 놓은 것일까, 검붉은 국화와 시든 장미 한 다발
청계천 평화시장 동대문의 상표 늙은이 모자 눌러쓰고
용산 전쟁박물관 6.25 발발 60년, 특집으로 꾸몄다는
광화 빛 길과 청계의 물길이 손을 잡는 내 나라 생각
전자파 소음 속의 참괴慘愧 사진들 지나고 돌아보면서
부끄러운 침전 광화光華, 청계의 발길을 붙들어야 했다

* 세종대왕 이도님의 말씀 중에서

나. 시인과 가상 인터뷰 – 대통령 중수 박정희

민주화란 산업화가 끝나야 가능한 것입니다. 자유란 그 나라 수준에
맞게 제한되어야 합니다. 이를 가지고 독재라 매도하는 것은 말이 되지

않습니다 (제3의 물결, 앨빈 토플러)

중수는 대한민국 오늘이 있기까지

더운 밥술의

안팎의 저울눈이요.

나라가 설마, 그럴 리가 잘 되겠지

허당 보수와

패거리 진보들의 치달아 개딸들의 사변事變

개펄밭 망둥어 제 살을 뜯기, 와각지쟁蝸角之爭

'거시기, 카더라' 구렁이들 담을 넘어서 가듯

(中樹 박정희와 대한민국 19년과 2024년 오늘과 지금)

① 박정희가 없었다면 오늘의 한국도 없다

  (네 마리 용의 저자, 에즈라 보겔)

② 민주화에 필수적인 중간층을 대폭 창출시키면서

  민주주의 발전에 크게 기여하였다

  (역사학자 김상기)

③ 신화를, 만국경제의 건축가

  (뉴욕 타임지)

④ 박정희의 죽음은 한국에서 일어난 일 중 가장

  비극적인 일이었다

  (다나까 카쿠에이 일본 수상)

⑤ 서울에 가면 박정희 전 대통령 묘소도 참배하고 싶다

(정주영의 북한 김정일 국방위원장 대화 중)

⑥ 박정희 대통령에 대한 책이 있으면 한국어든

　다른 언어로 쓰였든 모두 구해 달라

(블라디미르 푸틴 러시아 대통령)

⑦ 외국에 돌아다녀 보니 외국 지도자들이 온통

　박정희 얘기뿐이더라

(좌파 노무현 대통령, 23 차례, 49개국 순방 소감에서)

⑧ 한 나라에 총기가 수입이 될 때면 마땅히 등과 배 그득한 웃음으로
대통령도 리베이트를 받아야 한다는, 참모들의 끈질긴 설득에 내 몫의
리베이트는 지금 우리에게 가장 요긴한 무기로 계산해서 받고 보고하라.
비서실의 국방담당자에게 말했다는, 正音 定言으로 대통령 박정희의 말은
리베이트로 후광後廣이 아닌? 후광厚光이었고, 열 사람의 事變으로 열 백 놈
말을 잠재운 지도자로, 권추 한 길을 붙잡은 애씀으로 땀, 中樹 박정희
대통령의 처신이었다. 좌우 분탕질과 와각지쟁 속과 위에서도 숨겨 나라를
섬김이었던, 창제 훈민정음 혜례본 405자의 백성 →나라→참 모습 사람들
像으로 (분단이지만 지금은 세종대왕의 문자와 문화, 충무공의 死卽生 무공, 중수의
경제라는 생각이다.) 세 분의 지도자들이다.

내 나라 얼숨을 찬양한 졸 시집 광화문은 단군과 세 분의 光華로 세 분은
천지비괘天地否卦☷☰가 아닌, 우둠지로 지천태괘地天泰卦☰☷의 훈민정음, 무동
舞童, 광화光華 광화문 사람들의 생각을 쓴 시들이었다. (나라가 어지러울 때
시인들은 聽音 아닌 觀音으로 예언자가 되어야 한다는 시법과 시심으로 생각을 풀어
서 쓴 민족 서사시였다.)

5. 노제路祭
- 젊은 엄마와 어린 아들

1.

이틀 걸려 한 끼니씩도

걸러야 하는 탈북 엄마와 새끼

하루 걸러 한 끼니도

뱃가죽이 등에 붙어 결국 아사

북에서 탈출 귀순, 두 모자라 했다

한 민족 한 핏줄의 남쪽의 나라에 가면

뱃가죽이 배꼽 밖으로 사람들 많은 곳이라

배불리는 먹고, 빈 주먹 펴 살 수 있으리라

두만강 밤 물속 어름과 칠흑 눈초리 건넜다

그러나, 때는 남한의 정부는 귀순자들

안면을 몰수, 소문처럼

떡집 베들레헴 구원의 정부는 아니었다

남쪽 나라 지금은

내 배와 내 편의 뱃가죽이

함포고복含哺鼓腹이면, 그만이라는

플래카드 '사람이 먼저' 00구청 주민복지과

공평과 정직 빈궁한 사람들의 복지국가 아닌

배가 진짜로 고픈 것 같아, 견딜 수가 없어서

서울 말투가 섞인 사람들 눈총이 더 무서웠다는

돌아와 걸린 문 누군가 두드려 줄 것 기다리다가

젊은 엄마와 어린 아들은 햇살 타작 10월 햇살의

우익 단체의 광화문 노제 주인공 되고 말았다

   2.

언제까지 가려나 슬픈 생떼茶 노란 리본

왜, 무엇 때문에 선장이 먼저 탈출의 세월호

광화 광화문 지령 세월호歲越號 사건의 해방 공간

한 손은 태극기 또 한 손은 코팅 원룸 광고지

한 여인이 건넨 1,000원 태극기 들고, 나는

사람들 뒤를 따라 한 송이뿐, 가을 국화

눈물 찍으며 노제 모자의 사진 앞에 놓고

이마로 종을 박아, 심훈처럼

그날이 오기만 한다면, 광화문

1회용 태극기 품에 품고, 광화문 가을 걸었다

아사 젊은 모자의 노제가 있던 날

저린 무릎 발목으로 보신각까지 아득한 길

그런 날이 오기만 한다면, 웃으며 죽겠다는

침묵의 보신각 아우성, 종로 길바닥 두 주먹
『이00를 석방하라』 검은 유니폼 한 패거리 거슬러
3.1로와 예 한양 어머니들의 흰옷 빨래 터
청계의 길을 물결 따라 잠시 걸어 돌아왔다

   3.

북한 기슭 청기와집 가자는 행렬 벗어나
아픈 무릎 집으로 돌아와, 나는
기드온의 71째 아들 아비멜렉 정수리를 내리친 맷돌
양평 개군의 돌집 돌벗에게 구한 맷돌 반쪽 돌 조각
돌들이 구를 때면 소리친다는 한탄강
한탄漢灘과 임진강 합수머리에서 수습했다는
출입구 궤짝 위 반 짝, 반의 현무암 잿빛 돌
너희들이 잠잠하면 저 돌들로 외치게 하리라
두 손으로 모셔 일광, 주전 햇살처럼 돌멩이들
쇠로 만든 십자가 틀에 박은 돌멩이들
만지다가, 안타까이 들어보다가
제자리 도로 놓은 허허로움으로 나

배달민족 남쪽 세겜 땅은 어디이며
세겜 사람들의 무동과 어부바
가시나무 아비멜렉 머리를 맷돌처럼

마침표의 그날과 그때는 언제쯤일까

4.

젊은 엄마와 어린것 굶어 죽은 노제 뒤 뒷날
가을비가 내리던 날, 광화문 광장을 찾았다
가을 빗발 속에서 쇠꼬챙이 설치미술 광화문
쇠꼬챙이 설치미술에 빗물이 설쳐 꽂히고 있는
왜, 화분 아닌 나무통 속 뭉텅이 나무들 긁어와
세월호 세금 리본은 무상, 가져가도 좋다 하는지
비 내리는 광화문 거리를, 여리고의 성처럼 나는
일곱 바퀴 아닌, 세 바퀴 비 속을 걷고 걸었다

기드온의 일흔한 번째 세겜 땅 첩의 아들
세겜 사람들에 의해 등극했던, 세겜의 땅
행주산성 어머니들처럼 한 여인의 맷돌에 의해
행주치마의 돌멩이들은 왜적들 몇 놈 정수리에
세겜 땅의 여인이 던졌던 맷돌짝처럼 박혔을까
맷돌짝이 아비멜렉 정수리를 부서뜨렸던 때처럼

5.

광화문 비가 내리고 사람들이 사라져 버린 날
쇠꼬챙이 설치미술과 생떼 나무 뽑아

자연보호 덕분으로 세 차례 서울시장의

나무통 속의 원통한 생떼 나무들

소요 군중들 울분이 나무통에 박혀 경문왕 귀처럼

백성의 밥은 하늘이라 했던 휘諱 이도李祹님 세종

세종대왕 훈민정음과 충무공 이순신의 오른손 칼

젖은 몸으로 지하 두 분의 사적 불빛 길 걸었다

백의종군 길과 열두 척 배를 선택했던

여해汝諧 이순신의 쿼.봐디스, 젖은 몸으로

집으로 돌아와 거실의 몽돌 모아 만든 십자가

돌 십자가와 임진 한탄 합수머리 반쪽 맷돌 앞에

광화문 젊은 모자 노제 생각하며 다시 손을 모았다

광화 충무공 동상 아래 탈북 엄마와 아들의

아사, 무명 천의 낮은 상여, 노제 생각하며

아내가 다려놓은 본래 흰 옷 겨레의 본래 마음

하얀 손수건으로 젖은 머리와 눈물을 훔쳤다

6. 광화에서 세브란스 길

1.

쓰나미 뒤의 난장 터라 할까

소리와 왼갖 깃발들 절벽의 틈

부딪쳐 밟히며 안간힘 걸어나갔다

광화 광장의 사람들을 따라서 걷는

그림자들 그림자들에 밟히어 나의 그림자

주름 뿐 이마와 가슴은, 밟힌 묵정밭이랄까

남침 6.25, 그때의 붉은 완장과 죽창이랄까

거덜너덜 광화 광장은 소년기 욕정 수렁이랄까

허벅지까지 수렁에 빠진 채로 안간힘 걸어가는데

누가 내 품에 안겨 준 것일까, 밟힌 몇 발자국 태극기

무극이태극의 태극기 하나 안고 나는 걸어가고 있었다

밟힘으로 백색의 공포

다시 광화문의 지하의 길

예약 세브란스 병원을 향했다

절뚝거리며 찾아가는 나의 발걸음

전자계산 계단이 많아 참이슬이었다

방금이듯 영상 처리 유리벽의 검은 글씨는

정치를 묻는 한 제자에게 스승 공자의 답은

박시제중博施濟衆

하늘 사닥다리 놓고 하얀 이별이 진행 중인
며칠 후 요단강 노래와 노래의 지하 전자계단
내리오르는 검은 넥타이 행렬 시들마른 꽃다발
호얀 미로 그림처럼 생사 미로迷路 이승의 복도
희고 푸른 제복 남녀들 뒤로 사람들 연어 떼
연어가 목숨 걸고 튀어올라 알 낳고 목숨을 거두는
연어 회기로 지금은 연어 새끼들 인공부화장이라는
누운 환자 밀고 가며 젊은이들 손에는 거시기 한 잔
병원 유리벽은 청보리밭 유채꽃들 영상이 남실거렸다

    2.
뒤돌아서 오징어게임
가위, 바위, 보와 무궁화가 피었습니다
밟히고 죽이기 숫자였지
456번 김 O님 오셨습니까
깜빡과 순간이었는데
「없으면 말고」
죽창 박아 일어서듯, 여기요
차례 오기 학수고대 457번 여자 발등 밟고 말았다

390

미안한 것 같아요, 제가 깜빡 거시기, 456번이라서요

유채꽃 유리벽 영상은 노를 젓듯 푸른 바람 들녘
백성에게 널리 베풀고 가지런히 놓아야 한다는
박시제중, 검정 글씨의 그림자
하늘거림이 너무 싱싱해서 성한 내 한 발
빨간 머리띠들 성난 함성처럼, 아니면 말고
진짜, 거시기, 발을 헛디뎌 넘어질 뻔하였다

7. 참요

- 카더라

임플란트 몇 심으면 왕복 여비, 나온다 카더라
묵정밭처럼 거듭 기침 속 H.P 속 아버지 말씀
International Date Line*을 타고 넘어 왔다는
패거리들 날뜀 바뀌어서 조금은 기대도 했다는
부모 형제와 아파트 창살 속 친구 몇 보고픔이

　~카더라, 거시기, 진짜
　~같아요, ~아니면 말고…

광화문 광장 서울은 홍예문虹霓門처럼
빨·주·노·초·파·남·보, 하늘로 상앗대질
동남서북 상극 치닫는 6.25 그때 모습처럼
진짜 다시 동란이 터질 것 같다는 인터넷 외신
불을 물고 불을 올리고, 불을 던져 불구경 하는
순망치한脣亡齒寒, 진짜 견디기 어려울 것 같아서
2중 국적 취득의, 뭉개고 있어서 다행이었다는
조국에 들어온 것이 아니라, 살던 곳에서 잠시
나와 광화문 근처 치과에서 임플란트 심고 있다는
코로나 펜데믹에서 벗어난 뒤의 뒤 뒷날

참소식의 터 빛의 거리 광화문, 나는
백성의 밥은 하늘이다* 진짜 참 말씀의
광화 지하 계단 따라서 광화 거리 올랐다
반신반의, 마스크 벗고 가린 지상은 흐림
캭 침을 뱉는 빨간 머리띠들 악다구니
「~카더라, ~아니면 말고」

새 포장 광화 거리에 비둘기 떼들 악다구니
금수강산을 덮는 비둘기와 하이에나 이빨 나들이
깃발 피가래 욕설 섞어 쌈박질 사람들, 아니면 말고

*眞消息 : 세종대왕과 충무공 지하기념 전시관에서 광장으로 오르는 길 입구 '밥은 백성의 하늘이다.' 세종 이도님의 말씀으로 眞消息의 경귀가 써 있었다.

*International Date Line : 해日, 붙을附, 달라질變, 고칠更, 그을線을 합한 日附變更線은 일본식 표기의 잔재다. 영국 그리니치 천문대 ㅇ시각을 기준으로 태평양의 180도 선, 남극과 북극을 이어 동양은 오늘이 어제이고, 서양은 오늘이 내일이 된다. 나는 캐나다 밴쿠버에서 출발 네 번의 난기류를 통과한다는 기내방송을 들으며 캐나다의 98의 1, 분단의 남쪽, 나의 몸맘이 살고있는 오대양 육대륙 속의 滄海一粟, 비행 궤적 속의 지구본에서 내 모습과 분단 너와 내가 빌붙어 있는 곳을 보고, 나를 생각하다가 인천공항에 도착 내 몸 부축 힐체어에 늙은 몸을 다시 의지하였다.

8. 참요

- 같더라, 거시기

1.

하얀 젖니 세 살 젖먹이가
엄마의 가슴을 밀쳤습니다
엄마 가슴을 밀쳐 하는 말
씨. 00표 사발면 줘요, 거시기
엄마의 젖보다 맛있는 것 같아요

젊은 시절을 산뢰이山雷頤☷☳*
택풍대과澤風大過☱☴*
음식남녀 괘의 모양象처럼
더러 헛눈 헛발 ㅇㅇ숲속마을 아파트
커튼을 젖히면 날로 번창하는 것만 같은
국립암센터 붉고 하얀 불빛들 같은
윗니와 아랫니, 빈 중심머리, 퀭한 눈과
반쯤 가린 것 같은 허리춤, 암센터로부터
반 마장 건너 책 덮고 엎드려 한 늙은이
불뚝 쭈굴 뱃가죽, 그대로
입은 살아서 늙은이의 말씀
님자의 아플 것 같은 허리의 밥상보다

394

맥도나르도 햄버거가 감칠맛 있을 것 같아요

오늘 점심은 '배달민족' 택배에 전화
롯데리아 햄버거 배달시켜 먹으면 좋을 것 같아요
님자도 동의할 것 같아서요
햄버거 아귀아귀 시간 반 후 늙은이 같지 않은
수입 돼진지 쇠고긴지 햄버거를 먹고 나니
젊은 셋방 시절 밥상 윗목에 밀치었던 것 같은
당신 아랫도리가 진짜로, 생각날 것도 같아서요
님자도 빠진 이빨 내 말이지만 동의할 것 같아서요

아이 하나 나간 뒤 두 부부의 칼로 얼음 칠 것 같은
되풀이 실랑이
남편 왈, 이즈음 부쩍 당신의 철지난 앵두 같은 입술과
밖으로만 도는 아이를 보니 내 새끼들 같기도 하고
더욱 님자의 잔소리 유전인자 같기도 하구요
아내 왈, 아이의 골통 성적표를 받아 볼 것 같으면
왜 그렇게도 아들 하나 당신과 틀림없이 진짜 같은지요

  2.
우리는 왜 겸양과 양보로 예법 「같아요」
영어의 for you처럼, 예쁜 두 손 모둠 말법을
사이비의 합리화, 자기 회피의 눈치 9단 대명사로

어떤 정치 9단 같은 놈은, 나 같은 놈은 역사상 없었던
것 같다는 나의 나 같음이라야 했던가
정치계 그들 요상한 책사策士와 간사姦邪의
~은 속임 언술로
'같아요''틀림없이 아니면 말고'
치외법권 여의도 패거리 국회원國會園들 같은
같아요, 버릇 없는 말씀의 법은
대통령으로부터 젖을 뗀 어린애들까지

나아가 잊을 만하면 벌목정정
보이지 않아 있고, 있어야 함으로 유일신 하나님
하나님 빙자, 등에 업은 것 같은 양파 같은 삯군 같은
잠이 쏟아지는 오후예배 강단에서까지 들어야 하고
생각할수록 부활이 없어 있을 것 같고
지옥도 있어 진짜 없을 것만 같은
목숨 담보하는 수술 아닌 시술의 정도라
괜찮을 것 '같아요.' 시술 권유
환부를 열어보니 위험할 것 같아서요
더욱 훑어보았지만 진짜 답이 없는 같아서요
뱃속 도처에 병인들 자리 잡은 것 같아서요
큰 병원으로 옮김이 좋을 것 같아서요

같아요, 라는 핑계 말 어법은

옳은 것도 옳은 것 같습니다?
틀린 것도 틀린 것 같습니다?
그런 것이 그런 것 같습니다?
그렇지 않아 더욱 그럴 것 같습니다
존경할 것 같습니다!
사랑할 것 같습니다!
미워해도 될 것 같습니다!
그렇지 않아 그런지, 진짜 그런 것 같습니다?
처녀인지 처자인지
개딸인지 개 같은 개에게 사람 옷을 덮어
개 아닌, 개를 향해 얘가 진짜 사람 같아서요

심지어 보초를 서는 병사들마저
적의 움직임을 눈으로 확인하면서도
겨울바람이 나뭇잎을 흔드는 것 같아요
좌파의 국방장관과 대통령은
북한의 중·단거리 미사일을 단도單道일 뿐 같아요
단도 무기임이 분명함 같아 보이지 않을 것 같아요
지금껏 불분명함으로 분석하는 것 같아요 가 답인
분석하는 것 같음으로 시간을, 그래야 할 것 같아요
「맞다, 아니다」 말이 사라져야
통일이 될 것만 거시기, 같아서요
민족 우리끼리

연방 고려국 자발 국가 이룰 수 있을 것 같아서요

'먹방'이란 말이 돋아나고
먹방에 등장하는 남산 모양 둥치 젊은 남녀들
아귀아귀餓鬼餓鬼, 남산 같은 모양 음식을 두고
등장 남녀들은 겨우 숨구멍만을
입안에 가득, 가득 틈으로 같은 말
소피스트들 궤변 같은, 진짜 맛있는 것
진짜 「같아요.」
통닭의 한 부속附屬 같은 것 붙잡고
광고 속의 처자 같기도 처녀 같기도
방금 다림질 마름질한 것 같은 입과 머리로
닭의 가슴살 같은 것 뜯으면서
죽여 줘요 와 함께
진짜 「맛있는 것 같아요」

  3.
영상 속 시어 한 점 건지려나
KBS 6시, 내 고향 찾아 소개 화면
하얀 얼굴과 때로 거무스레, 검은 얼굴
외국 젊은이들 현장 우리말 리포터들의
주름 많은 노인들 손바닥 부딪치며 하는 말
진짜 「맛이 있는 것 같아요」

「같아요」 표현으로 모면과 회피의 내 나라
'진짜, 같아요. 짜가'가 판을 치는 나라
국회의 청문회 자리, 최우 선점 말 또한
맞는 것 같지요, 진짜 아닌 것 같아서요
같은 것이었는데 진짜 같은 것 아닌 것 같아요
아니면 말고, 진짜 같은 것 같지가 않아요
장관의 「같아요」 답을 들으니 그랬을 것 같아요
내 질문이 맞는 것 같지요
질의와 답, 오늘은 다 진짜 맞는 것 같지 않아요

두 토막 내 조국이 전쟁 날 것 「같아요」하면
집권자들은 절대 전쟁이 안 날 것 같아요, 로 응수
그런 뒷날 새벽이면 정체불명 지금도 국방부는 분석 중인
미증유 메가톤 단도? 불덩이가 어김없이 동해나 서해
서해로 솟아 날아오르고, 그래도 설마 같아요, 응답
양치기 소년 말처럼, 국방과 정보 담당자들은
회피 같은 말투, 남북관계 잘 될 것 같아요

오늘도 내일도 회피와 무책임으로
'같아요' 사이비, 패거리 민주공화국
나 또한 '같아요.'란 말이 골수에까지
잠들기 전 드리는 기도마저 '같아요.'로 끝내는
그리고 의식과 무의식, 심지어 잠꼬대에서도 내가

아니 될 것 '같아요.'라 하더라 아내가 들은 것 같다는
'같아요.' 「진짜」 공화국의 시인이 아니어서 '같아요.'

'같아요.'는 for you 겸양과 여밈에서 출발었지만
갈등과 눈치 보기 무기력과 회피와 무책임으로
진짜 '같아요' 봇물시대 같은
우리는 맞는 것은 맞다, 아닌 것은 아니다
정음 말씀 정수리를 씻어 안고 안아
다시 붙들고 만들자, 지하철역 유리벽마다
1회용 판매원 광고지마냥 써 붙여진 시와 시인들 나라
어찌 화학주 대량 술이 '참 이슬'이며 「처음처럼」
이슬 아닌 이슬 같고, 처음 아닌 처음 같음이겠는가
풀무 속에 진짜, '같아요' 거시기, 아니면 말고
불확실 회피 말들을 던져 태워야 설 것 같은
어머니의 젖처럼 진정과 진실이 아닌
'진짜, 같아요'가 범람하는 내 나라
시인들이 먼저 正音 한글을 그리움의 글로 만들자
正金 내 나라 말씀, 보듬고 다듬어 키워나가야
해야만 할 곳 같은, 나 같지 않은 나의 하소연

※ 내 나름 견인각고堅忍刻苦, 주역 27괘와 28괘의 음식남녀(몸맘↔맘몸 조화)의 글 쓰기를 마친 새벽 한글날이다. 세계 어느 나라 문자에도 창제 배경이 없지만, 해례 406자와 창제 날가 3년 실험 뒤 확실한 세종어제世宗御製와 백성을 하늘처럼 받들

고, 가르치기에 바른 말씀訓民正音의 한글날, 창제의 날과 반포의 날을 남북이 각각 한글날로 하는, 보이지 않아 더욱 있음으로 하나님이 주신 하늘 문자의 분단 내 나라가 안타까워 쓴 시답잖은 시, 나부터 실천을 하겠다고 부끄러움을 무릅쓰고 썼다.

문자가 있어서 중국에 먹히지 않은 것을 고마워하며 '진짜, 같이요' 내 행위가 내 스스로 말을 배신하는 거짓과 회피, 음식남녀에만 빠져 있는 '먹방' 지금과 앞으로 아닌 오!늘, 내 나라를 눈을 씻고 다시 보며 허리를 묶고 마음을 묶어 당당하게 나아가야 한다.

*2019년 10월 9일 내가 하루에 한 절씩 일기장에 올리는 성서 말씀은 구약 스가랴서의 14장 3절을 일기에 올리고 묵상한 13절의 한 부분이다. "그날에 여호와께서 그들을 크게 소란騷亂하게 하시리니, 彼此 손으로 붙잡으며, 彼此 손을 들어 칠 것이며… 광화문과 서초동의 전자촛불 현장(T.V)과 참여했던 광화문 현장을 나오면서 '진짜'로 혼자임을, 한 군데도 마음을 줄 수 없을 것 '같은' 나였다.

내 발자국은 지하 전철역 경로우대석(자리 석席 = 수건 巾 + 무리 庶), 즉 사연설석肆筵設席, 돗자리를 펴고 방석을 깔아놓아 어른들을 모시고 잔치를 배설한다는 표시의 경로 표지 이정표 앞에 서서, 光華 지상이 아닌 광화 문화 꽃과 천칭의 法 동네 지상 아닌 지하 서초동 사실을 보았다. 길은 게헨나, 그날들의 광화문에서 서초동 법원 앞까지 서울 지하도의 지하철은 만원, 랭보의 시처럼 지옥을 미리 경험하는 지옥철이었다.

9. 수녀와 카카오톡

경의선 지하철에 두 수녀 올랐다
한낮이라 빈 곁자리 조심 앉았다
수녀가 되고 싶다던 여자 검은 머리가 생각났다
머리에 잿빛 히잡 모양 천을 쓰다듬던 한 수녀
카카 카카오, 주홍 케이스 핸드폰 얼른 열었다
수녀들도 묵주 앞서 핸드폰에 손이 잡히는구나

수녀들은 6, 70년대 여고생 치마폭 길이만큼
검은 치마의 주머니 가장자리가 반질거렸다
핸드폰 뒤져 넘기는 솜씨가 좀 더디었지만
화면을 보며 웃는 수녀들 장딴지가 하얗다
옆자리 나는 화면의 정체를 엿볼 수 없었다

한 수녀에게 희끗머리 감추고 있는
히잡 모양, 명칭이 무어냐고 물었다
머리의 모습을 가리는 베일이라 했다
머리카락 맵시를 베일에 감싸 숨긴다는
낮은 음성 수녀의 머뭇거리듯 말법을 들으며
샴푸에 빠진 요즘 여인네들 현란 머리카락과
외출 때면 동백기름 어머니 모습을 생각했다

바람 마을 가는 마을버스에 함께 올랐다
철길을 건너고, 불 꺼진 하늘 소식교회와
페인트 냄새 아직 주홍 벽돌 풍동 천주교회당과
게시판에 웃음 담임목사, 미국 학위 교회를 지나고
선악 생명 두 나무를 하늘나라 하늘마음을 섬기는
베일 두 수녀와 징검다리 건너듯 대화는 이어졌다

카카오 톡에 눈과 손이 붙들린 한 수녀는
요즘 애들과 의사소통에서 폰은 필수라 했다
한 사제가 딸을 죽인 몰염치, 그 일을 두고
내가 붙들고 믿는 종교 종사자들의 파렴치한
두더지들처럼 숨어 밤을 엿보는 사제들 지금을 말하자
폰을 든 수녀는 사람이 문제라는, 나를 많이 생각한다는
고개 끄덕이는 또 한 수녀 하얀 귀밑머리 세월을 보았다
목례, 주고받는 얘기 속의 수녀들이 두 정거장 전 내렸다

베일에 가린 두 수녀의 머리카락 냄새가 궁금했다
없이 계신 하나님이 정글이론 사제들 먹이가 된 세상
9층 거실은 적요, 흰 머리카락 염색한 아내의 차지
방문을 닫고 생전 수녀가 되고 싶어 했던 한 여인
운芸이 남긴 책을 찾아 펼치고 핸드폰을 켜 두었다
카톡 소리 없는, 창밖은 불 매단 사람들 행렬이었다

10. 학곡리 진사 김장복

1.

임진과 한탄, 찰랑 출렁 더러

휩쓸어 예고 없이 두물머리

한탄恨歎 임진臨陣 나루 묶고 가로질러

강원도 평창 겨울잔치에 겨울공화국 초대

옛 삼청각 모습처럼 다리 끝 지붕만 슬몃한

숨겨둔 숙소, 북한 젊은이들 인솔 오갔다는

좁고 푸른 다리가 걸쳐 있었다

지금은 빈 채로 사람들이 오가며 기웃거리고

뒤돌아 낙엽과 눈이 쌓인 쉼터뿐이라는

2.

숨겨 더욱 훤한 칼자국, 푸른 멍 절뚝 다리

다리 아래 마른 풀밭과 가을 돌밭을 걸었다

더운 피, 한 글자, 한솥밥, 홍익 부모형제들

장단고저와 악센트가 세참과 부드러움에서 차츰

의미와 표현마저 이탈 찢겨 훈민정음 스물네 자

갈라 셈하는 정상배들 뻔한 행동거지行動擧止들과

끊어놓고 숨어 뚫는, 회색 하늘 불 놀음 그만 두고

임진臨津 한탄漢灘 두물머리 어울리듯

합환 마음 배달겨레 가슴 열고 만나자

태극 속 물과 불이 상극 아닌
밥을 앉혀 김 모락 쌀밥을 짓는
상보가 물과 불의 본분이었음을
한양에서 평양 지나 만주벌판 故土의 길
해진 짚신 솔가지에 걸어 뒷사람들 이정표

가마솥 밥 앉히고 불 앞에 앉은 어머니
어머니 밥상 앞에 좌와 우의 형과 아우
태극 언니와 개혁 딸 동생이 있겠는가
있다면 제 덫에 집 나간 탕자 아니겠는가
찰랑찰랑 포옹하며 서해로 달려가는
단오날 「임진, 한탄」 두물머리에서 만나는
한탄恨歎과 임진臨陣의 세월
남북동서 물길 가슴 머리 감아 부스럼의
남북 형제와 자매들 뱃노래가 되고
오가며 손 흔드는 흰옷 본래 북이 장단 되자

　3.
문산역 전철 내려 학곡리 오가는 길
여의도 화법으로 거시기 ~아니면 말고
북쪽에서 시신들 수습을 거부했다는
~위한 죽음에는 홍살문이나 충렬문

무명용사들, 무명 충혼탑 세워야 하거늘
남침에 동원 인민군들 시신 수습을 거부
북한 젊은이들의 천추 원혼 무덤의 자리
가을 숲에 버려지듯 푸른 문짝만 하나가

섬뜩, 생각을 걷어 여든 세월 나가는
6.25 참전 남쪽 형과 북쪽 형들 생각했다
북한이 거부 사촌 형 묻혀 있지 않으려나
버린 문짝처럼 푸른 문짝 표지의 뒤편에서
가을 잡초들처럼 시들고 있지나 않으시려나

철이면 학들이 골짜기에 그득했다는
배학면白鶴面 학곡리鶴谷里
학곡리에는 선말 생원이나 진사 품의
운곡 김진사가 살고 있다
운곡雲谷 김장복이 맨몸 등짐으로 돌들과
몇 백 손수레로 객토, 붉은 숨소리의 흙과
낮은 출입문 그리고 주렴이 반쯤 걷힌
수석과 소나무 곁 국화 가을 향 올리며
조선 시대 내자 모습처럼, 음전과 바지런
운곡 셋째 여동생쯤, 나여사와 살고 있다
팔도 수석과 백담계곡 구름 돌들
중국과 인도네시아
엉겅퀴, 소나무, 진달래 국화 심고

갠 하늘과 밝은 달과 별들의 온몸 초대

지금도 두루미가 때로 찾아온다는

젊고 바지런한 아내와 허리 굽혀 흙을 고르며

허리를 서로 만져주면서

학곡리 찾아오는 학수고대 하얀 두루미떼처럼

낮은 울을 두르고 온갖 꽃 심고 벗들 부르며

임진 한탄 물소리에 귀를 씻고 닦으며 살고 있다

과일들 무르익어 제 뿌리에 안기듯

조선 예법과 정갈한 식탁보와 식기들

옛을 오늘처럼 오-늘의 옛 그리움으로

이웃들과 호형호제 울 넘고 걷어 오명가명

예禮 울을 밝혀 나누며 조선 시절 진사 예법의

아우, 운곡 김장복이 우우于于 수본분守本分

임진과 한탄 하늘과 물길 바라보며

부창부수 낮과 밤을 가꿔 맞으며 살고 있다

*進士 : 조선의 과거제도(백일장)에는 초시, 생원시, 진사시, 대과의 문과와 무과가
있었다. 진사 시험에 합격해야 양반 취급을 받아 벼슬길도 나갈 수 있었고, 징용에
나가지 않았다. 고향 예안에서 독서에 전념했던 퇴계 선생의 아버지 이식도 진사
였고, 명창 황진이의 아버지도 진사였다.

11. 부드러움. 고考

1.

송곳니와 어금니가 시리다

물도 씹어 먹어야 한다는, 나루터 세월

마른 입술 오물오물 녹여 씹는 한 모금

정수기 물 새벽을 씹으니

어린 시절 눈길의 어머니

정화수 새벽길 왜 그랬을까, 맨발의

검정 고무신으로 떼쓰며 어머니 뒤따랐던

맨발 괜찮으면 따라 오너라, 어금니가 시리다

충치 하나 지금껏 없다는 나였지만

닳고 깨져 신경조직을 누르고 있다는

그래도 참 고르게 치아가 닳았다는

어르신의 치아는 오복 중의 하나라는

옛날 같으면 어르신 나이 가당키나 했겠느냐는

이현령비현령, 떨떠름 젊은 치과의사 진단이었다

이를 맡기고 눈을 감으니 훌쩍 일흔도 반이 꺾인 세월

곡두선이, 덥고 흐렸던 혹간 갠 날과 눈비 날과 달 한 해

어둑 이빨 새와 혓바닥 놀려 모국어의 난도질

말씀 빙자 선한 척 말 덤벙대다가 이빨에 물렸던

사랑니 포함 서른두 이와 이빨로 내일을 또 씹어야 할

눈물과 쓰린, 때로 웃음 버물어 씹었던 세 끼니 지금까지

탐 · 진 · 치, 물고 으깨어 춘추 일흔일곱의 낡은 톱날처럼

근본으로 원 · 형 · 리 · 정으로 자연처럼 소이연과

나라는 인의, 가정은 仁愛, 소당연所當然의 세월들

치아를 쇳소리처럼 물청소 간호사께 맡겨, 20분

물 씹고 이른 저녁을 씹으니 이빨들이 참 낯설다

　　2.

문래동 아름다운 치과 출발

퇴근길 초겨울의 지하철에 올랐다

손 크림 바르고 나섰던, 두 손등 만지니

손등이 겨울 가로수 둥치처럼 차고 거칠다

뒤뚱 흔들, 지하철

사람들 숨과 틈 젊은 엄마 가슴에 매달려

잠든 아이 뺨에 찬 손등이 닿고 말았다

젊은 엄마 놀라 하얀 송곳니, 새끼 감싸는

눈총에 차마 죄스러웠다

차고 거친 늙은이 손등에 자칫 다시

부드러움 긁힐까, 뒷걸음 물러서다가

핸드폰질 계집아이 파찰음으로 이어졌다
성긴 머리칼 흐린 눈으로 거듭 고개 숙였는데
할끔 불바닥 뺨, 이빨 혓바닥 눈이 와 박혔다
버르장머리라고는, 그리고 한숨
원리주의자 턱수염 얼굴 사내들과 여자들에게
히잡과 니캅과 부르카까지 땅의 이슬람권 땅
두바이에서 이집트까지 여행 때의 히잡과 니캅
차도르의 광화문 여름 이슬람 복식 속 하얀 이빨
하얀 이빨 뒤 왠지 따라 걸었던 날 나를 생각했다

   3.
잔설이 숨을 쉬는 우이동의 산행이었다
바윗길 오르다 비틀 붙들었던 나뭇가지
순간 잎 진 나뭇가지는 슬로비디오처럼
휘어지고 찢기면서 종당 부러짐이었지만
휘어져 찢기고 꺾이는 찰나를 붙잡은 손은
천만다행 우이동 초봄 산길 두 발로 내려왔다

돌아보니
비탈길 잎 진 겨울나무 가지들처럼
잘못 붙들어 곤두박질 때도 많았지만
셋째 딸 새끼손가락보다 엷은 나뭇가지들
휘어져 찢어지고 부러지는 부드러움으로

찰나의 나를 붙들어 주었다니

휴전, 때로 벼락이 치듯 휴전선 가까이가
집이었지만 퇴근길 빈자리가 나지 않았다
경의선 손잡이에 달려, 두 손 두 발 모두고 뛰었던 출근길
다행 젊은 엄마는 가슴에 잠든 아이와 빈자리에서 잠들었다
부드러움으로 휘어지고 찢어지지 못했던 부끄러운 나를 만났다

    4.
광복 일흔 해, 2016년은 잔나비의 비유 띠 해이다
원숭이가 원숭이만의 위계位階 따라 새끼들 털 고르며
작은 새끼들 이를 잡아주고, 이빨 새끼들 잠을 재우듯
새 해는 부끄러운 혀가 되고 부드러운 이빨 힘이 되자
핸드폰 귀마개는 가을 전령사 귀뚜라미의 안테나가 되고
핸드폰으로 오가는 말씀과 답글은 꽃눈 틔우듯 부드럽게
부드러움으로 동남·서북 아이들 봄벌판 웃음소리가 되고
더욱 부드러움으로 사립문 옛 등짐 아버지들 헛기침이 되자

SNS 가상공간은 대드는 댓글 아닌 화답, 나의 너를 부르고
간질 노래 주먹 말들 방송 개켜 부드러움 속에 뼈 얼 심고
호마이카 그 시절의 젓가락 장단
배달민족 본래 풍류와 신바람 맛과 멋이 되고
고운孤雲 최선자* 휘뚜루마뚜루 지팡이

해인사 팔만대장경 목판본 해가 되자

2016년 잔나비의 띠 새해는 동남 · 서북 좌우가
이빨 사랑 엄마 원숭이가 새끼들 솜털 골라주듯
부드러움으로 일어서고, 부드러움으로 무너지자
나만의 근육질, 너를 위한 부드러움으로 단련하고
사람들 노한 악다구니도 털 고르듯 눈빛으로 답하자
찢겨 부러짐에도 감싸주며 부드러움으로 이별도 하자

부드러움으로 목이 마르고
부드러움으로 냉수 배를 채우자
부지런함에 기대, 부드러운 흔들림
부지런으로 재우고 키우는 아침 나라가 되자
조선朝鮮, 뜻처럼 햇살 적 아침과 저녁 팔베개
405자 훈민정음 해례본 경전을 삼아
正音과 훈민으로, 부드럽고 바른 마음 말씀의 해
말씀이 되고 노래가 되고, 웃음에 배를 띄우는
더러 애간장 함께 보듬어 고운 노래와 춤
엄마 원숭이가 새끼 털 고르는 한 해가 되자

우수에 찾은 남한강의 얼음장 밑 미나리 맑은 솟음처럼
어린것들에겐 묶음과 획책만이 아닌, 부드러운 공부법을
지어미들엔 새끼들 낳는 부드러움으로 푸른 푸성귀 맛을

412

젊은이들에겐 비린 땀 맛과 멋짐으로 견고한 일과 일터를
노인들은 부드러운 헛기침과 말씀으로, 문 여닫는 예법을
부드러움으로 얼싸 '한류문화' 펴는 잔나비 띠 한 해 되자

5.
2016년 잔나비의 해 좌우 분단, 동서로 피곤한 삶들은
잔나비가 새끼 어부바 줄을 타듯 사대교린 줄타기 외교
지도 속의 동강 반도 나와 너의 반만 년 봄가을 靑史의
반도이기 때문에 어쩌구저쩌구 지정학
운명론 말고 다리 이점의 땅이 되어야 한다
때문과 그러므로, 질박質朴 어머니들의 손놀림
얼씨구절씨구 지화자, 메나리조, 아니리, 추임새

숨 닿아서 숨을 쉬는 오지그릇, 우리 것 발효음식들
나무여, 나무여, 나무나무 나무여, 진도만가 후렴처럼
노래 튀어 북채 잡는 솜씨, 어쩌나 구성지고 은근하여
저승길에 흰 천 펴는 살풀이에 저승문이 머뭇거렸다는
한류는 젓가락 춤과 노래 장단 은근 온돌방 아랫목이었고
한가위 남녀음식 강강술래 한류 지금 춤 노래 연원이었다

잔나비처럼 줄을 서고 줄을 잡아야 하는 분단 나라
북쪽은 조선왕조 계승 정책과 쇄국 그네들 지존 언어
남한은 사대교린 외교 대신 글로벌, 훈민정음의 난도질

휴화休火, 활화活火, 진파殄破
지진 불집 땅 양기화혼洋技和魂 재도전 열도 후손들은
경술국치 40년, 조선의 하얀 버선코와 댕기들 마음과
신바람 한가위 때 가슴 묶어 강강수월래의 어울림을

4색 당쟁과 게으름과 거드름, 이씨, 이씨의 왕조로 폄하
조선인들은 게으르고, 파쟁만을 짓고, 먹고 노는 일에만
버선코며 추녀처럼 춤사위, 풍류도 민족의 존심 짓밟았고
아버지 막사발 술잔, 질박 어머니 비빔 막사발 손맛 앗아
본래는 그들 섬나라의 것이 임나가야任那伽倻로 이어졌다는
선초鮮初, 동남 서해 부드러운 바닷길 독도 숨소리마저
회칠하여 왕벚꽃 기모노에 숨겨 선전하고 있지 않는가

중화 중국 황하 유역은 본디 동이족들의
환인 환웅 조선과 북부여 고구려
해동 발해 동이 나라의 터
'족은 인정하되' 국은 통째로 파쇄
광개토대왕 광활 기백 화강암 비석이며
윤동주까지 중화 조선족의 시인이라는
6.25 참전 이후 백두 서북 봉들과 물 천지까지
쓰린 마음 고구려 땅 앗아 조선족으로 난도질
난도질을 하고 있지 않는가

6.

광복 직후 어릿광대 한 분의 말씀이었다
미국을 믿지 말고, 소련에 속지를 말자
병자호란 뒤 홍제천弘濟川 녹번리碌磻里 말이 탄생하였듯이
일본은 다시 일어선다. 섬뜩 지금 일본 하는 짓을 보아라
사내들이 못나서 땅이 밟히면 여자들 가슴 무너질 수밖에
내년 2017년이면 섬 왜적들이 조선 전토를 짓밟던 정유년
임란 정유재란 7년 동안, 백성들은 돌림병 속 초근목피였다

경술국치 40년 강제징집녀Japanese army sex slave 두고도
강제징집 찬성했던 때의 알랑 지식인들은 정신대挺身隊
청동에 이름 새겨 종군위안부從軍慰安婦 소녀 동상이니
한 자 또 한 획 뜻글자인 한자 뜯고 풀어 보아라
가당치나 한 말인가, 아버지의 아버지들
친일행각 두고도 녹비에 가로 왈, 흐르는 바람 묶기
오대양 육대주 욱일기旭日旗 가미가제 일본의 지금이
분단민족의 70년 우리 가슴 옥죄어 오고 있지 않는가

지닌 것이란 빠른 손과 발놀림 노랫가락뿐
노래와 빠른 춤 한류 SNS 지평이 우리의 음식 지평으로
지구촌 사람들 부르고 초대, 세계로 반쪽 대한민국
우리의 어제와 우리 내일이 흔들리는 나뭇가지 위의
원숭이들 줄타기처럼 몸부림, 역사였음을 잊지 말자

2016년은 동남서북 불 혓바닥 이를 뺀 뒤 시린 말씀 아닌

젊은 엄마 아빠는 부모와 새끼들, 나라 사랑 마음 붙잡고

땀을 씹다 시린 이齒 오늘까지, 늙은이들은 젊은이들 어깨를

나라 이끄는 이들은, 늙은이들 성긴 머리 임플란트 살펴주자

광복 71년 잔나비 띠, 2016년은 분단 좌우와 남북으로 사람들

부드러운 말씀으로 가슴의 털 고르며 웃음으로 나는 네 추위를

너는 내 어깨와 가슴을, 어미 원숭이가 새끼 붙들고 안아주는

좌는 우를, 동은 서를, 남한은 북쪽 동포들을, 북한은 남쪽을

무동, 광화 해 솟는 독도의 외로움으로 용서의 한 해가 되자

*최선자 : 신라 말기 고운 최치원의 도가적 표현이다. 해운대 동백섬 정상에 선 생의 유택 가묘가 있다. 고운 선생은 난랑 추모시 비문에는 우리 민족의 儒·佛· 仙의 종합으로 멋을 풍류라 했다. 지금 젊은 애들의 케이팝의 어머니요 시발점이 었다.

*2016년 丙申 잔나비의 띠, 근래 다시 들여다보는 중국의 중화사상, 中華思想을 압축 지탱하는 것이 四言古詩 중국인들 중화사상의 교과서 千字文이다. 천자문의 처음은 하늘과 땅과 유기체로 사람의 시공간이 되는 天地玄黃으로 시작되고 있다. 그리고 천자문의 끝은 말을 묻거나, 말을 잇고, 말을 마치는, 焉哉乎也의 종결어미 로 끝난다. 짧은 여정이었지만 세 번에 걸쳐 둘러보았던 중국은 조선 정조 때 연암 박지원이 서장관으로 중국의 청나라를 찾았을 때 썼던 열하일기 몇 도막의 글처럼 넓고, 깊다는 생각이었다. 넓은 터 높은 생각의 땅덩이었고, 큰 나라였다.

새해 시를 구상하고 쓰다가 나는 우리 초등학교 1학년 국어책을 구해 보고 싶어 었다. 그래서 교보문고를 들르고, 홍인동인가 헌 책방을 훑었지만 구할 수가 없었 다. 그래서 지금 4, 50 줄에 이른 내 아이들의 초등학교 1학년 국어책의 기억을 더

듬으니, 철수야 놀자, 달, 달 무슨 달 쟁반같이 둥근 달의 노랫말이 떠올랐다. 이것 역시 한류의 잠재의식이 깔린 놀이로 말이긴 하지만, 중국과 이스라엘에서 지금도 가르친다는 천자문이나 창세기에 비해 그 스케일이 너무 좁고, 또 교육철학이 없어 寒心스러웠다. 모국어를 다루는 시인으로 내 나라 아이들이 처음으로, 나 아닌 너와 사회와 나라에 눈을 떠 접하는, 처음 말에 귀를 기울이지 않았다니, 선생 한 길 40년의 나도 한심스럽기는 마찬가지였다.

시를 쓰던 일 잠시 멈추고 노자의 도덕경 8장과 76장을 다시 읽었다. 그, 중 도덕경 76장을 우리말로 바꾸어 보았다. 사람은 부드럽고 물렁하게 태어나지만 단단하게 굳어서 죽고, 나무도 부드럽게 태어나서 딱딱하게 말라 죽는다. 그러므로 딱딱하고 강한 것은 죽음의 부류이고, 부드럽고 연약한 것은 삶의 부류이다. 그래서 강한 군사로 천하에서 사납게 굴었던 자는 모두가 싫어하여 이기지 못하였고, 나무 또한 강하기만 하면 베어지고 만다. 강하고 큰 것은 낮은 곳에 있고, 부드럽고 연약한 것은 높은 곳에 있어야 한다, 비유컨대 강대한 大地는 밑에 있고, 유약한 大氣는 위에 있는 것이다. 정치와 경제와 과학은 강대함으로 밑에 있어야 하고, 예술과 종교는 유약함으로 위에 있어야 한다는 것이 나의 인생관이요, 세계관이며 종교관이다.

12. 태풍 매미와 함께 금강산

1. 개성에 불빛 들어가던 날

1)

해가 바뀌면서 통일부 장관 000의 말이었다
문산에서 개성까지 서부전선 벌판, 실핏줄처럼
평양 만수대 마음과 청와대 서울 마음을 조율
남북이 손을 잡고 일하는 코리아 고려의 옛터
남에서 북으로, 전봇대 불선 세우고 왔다는
북녘 보는 눈과 마음은 꺼진 불도 다시 보듯
돌다리 두드려 건너듯 상잔의 마음 미봉이지만
화로에 불씨 안아 시집 오간 본래 조선 여자들
북과 남 질화로 속 불씨 마음은 살려야 한다는

기드온 삼백 용사들 침묵으로 시위 7일 만에
진흙항아리 몸 깨쳐 여리고성 헐었다, 하지만
폐항 남북 우리들 8X8, 64년이 지나는데
짧은 머리 젊은이들이 불선 벽을 돌고 있는
휴화 휴전선 철조망 둘러 녹슨 칼 갈고 있다
북과 남, 남과 북이 하나가 됨 소원이라지만

밀고 당겨 머리싸움과 겨룸으로 귀일 아닌
빈 마음 감추어서 노래는, 통일이어야 한다는
귀성 길 더디 오는 자식들 기다리는 어버이가
고샅-길 동구 밖 재 오르시던 고향 마음 아닌

남과 북이 어머니의 집, 마음으로 하나가 되는 때
낮은 사립문과 툇마루 닭 울음 터지듯 아침이 오고
백두에서 한라까지 한가위 보름달 마음 함께 오른다
남·북 장정들은 총을 놓고 흙손으로 철조망 걷으며
북·남 처녀들은 흰 옷고름의 뛰는 가슴으로 안기는

　　2)
회칠한 무덤처럼, 숨겨 주산 샘법의
3·8 경계 완충 위 회칠한 나무다리, 남북
귀일 못된 속셈, 손에 손 잡고 표정 관리뿐
호형호제 웃음 뒤 칼을 숨겨 지금도 어떤가
바람 따라 물결에 띄어 남쪽의 풍선 띄우기
화답은 쓰레기 부메랑, 까부수고, 땅속 굴 파기
땅 하늘은 불을 심고, 불을 올리는 경쟁 되었다

북이 수습을 거부했다는, 유언비어의 속 연곡에서
문산 자동차 길가 무명 인민군들 추모 푸른 문짝
작은 글씨 북 거부 인민군들 묘지, 암울한 표지판

평창 동계올림픽 때 북 요원들과 북 젊은이들 머문
한 낮 찾아가니 출입이 불가 '한반도 통일미래 센터'

문산에서 개성으로 일렬 불기둥 일주문 되기를
소떼 몰아 휘이휘이 금강산 길 열었던 정OO님
호롱불에 바늘귀 꿰시던 어머니
오매불망으로 이북 할매 눈물 한숨 땅
귀일 못한 속임과 속셈, 손을 잡고 표정 관리
호형호제 웃음 뒤 칼을 숨겨서 지금은 어떤가
바람 따라 물결에 따라 풍선 남쪽에서 띄우기
북의 쓰레기로 화답, 차츰 더하겠는 부메랑뿐
수평 바다와 수직 하늘 불매火매 올리고 던지는

   2. 삼일포까지 길

   1)
한가위의 비는 흉년을 몰고 온다는데
매미들 소리 그친, 북한이 命名 매미
태풍 '매미'의 억수 물 벼락 분단 나라
아이들 소리마저 닿아 녹이 슨 양철지붕들
웃자란 들풀보다, 한가위
작은 키 사람들 지붕 두드려 비가 내린다

420

온정리에서 바라보는 닫혀 있음으로 선명한
금강산 하늘 철조망 위로 장대비가 내린다
분단 증언, 세워 총, 작은 키 빗속 인민군들
군복에 덧씌운 비옷과 부동의 어깨 얼굴에도
한가위 때때옷과 오손도손 모여서 추억 위에
말매미들 소리, 쏟아지는 창살처럼 빗줄기들

삼일포 가는 길에 옹송거림이 고만고만한
카키색 분단 청년들 빗줄기 속에 차렷자세다
손을 흔들어도 답이 없는 퀭한 눈 핏줄 청년들
갈라 패가름, 북녘 땅에 카키색 비옷을 두르고
금줄 느리듯 젊음 위로 한가위 선물처럼 빗줄기
분단 땅 북녘, 총대 잡아 차렷, 비 속에 서 있다

  2)
비는 차창 밖 낡고 녹슨 양철지붕들 타악기 두드리듯
뒷좌석 창가, 창밖 모습 뚫어지듯, 한 늙으신 분의
초등학교 시절 교정이었어요, 말꼬리를 감춰 한숨의
분단 세월 속에 옛 모습의 운동장과 소나무들 서 있고
돌보지 않아, 나처럼 부러져 마른 채 비를 맞는 가지도

부러진 속살, 붕대처럼 얽히어 소나무들
비는 쏟아지는데 분단 북과 남의 불 마음과

달군 칼끝 언제쯤 하늘이 주시는 푸른 비에
녹이 슬고, 검은 재가 되어서 삭을 것인가
투어버스 가는 좁은 길 앞서 빗줄기 쓸어간다

삼일포는 통일신라 화랑들이 사흘, 머물렀던
화랑들이 분단 지금 슬퍼서 비에 빠져 三日浦
3박 4일 일정의 첫날 관광 三日浦 뭉텅 빗줄기
비는 비를 몰고 따라, 수평방정 동해로 가리라
비가 쏟아지지만 맑은 해, 동해의 그날이 오면
분단 오늘이 슬퍼 화랑들이 빗자루 되어 삼일포
삼일절 그때처럼 불꽃 가슴으로 터져 오르리라는

3)
단청정자 추녀가 비에 젖어 丹靑 마음 절망으로
움츠리고 걸어가는 그림자 없는, 슬픈 그림자들
남녘 우리는 히브리 노예들 절망시편 137편처럼
비파나 수금 가락 아닌 구곡간장 빗물에 띄우고
빗속에서 더욱 핏빛으로 두렷한 ▲장군님 만세▼

바위마다 붉은 매 멍들처럼 선전 글귀 삼일포
호수 두른 운봉들 빗속에서 홀연홀몰 눈물겹고
영랑, 술랑, 남랑, 안상이 머물다 떠난 삼일포
억수 비에 눈물과 콧물 고개를 떨궈 걸어나갔다

서둘러 더욱 서둘러서 걷는 장대비의 삼일포
호수 위 와우도, 노를 젓는 흰옷 사공의 환상
젖은 마음 젖은 눈들이 비에 비벼 범벅이 되는
비는 삼일포 맑은 속살까지 내려 헤적거리고
물이 넘쳐 옛을 잃고 옛 묻혀서 물바다 삼일포
빗길 속 흔들다리 비틀거리며 현기증의 나였다

3. 천선대를 오르며

1)
새벽까지 장전항 설봉호의 객실 차창을 빗줄기
출발, 넘치는 물 계곡 따라 상팔담 구룡폭포 길
골 골짝 따라 천둥 물소리는 노아시대 방주처럼
북 안내원의 아가씨는
선생님들은 평생에 보기 어려운
금강산 만이천봉과 만이천 계곡의
하얀 폭포 절경 중 절경을 보는 겝니다
폭우 속에 섞이어 구룡폭포는 황룡 포효
구룡폭포는 아홉 용들 한 몸 놀이터였다

언제였느냐는 듯
폭우가 걷혀 구룡폭포 내려오는 길
뜸한 비 남녘 사람들은 젖은 채였지만

구룡폭포와 상팔담 절경 얘기 나누면서
천선대 향하여 차를 내리고 젖어 빛나는
창을 올리듯, 용호상박이듯, 하늘에 노를 젓듯
비 갠 금강 생살 봉우리들 하늘 항해
주눅 들어 명산이로구나, 벌린 입 감탄이었다

가운데 봉우리가 상선암, 오른쪽이 중선암
왼쪽이 하선암, 북안내원들의 안내를 받으며
삼선암에 감탄, 남녘사람들 귀와 눈 몰수였고
비 갠 금강 봉우리들 하늘 항해 온몸 들었고
장기훈수에 빠졌다가 건너편 혼자 독선암이 되었다는
귀면암 돌아보며 행렬은 천녀봉의 단애 길 걸었다

학 날개랄까, 부드러운 차단 안개
안개 속의 유명 무명 일주문처럼 바위들과
절부암 칠층암의 안개, 백옥허리 중중모리로 감아
할딱 가슴 깔딱 숨 걸음, 이마 땀방울 마른 혀로 핥았다
분단 도끼의 마음을 찍어버리라는 것일까, 절부암
경사 7, 80에서 90도라는, 미끄러움 조심하라는
젖은 석벽 절벽, 녹슨 쇠사닥다리 매달리듯 올랐다

　2)
턱에 닿는 숨, 쓰러질 듯 걸음으로

옛 사람들이 짚고 오르던 지팡이들
구름 밖으로 던졌다는, 망장천亡杖泉
망장천 팻말의 찬물을 거푸 마셨다
덜미 불퉁 불뚝 어버이 장군님도 지팡이를 던지셨다고
안내원은 어버이 장군님께서 드신 물이라 선전했지만
젖은 절벽들마다 붉은 선전 글씨들 찍은 장군님도 갔다

젖은 가슴 헤쳐 앉았는데 천선대 맑은 바람이 지나가고
구름과 안개 사이 오르던 녹슨 철삭鐵索에 햇살이 비쳤다
철삭 오르고 내리기 몇 번, 비쭉 두 길쯤 높이 한 사람씩의
틔운 바위 구멍 사이로 안개 띠 외금강, 동해는 선경이었다
「금강석문金剛石門」
바람에 마음의 안개 근심을 털고 천선대 오르다
천선대의 만물상, 안개 안팎과 좌우 원근 숨바꼭질 봉우리들

한 봉우리 두 봉우리 서너 봉우리 一峰二峰三四峰
다섯 여섯에 일곱과 여덟 봉우리 五峰六峰七八峰
갑자기 천만 봉이 와락 나타나는 須臾更作千萬峰
구만리 하늘 모조리 봉우리뿐이다 九萬長天都是峰

(삿갓 김병연)

3)
천선대서 바라보는 만물상은 돌 하나 바위 하나

하나와 둘 만이천 봉우리 구름이 홀몰홀연 감춰
둘춰 지나는 만학천봉, 돌올 봉우리들
창검을 세우듯 죽순이 솟아나듯
소동파의 원컨대 고려국에 태어나
금강산을 한 번 보았으면
『願生高麗國 一見金剛山』
조물주의 신품 아닌 것이 없었다

봉우리들 어울려 춤추는 천선대 훨훨 허공
허공 봉우리마다 얽혀설킨 전설도 많았다
전망대 아래 선 채로 목을 뺀 남녘 사람들
관음 연봉과 동해 만경창파에서 눈을 떼다가
발 헛디뎌 젖은 몸이 찰나, 지팡이인 채로
넘어졌지만, 넘어진 아픔 앞서 몸과 눈은
안개와 안개 사이 바위들과 외금강
남북 슬픔 풀고 녹아 동해
연암 박지원이 좋은 울음 터라 했던
만이천 비로봉, 눈을 떼 걸음 잊어
젖은 바닥 언제 앉았나
무내무외 지평, 나를 만났다

4. 중추절 열이레 달이 오르다

1)

여기는 선도 차
남으로 향하는 길이 무너졌다
각 차의 안내원들은 듣고 있는가

사발통문처럼 차 속 휴대용 무전기 소리 터졌다
끊어지고 길이 무너졌음, 근심과 걱정보다, 나는
태풍 속 항해 거쳐 이방 항구에 닿은 선원들처럼
호기심과 기다림으로 정박과
불꺼진 땅의 어둠 속 기다림을
불 꺼진 땅, 표류는 어둠으로 길어졌다

남쪽 우리들을 어찌하겠는가
볼 일 급하다는 북녘 흙 위에
호루라기 통제, 줄을 서 내렸다
투어 현대자동차들 불빛 따라서
어른들과 아이들은 일렬횡대 서고
아낙들은 퍼져 앉거나 더러 힐끔 웃음으로
젊은 여자들은 우산으로 길가의 어둠 가리고 앉았다
풀숲과 흙을 쓰다듬다가 길바닥 서서 일을 보았다
분단 흙은 부드러움으로 비린내 간직하고 있었다

북녘 땅은 태초 어둠처럼
밤 태실의 비린 향훈을 품고 있었다

  2)
해금강 쪽이라, 소리가 터졌다
열이레 중추절의 하얀 달이 올랐다
달은 병아리 솜털이듯 유년 울 아래 봉선화듯
다림질의 흰옷이듯 동쪽 하늘 목을 빼 올랐다
끊겨서 초조함보다 남아서 북쪽 아침을 보고 싶은
할머니의 한숨 아버지의 혈육이 살고 있는 북녘 땅

눈물 훔치면서 북녘으로 돌아가는 三玉, 四玉
두 숙부님에게, 하얀 광목 버선 세 켤레 씩을
만들어 눈물에 싸 드리셨다는
열이레 달은 할머니 하얀 광목 버선처럼
이지러진 모습이었지만 해금강 물에 씻기어
네 할아버지는 엄지와 검지 발가락 사이
붓을 잡아 글씨를 쓰셨다던, 할머니의
열이레 한가위의 달이 북녘 하늘에 올랐다

해금강에 씻겨 환하게 올라 어둔 땅을 비치는
구름 스친 뒤면 달이 배꽃이 오르듯 맑고 밝았다
세 명 일조, 155에서 160cm 돌콩처럼 정복 인민군

한 대 점검 뒤, 또 한 대씩, 금줄을 그어 북녘땅
적막 달빛 아래 뜨거운 내장의 울분 찌꺼기를 내리듯
50대 가량 버스의 남녘사람들, 남녀의 볼일이 이어졌다

앉고 서고 처녀애들은 우산으로 자기의 달을 가리면서
나처럼 늙은이는 한 방울까지 짜서 털면서 웃으면서
분단 조국 북녘 땅의 달빛 아래서 풀잎들 땅 위로
남쪽 사람들은 수치보다 어둠 속에 호기심을 쏟았다
분단의 슬픔, 보이지 않으면서 조여 오는 망치소리들
언제 무슨 빌미 닥칠 줄을, 북녘 땅 금강산 순례의 길
한가위 이지러진 열이레 달빛 아래 서 오줌발을 내렸다

*願生高麗國 一見金剛山 : 원컨대 고려국에 태어나서 금강산을 한 번 보고 올라
가 보았으면, 당송팔대가 중 한 사람인 적벽부의 시인 동파 蘇軾의 말이다.

천선대에서 내려오는 좁은 길 온몸에 땀이 흘렀다. 김일성이 천선대를 오르며
먹었다는 말이 새겨 있는 약수터 가에 다시 앉았다. 오를 때 마셨던 물을 다시 떠
이번에는 천천히 마셨다. 그때 설봉호로 함께 오며 선상에서 통성명하고 명함을
건넸던 분이 내려오다가 나를 알아보고 망장천 곁에 와서 앉았다. 내가 그에게 물
을 떠 주고 그는 고맙다며 마셨다. 샘물 곁에는 젊고 얼굴 모습이 타원형인 북쪽
관광안내원 청년과 동그란 얼굴 작은 키 여자 아이가 길을 지켜 안내하고 있었다.

청년이 앉아 있는 우리 곁으로 다가왔다. 곁으로 다가와 장군님이 마시던 신령
한 물 어쩌구저쩌구 선전을 늘어놓았다. 내 명함을 받았던 그분이 나를 시인이라
고 청년에게 소개했다. 그분의 말을 들은 북한 청년의 태도가 사뭇 진지해졌다. 바

로 작가 선생이라 나를 호칭했다. 그리고 몇몇 남한 작가에 대하여 묻고, 그는 조국을 통일하는데 선생들 같은 작가 선생님들의 역할이 중요하다고 했다. 나는 직업인으로 평생 선생 한 길 걸었지만 그가 말한, 또 우리 사회의 어떤 부류와 어떤 곳에서 한 사람을 북한을 닮아 우상화 '선생님'이란 지칭이 생각나 거북스러웠다.

또 남북 관계가 수평과 대립으로 인식되는 통일이란 말을 나는 싫어 좀 계면쩍었지만 북한의 실상과 청년에 대한 호기심이 생겼다. 다시 가슴에 붙은 내 성과 본명 외의 필명을 밝히고, 청년의 성과 이름을 물어보았다. 김00이라 대답했다. 본관을 물어보았다. 김해김씨였다. 순간 나는 해방 전 흥남에 계셨다는, 두 숙부님들을 생각하며 파派를 물어보았다. 나를 다시 살펴보더니 북한에서는 파는 사용하지 않는다고 했다.

여윈 상태로 단련된 몸이었지만 뼈골의 굵음이 김해김씨 김유신 후예 몰골이 틀림없었다. 그러나 派를 모르니 무슨 소용이 있는가. 유태인들 할례처럼 김해김씨만의 파란 점이 숨어 박힌 은밀한 그곳을 보자 할 수도 없고, 혹시나 하고 태어난 곳을 물으니 부모의 고향은 강원도 간성이라 했다.

그는 북한 특유 악센트를 순화시켜 부드럽게 웃었다. 잇바디가 가지런했다. 사진도 찍어주고 남한의 문학에 대하여 계속 물어 보다가 내가 쓰는 시의 경향에 대해서도 물었다. 나는 여러 느낌의 현대시도 쓰고 있지만, 퇴계 이황을 공부하는 사람임을 덧붙였다. 이것은 그의 교육 정도와 당黨 성향性向을 알아보고 말문을 열기 위해서였다. 왜냐하면 북한의 정권에서는 퇴계와 그 학통을 싫어하며 배제하기 때문이었다.

이황, 삼강오륜을 말씀하신 분이죠, 하며 청년은 퇴계 선생도 알고 있었다. 이것은 청년의 공부 정도가 상당 수준에 있다는 증거다. 왜냐하면 북한은 조선의 지식인들 중에서 당시 지배사회에 작용보다 반작용의 역할을 통하여, 이름을 남긴 허균, 박지원, 정약용 등을 집중 연구하고 있기 때문이다. 그러나 퇴계의 성학십도는 왕권옹호를 했던 어용학자라고 배척하고 있다.(유물론 사관의 북한의 남한 철학의 인식이다. 최악순서는 ① 이퇴계 大惡, ② 이율곡 小惡, ③실학 小善, ④동학 大善(조선철학사의 정점을 민중의 이익을 대변한 유기론적이고 유물론의 東學) 청년은 퇴계 선생에 대하여 삼강오륜을 결부시

430

켜 알고 있었다. 퇴계의 이름을 북한에서 안다는 것은 상당한 수준의 학력이다. 나는 그를 좀 더 알기 위해 몇 가지를 더 물어보고 싶었지만 참았다. 그는 계속해서 나에게 물음을 던졌다. 내가 쓴 책을 한 번 보고 싶다 했고, 그리고 황OO 소설의 장길산과 김OO의 장편소설 무궁화 꽃이 피었습니다,를 보내줄 수 없느냐고 했다.

나는 그런 일이 어떻게 가능한가에 대하여 물었고, 함께 있던 사람과 주변을 살피다가 그의 다음 말에 귀를 세웠다. 이러이러한 통로를 이용하면 가능하다는 것이었다. 그런 방법도 있었구나, 아내의 반대로 불발이었지만, 비 갠 뒤 더욱 신비로움으로 깨끗한 금강산의 정경을 볼 수 있었음과 혹시 이런 일이 북에 있는 피붙이를 만나는 계기가 되지나 않을까, 병원 처방 혈압약과 고지혈약을 먹고 있는 나였지만 뛰는 가슴을 주체하기가 힘들었다. (散見 : 망장천의 지킴이 젊은 청년과 대화)

여덟 마당

이 뭣고

그림, 야송 이원좌

이원좌와 필자

1. 이 뭣고*

어찌하다가
마을버스도 마지막이었다
깜빡, 그럼에도
편하다는 아내와의 아파트 놓치고
한 모롱이를 돌아서자 종점이었다

10분 남짓, 별도 없는 숲속마을 밤거리
띄엄 희미 가로등 아래서 길어진 내 실루엣
갑남을녀, 반려견들이 핥다가 사라진 둘레길
암컷들 말고 수컷이나 한 놈 기를 걸 그랬나
오늘 하루의 쉼표, 마을버스의 종점
몸나* 무거운 몸을 눕히는, 땅 위의 몸 집
292,955날 오!늘*까지
점멸등 깜박거리는 밤길 아파트 정문까지
가슴 죄며, 내린 꼬리 개처럼 걸어왔구나

움츠리며 재촉하는 흐린 눈, 더딘 발걸음
저절로 불빛 들어와, 홀로 나가는 아파트
중량 400kg 엘리베이트 여든 길 몸 혼자서

자갈길과 더러 불길 노 저어 정박한 곳이
철길 신호가 잦은 옛 신의주 경의선
경의선 아닌 문산까지 경의중앙선과
마을버스까지 타야 하는, 그늘 마른 숲속마을

재 속 불씨처럼 시를 재워, 채근지만
옹골찬 얼음 시법, 이룸 뒤에 가슴이 뛰었던
번개 섞어 천둥 시와 청명 찰나 시 있었던가
자갈밭과 더러 밤길 노를 저어 정박한 곳이
마을버스 타야 하는 숲속마을 종점이었다니

이 뭣고?

*이 뭣고? : 시십마是什麼의 우리말이다. 벽암록 제46 本則에 있다. 경청스님이 한 날 함께한 스님에게 던졌던 화두다. 경청이 스님에게 물었다. 문밖의 저 소리는 무언가, 스님이 대답하기를 빗소리입니다.(鏡淸問僧 門外是什麼聲 僧云 雨滴聲)

*몸나 : 다석 유영모 선생의 됨과 다움으로 3단계로 사람됨 해석법이다. 3단계 삶은 ①몸나(몸:감정,감성,생물), ②맘나(맘:이성,지성,동물), ③얼나(靈:몸나 맘나의 조화로 신과 대화:영성,사람)이다. 몸나, 맘나, 얼나 3단계를 통어하여 제소리를 하며 낼 줄 아는 것이 됨과 다움으로 나와 너란 의미다. 제소리는 ①시간(天:宙:동량), ②공간(地:宇:추녀), ③인간(관계와 관계)의 3차원 삶을 뛰어넘는 삶이다. 로마의 지성 가말리엘 門下 사울 이 부활한 예수를 만난 뒤 born again한 '바울'로의 영적 체험의 삶이다. 4차원은 내가 하나님을 믿는다는 始終의 3단계 삶을 넘어, 하나님이 나를 믿어준다는 머릿

속임으로 삶이 아닌 속임을 알아 차리는 배의 힘. 즉 밑힘으로 삶이다. 이것이 終始의 삶이다. 종시의 삶을 주역은 神(伸, 봄바람), 氣(鬼, 가을바람)와 음양(知晝夜之道)로 해석했다. 순환으로 종시면서 시종의 '자연처럼' 삶을 두 단계 삶이라 한다.

　*오!늘 : 다석 유영모의 立言이다. 다석은 방바닥에 칠성판 소나무 판자를 깔고, 당신의 삶을 '오!늘(常), 하루살이, 깨끝'이라 했다. 공자는 죽음을 묻는 제자에게 내일도 모르는데, 죽음 뒤를 어찌 알겠느냐, 오늘을 잘 살라고 했다.

2. 압살, 압살롬 내 아들아

1.

결국 돌 위에 돌 하나까지 예루살렘 성채
유리의 바닥 예루살렘 순례의 마음가짐은
뱃가죽 헐렁 밥과 법을 배우는 길이라 했다

하얀 성채 골고다까지 순례의 길
거룩한 재의 제단이랄까 부활 땅까지 와서
상수리 알을 '아멘'으로 줍는 여자 권사들도
푸른 골짜기 저 상수리나무들 아래 편이
의붓어미 떼로 범한 패륜아 압살롬의 무덤
기드론 골짜기라 했다

머릿결이 삼단 같았던
다윗과 bathsheba 사이의 압살롬
다윗이 야전사령관 우리아의 처를 앗아
배태한 밧세바와 다윗 사이 미남자 압살롬
그가 압살한 암논은 압살롬의 이복형제요
삼단 머리카락이 상수리 나뭇가지에 걸렸던
암논에게 강간, 찢긴 치마 다말의 친오빠였다

다윗의 아들 압살롬은 최후까지 아비에게 불효
불효자로 상남자였던 압살롬

2.
유태 역사는 빈 무덤 만들어 압살롬 무덤으로 안치
압살롬의 무덤에 왜 침을 뱉어야만 하는 것인가를
랍비들은 이스라엘 아이들이라면, 누구에게나, 왜
돌을 들어 어디에 어떻게 던져야 하는 법에 대해서

아이들에게 유태인으로 우뚝 충효 역사를 심고 있다는
기드론 골짜기의 불효 불충 표적으로 압살롬의 빈 무덤
인공위성서 본 휴전선 155마일은 꼭, 태극 모양이라는
좌우 편 찢고 갈라선, 내 나라 난도질 역사 생각하는데
차는 기드론 골짝 태극 모양 굽잇길을 벗어나고 있었다

압살롬아
압살롬, 내 아들아, 내 아들아
네 검푸른 머리카락 목울대를 지나서
치렁치렁 삼단의 머릿결은 허리춤까지
머릿결에 감추어 두었던 검은 똬리의 마음
불효와 불충 죄목으로, 창날은 네 폐를 뚫고
검푸른 머릿결, 삼단 같은 머리카락과 목만이
상수리나무 가지에 댕겅 걸려야 했던

내가 죽고, 네가 살아야 하는 것을

압살壓殺 네가 살아야, 아들아 압살롬아

다윗은 눈물 피를 살라 야훼께 고백이었고

혈육 아버지 울음으로 시 편편 기록이었다

3.

불효, 압살롬

돌아보니 나 또한 불효 불충이었다

압살롬의 빈 무덤이 있다는 기드론 골짜기

불효자 압살롬을 모셔 놓고 침을 뱉어야 한다는

유대인들이 침을 뱉는다는 상수리나무 아래서

상수리 알을 줍는 내 나라 성지순례 사람들을

인솔한 일도 있다는, 한국인의 가이드, 그는 지금

히브리대학에서 구약성서를 전공한다는, 다변多辯 신학도

조국 땅에서 먹었던 도토리묵 맛을 기억이나 하고 있을까

기드론 골짝 굽잇길 벗어나는데

팔레스티나 동풍이 차창을 때렸다

홀연, 성서를 처음 받아들였던 그때의

차창 때리는 팔레스티나 바람결처럼 때의 나

나라와 부모에게 온몸 쥐 죽은 듯 불효자 나는

단군은 샤만뿐이라는 숙맥불변으로 지금까지 나

4.
성지순례 길에서 주은 주머니 속 상수리 알 세 개
한 알 깨물자 떫떠름, 입안에 도토리 묵밥의 향내
인공위성이 전송한 휴전선, 155마일은 태극선처럼
음양의 선은 압살, 압살롬 머릿결처럼 곡진曲陣이라는데
내 나라, 내 역사, 피땀의 터를 몰라라 했던 부끄럼 나
통곡의 벽 예루살렘 와서 자괴 속의 이방인 나를 만났다

3. 야훼는 발뒤꿈치로 제 백성을 사랑하신다
- 聖地와 戰地의 울음터 팔레스티나

1.

오월 한 날 극동 분단 이방인, 순례자 나我는
별빛 목마름으로 팔레스티나 마른 버짐꽃 길
땅에 평강 평화의 왕으로 탄생하셨다는 태실
유태인들이 떡집이라는 베들레헴 아침부터였다

왜 그래야만 했을까
팔레스티나 사람들의 땅, 팔파레스티나
영국과 구라파인들은 디아소포라 유태인들
점령 팔레스티나 유태인 정착, 점지 뒤
유리벽 성지면서 깨진 유리조각 조각처럼
지금도 전지의 성전 땅 팔레스티나
한 조상 혈기 아브람과 하갈 사이 이스마엘과
약속의 민족 아버지 아브라함 사라 사이 이삭
충직 이삭의 아내 리브가의 회임 뱃속 쌈박질
쌍둥이 형제 에서와 내가 먼저 형 발꿈치 야곱
무언 충직 에서와 간교했던 야곱의 장자권 쟁탈
야곱과 레아 라헬 자매 사이의
열두 형제 애굽 피난 생활 속 선민의식 후예들

가나안 사람들 복지 팔레스티나, 요단강과 갈릴리
무덤 없는 골고다, 통곡의 벽 어스름 광장 걸었다

   2.
척박의 땅 팔레스티나, 하늘 꿈의 사람들
땅 위 선민이란 할례를 빙자 하늘 백성들은
칼과 불을 물고, 몰려 형제들에게 투척하는 일을
찢고 찢어야만 하는 미움으로 하늘 속까지 적의를
칼잠 속 평화 위한 알루미늄 울타리 공사 성업 중
하나님 아들이 태어나셨다는, 약속의 땅 베들레헴
예수 탄생 베들레헴은 유월 햇살 아래 철책 공사 중
카키색 유태 여자군인들 행진, 불안으로 입성이었다

칼 품고 형제 앞에서는 웃음을
돌아서 칼을 붙잡는 족속들이여
땅에 화평 던지러 온 줄 아느냐, 내가
형제 미워서 웃는 너희들에게 칼을 던지려
불칼과 불 눈물, 불춤을 던지려고 내가 왔노라
히잡과 차도르 무슬림 여인들과 등굣길의 아이들
앳된 유태 여자군인들 총을 건 채 아이들 곁 지났다

동방박사들이 별빛 안내 따라 받아 왔던 길
양들 곁 잠든 유태 목자들도 만났었다는

앞서서 가던 별이 머문 한밤의 베들레헴은
파장 뒤 별밤 별들이 강보에 뉜 한 아이와
까만 턱수염 사내와 암나귀처럼 다소곳 여자
별 지붕 밑 말구유는 생피 냄새와 촛불 한 자루
생피의 냄새 말구유 찾아왔다는 동방의 박사들
별이 머문 별 아래서 별 눈으로 뉜 아이를 만나고
말구유 뉜 아이에게 황금과 유황과 쓴 마라의 향기
신 포도주 우슬초에 적셨던 맛처럼 마라 향을 끝으로
입술까지 덮은 턱수염으로 구유의 아이에게 세 번의 절
오던 길 말고 다른 길 따라 베들레헴을 떠나라는 별들의
수런거리는 별들의 하늘 메시지, 한밤 길을 재촉했었다는

　3.
예수의 땅 위 공생애 3년 하루와 하룻날은
머리 두고 누울 곳이 없었던, 별빛 베개뿐
유리알 하루살이 창자처럼 진공眞空이었고
알집뿐 하루살이 하루 묘유妙有 3년이었다
별이 숨은 한낮, 별빛 눈동자 사람들에게
별 하늘과 별 밤을 걷는 계율을 가르치다가
낮 사람들 덫에 걸렸던, 사람의 아들 예수
평강의 아들 예수가 탄생했다는 베들레헴은
알루미늄 사닥다리를 타고 알루미늄의 철책
마른 햇살 땅의 사내들이 철책 공사 중이었다

슬픔과 비탄으로 길, 라틴어 VIA DOLOROSA
예수가 맨발이기도 했던 33년 팔레스티나 먼지 길
목수 요셉의 족보에 올렸던 예수 마지막 세상길이면서
땅 사람들이 하늘나라 꿈을 그려 사는
3차원 납작 땅 터였다
어린 시절 예수가 미라의 왕국 이집트를 탈출 후 살았던
유월절 피의 절기에 걸어야 했던 골고다까지 진탕 길
도살장에 끌려가는 양처럼 예수의 수모와 모멸로 길을
예수의 맨발과 멍울 피의 길바닥, 왜 그래야만 했을까
「아멘, 회의」 분노가 엇물린 마음으로 걸어 나가야 했다

칼에 대해서 반드시 칼로써 화답을 해야만 했던 때
절대 종교가 해체되는, GOD가 god와 dog의 불 마음 지금도
칼날을 두드려 보습과 쟁기를 외치었던 사람, 예수
십자가 진 예수가 걸었다는, 비탄과 슬픔으로 길은
율법 유태인과 무슬림 사람들이 난마처럼 저자의 길
비아 돌로로사 14처소의 잿빛 소란 저자 골목길을
분단과 실향의 늙은이 나는 숙인 고개 땅을 보고
고개 들어 팔레스티나 마른 하늘 보며 걸어나갔다

    4.
서구 선교사들이 중국이나 일본
쇄국정책과 부월상소 야단惹端 한양보다

평양 대동강 찾아 1차 실패의 뒤였지만
평양은 조선 민족의 항일운동 주춧돌 터
1907년 장대현교회의 회개운동에서 출발
1919년 2.28일 춘원의 동경 유학생 독립선언문
서울에서 33인 중 기독교가 16명, 천도교 15명의
육당의 국한문혼용으로 기미독립선언서
문화민족임을 알린 공약 삼장까지 명문장
열화熱火는 전국 교회가 중심 독립운동으로
평양 장대재교회를 동방의 예루살렘이라 했다

침략 침몰 일본도日本刀 쫓겨나고
불 화산 무서워 삼팔선에 금이 그어지면서
6.25 남침 때는 교회가 말살 운동의 1번지
함락, 청와대 오르는 길 옥인동의 한 교회
주일학교 교사들 ⅔가 붉은 완장을,
한 기독교 재단, 중·고에서 교사 ⅔가 붉은 완장을
남은 자 기독교인들은 서울을 거쳐 대구와 부산으로

서울 가는 12열차에 앉아 울었던 나그네의
서울이 수복 후 지금 서울과 경기도를 위한
서울과 경기도 2,000여만 훌쩍 넘어 사람들 중
23% 신·구 지금 교회들 속 완장은, 몇 %쯤일까

아편전쟁 속의 서양 신·구 선교사들 중국보다
엔도 슈사쿠 사실 배경 소설 『침묵』 일본보다도
동양 삼국의 후발 분단 평양, 장대재 장대현교회
설교시간이면 아전인수 장대현교회 민족 회개운동
분열 교회 회개 때면 평양 그때 부흥을 본받자며
거품을 무는 것도 잠시

철부지 삯군이거나 사이비 검은 옷 검은 마음
종교 파파라치들의 장대재교회 까부숴, 만수대
장대재교회 터 정문의 김일성 동상 앞에 헌화
남쪽 공영방송과 상업방송들의 해설까지 흥분 보도
하나님은 발뒤꿈치 통한, 제 나라 백성들 사랑하시고*
발길에 채어 회개하는 백성 중심으로 하나님의 변증법
나는 하나님을 진짜 보았고 만났다는 검은 혓바닥보다
하나님이 나를 믿어준다는 믿힘 잊지 말아야 하는지를

*야훼께선 제 백성을 발뒤꿈치로 사랑하시다 : 덴마크 출신, 憂愁의 유신론 실존
주의 철학자 것이냐 저것이냐, 죽음에 이르는 병의 저자, 42세 세상을 뜬 키에르케
고르의 말이다.

446

4. 샌프란시스코 무지개 깃발

1.

중국인이 열에 두셋의 샌프란시스코
선천도원先天道院 곁에는
휘황 청홍 레스토랑으로 길
무지개 깃발이 꽂힌 항구 샌프란시스코
샌프란시스코는, 자유와 낭만 학문으로
아름다운 안개 푸른 언덕의 도시라 했다

게이들의 해방구이기도 샌프란시스코
헝클어진 긴 머리 여자인지 남지인지
도통道通, 바디랭귀지도 깜깜 여행 길
무지개 머리 몇 쌍 팔짱인 채로 오갔다
뒤는 라틴 아메리칸 어디 쯤 걸인 하나
길바닥 꽁초 주워 불을 물고
수캐에 끌려 온통 젖가슴 여자가
개의 힘에 끌려서 뜀박질 길 웃겼다
뚜껑 없는 낮은 스포츠 카엔 백발 그대로
백인 부부의 함박웃음
자주 멈추는 차창에 갇혀서 나는

나성에 가면 편지를, 박시춘 작사
백설희의 샌프란시스코 노랫말을 생각했다

   2.

날씨는 청명
금문교 붉은 다리 아래를 왕복한다는
우리말 이어폰의 통역 유람선을 탔다
금문교金門橋, 나는 부자의 나라라
도금, 금문교인 줄 알았는데 아니었다
잦은 태평양의 안개, 안개 식별을 위해
다리엔 붉은색 칠해 안개를 걷어야 했고
강제 동원과 희생 차이나 사람들을 위해
다리 이름을 금문교라 해야만 했다는 것을

선홍 단풍잎처럼 붉은 페인트의 금문교
황금문 다리 금문교 상징은 대공항을 맞아
공항에 함몰할 수 있는 조국을 잊지 말자고
여러 공사들 중 금문교가 최고 결실이었다고
금문교는 화교들 피와 땀과 정밀한 공사 이후
미국 오늘 이룬 붉은 힘줄 명소가 되었다고
선죽교처럼 단심이었을까
미합중국 차이나인들의 금문교 붉은 마음은
「국가가 당신에게 무엇을 주기만을 바라지 말고」

"내가 나라를 위해 무엇을 하고 드릴 것인가를"
실용주의 뉴 프론티어, 케네디가 떠올랐다

참괴慙愧뿐 젊은 시절의 내 그림자
빈궁과 외골수 부정을 위한 부정 떠돌이로
드리려는 마음과 나누었던 마음은 별로였고
오늘 이르기까지, ~로부터 받기만 원했었다
어영부영 판단, 엉거주춤 남새밭의 하루하루
일주에 한두 번 무임 지하철 오름이 부끄러운
조심과 조신操身, 지금은 조금씩 자제하고 있다

때로 기다리는 지하역, 밟히는 작은 휴지들
허리 굽혀 줍고, 휴지통 찾아 넣는 일이나마
마음 굽혀 줍는 실천궁행으로 아웃사이더 나余
중화 중국인들의 피와 땀 나성 차이나 거리
금문교의 샌프란시스코 돌아와서 실행이었다

3.
신촌은 젊은이들 휘청과 넘침의 거리다
섞여 스물네 시간 어른들도 찰찰거린다
내가 섬기는 고딕식으로 신촌의 교회당
때때로 하나님의 집 중보기도 소리보다
아귀다툼으로 거리의 소리들이

동아줄 매달리듯 교회 종소리를 흔든다

골목과 골목 사이로 정맥혈 관자놀이처럼
꼬부랑글씨 퓨전 식당과 커피 아메리카노
전자오락실과 오늘만 세일 회칠 간판들이
센프란시스코 무지개 깃발처럼 즐비櫛比
비스듬 길 위는 러브호텔들 자리해 있다
유리벽 쇼핑은 1+1 화장품으로
부나비들 부딪치는 신촌의 하루다

붕어빵처럼 눈코 모양과 교정 웃음 이빨까지
치마와 바지, 폭과 길이는 스카치테이프처럼
배꼽으로부터 허벅지까지 몇 mm쯤 멈춤일까
뒷골목은 검붉은 안경들 자동출입 산부인과
정신과와 귀후비개와 간지러움이 활업活業 중
낮밤 찢긴 간지러움으로 희고 붉은 웃음으로
휘황 사육제 방황 뒤면 검은 울음의 숲

4.
듬성듬성 앉아 넓고 높은 예배당
한 날 주일 오후 예배를 드리는
붉은 벽돌의 벽에 부딪는 메아리
소돔과 고모라 사람들도 저랬을까

두 음계 높혀 웃음과 괴성과 전자기타
오늘은 주일인데 게이들이 대학촌에서
무지개 깃발 꽂자, 뭉치자 살빛 사육제

여장 남색당인지 남장 여색당인지
선병질 희디하얀 팔뚝엔 검푸른 문신
모여 소리치면서 당당함으로 난장판이었다
자유와 낭만, 샌프란시스코의 무지개 깃발
석경石鏡 맞추며 옛사랑 약속 땅 젊은이들이
반쪽나라 대학촌에 무지개 깃발 꽂는 중이라는

모세의 일곱째 계명이 유효有效, 고딕식 교회
교회 정문 앞에 무지개 깃발 꽂는 날이라 했다

5. 자화상
- 진리의 칼은 쓰면 쓸수록 빛난다

1.

푸르러 시린 탱자 울타리처럼
철조망 4층 건물이 도축장이라 했다

남루와 옹송 작은 키의 사내들
골목 화톳불 연기에 둘러 있었다
껍데기에 콜라겐이 많다는
골목 입구 차들 뒤에 차를 세웠다

인공폭포 사우나에서 처진 팔다리
주름 가슴과 등허리 무릎을 느꼈던
콜라겐의 풍요, 말에 젓가락 들었고
두 손등 푸른 정맥혈, 나도
다짐하며 앞서 나무젓가락 붙들었다

쩐 기름 접시에 왕소금
콜라겐 덩어리를 찍고
콜라에 소주 섞어 누린내 넘겼다
동남아의 멀뚱 애잔 막노동자들과

이웃에 산다는 또래 남정네들
발라낸 살코기들, 싸게 혀 빠지게?
서둘러야 한다는 장정들 틈에서
뭐뭐牟牟 꿀꿀吃吃*
번들거린 콜라겐 껍데기들 잔치
아귀적 아귀餓鬼 목구멍이 간질거렸다

싱싱하단 살점 한두 덩이씩 움켜
집으로 오는 길, 굴광성 세월
젊은 시절 모습이 떠올랐다

  2.

1968년 2월 둘째 반공일, 쾌청이었다
40kg 남짓에 첫 아이, 홀쭉 아내 위한
부산 양정동 산기슭 도축장 안내를 받았다
밤하늘 은하수가 까만 소의 젖이라는 인도
눈이 맑고 듣는 귀가 커 영물이라 했던
우골탑牛骨塔 아카데미들 우후죽순 시절
내다 팔자는 늙은 부부의 귀띔 가늠하고는
버티면서 끌려가면서, 주먹 눈물 흘렸다는

도축장은 작달막 키 왼손잡이 사내가
4,50cm쯤 될까, 뿔과 뿔 사이를 조준

뾰족 망치 한 번에 눕고 해체되었던 소
소머리 하나 구입 동행 동료와 나누고
털을 태우면 그만인, 그 간단명료함
해우법解牛法* 깜깜이어, 나予는
단칸 산실 방과 부엌 사이 30촉 백열등 아래서
토요 하오 두 손의 손톱 밑까지 마른 피가 가멸찬
칼을 갈고 앙다물며 칼을 잡았던 모습이 떠올랐다

왼손잡이 나는 무딘 칼을 갈았고 갈아야 했었다
살점 없는 뿔과 뼈 사이 털가죽을 걷어내야 했던
허허기 제목 달고 붉은 줄의 갱지 원고지 76매
빈한 지아비로 슬픔과 며칠 비린내와 헛구역질의
적자생존, 어제와 오늘과 장래까지 나의 모습을
'남부문학' 창간 지면에 올렸던 허허기虛噓記는
내적독백으로 자성이었고, 빈한 그때 고백이었다

대처승 진각종眞覺宗 주지 아드님이셨던
대학 2년 선배가 허허기에 빠져 읽다가
버스 정거장 몇을 지나치고 말았었다나
이삿짐 몇 번, 니불처럼 물에 풀렸나
불이 되어 흙으로 돌아갔나, 몇 번이고
이목 집중, 뒤적거렸지만 행방묘연이다

DNA라 할까, 핏줄 내력이라 할까
저명 교수님께 2학년 가을학기부터
6세 아들이 잠재연적潛在戀敵 아버지를 죽이고
어머니를 독차지하였다는, 오이디푸스 컴플렉스
프로이트의 Libido 무의식 지평으로 정신분석학
앙드레 부르통의 쉬르 선언과 데빼이즈망의 미학
달빛 저민 절간이라 두드림을 조심해야, 퇴고 아닌
절의 문을 그냥 두드리고 밀어도 괜찮다는, 추고와
견자Viant 미학, 자동기술법과 자유연애론과 그 실천
생솔가지 찍어내리듯, 120분 채운 생똥 난해 시 창작법
「자네들도 담배, 내 앞에서 꺼내어도 괜찮네」
꼴라주 기법과 아시체雅屍體 시 놀이가 과제였다

그럼에도, 대학 2년 시절 나는
손에 먼저 들린 전적은 문어체 신구약성서
을유출판사의 장자, 고문진보, 이적도 읽다가 멈춘
눈이 멀기까지 밀턴의 실락원과 단테의 신곡, 중에서
처음 손에 잡았던 것은 선홍 쇠고기 살점, 장정奬幀의
장주의 장자이었다, 남화경으로 불리는 내內 7편 중
양생주*는 보신과 양기 발처發處 민첩만 아닌
얼나*인 양주養生 문혜군을 위한 보양법이어야 한다는
포정庖丁*이 소를 잡으며 왕 문혜군과 대화가 떠 올랐다

3.

한미연합기동 때문, 훈련 짜증이라는

제복의 제지, 손 신호 뒤 짧은 푸른 신호

토요 오후 포장 길이 진창이었다

사교 제단의 단말마랄까

망양罔兩*처럼 흔들림이랄까

구름을 썰듯 금속성 메아리였다

금속성 저 소리는 4층 유리벽 안

살과 뼈를 가르고 살에 남은

뭐뭐 꿀꿀

콜라겐 발라내는 전자 톱질일 거라는

발라낸 선홍 살덩이들은

장안의 음식남녀, 강남 호텔이나 여의도

도축장 골목 너른 차 안에 싣고들 떠난다는

살덩이 한두 점씩 디젤 자동차 속 우리는

한미합동 포사격 소리가 너무 가까이서라는

신미순 심효순 하굣길 책가방도 함께 뭉갰다는

판문점 이정표와 철조망 두른 임진강으로 길

경기북도 서북도로는 군용과 겸용이라서

언제 노인들 지팡이도 부러뜨릴지 모른다는

적자생존, 반 토막 땅 길바닥은 가다 서다를

플라타너스 한 잎 또 한 잎처럼

안간힘으로 이율배반 떨어지는

하늬바람 속의 적자생존 랑데부 가을이었다

    4.

포천의 인공폭포 온천을 찾아갔던

가을날 우리 부부들 포천까지의 나들이

벌건 석쇠 위에 홍사리 벌건 껍데기들처럼

뭐뭐 꿀꿀 껍데기와 껍데기 사람들의

콜라겐 덩어리에 왕소금 섞어 한참을 씹었던

내 또한 드라큘라 한 장면의 체득이었다 할까

중세 사교의 번제와 다른, 목숨의 외경畏敬

가축 목숨을 대신 추구 만들어 마을 신께 올렸던

생명 외경 조상들의 두 손, 제사법 수련의 날이었다

*牟牟 乫乫 :(소가 우는소리 모), 乫乫(돼지가 우는 소리 굴) 우리나라만의 한자음을 필자가 자의적으로 움머움머와 꿀꿀의 표현을 위해서 만든 의성으로 한자다.

*養生과 養主 : 양생은 몸나의 양기를 붙돋는다는 말이고, 養主는 몸의 주인인 얼나란 뜻이다. 건전한 정신의 얼과 건전한 육체의 몸나의 바른 조화가 삶의 조화라는 뜻이다.

*庖丁 : 장자 내편 3의 양생주이다. 포庖는 요리사의 뜻이고 丁은 남정네란 뜻으로 당시 포정은 궁중에서 소나 돼지를 잡는 책임자이다. 포정은 19년이나 칼을 갈지 않고 방금 숫돌에 칼을 간 것처럼 칼날을 간직해 소를 잡았다. 소를 잡는 법을

비유로 문혜군(맹자 때의 양혜왕과 동일인으로 전해오고 있다)에게 정치의 理致와 정치의 도리를 비유로 말한 것이다.

*罔兩 : 그림자의 그림자이다. 달밤에 냇가나 논둑 도랑길을 걸을 때 생기는 그림자의 그림자이다. 한국시협의 월정사를 찾아갔던 날 달밤이었다. 월정사로 가는 물 위로 걸친 다리 위에서 나는 내 그림자를 따르는 희미한 또한 그림자 罔兩을 만났다.

*얼나 : 다석 유영모 선생은 삶에서 나의 나됨으로 세 과정 몸나, 맘나, 얼나로 구분하였고, 잠을 잘 때는 칠성판 모양 판자 위에서 잤다. 장주는 얼나를 眞我라 했고, 眞人은 아킬레스건의 발뒤꿈치로 숨을 쉰다고 했다.

6. 재灰 속에 눕다

1.

110년의 전통, 교회 부흥회였다. 초청 강사 목사님은 자본주의 미국 米國에서 잘 나간다는? 내자 대동 목사님이셨다. 3일 부흥회를 이끄신다는 목사님, 부흥회 목사님은 단상에서 이민의 생활 미국 속에서 보이지는 않았지만, 도움의 손길로 지금 이 자리 성공담 뒤의, 왜 그래야만 했을까, 누워 제 얼굴에 침 뱉는 마조키스트의 행위, 없어 더욱 있어야 함으로 GOD을 놓아버린 지금 내 나라 교회의, 자신 또한 햄버거를 비빔밥처럼 땅, 미국에 살면서, 내 나라 지금 기독교들은 god과 dog의 무분별 맨바닥이라는, 오늘 좌우로 치우친 내 나라 기독교가 그렇고 목사들이 그렇다는, 자리에 앉은 성도들에 대한 평 또한, 풍문을 여과함도 없이, 세상 사람들 화법 '개무시' 말투로 우리 기독교의 현금現今을 까발리며 코메리칸 영어 섞어 동조함을 강요, 간살 서울 말투 되살려 힐책이었다. 단하 앞 좌석 모처럼 홍조 눈망울과 뛰는 가슴으로 냉랭 믿음 붙들리려나 부흥회 참석, 부흥헌금과 함께 앉아 있었던 실향 분단 나라의 열패자 나는, 여과도 없이 내뱉는 미국시민권을 받았다는, 자긍에 부푼 늙은 철부지 목사의 양날 칼처럼 쏟는 말이 언짢아서, 튀어나오지 못하고 차마 몸만 앉아 있었다.

2.

언짢, 부흥회 뒤 먼 집으로 지상에서 지하, 다시 지하에서 지상, 경의

중앙 지하철 경로석이었다. 염색의 시기를 놓친 것이었을까, 붉고 하얀 머리카락 늙스레 여인 앞에서 촐랑거리는 말투의 머릿기름 중년 사내, 사내의 소곤 촐랑 말이었다. 자기 또래 목사들은 개척교회의 창립 예배를 개업식(?)이라 한다는, 그들이 교회 개업식을 할 때는 불확실한 미래 보장을 위해, 예배당을 담보 몇 보험과 食口들 입을 위한 자연재해보험에 생명보험마저 들어놓는다는, 벙벙한 몸매 목 살집, 넥타이의 지천명 지나고 耳順도 가운데쯤의, 직업이 목사라는 그의 지껄임 3박자에 맞추듯 반쯤 지워진 장밋빛 입술을 들썩이는 여인, 두 사람의 관계와 관계는 콜라텍 만남이었을까? 곁 아내가 있어 나는 로트레아몽의 박쥐우산과 재봉틀처럼 침대 위 만남이군, 성난 눈길뿐 뒤의 얘기 훔쳐 듣느라 아내 눈치를 거두지 못했다.

두 남녀 비밀 결사 주식교회의 구정물 말 옆과 밑씻개 곁에 앉아서, 흥미로워 나는 너무 괴로움이었다. 할喝, 어부 베드로가 부활 후 예수 말을 듣고, 그물을 던지고 올린 것처럼, 목이 좋아야 한다는, 그래서 익명을 선호하는 아파트 단지 주변이 개업 장소로는 진짜 안성맞춤이라는, 그들보다 앞서 흰돌마을 백마역, 마을버스 갈아타고 집으로 오는 늦은 밤길, 마을버스 밤길을 문산에서 서울역까지 철길, 붉은 신호 속에 지내야만 하는 내 집, 풍동마을 하늘에 붉은 무덤 십자가들 덤터기 저만큼, 그러함에도 하얀 십자가 몇이 점멸등처럼, 점멸등 나를 별 없는 옛 예배당 가는 길 언덕 푸른 별빛처럼 달랑 보듬어 준 늦은 밤이었다.

3.
체감 더위가 45도 이르리라는, 기상대 관측상으로 두 번째라는, 아

니 첫 번째일 것이라는, 3호선 지하철과 경의중앙선이 맞물려 대곡역
大谷驛, 후줄근 모습 한 사내 뒤를 두 여인이 따라 올랐다. 차 안이 진짜
시원하다는, 시원함을 혼자만 핥고 뱉듯 사내는 뒤축 없는 실내화, 엷
은 치마 두 중년 여인들에게 말씀이었다. 중년 사내의 서슴없는 「거듭
났다」는 체험의 '묶음 말 속' 명약관화明若觀火 그 사내의 아날로그 술책
헤쳐 보였다. 좀 목이 간 듯 중년 사내의 꼬리에 꼬리를 물고 묶고 풀어
말씀이었다. 지금 요양원에 계시는 홀어머니, 어머니의 혼자 기도를 거
부할 수 없어 청년 시절까지는 교회에 묶인 생활, 그러나 결혼과 함께
중국에 진출, 전자합자사업에 투자 후 실패, 술과 담배 그리고 거시기
나날이었노라 했다.

천당 아래 분당이라서 목사님 이름만 들쳐도 알 수 있다는, 분당의 대
형교회 부흥 집회 참석, 셋째 날 새벽 기도를 드리다가 한 줄기의 밝은
빛을 받았고, 눈에서 비늘 같은 것이 눈곱처럼 떨어졌다고 했다. 후 콧
물 눈물 회개 뒤, 파주 근처 한 토굴 기도원, 땀방울 여름이 혀를 휘감
는 습기 속의 토굴에 앉아 기도를 드리다가 가슴을 훑는 바람처럼 음
성, ▲▲아, 순풍처럼 '너는 나아가라'는 분명 하나님 말씀을 들었다고
했다. 전자동 지하철 여닫이문, 바퀴의 소리에 섞여 사내라 해야 할까,
중년 후줄 남성의 빠른 혀 계속 굴려 넘어뜨리고 있었다.

지금 한창 뜨고 있는 마곡지구, 월세가 300만 원이면 된다는, 예배의
처소를 며칠 전 보고 왔노라는, 오직 전능하신 하나님의 뜻에 맡기고,
두 무릎 꺾고 꿇어 기도를 진행하는 중이라는, 내 기도祈禱 속의 기도企
圖에 동조하는 믿음의 동지 몇 명만 모여준다면 두 무릎의 물집이며 짓
무름 걱정하지 않고, 남은 생은 하나님의 절대절명? 거룩한 일(사업)을
해 보겠노라는, 왼 무릎이 언짢은 내 무릎 가까이 기댈 듯 다가서서, 듣

성 턱수염 중년의 사내는 두 자매님들 기도와 연락을 부탁드린다는, 바쁜 일정 때문에 지상 디지털역에서 먼저 내려야 한다는, 후줄근한 잠바 중년 사내 얘기를, 진짜처럼 시원한 지하철 속에서 들으며 나는, 왜 그랬을까, 랭보의 시 지옥의 한 철이 생각이 나서 웃음을 눌러 걸었다.

빈 좌석이 나자 뛰어가듯 여인들 등짝 보면서 안녕히들, 기어드는 목소리로 가시라는 후줄근 중년의 사내, 나 또한 6호선 환승을 위해 옛 난지도 모기들과 파란 쉬파리 떼처럼, 전자 숲과 전자칩의 디지털지하철역, 역내를 느린 걸음으로 걸었다. 내 아날로그 걸음보다 더욱 느린 걸음의 중년의 그 사내, 중들의 행선行禪이랄까, 바쁜 일이면 문 더욱 문 닫아 기도 버릇 익힘이었을까, 전자칩 A.I, 핸드.폰 시대 사람들 속에서 그런 아날로그의 생떼 말을 해야만 했던, 아날로그의 생떼 말을 해야만 했던, 처진 어깨 더딘 걸음걸이의 사내, 사내의 처진 걸음을 두고 읽지 않는 시를 쓴다는 시인 나, 또한 앞서 땀내에 구겨진 사내 걸음걸이 앞서 걸어갈 수가 없었다.

너와 내 손 안 전자칩, A.I까지 돌올突兀 시대
내 밑힘과 믿음이 없는데, 어찌 남들에게 설법
유투브 속 헤매는 다단계 꾐통 환하게 긁어모아
그 화술을 꿰맞추는 단어들을 줍고 훔쳐?
부대찌개처럼 사람 편에 선 설교가
편편 살살 타성, 짜집기의 설교가
지식과 상식, 샘본 교과서처럼 명약관화
기대치 미달 인본주의 바닥의 설교가
믿음 없는 회칠한 무덤 나를 들여다보면서

너는 믿어야 한다는, 말을 할 수가 있을까
믿음은 풀이나 나무의 뿌리처럼 밑힘에서
풀잎을 깨우는 봄바람과 한여름의 빗방울
여름 숲길 걷다가 만나는 계곡 물소리처럼
둥근 과일 보면서 하늘 상징 나만의 체험을
겨울 추녀의 고드름이 땅을 향한 송곳처럼
칼날 고드름이 가슴에 닿아 둥근 물방울로
없어서 더욱 있음으로 계시, 참 밑힘의

통금 해제 맞춰 새벽 네 시
녹슨 예배당 종소리 때처럼
풀잎 재우고 일으키는 바람이 되고
고드름이 둥근 맛으로 과일이 되는
칼날 고드름 가슴에 품어 물방울과
수증기로 믿음과 밑힘, 네 속 내가 되고
네 속의 하나님 아들을 모시는 내가 되는
믿음 안의 밑힘은 불과 물의 원수가
밥이 되고, 풀잎이 되고, 웃소리가 되는
너와 나는 바늘귀 앞의 낙타의 눈빛이 되어
일주문처럼 문 없는 문을 열고 가는 길이다

7. 모세의 7계명 · Me to

1.

49세 생을 마감, 여덟 번 8도 장원급제, 기호학파의 좌장, 율곡과 송시열의 기발리승氣發理乘 리기일원론의 人心道心으로 성정性情의 인물동이성人物同異性*을 두고, 호락논쟁湖洛論爭의 중심에 섰던 충주, 충주의 선비들은 군국주의 일본이 강토의 지맥과 조상대대 혈맥의 땅을 니혼도刀섬 놈들의 자르고 쇠못을 박아 기찻길, 철길을 놓겠다는 짓을 목줄과 가슴을 내밀어 부월상소斧鉞上訴의 진원지였습니다.

진파처럼 발길질 군국주의 니혼도, 지까다비가 물러가고 강토는 패전 일본 땅 대신에 왜 그래야만 했을까, 독립처럼 아닌, 지금도 분단과 카오스로 난장 터입니다. 북은 단군릉을 조성 3대 절대 전통 세습 다시 왕조로, 남은 『옳 바르』 뒷전에 『잘 살아보세』 국민체조와 새마을의 노래, 노래는 마을 앞까지 시멘트와 아스팔트가 깔린 사통팔달이 되었지만, 불평등과 절망과 미움의 사발통문은 독새풀처럼, 못살겠다, 혁명 촛불과 붉은 띠 안개 총 최루탄 거리를 부르고 말았습니다. 조선말 정권을 움켜 잡았던 노론들 사이의 됨과 다움으로 사람 心의 性과 情으로, 인성과 물성의 같음과 다름으로 호락논쟁이 치열했던 향상일로 人性과 예법의 품격 논쟁은 언제 어느 구멍으로 빠져버린 것일까.

2.

충주시 외곽 천등天燈, 천등산 중턱에 이슬람사원이 얘까지일까, 국

464

회의사당 돔 모형이랄까, 꼬부랑글씨 창문과 출입문을 숨겨 Amuru Motel 들어섰습니다. 농번기인데도 뻔질나게 드나드는 번들 승용차들, 한 날 동네 할머니는 동네 8촌 이장에게 물었습니다. 러브모텔을 짓는 일에 도움을 주었던 중늙은이 이장의 말이었습니다. 나도 몇 번 일(?) 때문에 들른 일이 있는데, 모내기보다 더 바쁜 일들로 잠을 설친 대처의 사람들이 맑은 공기를 허파와 가슴에 채우려고 찾아와서 푹 잠만 자고 가는 집이라 합니다. 이장은 농번기 지나면 고려가요 쌍화점의 '그 자리에 나도 자러 가리라' 춤이 취미라는 마을 과수 점을 찍어 농한기 꼽아 속셈하면서.

영국의 한 사회심리학자가 우리 땅의 많은 아파트와 모텔들을 목도하고, 한국에는 아파트와 산기슭의 모텔만 있고, 룸은 없다고 힐난했던 내 나라, 신·구 기독신자들 23%의 나라, 모세의 율법 제7계명 '간음하지 말라'란 말씀은 모세 그때와 간음한 여인 앞에 예수처럼 잠시 성경 속에서만, 때문에 화간和姦은 괜찮다는 국회 여야 논란 통과 뒤 그들은 함께 웃으며 비빔밥을 먹었다는, 비빔밥이나 혼밥의 맛남처럼, 샤먼 기독교 울타리 내 나라, 너의 불을 켜 등경 위에 두라는 철도길 없는 충주시 외각 天燈山, 천등 기슭은 일실천등—室千燈 하늘 마음으로 충주만의 절의와 열녀문 충주를 지켜왔다는, 하늘 등불, 천등산 중턱까지 Me to와 to me, To Me와 me to의 Amuru Motel, 농번기보다 바쁜 요상妖象 말씀의 일반화, 충청도의 유망? 충청남도 지사 사건 뒤, 뒤의 뒤 천만 인구들, 세 번 민의에 의한 압도적 아그레망, 환경운동가 시장의 내복이 왜 그리도 풀잎처럼 말끔했었다는 유언비어, 人과 物의 性情同異性 아닌, 그 또한 암컷의 현묘玄妙함에 혀와 아랫도리가 헐렁했다는 한 날, 그의 평소 말버릇처럼, 자연보호는 약한 사람들, 노동자들 위한 보호라는, 서울 산기슭의 자연보호 플라스틱 팻말 아래 누워 발견되고 말았습니다.

3.

구로구 구로九老 마을은 옛날 철든 아홉 어르신네의 선비 마을, 혁신 패거리들이 「꽃할배」 경망 말투의, 사대문 안 한양 시절에는 4대문의 안쪽 사람들 속 사람보다 굴종의 모습을 보면서, 천성으로 性善을 더욱 지켜야 했던 호락논쟁의 한강 남쪽의 한 터였다. 6, 70년 새마을 노래의 처음과 봉제縫製가 절정 때는 비둘기들 집처럼 한강 기적의 역군들로, 어린 동생들과 부모 생각의 공돌이와 공순이들의 백열등이 늦은 밤 대낮처럼 우구구 닭장으로 알집이었습니다.

2018년 한여름 불볕더위가 스러지지 않은 구로마을 저물녘이었습니다. 돼지 갈비뼈가 전문이라는 식당의, 돌솥 비빔밥을 시킨 친구들 네댓 틈에 끼었습니다. 식당 안은 벌건 몇 석쇠 위는 단백 덩어리 뒤집어 구르는 소리와 에어컨과 선풍기 섞여 떨어지는 선홍 담박 울음소리, 얼음 띄운 맥주잔에 '처음처럼, 붉은빛 참 이슬' 선홍 살점과 반라 속곳 남녀들의 귀를 찢는 팔도 웃음이 섞인 사투리의 구로동, 사투리 사람들의 청탁 불문 파티였습니다.

저들은 식당 건물의 지하, 라틴 사교춤 파티서 만난 암수들임이 불을 보듯 웃으며 뻔하다plainly, 영어 섞어 구로 이웃 중국인들 건너 동네에 사는 벗의 귀띔이었습니다, 근육질 젊은 사내 하나 둘러싸고 경매장처럼 중년 여자들의 웃음소리, 한 편에는 쌍쌍 남녀들의 지친 듯 눈웃음은 거래 전인지 거래가 파한 뒤의 뒤 모습인지, 누룽지 한 알갱이의 맛, 그 맛까지 긁던 나는 숟가락을 떨어뜨리고 말았습니다. 떨어진 숟가락을 줍다가 할끔 옆 밥상 여인들의 허벅지, 여름 허벅지들 틈과 사이 한 여인의 목에 걸린 십자가와 선홍 발톱과 검푸른 멍자국 장딴지를 목도 하였습니다.

유대인들은 현장에서 간음한 여인을 예수의 앞으로 끌고 와 예수의 허리께 들이대며 물었습니다. 모세의 율법대로 이 여인을 너와 섞어 돌로 칠까, 아니면 말고, 바닥에 손가락으로 피부 마찰이듯 무언가 쓰고 있던 예수의 대답이었습니다. 너희들 중 죄 없는 사람이 먼저 돌로 여인을 쳐라, 모세의 제7 계명을 희롱이라도 하듯 식당 안은 다시 사교춤 남녀들의 살진 웃음소리, 떨어진 숟가락을 줍던 나는 한 여자의 무릎과 뭉뚝 장딴지의 멍 자국에서, 7계명 율법 앞의 내 지난날 짓거리들이 거미줄처럼, 못이 빠져나간 녹물 구멍들처럼 명멸이어서, 바닥 위 숟가락 선뜻 주울 수도, 그 여인의 푸른 멍 장딴지서 눈을 돌릴 수도 없었습니다.

한여름 명정酩酊과 치음癡淫, 옛 아홉 노인 마을 벌건 소 돼지들 단백질 파티, 나 또한 저 패거리들 찢고 찢기듯 웃음 뒷맛의 씁쓸함보다 더했으면 더했지(?), 떨어진 숟가락 줍지 못하는 일처럼 부끄러움이어서, 누룽지 맛을 함께 긁던 벗들도, 단백질 파티 암수 놀음 사람들도 바로 볼 수가 없었습니다.

4.

모세 율법 중 살殺·도盜·음淫은 삶의 현장과 외적 질서의 제단祭壇으로 율법의 문제이고, 여자를 보고 음욕을 품는 자는 이미 간음했다는 예수의 탐貪·진瞋·치癡·허언虛言 문제는 너와 나다움, 됨으로 心의 성정을 들춰 절제와 예방을 말하는 종교의 새로운 지평입니다.

시궁 밑창에서 출발 치정癡情(?), 동물은 암수의 문제가, 문제가 되지 않는데, 사람에게만 남녀의 관계와 관계가, 왜 비린 수렁이나 하수구의 구멍처럼 문제일까, 암수 교접은 종족보존과 생존의 제1품 방편으로 고통의 축제였는데, Amoru party란 유행가처럼 콧구멍이나 귓구멍을 간질이는, 간질이는 그 간지러움으로 혀와 손이 와서 닿기를 원하는, 종족보존의 관계와 관계를 찢어 잘라 버리고, 충동의 자맥질 화간은 간음이 아닌 자유라는, 알면 어때서, 그날 구로동 암수 패거리 중 한 여자 핸드폰에서 '연애는 필수, 결혼은 선택 'H.P의 벨 소리가 보들레르가 승선했던 원양 배의 갑판에서 만났던 알바트로스 울음처럼 울렸습니다.

춘니春尼
춘니의 간지러움은
엄마 젖가슴 어루만지며 자란
어린것들의 하얀 잇바디었습니다
성탄 때면 눈바람 속 세운 오버 깃
오버 속의 구운 밤 그때의 햇살 웃음처럼
통금 그 시절 늦은 백열등 골목 두 그림자처럼
그리고 그러나 그것은 에덴동산 아담 이브의 시절
무화과 꽃이 보이잖은 무성한 무화과 푸른 꽃들처럼

*人物同異論 : 실사구시 실학이 고개를 내밀고, 서구의 천주교가 우리나라를 기웃거리던 1750년 18c 중엽, 당시의 정권을 잡았던 성리학, 충청과 경기남부의 理

氣一元論의 학자들 사이 탁상논쟁은 人과 物의 本性이 같은가 다른가의 문제였다. 즉 유학사상의 꽃과 열매인 깨끗한 心氣로 聖人의 길, 그 성인의 됨 방법을 두고, 한원진 중심 충청의 성리학자들과 한강 남쪽 이재 중심의 경기학자들 사이 논쟁이었다. 호서학자들은 마음이 일단 氣인 이상 청탁수박淸濁粹駁이 있어 일정할 수 없으므로, 성인과 범인이 구분되어야 한다고 했고, 이재 중심의 경기학자들은 사람이 至善으로 가는 길은 막을 수 없다고 하여, 天理를 담은 그릇으로 사람의 心氣는 人과 物, 즉 성인과 범인의 차이를 넘어서야 한다고 했다.

8. 부모은중경

    1.

돌연변이처럼, 열한 번째 막내아들을

열혈 땀 염치마저 묶고 묶이어 사셨던

한국 나이 98세 밴쿠버의 장모님

요절 막내아들 이역 한인들 기독묘지

한글 성명을 알파벳 기호 청동에 새기고

복지 캐나다 벽을 향한 혼자 몸이 되셨다

복지의 제도가 땅 위의 1위의 나라 캐나다

거저 1,500불을 달마다 주는 호사라 했지만

초저녁이었는데 아내와 더불어 찾았을 때는

벽에 아들과 딸들, 가까워서 먼 전화번호들

활의 등처럼 등뼈와 자국눈, 성긴 머리카락

나무의 나라 낮은 목침대 나무 향 벽을 향해

동짓달 낙엽처럼 잠드셔 그리움 깰 수 없었다

떨리는 마음 내 기도가 끝나자

김 서방, 딸 셋째는

여기에 남겨 두고

틀니 끼우며 남은 여행 혼자 하면 안 되겠는가
잡고 잡힌 손 놓지 못하는 핏줄의 하소연
눈물 찍던 아내는 내 뒤를 따라 일어섰다

봄이 오면 백수의 나인데 얼마나 외로우셨으면
장모님은 자동으로 여닫는 현관의 불빛 아래서
활등으로 발돋움과 투명 강화유리처럼 그리움을
문고리 잡고 다시 발돋움 밤길 가는 우리 모습을
뒤를 돌아 아내는 흐르는 눈물 손등으로 닦았고
나도 고개를 거듭, 캐나다의 밤 눈시울 찍었다

밴쿠버에 정박한 둘째 딸과 어린 새끼들
사위는 생솔 가지가 찢어지듯 안간힘이라 했지만
호텔로 향하던 밤길을 돌려 흐린 양로원 현관의
98세 장모님 모습이 사라진 것을 확인하자 했다

내일이면 밴쿠버를 떠나는 우리에게
어둑 가로등의 길처럼 입을 열고 둘째는
손주들 기다리는 밤길 문을 닫고 떠나면서
발돋움은 아니었지만, 영어를 외면하고 싶다는
엄마 아빠 걱정 말아요, 또렷한 우리 말투였다

늦은 밤길의 밴쿠버

이민 3년 둘째와 사위를 보내고
밴쿠버의 마지막 밤을 아내와 나는
샤워와 불 끄는 일도 놓아버리고
하얀 목침대 나뉘어 뒤척이는 아내의
뒤척거리는 서슬에 잠을 놓고 말았다

　　2.
유월의 빗줄기 북한산 골짝이었다
낮은 양철집 암자, 평소 앓 있으니
비를 피해 가자는 석등과 빨랫줄
빨랫줄과 나뭇잎 새 거미줄의 빗방울들
거미는 어디서 비를 피하고 있을까
아내쯤의 나이 비구니가 홀로 가꾸고 있다는
추녀를 따라 흐르는 토닥토닥 물방울의 침묵

낮은 양철 추녀의 낙숫물과 침묵 사이
불자인 동행 형의 비도 오는데 웃음 권유에
비구니의 아기를 달래듯 부모은중경
자식 하나 낳는데 피가 서 말 석 되
자식 하나 기르는데 젖이 여덟 말 넉 되의
생전 부모님께 불효를, 부추기듯 부모은중경

이태 전 내 또한 피를 쏟아 응급실

하얀 벽을 향해 장모님의 잠듦처럼

응급실로 실려 가기 전의 말매미들 울음

화장실이 필요 없다는 중환자들 병동 속의

이명, 말매미의 소리가 밴쿠버까지 따라와

너는 불효, 불효자였느니라. 귀를 두드리고

지나간 날 부모 경홀 이목구비를 후벼서

혈육이 살고 있는, 지상낙원 밴쿠버 땅인들

지·수·화·풍, 화택의 어딘들 낙원이겠는가

하얀 시트 이국의 침대 누워 창밖의 빗소리

밴쿠버의 마지막 밤, 잠에 묻을 수 없어서

때의 북한산 암자 비구니의 중모리에서 진양조

부모은중경 노랫말 더듬으며 나는 웅얼거렸다

9. 에둘-길 · 1

- 단풍마을 속 철조망

자주 가위에 눌리듯 휴전 임진강 울타리 풍동마을
단풍잎 사이 달이 오를 때는 무척 낭만적이었다는
풍동 단풍정丹楓亭은 시인 묵객들이 그치지 않았다는
우발 범죄 예방, 철조망으로 단풍정 달 묶어 두었다

숲속 단풍마을 페인트 냄새 두른 상가
층층마다 꼬부랑글씨와 찢고 찢은
섞어찌개처럼 찢긴 우리말들 상표
복층상가 맨 위층은 하늘가족 소망교회다
하늘 소망교회 밑은 한밤이면 신음소리가
교회 천장에 거미줄이듯 메아리가 산다는
부모님을 하늘처럼 모신다는 소망 꿈
노인요양원이 있다

하늘 소망 노인요양원 아래는 '꼭 집어' 영수학원과
원리와 논리 학원들과 손톱 발톱 머리방, 웰빙 식품들
아래와 또 아래 3층에는 아, 열 평 남짓 서점 반딧불
예 사람들 형설의 추억 반딧불 서점, 바닥과 진열대는
문제 아이들 문제집, 한 칸 결 음식남녀, 여행 가이드

딱 두 서가는 예 같으면 빨간 딱지 인문역사 서적들과
12판 인쇄 인문과 역사 서적들과 대하소설들 틈에 끼어
내가 없는 세 칸 양보를 받아 시집들 코너
계산대 앞에는 여고 시절에는 문학소녀였다는
중년 여인이 뿔테 안경 너머 눈으로 앉아 있다

반딧불 서점 옆은 24시 비디오방과 웰빙 꼬부랑글씨
목로주점
웰빙 꼬부랑글씨 아래는 아름 성형외과와 사과나무 치과
아름 성형과 치과 밑은 동네 서비스 제일, 1+1 슈퍼마켓
제일 슈퍼마켓 계단 곁은 '미치고 싶다' 노래방이 있다

복층 상가 엘리베이터 출입구엔
포동포동 아이들, 한 손은 웰빙 햄버거
다른 손바닥엔 거미줄의 나비가 몸부리하듯
어미의 나라 아비의 말씀 싹둑, 퉤퉤, 도리질
기관단총이듯 ▼팔▲나 형형 핸드폰 무두질이다
하늘 말씀 훈민정음 삼재 삼각구도 하늘 사람 땅
두세 편 갈라서 훈수 무두질하는 너와 내 나라
미친 쇠고기 싫어요, 때는 서너 집 낮밤으로 깃발 아파트
국경일과 국치일에는 한두 집뿐 천 · 지 · 수 · 화 태극기
빨강과 파랑의 대위법으로 조화 회색임 놓아버리고
범죄 예방 철조망, 단풍정 마을 길 혼자 걷고 있다

*옹소리 : 다석의 훈민정음해례 405(이정호 혼민정음 구조와 원리)자이다. 훈민정음은 하늘로부터 받은 문자, 즉 옹소리다. 옹은 뒤집어도 옹이요, 바로놓아도 옹이다. 세종대왕이 創製의 뜻을 밝힌 소리를 잡아 우리 한글의 장점이다.

10. 에둘-길 · 2
- 1970년 7월 7일 경부고속도로

1.

서울서 아침, 부산 내려서 점심을
1970년 7월 7일 경부고속도로 개통,
한 마장 길처럼 환하게 뚫리었던 해
완공 날까지 길 내는 것을 한사코 반대
반대 혓바닥과 빈 주먹질 계산들 있었지만
부산에서 환하게 뚫린 고속도로의 상경 길
7월 10일 주일 맑은 더위 속 새벽의 길
개통 4일 너른 길 부산 서울 고속도로 달렸다

여치며 메뚜기의 창자 더러 들새 머리통이
고속버스 앞 유리창으로 돌진, 경부고속도로
주일 새벽 출발 서울역 건너의 그레이하운드
양동이었던가 도동이라 했던가, 고속버스 정류장
종로 3가의 백궁다방까지, 걸어서 이삼십 분의
스카라 등 극장 팻말들의 뒷골목, 11시 한 예배당
미국 유학의 고신파 부산 담임목사님은 설교 때면
우리말로 성경 말씀을, 무척 유려 영어 절제했는데

종삼, 푸른 제복 서울교회 목사의 설교는
지금 우리말로 번역이 되어진 성경은
원문과 달라도 한참 거리로 다르다는
잘못 옮겨진 곳 또한 한두 곳이 아니라는
30분 남짓 종3 골목길 교회 목사의 설교는
물 많은 구포 배, 그 배의 뱃살 맛을 핥듯
나긋나긋 서울 말씨에 낯익은 지방의
악센트 가라앉아 섞여 있었다

지상교회 기독인들은 불의에 목을 곧추 현실참여를
아편처럼 설교 켜켜이, 지금 생각하니 그래서였을까
키득키득 웃으며, 침을 삼키며 들었던
벗의 첫 실패, 종로3가 동정담童貞談처럼
종3 골목 교회의 풀빛 복식 흰 까운 목사는
메모를 넘기면서 생살 발라내듯 과녁 향하는
기독인들은 자연생태의 파괴
경부고속도로 때문에 찢기고 뚫린 가슴
찢긴 길 터널 시멘트 박힌 뿌리들 울음을
보고 들으며 반드시 막아 지켜야만 한다는

   2.
흥남부두 시절 피난민 수도 부산, 눈물 섞인 교회와
눈 감으면 코 베간다는, 환도 후의 뒤죽박죽 서울의
척박 서울 정착과 점유, 교회의 차이려니 생각하다가

478

유신이 함몰되던 80년, 서울로 옮겨 안 일이었지만
때의 종3 교회 목사님은 유신을 앞서 반대, 그리고
뵈지 않는 믿음을 믿힘으로 보여줘야 산 믿음이라는
유신반대 몇 번 투옥의 경험, 본 회퍼가 전공이라는
시위 때는 예배당보다 시위의 그 장소가 성전이라는
때의 종3 목사님은 좌우 눈 감아 격렬 세상 떠났지만
믿음은 바라는 것들과 보지 못해 더욱 보여 믿어야 하는
보여 주어야 함으로 검은 실루엣이랄까, 페르조나라 할까
내가 믿어왔던 고신파의 교회가 아닌 기독교 장로교회였다

1980년 삼일절부터 서울살이 꿈틀
나는 교회를 붙잡지 못하고, 주일이면
정확하게 3분 기도, 30분 설교의 말씀
김OO 목사 새문안교회의 4부 예배 뒤면
부산 시절 보수동의 헌 책방을 찾았듯이
맑은 물 없는 청계천 4가 누비옷 책방 찾아 걸었다
문공부 간행, 아직 잉크 냄새 80년도 기독교 연감
현재진행형으로 고신파 장로교회의 신자였던, 나는
문공부 등록 장로교회 교파 수가 88까지 도달했다는
통계에서 빠진 장로파 교회들이 상당 있음 추측된다는

성부 성자 성령 삼위 목수 아들 예수 안에서
예수교장로회의 교파와 이름으로 88개의 내 나라
땅 위 사람들 대박 터지는 싸움판도 두 축과 두 파인데

나를 미워하는 사람일수록 더욱 두 손으로 모셔야 한다는
시쳇말 대깨문 아닌 대깨 목사 파, 너는 대깨 장로의 파
이 저도 싫어 오직 믿음 안에서, 때문에
대깨 목사 파도, 패거리 떼거지 장로들도 싫다는
한 예수 안에서, 교회 안의 싸움판은 두 파에 +ā의

때면 묵정 자갈밭에 마른 씨앗을 던지듯
분쟁 분파 사람들의 설경舌耕 세 치 혓바닥
그래서, 그러함에도, 이 또한 전능하신
샤머니즘 터 하나님의 허허
『깊은 뜻하심』 앓음이 아니겠느냐는

초기 미국의 선교사들 상당은 FBI 끄나풀이었다는
미국 선교 정책은 조선 분단 백성들 혈연과 지연의
조선인들은 모이면 혈血과 파派로 찢긴다는 제국주의
일제 식민사관과 역사관의 잔패들을 몰아내야 한다는
광복과 함께 좌우로 결별, 조선 민족에게
밀가루 포대와 함께 진리가 너희를 자유케 하리라는

    3.
청교도 성격? 미국 북장로교회 후원 등에 업은
예수교 장로교회는 평안감사 평안도와
신라 불교의 단단 얼 터진 경상도를
율법과 예수의 사랑 앞세워 선점이었고

강원도와 충청도 경기 남부는 감리교회가
수고하고 무거운 짐을 진 곡창, 전라도 사람들은
나의 멍에는 쉽고 진짜 가벼움 아닌 가벼울 것 같아
그래서 진보? 미국 남장로교회 등 후원을 배경으로
양적으로 세계 1위에서 5위까지 줄을 세우는
대형 지상교회, 왜 그래야만 할까, 지방색을 업고
서울 안에서 청군 홍군을 따라 활개를 치고 있다는

광복 76년을 기념, 좌파 정부와 대통령
한복 걸친 8.15 광복회장의 작심作心 발언
마스크 밖 입 열고 목 힘줄을 세워서 발설
반드시 걷어내고, 찍어내야만 하겠다는
휴전선이 너무 가까워서, 그런 것일까, 일산의 내 집
2021년 광복절 주일 아파트 베란다 작은 국기 게양대
붉고 파란 동심원 태극과 건ㆍ리ㆍ감ㆍ곤 사방 이치됨의
마파람에 태극 깃발 사통팔달 날리기를 홀로 게양하며
코로나19 펜데믹 빙자, 비대면과 유투브로 주일예배
예배의 틈과 설교 틈 음식남녀 색색 광고와 더불어
유투브의 가상공간 앉아 주일예배를 드렸다, 그리고
식민지 디아스포라 유대민족의 정화를 위한 율법서
페르샤 노예 시절 유대 율법학자 에스라의 에스라書
포로 시절 유대 율법학자 에스라의 에스라서 읽었다

한양 서북 주변만 떠돌이처럼, 40년

서울살이의 허당, 내 믿음은 부평초 하루살이
뽑힌 뿌리 떠도는 밑힘으로 내가 아니었는지
지상의 불빛이 없어 하늘 별빛 없음 더욱 선연한
인시寅時의 적막 20층 중 9층 서창가 홀로 앉아서
시장바닥 떡장수 할머니와 금강경 박사 덕산의 화두
홀쭉 배 금강경 박사 덕산 스님의 떡 한 개의 공양을

물음에 스님이 답하면 점심을 공궤하겠다는
금강경 진 스님은 과거심, 현재심, 미래심, 어디에
점심*을 갈구하는 스님의 점심 마음을 찍겠느냐는
금강 박사 덕산德山이 등에 진 금강경 짐, 불 태우고
등불 끄고 칠흑 별빛 계곡 따라 별 암자로 걸어갔듯
근엄 십계명으로 시작 젊은 시절 기침으로 가슴앓이
용두산 부활절 연합예배에서 하나님이 치유해 주셨던
주님 손길 좌측 폐 스치어 갔음의 에스라 정결례 흔적

   4.
마스크로 입과 코 감추고 지하철의 경로석
지린 냄새 흔들리며 잠이 들어 몇 정류장
들었던 책도 깜빡, 아차 하는 틈
믿음이 밑힘이지 못한 실루엣으로 무명의 길
중심 머리카락도 다 빠져버린
길어진 실루엣으로 에둘러 온 에돌-길 믿음의
민둥산으로, 민낯으로 내 허투루

감춰 웃으며 점멸등 내리막길 집 앞 내렸다

밑 모르는 슬픔의 두레박을 내려
찬물 한 모금의 대낮을 올리었던
차도르 반쯤 내려 예수 앞 수가성 여인처럼
바다를 곁에 두고 뙤약볕 모래밭 휘뚜루마뚜루
파도가 지우는 한 걸음 한 걸음 모래밭 길 믿음

벗어 드리고 가야함으로 시간 형해形骸
별이 없는 별 밤 별을 향한 공간 향해
덕산이 금강경 태워버리고 별밤 길을 걸었듯
내려서, 더욱 내려가야 함으로, 별이 없는
별이 없는 별 밤, 별이 그리워서 에돌-길을

*點心 : 당나라의 학승 덕산은 금강바라밀다심경의 공인 금강경 박사였다. 한 날 등에 그가 주해한 금강경의 광주리를 지고 중국 남방의 한 시장을 지나다가 시장 함에 시장 모퉁이 늙은 떡장수 할머니에게 떡 한 덩이를 청하였다. 할머니가 덕산에게 点心을 공양하겠다며 덕산에게 던졌던 질문이었다. 내가 스님께 점심을 공양한다면, 스님은 스님의 과거심, 현재심, 장래심, 어디에 點心을 찍겠느냐는 질문이었다. 노파의 물음에 답을 할 수 없었던 금강경 박사 덕산이었다. 덕산은 등에 지고 있던 금강경 주해서를 불에 태우고 그밤 용담사의 용담 스님을 찾아갔다.

11. 성·프란체스코와 빛고을 맨발성자 이현필

1. 늑대와 대화

아씨시 산 중턱 동굴 속이다
똑 또옥 물방울 소리 듣는다
침묵 속에 마른 기침 섞인다
물방울과 기침 소리 적막이다
낮 밤이 밀려 오가고 개켜졌다

좁은 동굴 입구로 오월
햇살이 삐쭉 와서 박힌다
「그날에 늑대와 어린 양이 함께 하리니」
프란체스코는 꺾인 무릎을 세우며 현기증
동굴 밖으로 나온 프란치스코는 맨발이었다

갈참나무 곁 작은 키 오리나무 오월 잎들
햇살에 이슬 비벼서 아침 식사 중이었다
언제부터일까, 잎들 사이 늑대 한 마리
어슬렁거렸다
허연 이빨, 퀭한 눈빛이었다

굴 밖의 프란체스코
맨발 선 채로 현기증
프렌치스코는 눈을 감았다
가지들이 흔들리며 얼굴에 부딪치고
푸성귀 냄새와 비린내가 코를 스쳐갔다
시간이 얼마 흘렀을까, 이슬방울 속처럼
굶주림도 굶주림을 따라 투명할 때가 있다

갈참나무 오리나무 잎들이 움직임을 멈추었고
프란체스코가 두 손을 모으듯, 늑대도 두 발 모았다
프란체스코 작은 형제단 몇이 먼발치에서 보고 있었다
굶주린 늑대와 허기 프란체스코 이슬과 햇살처럼 대화
땅은 평화롭다

　2. 그림 돌 한 점

맨발의 성자 프란체스코
평화의 기도, 노래가 들린다
돌만 만지작거리는 지아비, 아내의 정훈庭訓이다
창틀 부딪는 찬바람 겨울과 수시 내통 아내의 집
늙어가면서, 싸한 냉기 속의 노래가 맑아 슬프다

분열이 있는 곳에 용서를

절망이 있는 곳에 희망을
가난한 사람들이 사는 곳에
잘 삭힌 밴댕이젓 희망의 뉴스를
덜 잠긴 낡은 수도꼭지 물방울 노래
프란체스코와 작은 형제들의 노래가
겨울 돌 귓가에 붙어 떨어지지 않는다

바람 불고 찾는 이 없는
화정동의 겨울 돌집들 거리
비닐 두른 삐딱 출입문 안쪽 가득 무덤처럼
돌 속에서 누더기 어깨 바랜 턱수염 커다란 귀
먼지 속 돌들 헤치고 젖혀 돌 한 점을 안았다
품고 와서 세례 마음으로 물속에 돌을 담갔다

다 돌아간 테이프가 감기는 동안
물이 말라가는 돌 속 노란 형상이
프란체스코의 빈궁 모습을 그린 듯
평화의 노래
아씨시의 성자 프란체스코와 형제들
종일 농장 일을 돕고 빵 한 조각만을

물속 노란 선이 여윈 프란체스코를 닮은
돌은 프란체스코 프로필 형상으로 상흔傷痕*

끊어질 듯 이어지는 노란 무늬의 그림 돌
프란체스코 석명石銘 짓고, 두 번째 읽다 둔
성·프란체스코의 자서전 조심 펴 들었다

3. 성자 이현필과 동광원 형제들

1)
프란체스코와 아씨시 작은 형제단
믿음으로 그들의 삶의 법을 본받자
무등 기슭과 지리산 줄기의 남원 동광원
작은 형제들의 집 동광원의 성자 이현필
청결 무교회 믿음 김교신 초대를 받고
1936, 7년 몇 번인가
다석 유영모의 암호처럼 백로지 위 붓글씨
종로 Y.M.C.A의 한기뿐 강의실 참석이었다

다석의 성서 공부 시간에 초대를 받은
이현필과 동광원 형제들은 그들의 생활신조를
실천했던 빛고을의 성자 이현필*
이현필과 동광원 형제들은
침 뱉지 않기, 일제 치하 화장실 청소
신발 바로 잡아 놓기
종로 Y.M.C.A 앞길과 화장실과

출입구가 얼굴 티를 보듯 반짝거렸다

다석은 해가 바뀌면 한두 번 빛고을 무등산 기슭
이현필과 작은 형제들 초대를 받고 잠시 머물렀다
벗은 발에 새끼띠를, 머리 숙여 일하는 동광원
성녀 클라라* 현신이란 소리 소문 파다 동광원
한 자매는 20년 와병 중 한 환자를 돌보며
환자의 침대 밑에서 20년을 토막잠이라 했다

어와둥둥 어깨동무 햇살 무등 기슭과
지리산 기슭 따라 남원 동광원의 본원
너른 산자락 가슴으로
빈곤한 이들과 더불어 겸손
빈궁한 이들 찾고 태워 와 위로와 평화
동광원 작은 형제들 인력거 어깨 마음
밑힘 없는 사람들, 찾아가 소가 되었고
인력거꾼 되어 빈궁 형제자매 모시고 와
돌보았다는
다석은 무등산 기슭 빛고을 형제들의
'거울 감鑑' 밑힘 형제와 자매들을 위해서
하루 한 끼니씩 시래기 된장국 다석이었지만
동광원 형제들을 위해 5만 평의 땅 쾌척이었다

2)

1982년 금남로였던가, 빛고을 한 석우 초청으로
동광원 성자라 불린 이현필도 참여한 바 있었던
좁은 출입문 앞의 붉은 백열등
빛고을 5.18 광주 Y.M.C.A
새벽 점멸등 광주의
Y.M.C.A 출입문 붉은 백열등 아래
'일어나라, 빛을 발하라'
'일어나라, 빛을 발하라'
빛 새벽 길 없는 백열등 붉은 흐느낌
새벽의 빛고을 그날의 금남로 지나갔다

거리는 함묵과 흐느낌의 빗질처럼
지나가는 바람에도 깨끗
허허 맨땅이었고
백두에서 한라까지 우리는 하나의 민족이란
무등 기슭 빛고을은 자유, 인권, 독립, 조국의…

봄 새벽이라 좀 춥지요, 침묵 나를 보며
빛고을 J석우는 침묵을 바꾸어서
수석 얘기였지만, 나는 붉은 슬픔 침묵 뒤
그렇군요
석우 내자의 환대, 골목 2층 기와집

1층의 너른 석실로 안내를 받았다

석실 벽에는 정결 몇 폭 문인화며
일필휘지 붓글, 분청 두 점과 청자 두 점의 제자리
먼 길에 생강차가 좋으시리라는, 한복 석인의 아내
서해 개펄이 씻겨 쇠 소리와 밤빛으로 낙월도 돌들
석실의 낙월도 오석에 빠져서 적막 빛고을 한낮까지

"비늘이 없어 홍어찜은 싫어하신다면요"
맛에 젖어 보세요, 저는 얼뜨기 신자라서요
부산 살면서 나 또한 비늘이 없는
뱀장어와 짚불 속의 꼼장어의 맛
목구멍까지 차올라 토로를 할까 말까
칠흑 밤처럼, 환한 석실의 칠흑 낙월도
그리고 조막 크기 누런 돌들
만지고 만지며 혹시나 안타까워하다가, 조막돌
광주고속의 상냥 안내 아가씨의 상경이었다

   3)
돌아와 프란체스코 작은 형제단 동광원
프란체스코가, 나는
주께서 파송한 어릿광대(Joculatores Domin)
～처럼

빛고을 무등산 기슭과 지리산 기슭

남원의 동광원 본원

동광원은 들르지 못했지만

다석의 차용 입언立言, 씨 올

요한복음 16:24절, 한 알 실존 다석의 밀알 철학

밀알의 철학에서 새마을운동 싹이 올랐음을 자르고

「씨 올」

다석의 오산 시절 제자였던 함석헌은

뜻으로 본 한국역사, 잡지「씨 올」에서

씨 올을 자유 해방 공간의 민초民草들로 몰아

무동 무등 어깨동무 마음 빛고을 광주가

동광원 순결, 청빈, 순명順命 빛 성지라는

무등산과 지리산 기슭 남원 동광의 맨발 성자 이현필

하나님을 믿고 의지했던 또한 날개의 빛고을 이현필 동광원

청빈淸貧, 순명順命보다

5.18이면 오월의 푸른 봄비 속에서도

푸른 비를 움킨 붉은 주먹으로

쥔 주먹 더욱 흔들며「임을 위한 행진곡」

가사를 새겨 읽으며 빛고을 성자 이현필을 생각했다

녹두장군 전봉준과 배달 분단 겨레 해방운동

뜬 눈 희생과 망월동의 길, 지금의 현주소와
전봉준의 죽음과 죽창, 홍남의 두 숙부님들과
8.15, 6.25, 5.16. 군인들 재집권 속 5.18의 광주
산수 들어서는 지팡이로 내 목숨 길이는 언제까질까
분열 동남서북의 불일까, 빛일까, 빛과 불 고을 광주
峻烈rigor 順命pure-life의 한 날개
빛고을을 더욱 빛의 얼굴과
올골 꼭대기의 성자 이현필

이현필과 동광원 사람들의 신앙 신조
바로 서자, 순결, 청빈, 청결, 빛고을
빛고을의 성자 이현필의 믿음과 밑힘
동광원의 빈궁한 이 도움은 「새마을운동」
요란 5.18 망월동 행사 때면
잠기듯 순명으로 빛고을 이현필과 동광원 형제들은

교리나교권보다기독교본질적인것을청빈과단순으로착안그것을사명
으로몇시간이고무릎을꿇는기도의자세두무릎위에가지런히손을모으고
하늘을우러르며하늘길을걸으며일제와6.25를견디며붙들고사셨던

5.18일이면 무등 기슭 야단법석野壇法席 망월동 빛고을
무등 기슭 또한 날개 성자 이현필과 동광원을 생각했다

*아르헨티나 출신의 교황, 법명으로 프란체스코 교황은 분단 우리 땅도 방문했다. 베드로 광장 굴뚝에 흰 연기가 피어오르고, 프란체스코 교황의 취임 일성이었다. 하나님의 교회는 '가난한 사람들을 위한 가난한 교회'가 되어야 한다고. 12세기 이태리의 작은 마을 아씨시 프란체스코 수사는 베르나 산 속의 동굴에서 기도하다가 聖痕을 받은 성자였다. 지금처럼 개에게 둘러싸여 귀만 맹 맹 사람들의 세상, 相不離와 相不雜의 한계가 절실한 세상이 되었다. 본래 청결과 가난이 신앙의 표본이라 했던 예수의 지상 생애나 프란체스코와 작은 형제단 이름이 절실한 명칭으로 그런 때와 그런 마음으로 나를 실천하는 때가 되었다.

*傷痕 : 기억하라, 여러분의 손과 발과 옆구리에 다섯 개의 상처를 받고, 보여주지 않는 한 사람들은 여러분의 메시지를 받으려고도, 사용하려고도, 아니할 것이다. (아씨씨 성자 프란체스코)

*성녀 클라라 : 자신을 나사렛 예수의 거울이라 했던 가난한 형제들의 수사 프란체스코에 의해서 그녀는 심어진 나무란 말을 들었는데 클라라는 그 말을 무척 좋아라 하였다.

*빛고을 : 대구를 달구벌, 대전을 한밭이라 하듯, 광주를 빛고을이라 한다. 나는 이 말을 다석의 문집을 읽다가 일제 광주 학생의 맨주먹 사건도 1920년대 말부터 일반화하고 있었음을 알게 되었다.

*이현필 : 프란체스코의 작은 형제단을 무등산 기슭과 남원 동광원에 옮겨 놓았다고 할 정도로 실천궁행으로 광주와 남원, 전라도를 중심으로 개신교의 신앙공동체였다. 이현필은 서리내에서 훈련받은 제자들을 중심으로 탁발수도단을 만들어 광주, 순천, 여수, 평일도, 해남, 보성 등을 순회했다. 80년 말 주일 이대 연경반에서 능곡에 살면서 무공해 콩나물을 만들어 판다는, 당시 동광원 출신 이현필 제자 한 분과 인사를 나누다가 동광원의 얘기를 들었다. 또 한 날이었다. 새마을 중앙연수원장과 중앙회장을 역임했던 전남 농대 교수를 지낸 분의 인사말에서 새마을운동이 동광원의 정신과 생활방식에서 나온 것이라는 말도 들었다.(맨발의 성자 이현필과 동광원 p35)

12. 자전거 타기

1.

따르릉, 철거덕 따르, 따르릉
처음 두 발 자전거를 본 때는
1944년 초겨울, 해방 전의 해
상투 자른 아버지가 왕대 쪼개 만들어 주신
푸른 왕대 매듭의 굴렁쇠
코흘리개 동무들과 굴렁쇠 굴리며 놀던 때
당꼬바지에 검정 지까다비 면서기의 자전거였다
멸치어장 하셨던 마을 어른 아버지를 찾아왔다며
뒷날 우리집 구석구석 순사 두 명의 놋그릇 탈취
썰물 모래벌판 바퀴 하나뿐 굴렁쇠의 놀이터였다

50년대 중반 대처로 진출, 두 발의 자전거 타기는
녹슨 핸들, 삐걱 페달 사람과 짐 싣는 자전거였다
느슨 브레이크 기름 때, 자칫 벗겨졌던 검정 체인
두 바퀴 겨운 자전거 타는 일은 넘어지기 십상이었다
무릎 팔꿈치, 전봇대에 부딪쳐 넘어졌던 자전거 타기
앞을 바로 보고 자전거 핸들만 바로 잡으면 두 바퀴는
좌우 발 균형과 속도 따라서 자유로워지는 법을 알았다

2.

월부가 성행했던 70년대 삼천리 자전거 하나를 샀다
차가 뜸했던 부산 연산동에서 동래 범어사까지 왕복 길
더러 비포장 동료들과 앞뒤 섞어 자전거로 완주를 했다
이룸 뒤의 서늘한 쾌적감, 먼 길 두 페달 발이 가벼웠다

80년 초 생판 서울살이, 낯선 얼굴 낯선 길들이었지만
사투리 아내와 장바구니 아내를 태우고 달리기도 했다
겨울이면 귀마개 어린 아들과 오르막 학교 길도 달렸다
자동차들 오가는 출퇴근 두 바퀴 자전거 의지해 자유로웠고
퇴근 길 때면 때로 소주 한 잔, 핸들과 페달 흔들리지 않았다

3.

자전거 타기를 건너 뛴, 승용차를 선호하던 80년 중반
기름 한 방울 나지 않는 나라 생각 자전거도 집에 두고
골목 골목길 따라 걷기를 결행했다, 걷는 길에는 시장과
맨 얼굴 아낙네들과 잡종 개들이 할끔 끙끙거리기도 했다

80년 후반 들어 반의 반쪽 ism 이데올로기 분단 나라
소음과 미세먼지 속 성급한 조작 GNP 꿈을 이루었다는
인도와 차도 차츰, 자전거만의 전용 길도 만들었지만
차도와 인도 틈 어둥정 자전거 길은 무질서 수렁이었다
자전거의 길 뭉개며 불법주차들 위엔 빨갛고 검은 글씨로

우리의 소원은 '00 0000' 깃발 흐린 하늘에 자주 걸렸고
변두리 몰탈 자전거 길엔 민들레며 잡초들이 지천이었다

정년 후 내 땅이라도 정리하자
방안 가득 책장의 책을 찾아 넘기다가 혼자서
변두리, 인도와 자전거 길 웃자란 잡초 뽑으며 길 걸었다
담배꽁초며 덜 마른 가래침의 길, 지난 맹골수로 사건 때는
북은 움쩍 않는데 '타도하자' 어혈처럼 검붉은 글도 보았다
내 자전거 배우기 처음 넘어짐처럼
나라는 앞도 보지 않고 좌와 좌 우는 우편 페달만 밟고 밟았다

    4.
듬성 숲, 숲속 마을 둘레길 몰탈 위를 걷는다
한 떼 아이들이 자전거를 타고 몰탈 길 달렸다
한 아이 자전거 넘어졌지만 뒤돌아봄 없는 아이들
깔깔 웃으면서 더욱 신나게 달아났다
굴렁쇠 어린 시절 모래와 땀 동무들 생각했다
「괜찮니」
넘어졌던 아이가 절뚝거리며 자전거 끌며 걸어갔다
굴렁쇠로 출발, 동네 뒷산 산길의 자전거 타기까지
아픈 무릎 벤치에 앉아 내 대신 절뚝걸음의 아이
자전거를 끌고 가는 내 모습 보았다

두 발로 자전거 타기
왼쪽 골목 접어들 때면 왼발에 힘이 주어지지만
핸들은 바로, 이어 오른발에 힘, 자전거는 안전하다
완연 내리막으로 오른편 길에 접어들 때도 마찬가지다
유년시절 굴렁쇠 굴리다 넘어져 입 가득 모래를 씹었던
나라는 외발 자전거 타기와 모래 말 씹고 뱉기 경쟁이다
왼쪽 편은 왼쪽 페달만을, 오른쪽 발은 오른쪽 페달만을
핸들은 팽개쳐버리고 한 발목 한 힘만 주다가 시궁창이다

수학여행 수장 터, 돌올突兀 장보고의 맹골수로 난파 보면서
좌는 더욱 극좌, 우편 극우의 빠진 바퀴 바람 탓 쌈박질이다
나라는 열사의 낙타 길인데 열사熱死 메르스가 먼저 찾아왔다
창궐 메르스를 두고도 좌우는 붉은 혀, 헛바퀴만 돌리고 있다
맹골수로 방파제와 빛 터 광화문은 노란 슬픔 서낭당이 되었고
광화문 선점 두고 종교들마저 좌우로 더욱 갈라 주먹질이었다
반쪽 나라 자전거는 더욱 왼쪽, 오른쪽 더욱 페달만 밟을 뿐
인고忍苦 곰과 쑥, 마늘, 오늘이 '오! 늘'이라 그런 것일까
선장은 배와 운명의 한몸 공동체, 왜, 무엇을 위해서
누구를 위한, 무엇 때문에 선장놈이 먼저 탈출한 모습
탈출한 경위는 묻어버리고, 유월절 애굽 탈출 유태인 문설주
세월호歲越號 부표처럼 나라 사람들 입에 마스크 막아 씌었다

5,

광복 뒷날부터 너는 너뿐, 나는 나쁜 나뿐
민족상잔 70년 다시 6월 들며 붉은 피 장미꽃
덩굴장미 핏빛, 화염 경쟁 내 나라 반쪽 조국의
젊은이들에게 페달 밟는 서늘한 땀 기쁨 내려 주시라는
백두대간 마음, 핸들 바로 잡는 점지點指 어찌 바라리오
철 든 어른들의 두 손을 모으고, 무릎 꺾음 때 많아졌다

그렇지 못할지라도
백두에서 바다 건너 한라까지 좁은 국토
버선발 본래 마음과 훈민정음 한 마음으로
서울에서, 평양에서, 통일 넘어 귀일의 그날을
동녘 내 나라 한라에서 백두대간 따라 자전거 길
앞을 보고 좌우 수평수직으로 서울과 평양까지의
88 올림픽 때 한 소년의 푸른 잠실운동장 굴렁쇠
분단 70년, 행여
80년도 지나가는, 꼭 열고 열리리라는
확신과 섭리와 귀일 위해 두 손을 모으는 법
어린시절 굴렁쇠 추억과 두 발로 자전거 타기
남북에서 북남에서 굴렁쇠 마음과
앞을 보고 좌우 두 발 균형 자전거의 평균율을
君子南面, 景福宮 근정전勤政殿 마음이면
좌 페달이 경상도, 우 페달이 전라도 사람들
두 발 균형 자전거 타기, 사람들 길 만들어야 한다

*統一과 歸一 : 이산가족의 한 사람으로 광복 70년의 기대에도 금이 간 거울과 겨울 그대로다. 또 민족상잔의 6월이 가고 있다. 지금 남북에서 사용되고 있는 統一이란 단어에는 성서 누가복음 15장의 형제로의 관계다. 그러나 단일민족 우리들은 아버지 품으로 돌아오는 탕자와 그 탕자 아들을 받아들인 아버지의 마음씨로 歸一이 되어야 남북 혹은 북남이 하나가 되는 날이 온다고 나는 생각하고 있다. 성경은 형제의 우열 마음을 원죄와 자범죄의 비빔밥이라 하고 키엘 케고르는 하나님의 사랑은 발로 차고 길들이는 사랑법이라 했다.

 필자는 70 나이테를 기념, 통일 너머 귀일의 관점에서 분단 조국이 하나가 되기를 소망하는 光化門이란 민족 서사시를 상재했다. 형제 관계의 통일은 흡수니 주종의 관계이므로 서로 위에 오르려는 헤게모니의 쟁탈전이 될 수밖에 없다. 그러나 누가복음 15장 11~32의 뜻은 아버지 품으로 돌아온 두 아들의 歸一 혹은 歸省으로 관계다. 선지자 요한은 '그'라는 메시아가 반드시 올 것을 들녘에서 외쳤고, 그이라는 메시아는 나사렛 사람이란 이름으로 사람들 땅에 왔다. 나는 분단 내 나라가 하나 되어야 하는 귀일과 귀성의 관계를 자전거타기에 비유했다.

아홉 마당

평화롭다

광화문 상징, 수석

그림, 정영완

1. 무영탑 시론

1.

두 눈 새벽을 씻고
비닐 속 잉크 냄새, 몇 월간
계간지들 속의 시들 읽습니다

씻어 버무른 새싹 오름 봄날 말씀과
하늘 향한 푸른 아우성 여름 잎들과
과즙처럼 말씀 계시, 가을 능금 맛의
언 손 아랫목 넣듯 겨울 모국어 흔흔함
추녀 고드름처럼 아래로 맑고 곧은 말씀
시를 만날 때면 눈보다 맘으로 붙잡은 시
보듬고 소리 내어 천천히 다시 읽어봅니다

그러나 새벽이면 만나는 많은 글자 시들은
주절주절 뜯긴 현絃처럼 퍼즐 조각의 말들
몰타르 둘레길의 음식남녀 찢긴 광고물들
녹슨 배와 폐항 쑥대머리 그물코처럼 더미들
파편처럼 봉두난발과 현란眩亂과 난폭 언어들
시는 아름다운 무위無爲랄까, 혹간

언어의 무덤이란 출발 마음 다짐하며
더딘 몸과 마음 간격의 시 읽어 나갔니다

현현玄玄, 행과 연의 맛과 의미 가슴에 여미고
모델하우스처럼 현란, 덤불 언어는 걷어내는데
목안이 간지럽고 기침이 터졌습니다
터지는 기침을 견디며 시들 읽어가는데
신새벽 점멸등 사라진 자리, 빨강과 파랑
차량과 사람들의 뿌연 아침이 되었습니다

회색 하늘과 미세먼지 속
예 화려 삼천리 금수강산
지정학적 숙명이라 어쩔 수 없음이니
창문은 꼭 닫고, 아이들과 노약자들은
물 자주 마시면서 외출 자제하셔야 한다는
카카오톡, 톡이면 그뿐, 환경부의 금족령
시인이란 말이 없어 서울거리로 나섰습니다

　2.

거리에는 피에로들 원뿔고깔이랄까
사자死者의 집 이집트 피라밋 모양이랄까
검은 모자와 보호경 발등까지 덮는 재킷들
희고 검은, 더러 x표까지 마스크들의 행진

내 또한 세월 먼지 검은 잠바 목젖을 하얀 목도리
하얀 목에서 발등까지 흰 재킷의 사람 하나 없을까
예 피맞골 청진동, 종각에서 지상 지하 광화문까지
켜켜이 낭떠러지의 유리벽 불빛들 따라 걸었습니다
기침을 참고 걸었던 4대문 서울거리를 뒤로
문산 향하는 경의중앙선, 지상 지하 백마역까지
예 경의선 철로 건너 숲속마을 집으로 왔습니다

분단 조국 어제와 지금이 녹슨 철길 건너 동네 一山
별 없는 별밤 창가에 앉아 두 손을 모았습니다
임시정부 상해 시절 윤봉길 의사가 백범 찾아가
현애살수懸崖撒手* 글귀 가슴으로 주고 받았던
그러나 분단 분열 나의 조국, 대한민국
광화 광화문의 광장은 일실천등一室千燈이지 못하고
서낭당 금줄 켜켜이 걸고, 하늘 향해 전자불 주먹질
혹여, 사시나무 떨 듯 찢긴 여자와 예수 향했던 돌멩이
돌멩이들 모아 무영탑 쌓아올리듯 시 하나 쓸 수 없을까

훈민정음 스물넷 우리글과 바른 말씀으로
어둠 걷는 별빛의 시 하나 보듬을 수 없을까
사울의 다마스커스 거리 바울의 천뢰성天籟聲
천뢰성처럼 正音 하늘 밧줄처럼 한 줄의
목마름 말하고 채워주는 시 쓸 수 없을까

504

검정고무신 들고 모래밭을 뛰어갔던
목화밭과 청무우 속살처럼 이슬 아침과
칠흑 별똥별처럼 서늘한 시 한 편을

그림자 없어 그림자 무영탑의 시
언어로부터 해방이 시이어야 함을
해방 언어 우듬지에 시가 맺는 함의含意
그러나 리듬은 어머니의 무릎 자장가
겨울밤 문풍지 소리에서 출발이어야 함을
문짝의 지도리처럼 시의 우주宇宙는, 때로
맑은 고드름 한겨울을 뚫는 正音 우리말로
시는 상징과 멀게 되짚는 알맞은 비유의
때문에 시는 현絃에 현鉉을 넣어야 하고
거슬러 오름으로 오기傲氣가 있어야 하는
시는 없어 있음으로 존재의 검은 사육제
표면장력 물바닥에 백여덟 경문 새기는 일처럼

춘분 맞이, 아내가 그런 것일까
베란다 커튼 바람이 흔들며 지나갑니다
바람 꽃샘이 커튼 겨울을 흔들어 깨우듯
사미승이 죽비로 절 마당 달 그림자를 쓸 듯
자벌레가 온몸으로 제 키를 재며 가듯이
시를 읽고 시의 집을 짓는 법은

언어의 사막에 길을 내는 일임을

바람 속 모래톱 위에 무영舞詠 무영탑을

휘뚜루마뚜루, 우리말 정음의 말씀법으로

무영無影, 집을 짓고 지은 집에 절망 연습의

시인의 일은 절망의 집을 짓고 허무는 일입니다

*懸崖撒手 : 無門關 32則에 있는 말이다. 벼랑의 가지를 잡고 잇는 손을 놓아버린다는 뜻이다. 그러면 그 찰나Kairos, 나의 살 길이 보이고 트인다는 뜻이다. 김구와 윤봉길의 만남에서 김구가 인용한 말이다. 무문관은 특정의 관문을 세우지 않고, 우주의 모든 현상 그 자체를 깨달음의 공안으로 삼고 궁구해야 할 관문으로 삼는다는 뜻인데, 공자가 쓴 주역 십익 중 설괘전은 역易은 역逆이라 했다.

2. 나의 노래

해가 묻혀 가는 들판에 서서
더욱 묻힘을 위해 기도를 드립니다
열린 무덤 내 입술에 족쇄를 겁니다

말만 쌓은 언덕에서 붉은 불 혀가 무너지고
육신의 불이 꺼진 무덤에는 창문이 없습니다
어둠 저편 들판에서 하나둘 별빛이 켜집니다

뜨거운 혀와 입술을 잠근 채
바람 언덕에서 기도를 올립니다

별이 있는 무한 하늘을 주신 하나님께
별빛 마음으로 내 아침 창을 닦게 하신
어둠을 아침처럼 갈고 닦게 하신 나의 하나님께

바람도 침범 못하는 당신 나라 율법을 주신
이 밤, 바람 들판 언덕에서 별 혀를 심게 하신
침묵의 입술 씻어 다시 열게 하신 나의 하나님께

3. 평화롭다

저 산기슭 들녘을 지나 마을 어귀에 다다르면
아름 느티나무와 성황당과 초가지붕 있으리라
아침과 저녁을 짓는 낮은 굴뚝의 하얀 연기들
들녘에서 돌아오는 젖은 삽자루처럼 아버지의
아버지 마중 나온 늙은 개 꼬리가 한가하리라

때때 발가숭이들의 맨발이 햇살처럼 뛰어가는
깨진 사금파리 고샅과 수수울타리 반쯤 사립문
햇살 마당에는 지아비 고의와 새끼들의 옷가지
추녀 밑에는 네댓 제비 새끼들의 노란 주둥이들
고양이며 쥐들이 툇마루 사이를 스쳐 지나가리라

코흘리개 새벽이면 정한수를 올리던
작은 키 아녀자들과 붉은 댕기 처녀들
대청마루 앉아 가을밤 빨래 다듬이 소리
찰랑거리는 물동이 어머니와 누이의 추억을
민속마을에서 그 그리메나 붙들 수 있으려나

적寂, 몇 억겁이었을까, 내 주름 손바닥 위의

원산평원경 돌의 산기슭과 들녘은 고요하여라
혼자 남아 졸음에 겨운 아파트의 게으른 한낮
베란다 마른 돌에 물을 내리니 성성한 흙냄새
젖은 흙 냄새가 흔흔해서 나는 참 평화로워라

4. 성회 수요일

환한 불 반 조명으로 바뀌었다
너희의 몸은 흙이니
흙으로 돌아갈 지니라

이스라엘에서 수입했다는
흙 질료의 사제직 목사님이
종려나무 재 그릇 두 손으로 들었다
사순절 인자 예수의 성회聖灰 수요일
흙손 흙 마음 나그네 세상 길임을
우리 몸 질료가 흙이었음을 다짐하자며

성도들 재 행렬 뒤를 따르는
내 이마에 재의 젖은 십자가
이마의 재가 떨어질까, 나는
숨을 참고 소리를 죽여 앉아
여저기 흐느낌 늪에 섞이어
묵상의 몇 분 시간을 가졌다

물티슈를 받아 닦고 찍어내는데

화인火印, 박힌 재 위의 내 지금을
남겨 두고 싶었던 속마음이었을까
주름에 박힌 재 쉬 닦이지 않았다

재 마음과 재 영혼의
성회 수요일 재 골짜기
낙인처럼, 까마귀 울음
종려나무 재를 찍어내다가
검은 재 못자국 나를 만났다

5. 설경舌耕
- 견리사의교見利思義橋

설경舌耕
설경은 혀로 밭을 갈고
농부가 씨를 뿌리고 가꾸듯
말을 심고 가꿔 걷는다는 말이다

그만들 혓바닥 빗질 거두자
서울에서 평양에서
평양에서 서울까지 불 혀와 불 춤 따라
'랭면이 목구멍으로 꾸역꾸역 넘어가나'
~거시기, ~카더라 ~아니면 말고
~내가 언제, ~증거 있어…
하늘 아래 이십오만 분의 지도 눈 씻고
잘리고 묶인 허리 금수禽獸들 화려 금수강산
눈을 감고 보아도 쓸개랄까, 콩알 한 개
4계절 하늘, 가을 하늘까지 가려 미세먼지
미세먼지의 부드러운 차단
예 봄날이면 춘궁기 돌담의 아지랑이처럼
삼천리 금수강산 한반도

지방은 지방대로 서울은 강남과 강북 그대로
알라딘 램프 속 거인이 철벅 밟으면 땅덩어리
인류의 태양이시며
위대한 영도자가 딛고 떨칠 땅덩어리가
마른 혓바닥으로 갈리고 찢겨야 되겠는가

그만, 그만들 두자
구제역에서 거품을 물다가 거품이 마르기 전
사이비 종교로부터 펜데믹 마스크 논란
형제 가슴에 총칼보다 모질게
협박 간언姦言과 참언讒言 보고觀 있으면
남쪽끼리 줄을 갈라 세우는 왈가왈부
진드기나 쇠파리들처럼
한 3일 동안 두엄덩이
두엄 속의 말들, 장미꽃이 피리라는
때면 애국가 속 을숙도 떠나는 저녁 새 떼들
불 풋탄을 보고도 0.001%도 믿지 않는다는
참언, 허언 세 치 혓바닥 놀음 그만두자

새로 가꿔 꾸민
세종로 광화, 광화문 광장에서
모여 낮밤 국정 의논보다
너도 나도 목구멍이 꼴리면 먹어야 한다는

~거시기, ~카더라, 패거리로 여의도
利己利 너와 내 패거리 잇속을 버리고

안중근 의사 견리사의
충무공 열두 척 배와 신이 있습니다
의사義士와 사즉생死卽生 두 분 뜻
견리사의見利思義 광화에서 모래섬 여의도
견리사의 교각 이름을 짓고
두 분 생각마저 패거리들의 유행어와
방패막이로 말고
한글 반포 한 날을 골라
다리에는 챙김 앞서 옳은 일을 보고 생각한다는
여의도에서 광화문 다리 이름을 안중근安重根橋나
견리사의교見利思義橋로
죽어 사신 충무 이순신과 의사 안중근
두 분 붉은 마음, 안동 삼베나 한산 모시에
3.1절이나 8.15나
6.25면 붉은 마음 푸르고 희게 새기자

설경舌耕은
얼튼 이들 광화 마음으로 세종로 광화문
얼 박힌 이들 씨앗 마음 광화 분수대 올리자
뛰고 씻겨 모인 새싹 아이들 마음에 물 씨앗을

자라고 생각하며 광화光華의 씨를 뿌리게 하자

훈민정음 내 나라 남북 얼튼 이들이 그립다
봄을 심는 젊은 팔뚝 알알, 하나와 또 하나
위하여, 여름 용광로나 땡볕 불말들이 아닌
겨울 추위를 녹이는 잘 여민 광화 마음 시어들
혀로 묵정 ism 논밭을 갈아야 훈민정음의 씨
남북 하나 한 들녘
훈민 아침의 말씀 나라
정음 말씀 舌耕 우리가 산다

6. 참회록懺悔錄

비익조 연리지라 했던가
짝 하나 만남이
매운 마늘 한 입 눈물과
터진 손등 감싸 안아
날과 달과 해 아래 설왕설래의

月.
홀로 나들이면서
돌아오는 날이면 주제에
반달 눈썹 여인을 꿈꿀 때가 있었다

火.
문풍지 문풍지 황소바람
겨울이면
마른 장작더미, 우파나샤드
뛰어들고 고픔도 있었다

水.
폭염 속 사마라아 여인
우물과 예수와 대화를 생각하고

516

떨렁 황진사 버들잎 뜬 반쯤 물바가지 생각이면
그런 때면 인터넷 음란 사이트 엿보던 부끄럼도 있었다

木.
늦은 밤 불면 가을
불면 속에서 하늬바람
벌목정정 도끼소리 산길을 헤매다가
몽정에 놀라 새벽 맞을 때도 있었다

金.
성 금요일 밤이면
가을과 겨울 사이 허주虛舟
무두질 사내와 여인의 살코기 흥정
비린 도마에 벌건 살점으로 눕고 싶었다

土.
말씀 묵상으로 새벽이면
뜬끔 없는 어디선가 아파트 문 여닫는
오월 살 냄새 여자 하나 만날 수 없을까
화분 속 흙처럼 목말라 바스라질 때도 있었다

主日.
주일이면 위로와 화평을 보듬은
사람들과 샬롬, 그리고 웃음으로

좁은 문이 무엇인지 엄마 손을 잡은 아이들
처음 세례 마음 역천逆天 지금이 부끄러워
순천 하늘 담긴 물잔 들고 기도를 했다

늙어가며 더욱더 붙잡고픈 貪瞋癡虛言 빈배처럼
물잔 속 하늘은 좌우 반반 그림자 놀이인데
그림자 속 그림자만 붙잡고 허덕 오늘과 어제와 장래
내 앞 물잔 흔들고 가는 하늘 바람과 하얀 머리 오-늘이여

7. 광화 – 충무공 동상

1968년 청명
4월 하룻날 하늘에 고축
충수 박정희는 충무공 동상을 세워야 했다
지금도 허리가 꺾인 경기도 파주 도라산역
경희중앙 전철화 서울역에서 문산까지만 50분
마의태자 슬픈 전설 도라산역에서 뒤돌아 오고지만
서울에서 신의주까지 녹슨 철길 달리지 못하고 있지만

통일 넘어 귀일의 나에
배달 동남서북 정음 후손들 위해
충수님은 쌀밥에 고깃국 생각이었다
고픈 배 먼저 다져 채움이 재운 빛 앞서
솟은 빛으로 광화문 여닫는 힘과 법이라고
광화문에 광화光華 충무공 여해汝諧 동상 세우고
덜 익은 현판 서둘러 광화문 시멘트 복원이었다

무심과 경敬 마음과 심정이랄까
우러러 더러 손을 모은 이들도 많지만
김일성 광장 경쟁 심보라며

장군의 오른손 칼자루 붙잡음 말도 많았다

알랑 패거리 식자들 터진 입술과
엇물림으로 혹은 박수하는 듯 입방아들이다
장군님 칼이 저리 무거워설랑
어찌 싸우기나 헸겠냐는
장군님은 왼손잡이었나
고증도 하지 아니하였나 낙엽처럼 입방아들
상상까지 통제함은 불가하지만 가소로운
세치 12cm 위 아래 검붉은 혓바닥들

오른손 칼을 잡음*은 이미 투항한 패장이라는
조각가가 무식해서 오른손에 칼을 잡게 했다는
갑옷이 무거워 어찌 싸움이나 잘하였겠느냐는

세운 이가 군인이라서
자기 업적을 수직이나 수평
등가교체等價交替 왜곡시켜서
서둘러 만들고 세워 저 모양이라는

어떤 이들은 12.12 사태 전까지 공의 동상
피해서 걸어 다녔다는 봉두난발 유어비어들

*中樹 : 박정희 대통령의 아호다. 필자는 나무의 결의 뜻으로 삶에 적용할 경우, 중심을 잡고 선다는 뜻이다.

*오른손 칼 : 주역에 신도는 右요 인도는 左라 했다. 광화문 여해 동상 오른쪽 허리에 꽂은 칼은 신이 지켜주리라는 主一無適으로 백의종군까지 감내했음의 뜻을 표상하고 있다. 민족과 나라가 있음의 敬으로 존심. 하늘 백성을 지키기 위해 하늘이 우리 민족에게 이순신의 23전 23승 神將이었다. 처럼 나는 공의 오른 허리 칼집과 왼손 칼을 하늘 뜻으로 보고 있다. 동상의 우도 칼집은 하느님이 이순신을 통해 훈민정음 하늘 민족의 자긍심을 지켜 준 것으로 확증하고 있다. 조각가 김세중 교수의 온유강의溫柔剛毅 성품과 성정이 하늘에 닿았다는 생각이다.

8. 순천 하늘

― 司祭 양민정

1.

전도사 시절 달라, 용서하시라는

아침이며 온 땅 번져 햇살을 보다가

도끼날과 생솔처럼 아우성 새벽기도

부르짖음의 세월이 동행으로 익어가고

기도는 누에가 그 몸의 팔만 배

명주 올올이 감기었다가 풀리듯

기도는 동행에서 하나님이 나를 믿는

마른 땅에 스미는 물이라 확신이었다

뒤, 산과 들 햇살 언덕 목숨들을 맞이

순명順命, 나무와 풀 돌에게 물을 내리고

손 모아 하늘의 무심을 묶고 심는 연습이

순천 하늘 순명으로 목회라 다짐을 드렸다

2.

나로도를 나룻배로 건넜던 시절이었다

바람 부는 날에 염포 비단 물결 바닷가

하늘 푸름과 수묵 바다가 섞이는 날이었다

일곱 걸음쯤 물가 돌 하나가
황금비율로 산봉우리와 펼쳐지는
검은 돌 하나가 눈을 주더라 했다

검은 평원 돌이 마음을 붙잡은 뒤
나로도에 다리가 놓이고
나로도에 하늘 꿈 우주센터 공사가 시작되었다
때면 찾았던 청결 염포 바다와 햇살의 코러스
양민정 목사는 돌에서 갈라디아서 사랑과 희락
화평과 인내, 자비와 양선, 충성, 온유, 절제節制
아홉 돌 열매 하늘 사닥다리를 보았노라 했다

   3.
사제 양민정은 순천 하늘 아래
풀과 꽃들과 수석
2, 3백 매화나무와 꽃 소나무
가을하늘 날아가는 새들 발자국과
달밤 그림자를 빗질하는 법 배웠노라 했다
홀로 된 그리움을 돌과 솔과 형형의 분재
말이 없어 더욱 말을 하고 싶은 하루 하루를
분재들 보살피는 원정園丁, 식물성 사제 양민정
죄로부터 자유, 은총으로부터 절제함으로
사제직 놓고 분재 속의 초물들 뜻을 보고

더욱 참음으로 나를 기려 걷어야 한다는
반려자 먼저 보내고 나를 간직 부대기면서도

　4.
맑은 하늘 마음 순천
順天者必有餘慶 땅
갠 순천 하늘의 회리바람
손양원 목사님과 두 아들을
逆天者必有餘殃의
동족상잔 여순반란 슬픔을, 순한 사랑
가꾸되 하늘과 개펄과 갈대들 모습 順天 그대로

　5.
기억하되 미워하지는 말자는
순한 양처럼 순천 양민정 목사님
3백여 믿음의 집들, 숟가락 숫자까지
정년으로 떠나면서
정원에 봄 전령사 매화와 소나무들 심고
축복 순천을 떠나며 신자 위한 교회 중축
순천 하늘 향한 식물성 목회를 끝내시었다

마음으론 떠나고 싶지 않았겠지만
가평 가학산 아래의 청소년 수련원

524

어머님 모시고 새 둥지 양민정 목사님
너른 정원에는 신자들 대신 목말라 하는
형형 분재들과 식물원과 물가의 수석실과

잘 계시느냐, 마음이 동동걸음이라는
매화가 피는 날에 꼭 한 번 다녀가시라는
오시는 분들은 좋은 곳이라 감탄이지만
저녁이면 어머님마저 가시고 쓸쓸하시다는
하늘 향한 꽃과 열매들
식물들 붙들고 혼자만의 긴 기도, 뒤
동남서북 우리들도 식물성이면 좋으련만
어둔 땅 약속의 갈라디아 5장 22~23장을
우리는 잊지 말자며 보듬어 지켜야 한다는
전화기 놓지 못하고 거듭 두 분 건강하시라는

향일성 식물 사제 양민정
순천의 갠 하늘 옮겨다가
가악산 기슭 봄빛이 터질 때면 초대해겠다는
매화 벙글은 마음으로, 목사님께 달려갈게요

9. 솔, 솔바람 靑史

1. 솔바람

푸른 소나무 솔길 걸었습니다
솔솔 라라 솔라솔 어디서일까
엄마의 자장노래랄까
현악기들 앙상블 섞임이었습니다

굽은 어른 등짝이나 팔다리처럼
검붉어 송피松皮 소나무들 곁에는
소나무들 기운생동 항해航海 파도소리
곧음과 굽음, 사철 푸른 침엽 소나무들
소나무는 노 저어 푸른 바다의 항행, 왜
사철 푸름이야 하는지 솔잎들 귀띔이었습니다

굽은 솔 둥치들은 부석사 배흘림기둥으로
곧은 노거수들은 근정전 대궐의 기둥이나 대들보
메나리조 강원도 아리랑, 금강산 팔만 구암자들과
얼골 기둥과 추녀 온돌방과 효도 아들 새벽 군불로
소나무 숲길 걸으며 솔바람 삶 법 안기어 걸어갑니다

솔잎에 기대 흔들리는 청량 햇살들
어린 시절 햇살 봉창문이 열립니다

선산 기슭 아버지의 집 마당에서 보았던
내 죽거든 저 소나무 베어 관을 해 달라
기침이 잦은 한 날 아버님 눈을 감으시고
아버지 소나무 그 자리 두자 의견 모았는데
백 년 훌쩍 소나무는 선산의 일주문 되었습니다

소나무는 소금꽃 등 아버지처럼 성자입니다
아버지 누우신 자리 두 손으로 쓰다듬으며
도시 태생 아들에게 아버지의 유훈을 다짐
내 죽더라도 선산 소나무는 지켜 달라
내 또한 아들에 기대어야 활등처럼 나이테
아파트 소나무 아래 앉아 아들에게 부탁했습니다
송피의 심줄과 옹이처럼 등허리, 거듭 아들에게
선산 소나무의 무성한 가지를 부탁이었습니다

  2. 솔바람 벗들 초대

사단법인 전국 소나무보호협회는
푸른 잎과 철갑 둥치, 풍우와 한발
고구려 기상 일송정 푸른 솔의 노래로
충정忠正 포은 정몽주 낙락장송 단심가로

여름 봉래산 제일 봉 시조로 남았습니다

「歲寒然後松柏之後凋」
나라에서 좌우 정승 영의정을 三公이라는데
나무들 중에서 영의정 격이 松, 소나무이며
떨어질 때면 한몸 한 뜻의 연리지連理枝처럼
두 솔잎이 함께 떨어져 부부송이라 부릅니다

소나무 사랑이 귀일歸— 나라와
분단 길, 트이는 솔바람 길임을
소나무 연구 전문학자들과
소나무 글을 쓰고, 그림을 그리며
청정 솔바람 배우고 우러러
사진에 그려 담는 벗들의
청정 솔바람 배우고 우러르는 모임
솔바람 청사 모임으로 초대합니다

오천 년 전 단군왕검 신단수는
소나무와 무등 무동舞童의 박달나무였으며
청사를 간직한 정이품 솔처럼 증언수證言樹
노산군으로 강등, 청령포 애절낭哀絶囊 단종까지
방방곡곡 노거수들 한민족 전설 옹달샘이었습니다

소나무는 민족과 나라 사직으로 얼과 삶의 터

근정정과 궁궐과 사대문, 불국사 기둥이 되었고
대들보와 서까래 사랑방과 대청 문틀이 되었으며
옹기종기 온돌방 새끼들 사철 땔감이 되었습니다

배달민족 우주수宇宙樹 소나무 보존을 위하여
백두에서 제주 한라까지 사철 솔바람의 마음
나라 사랑과 소나무를 사랑하는 전국 벗님들
오천 년 청사의 솔바람, 솔숲 길로 초대합니다

남산 위에 철갑을 두른 소나무는 사라지지만
회색 아파트 세상, 어린 시절 솔바람 솔향 맛
솔바람이 넘치던 산천의 그리움 잊지 않겠다는
아파트로 불러 푸르게 관리하고 있지 않습니까

나라 사랑과 소나무 연연戀戀 전국의 벗님들을
걸음마 시절 툇마루에 앉아 할머니 할아버지가
깍꿍, 지엄지엄, 곤지곤지, 어루고 옹알이하듯
상극相剋 심보들을 개기고 차단 상보相補 상생의
단군의 단동십훈檀童十訓*
단동십훈 마음 소나무들 숨 오솔길로 오십시오

솔바람 靑史 길벗으로 소나무 마음 벗을 초대합니다
우뚝 아들과 다소곳 딸 뒤져 작은 키 어머니의 마음
어버이들 문밖 눈과 귀, 걸음으로 문 열어 기다립니다

*단동십훈 : 대학의 3강령과 8항목 중 ①格物 ②致知와 ⑤齊家 ⑥治國의 넷 항목
의 기본을 위해 만든 것이 단동십훈이다. 바꾸어 말하면 단동십훈의 훈련에서 대
학의 3강령과 8항목이 배태되었다는 것이 환단고기요 내 생각이다. 단동십훈의
차례다. ①불아불아弗亞弗亞 : 불弗(火) 기운은 하늘에서 땅으로 내려오고 아(亞)의 땅
기운 또한 하늘로 올라가는 모양이다. 두 기운이 순환, 생명의 발현인 아이의 존심
을 키워주기 위해 아이의 허리를 잡고 좌우로 흔들며 '불아불아'라 했다. ②시상시
상侍想侍想 : 사람의 형체와 마음은 太極에서, 기맥은 하늘에서 받았으며, 신체는 땅
에서 받은 것이다. 그래서 아이의 몸은 작은 우주라 했다. 내 몸은 작은 宇宙이므
로 관계와 관계의 일에 조심하고 하늘의 뜻과 섭리에 순응의 의미로, 아이가 스스
로 앉아서 몸을 앞뒤로 끄덕이게 하는 것이다. 몸을 귀히 여겨야지 함부로 하지 말
라는 것이다. ③도리도리道理道理 : 머리를 좌우로 흔들듯이 아이에게 하늘의 이치
와 천지 만물의 도리를 깨치라는 것이다. ④곤지곤지坤地坤地 : 오른손 집게손가락
으로 왼쪽 손바닥을 찍는 시늉을 하며 땅=坤의 의미를 깨닫게 하는 것이다. ⑤잼
잼=지암지암持闇持闇 : 두 손을 쥐었다 폈다 하면서 쥘 줄도 알고 놓을 줄도 알라는
깨달음을 가르치는 것이다. 병목 속에 쌀 한 줌을 손에 쥐고 손을 빼려면 쥔 것을
내려놓지 않고는 손을 뺄 수 없다는, 내 손에 쥔다고 다 내 것이 아니라는 것을 가
르치는 것이다. ⑥섬마섬마=서마서마西摩西摩 : 남에게만 의존하지 말고 스스로 일
어서 바르게 살라는, 아이를 손바닥 위에 올려우는 시늉으로 그 원리를 가르치는
것이다. ⑦어비어비=업비업비業非業非 : 아이가 해서는 안 될 것을 보여주고 타이를
때 하는 말로 커서도 일을 할 때 도리에 어긋남이 없어야 함을 강조한 것이다. ⑧
아함아함亞숨亞숨 : 손바닥으로 입을 막는 시늉으로, 두 손을 모아 입을 막는 亞자처
럼 입을 조심하라 가르치는 것이다. ⑨짝짜꿍짝짜꿍=작작궁작작궁作弓 作弓 하
늘과 땅의 어울림 안에서 흥을 돋우라는 뜻으로 두 손바닥을 마주쳐 박수치는 법
을 가르치는 것이다. ⑩질라아비휠휠=지나아비활활의支娜阿備活活議 : 아이의 두 팔
을 잡고 몸과 마음이 고루게 자라도록 하는 마음으로 함께 춤추는 모습을 말한다.
사람은 천지자연의 모든 이치를 담고 땅 기운을 간직한 몸이니 잘 자라나서 작궁
무作弓舞를 추며 즐겁게 살아가고 살아가지는 것이다.

10. 아날로그와 카톡

1.

하늘 뜻 훈민정음 24자, 우리 말씀과
어머니 언어와 밥 뜨고 수저 놓음 차례를
훼파, 해체, 도끼날 생솔처럼 아파트 서울

꼬부랑글씨로 차단, 아파트 침묵 골짜기
콘크리트 아파트 서울 태생 쌩쌩 며느리는
참기름과 들기름, 아직 흙냄새 자연산 나물
스트레스성 심한 아들 변비를 위한다며
바리바리 시골 서울살이 태생 갱년기 아들의

갱년기 사내들의 변비에는 그만이라는
붉은 고구마와 늙은 애미 특산 풋나물과
살진 심줄처럼 고구마의 검푸른 줄기와
囚과 연緣줄, 얼기설기 고구마 검푸른 줄기
다듬어 모셔 들고 공부만을 당신의 아드님
고샅길 시절 아들의 추억 보듬고 오신 어머니

2.

나라는 낮밤 내우외환으로
동남아까지 수출 막혀 장인 회사 어지럽고
변비현상으로 고생이 심하다는, H.P 속 아들
고속도로도 없었던 시절, 어떻게 보듬어 한양
한양 땅으로 진출시킨 당신의 아드님이셨는데

기억을 켜고 더듬어 지상 지하 아날로그의 길
아들의 변비를 몰아내겠다고, 다시 옮기었다는
고구마 줄기처럼 꼬부랑글씨 아파트 이름 묻고
아들의 집 아파트의 문밖, 찾아오신 작은 키
남편의 어머니에게, 현관문을 열고
훤칠 눈, 오똑 코, 기대어 서서
서울의 며느님 카톡처럼 말이었다

어머님 오셨어요, 짐 받을 생각도 놓고
어머니, 수영 시간이 되어 다녀올 테니
알록달록 꼬리 염색 멀뚱 조막 개 「해피」
안고 안긴 '해피' 내려놓으며
해피 잘 보살펴 주세요, 어머니
새끼 개 해피와 작은 키의 시어머니
번갈아 내려 보면서
'해피야, 엄마 다녀올게'

TV 켠 채 깜빡 주무시지 마시고요

어릴 때 엄마 함께 교회와 공부뿐 멀대 아드님
아들의 손을 잡고 새끼 시절 아들 고향의 교회
나오미선교회의 연임連任 회장의 어머님은
주여! 무너지듯 신음 언덕 오르는 한숨
깊은 한숨 소리, 꼬리 세워 짖어대는 해피
치뜬 조막만큼 해피 개새끼 며느리 달래면서
변비 심하다는 아들 대신 권사 직분 어머니는
냉장고 문 조심 열어, 개 해피처럼 좋은 세상
'산에들에' 냉수 한 병 집어 벌컥벌컥뿐

유태 과부 나오미와 모압의 며느리 룻처럼
눈에 찍어두었던 교회 섬기기를 룻처럼 처녀
동남아 괜찮은 처녀애 골라서 결혼시킬 것을
참고 마음 누르며 아들의 얼굴은 보겠다며
짖는 새끼 해피 달래며 티비 앞에 앉았다

　3.
즐겨 보는 FUN 티비 화면은
베트남 친정을 찾은
남도의 시어머니에게
한두 이가 빠진 베트남의 친정 어머니

며느리 친정 엄마의 당부 말씀이었다
언제 익혔을까, 000만의
'거시기' 특허 형통으로 끈적 간질거리는 화법
심성은 착하니 딸을 잘 부탁 드린는 간곡한

「염려는 놓으시랑깨요」

두 여인 잡고 잡힌 손 흔들며 비포장 베트남의 길
시멘트 포장처럼 변비 아들을 찾아온 작은 키 어머니
아들 고향, 아들이 어렸을 적, 손을 잡고 다녔던 교회
새벽 제단 지키며 섬기는 권사 어머니, 짖다 잠이 든
이 개새끼 '해피' 다음 차례가 당신의 아들이라며
웃었던 전화 속의 훤출한 귀골의 아들
웃으면서, 서울 다녀가겠다는 어머니에게
아내가 매긴 차례에 순응하며 살고 있다는

일이 있어서 늦어지겠다는 한숨 아들 카톡
내 아들 행·불행 잠든 2번 해피야 부탁한다
현관문 들어서며 해피 잘 있어요, 어머니
애비는 늦어진데요, 모처럼 외식해야 할까 봐요

카톡 며느리와 아날로그 시어머니 대화
손자 손녀는 영어권 조기 유학, 거시기

534

나는 괜찮다, 해피에게나 신경 쓰거라

체증과 쓰림으로

박카스가 있거든 한 병

아날로그 움츠린 말솜씨로 「다오」

그러세요, 카톡이랄까 A.I랄까

박카스 한 병 꺾는 시어머니와

카톡처럼 댕강 서울 며느님의 거리와 괴리

11. 흰돌마을 사는 법

우대 노인들 자리가 넘쳐서
오-늘도 잉여 인간스러운 차림새
오금에서 문산, 지상과 지하 3호선
백석白石 마을 지하역에 내렸다
에스컬레이터가 없는 8번 출구 길

1보 전진 때마다 12초 목숨을 연장
개량 감물 복식의 지팡이가 앞서
아득 계단 헤아리듯 오르고 있었다
지하 지상 백열여덟 계단 백석역
삼천갑자 동방삭을 생각하면서
지팡이 몸으로 돌을 지고 따랐다
환幻이었을까, 설운 연줄이었을까
9호선 여의 지하역에서 당산 지상역까지
에스컬레이터 가을 법의 여승 뒤태 생각하면서

「여인은 나 어린 딸아이를 때리며
가을밤 같이 차게 울었다⋯ 산 절의 마당귀에서
여인의 머리오리가 눈물방울과 같이 떨어진 날이었다」

(Dissolve*)

백석역은, 白石 시인 이름? 모셔 왔다는
검은 돌 짐으로 백석의 시 생각하며 오르내린
10년 훌쩍 하얀 돌 백석의 지하 지상 계단 현기증

밀실 강남 서울과 평양 밀실 왕국의
퓨전 한민족의 휴전선, 시도 때도 없는 하늘 향한
우리 민족끼리 민족들의 가슴을 노리는 불꽃놀이
목마름으로 제1 자유로
더욱 타는 목마름으로, 제2 자유로 일산

서울에서 서슬 평양까지 서릿발 마중물, 일산
동학란 사발통문처럼 정발산鼎鉢山이 바라뵈는
풀숲 골짜기 식골植谷의 푸름 헤집어 숲속마을
유튜브와 SNS 가상 속에 찢겨발리는 훈민정음
시인이면 정음 다듬어 씻고 붙잡아야만 한다는
청려장이 없어 가까워서 먼 내 집까지 어둑-길

왕대 울타리 소년 시절의
죽순이 오른 날이었다
100년에 한 번 핀다고 하지만
길흉 징조 철을 따라
10년에도 한 번 피기도 한다는 노란 대꽃
병아리 노란 조동이처럼 해맑은 대나무의 꽃

'대나무의 꽃이란다'
아버지는 대나무에 꽃이 피면
대나무는 그 목숨을 다하는 것이라고
그해 6월 6.25 그리고 지금까지

어릴 적 아버지의 말씀을 따라
생전 아버지 연륜이 끝남을 기념
18m쯤 9층 아파트의 콘크리트 베란다
왕대 구해 분에 심고 세 번의 실패였다
대신 문형의 고향 집 시누대海藏竹 심고
두 손으로 8, 9년 흙 돋고 물 내리어 오늘까지

시누대 마른 가을 댓잎소리를 듣다가
관상용 두 분에 오죽烏竹을 더해 심어
방문 나서 베란다 사그락 서걱 댓잎소리
새벽 가을 댓잎들 소리 홀로 깨어 듣는다

정치망의 일을 하셨던, 굳은살 손바닥
왕대 매듭, 더러 소금꽃 아버지의 집은
비린 죽순 속에 대나무 꽃이 더러 피었던 집
아버지의 이승 나이 훌쩍 굳은살 하나도 없는
주름과 힘 군살과 매듭이 없는 시의 탑
모래 말 모래사막처럼 허허벌판, 나만의 시의 집

538

왕대 숲 아버지 집 연륜 고드름 겨울 그물코 손질하시던
굳은살 손바닥과 왕대꽃 아버님 모습의 시 올리기 위해서

백열여덟 지하철 계단 올라
다시 기다리는 마을버스
백석 지상은 서늘 가을 밤길
풍동 행 마을버스가 방금
휴일이면 마을버스는 20분의 간격
대꽃 피는 때처럼 늦어질 때도 있다는
당도하지 않은 버스 등 돌짐 내려놓지 않았다

*백석역 : 흰 돌이 많아 흰돌마을이라 했다지만 나는 시인 백석을 생각했다.

*디졸브Dissolve : 오버랩과 비슷한 뜻으로 한 화면이 사라짐을 말한다.

12. 십자가의 일곱 오브제

1. 프롤로그

야훼께서 십자가 위
가시면류관을 쓰시고
히브리어와 라틴어로
유대인들의 왕, 가시왕관을 쓰시고
붉은 피가 엉키는 두 눈썹 사이로
서녘하늘 흘러가는 검은 구름 보시었다

2. 마가의 다락방

사랑하는 제자들은 바람처럼
바란광야 바람처럼 떠돌다가
흘러가 버리고
그 중 몇은 돌아와 먼발치로
골고다의 언덕
라보니만 남겨 놓고
정전停電된 모습으로
예루살렘 마가의 다락방

가늘은 그들의 목숨 길마다
녹슨 열쇠 하나씩 걸어 놓고
라보니와 최후 만찬을 나누웠던 곳
숨 죽여 숨 죽이며 흐느끼고 있었다

   3. 율법사와 추종자들

십자가에 못을 박으소서
못 박아 버리소서, 十字架에
영문은 모르지만 위태로운 사람
까닭은 모르지만 떨리게 하는 사람
갈릴리의 사람 예수를 못 박아 버리소서

그는 우리에게 이루지 못할 꿈
그는 우리에게 덮지도 못할 꿈
어지럽게 꿈을 발라 화인만 찍어 놓고
풀지 못할 하늘 암호 말씀만 던져 놓고
우리의 기존질서 율법마저 흔들어 놓고
본디오 빌라도여, 못을 박아 버리소서

절두산切頭山 올라 바라보는 한강
검푸른 사랑으로 흘러가는
절두를 기념 우리들 한강까지
못을 박아 버리소서, 본디오 빌라도여

4. 말씀. 하나

저희들을 사赦하여 주옵소서
압바 아버지여
저들이 하는 짓, 저들이 알지 못하는

지금이라도 하늘 아버지 뜻으로
이 쓴 잔 멈추게 한다 하시더라도
인자는 다시 사람 편에 서서
마므레 수풀 상수리나무 아래의
아브라함 샘가 사람들 모아 놓고
사랑을 나누고 사랑하고픈 사람들
더욱 용서해 주고 주어야 할 사람들
단정하고 잘났다 뽐내는 남자와 여자들
용서하소서, 성부聖父 압바 아버지시여

5. 오른편 강도

두 손의 칼도 버렸습니다
내 두 눈의 이글거린 붉은 불덩이
마음 바닥에 두었던 최후의 쇳도막
손톱 아래 박힌 쇠가루까지 털었습니다
용서하소서, 당신의 길 절벽일지라도
용서하시옵소서, 절벽 휘돌아 파도의

542

길일지라도

당신이 가시는 그 길을 따르겠습니다

나를 기억하소서, 야훼 하나님이시여

　　6. 말씀. 둘

진실로 네게 이르노니

나는 마므레 상수리 아래, 아니

수가성 다섯 남자의 여인 용서하였던

상수리나무 그늘의 생명 샘이라

상수리나무의 푸른 가지마다

곶등이 켜질 날 정녕 오리니

일실천등—室千燈 아래 춤을 추는

그날과 그때

그날과 때, 너도 거기 있으리라

내가 너와 함께 거기 머물다가

낙원에 떨어지는 겨자씨가 되리라

　　7. 어머니 마리아

동정녀 시절

갈릴리 바닷가

암나귀 새끼처럼 뛰놀고 싶었던

그러던 한 날 밤 꿈이었습니다
남쪽 하늘에서 큰 별이 하나
갈릴리 마을에 푸른 눈眼 내려 놓고
흰 옷자락 말씀이 나를 감싼 뒤부터
태양을 입은 여자
일곱 무지갯길 여자가 되었습니다
～여자가 잉태하고 아들을 낳으리니
이름을 임마누엘이라 하리라～

그럼에도
당신의 길 가야 한다는 골고다
햇살 한낮 골고다 아들 앞에
내 두 손은 너무나 작아
어머니 마음과 가슴은 너무 좁고 좁아
파도쳤던 마음도 작고 작음 알았을 뿐

푸석푸석 마른 풀잎들 지금
이 땅은 엉겅퀴만 무성하고
한 알 밀알로 떨어져야 하리라던
당신 밑힘과 믿음의 말씀 앞에서
아들 바라보는 어머니의 붉고 붉은 아픔

8. 말씀. 셋

내 길 따라 걷는 이는 형제요 자매
누구든지 아들이요 딸이거늘
여자여 보소서, 아들이니이다
마디 굵은 목공 요셉의 아들로
마른 대팻밥을 날리다
눈과 마음만 커버린
베들레헴 말구유에서 태어난
목공 요셉의 큰 아들
큰 그늘 드리고 가는 아들입니다

9. 서기관과 바리시안파 사람들

내 몸이 성전聖殿이라 뽐내던
아니 내 말이 성전聖典이라는?
십자가에 달려 그대의 작은 몸
사흘만에 솔로몬 성전을 헐어 짓고
사람들에게 네 이웃 형제를 너의 몸처럼
사랑의 새 계명을 주었노라 했던
그 용기와 만용은 어디로 갔느냐
보리떡 두 다섯개와 물고기 두 마리
열두 광주리 이삭을 주웠다는,

저문 벌판에서 그대 축수祝手 어디로
세마포에 싸여 냄새 나던 나사로
돌문을 열고 걸어서 나오게 했다던
야훼의 아들이거든 뛰듯 내려 오거라

10. 말씀. 넷

엘로이 엘로이 라마사박다니
나의 하나님, 아 나의 하나님
어찌하여, 나를
나를 버리시나이까

11. 당시의 지도자들

이 밤 우리들은 그대 33년 땀과 피
붉은 피의 포도주를 마시자
새 부대 터뜨려 붉은 포도주
빌라도여, 그대의 씻은 손에는
핏기 마른 예수의 몸 물처럼 하얀 포도주
지금까지 우리는 너무 불안해 했었지
유언流言과 비어蜚語 진폭의 추에 달려
꿈자리까지 너무 씨불 실존實存이었지

민중에게는 등 따스함

배를 두드림의 공약을

뵈지 않아서 보이는 불안과 공포와

추기樞機나 제사장들은 하늘 동앗줄

눈과 손만 커버린 예수당黨 하나 골라

은전 몇 닢 던지면 되는 것을

명예라는 과녁 앞에

저요, 저요, 가슴 디미는 삯군들

죄와 벌의 대제사장처럼 몇 율법사

충돌질하면 되는 것을

어둠에서 어둠으로 하얀 술잔 돌리며

간헐적 간드러짐 여자 몇 잔盞에 띄어

빌라도여, 그대 씻은 손바닥에는

이차돈의 목피처럼 하얀 포도주

목숨의 떨어짐이 봄바람 창문을 열고

봄바람을 베고 맞이하는 일*이라 했던

마른 동풍 유태의 밤 하얀 포도주를 마시자

12. 말씀. 다섯

내가 목 마르다

사람의 아들인 내가 목이 마르다

여우도 굴이 있고
이슬에 잠시 서고 해에 밟히는
빛나는 저 갈릴리 호수 들풀들
공중 나는 새들도 둥주리가 있거늘
내가 목이 마르다, 땅 위 33년
사람의 아들 진정으로 내가 목이 마르다

13. 백부장과 군인들

붉은 포도주 드리리이까
주리마저 틀어 드리리까
빈 들판 동풍처럼 마른 그대의 말씀
그대 피의 옷 제비를 뽑은 기념으로
낡은 부대 속 쓴 포도주를
가나 혼인잔치 맹물을 드리리이까
그 물 포도주로 바꾸어 드시나이까

우리에게 이루지 못할 꿈
우리에게 덮지도 못할 꿈
풀리지 않는 암호의 말씀을
갈보리 언덕까지 흔들어 놓고
갈보리 골짝 길 고개 숙인 예수여

14. 말씀. 여섯

다 이루었다
나는 알파와 오메가
너희들이 잠잠하면
저 돌들로 외치게 하리라
다 이루었도다

15. 다시 군인들

피를 보는 즐거움
우리들 상전마다 피를 보여주는
비린 생피의 맛남, 그대 물과 피
삼막으로 당신의 무대는 끝이 나고
피를 훔치며 죽어가는 나를 보는 즐거움
고도를 기다리는 고도孤島처럼 우리들
검투장으로 가오리까
권투장으로 가오리까
피가 다해 쓰러지는 피를 씻는 즐거움

16. 말씀. 일곱

아버지여, 내 영혼을

없어 계시는, 아버지께 부탁하나이다
없어 더욱 빛남으로 거기 계시는, 내 영혼을
엘로힘, 아버지여 부탁하나이다

17. 에필로그

천구백팔십사 년 오늘도
청홍으로 38 붉은 소나무
조등弔燈 걸어놓은 단군 겨레
어제는 하얀 눈이 내렸다
하얀 눈 속에 눈이 없는 두 사나이
아크릴 십자 간판 나사를 죄고 있었다
빛이 잘 들어오느냐는, 괜찮다는

아크릴 간판이 위태로이
연공장의 변두리 시장 길을 지나
4317호* 오토바이에 실려가고 있었다
내가 사는 서북 하늘은 정전중停電中

*架上七言 : 4복음서에 있는 예수의 갈보리(골고다) 십자가 위에서 최후 일곱 마디
의 말씀이다. 십자가 즉 架上에 매달렸을 때 남긴 최후 유언이랄까, 眞言, 眞道로 말
씀이다.

*승조僧肇의 절명시, 有如斬春風(봄바람을 자르는 것과 같다) 구마라습의 제자이다. 중
국 양나라 때 불교 탄압으로 목이 잘려 순교를 당한 승려이다.

*4317호 : 시를 퇴고한 主后 1984년을, 알타이계 단기의 월력, 檀紀를 쓴 것이다.

열 마당

무지개 돌짐

청솔音樂수석박물관
김석

금오산 맑은 줄쳐
을어돌아 오봉산 이숭
새벽부터 별밤째지 한마음 두 싸랑
옹이 춘한닥 불고 털머 따를 다졌다
을푸른 소나무 심고 돌들을 넋네와
돌 자랑 한마음 청솔수석박물관 세웠다

백두대안 한 자략 골라 돌 궁을 다치고
삼백육십 다섯 날 수석 숨결 어어이리라
게절 따라 온갖 꽃들 조나무 심어 울라라 하였다
찾아오시는 벗들 걸음걸음 봉황이 두 날에 녈치듯
자연예술의 꽃 수석 문화 영원히여라 촌을 모으고
금오산 정가 오봉 이슭에 청솔수석박물관을 세웠다

시어 략력: 현대문학 등단, 회예학 회원
사집 수려연가 와 8건

헐어짓는 광화문

청솔 수석 박물관 시비, 김석

1. 무지개 돌짐 · 1

가. 청솔靑帥수석박물관, 하나

- 청솔 박왕식

금오산 맑은 줄기
굽이돌아 오봉산梧鳳山 기슭
두 사람 새벽부터 별밤까지
옹이 손바닥으로 터를 다졌다
늘 푸른 소나무 심고 돌들 모셔와
돌 사랑 한맘이 청솔수석박물관 세웠다

백두대간 한 자락 골라 돌 꿈을 다지고
삼백육십 다섯 날 수석 숨결 이어가리라
계절 따라 온갖 꽃들과 소나무 심어 울타리 하였다
찾아오시는 벗들 걸음걸음이 봉황 두 날개를 펼치듯
자연예술의 전당 수석 문화 영원하여라 손을 모으고
금오산 정기 오봉 기슭 아래 청솔수석박물관을 세웠다

나. 순명順命, 돌집, 둘
             - 자운 김종식

억겁 구르며 뼈와 살을 깎고
부딪쳐 모남을 갈아 눈을 떴다
산을 앉히고 들판과 물길을 내고
창을 열고 돌빗장 열고 닫았다

해와 달 구름 무지개 하늘 아래 물상들
숲을 만들고 정자와 옹달샘과 수련승들
지아비와 지어미의 땀 지게와 새끼들 눈물
돌을 스승으로 천 년 학당으로 초대했다

자운紫雲*은 내 나라 수석의 메카 충주시 앙성면
능암벌에 천연 돌과 청청 소나무를 심어
햇돌 보듬고 형형 돌들 다듬어 수석원을 세웠다

*紫雲 : 돌은 나의 운명이요 필연으로 순명이라는 김종식 석인의 향상일로 돌짐
한 길을 기려, 붉은 紫와 돌을 상징하는 雲根石의 구름 雲을 짝하여 아호를 「자운」
이라 짓고 찬시를 썼다.

2. 추억제 · 1

- 혜산 박두진

가을 햇살은 우체국 언덕의 연희동
이승의 티끌 밖 능금밭 길이었다
선생의 방에는 휘어진 검은 돌
반추상으로 성모 마리아像
가을 절벽이라 명명하신
문갑 위에 옥석이 하나
햇살에 안겨 빛나고 있었다

선생의 몸가짐은 천년 학이었다
가을빛 깃든 호수의 찰랑거림
말씀은 적으시고 눈은 깊었다
뜨락의 정연한 돌들 위에는
靜中動 가을 햇살이 따스했고
돌들은 깊음 위에 눕고 앉았다

햇살 섞어 선생은 돌에 물을 내리셨다
단양 하진이라는, 200kg 넘음직한
물 먹은 옥석 위에 무지개 뜨다
곁에는 겨울 길목으로 烏竹

554

오죽의 아랫도리는 감싸이고
무지개는 오죽 가지들에 걸렸다

돌은 선비의 물 내림에 어울리는
선생은 남한강 수석열전 갈피마다
단단한 역사의 주춧돌은 무슨 돌과 돌빛일까
언어의 돌로 읍소泣訴하고 내리치기도 하였다
물이 말라가는 돌의 빛은 조선 한지韓紙
한지 위에 선생의 초서체랄까
소전小篆이라 할까, 먹물이 번지는
뒤를 따르다 나는 물 먹은 돌빛과
선생의 얼골 돌 사랑 사이에 걸쳐 있었다

3. 추억제 · 2
- 돌의 뼈 전봉건

1.

유월이 오가고 있습니다
선생과 함께 걸었던 양수리에서
단양까지 햇살처럼 남한강 돌밭들
푸른 바람떼가 물결을 헤적거립니다
기슭 따르며 물에 잠긴 많은 돌밭들
돌밭에서 절벽 6.25를 허물고 줍는다 했던
철조망 바람길 삼아 이북 고향 찾아가시는 길
시와 돌짐 유월을 허적허적 걸어가고 계십니까

선생님과 돌을 찾아 신새벽
충주까지 시외버스 정류장 마장동을 출발
불면 날 듯, 보리밥 선생의 납작도시락
이빨까지 시원찮아, 푸성귀 한 둘 얹혀
씹고 씹으면서 물을 섞어 드셨던 선생님
선생님 먼저 가시던 날 서울대 장례식장
장례식장에서 함께 안부 물었던 수석 문인들
봄이 오는 길 돌밭 나서듯, 길 먼저 떠난다는
울리는 핸드.폰 장소와 호실 이별 초대장
끈끈한 내 사랑 하나도 연기로 올렸습니다

2.

선생님과 함께 세 번째 포탄리
땡볕과 그늘 없는 포탄리의 돌밭
밤이면 나룻배마저 끊기는 돌밭 포탄리
뱃길로 남한 땅을 찾아 밟으셨던 선생님
멀쩡한 겉모습 돌이 속은 삭고 일그러져
때문에 물이 세찬 돌밭 포탄리를 찾는다는
포탄 세례 격한 물결의 포탄리를 찾는다는
모래 속에 삭은 세월, 망향 나를 찾는다는

돌꾼들은 음모처럼 삭고 상처 있는 놈들
새까만 음모가 좋아라 가져간다 했지만
포탄 속 선생과 동행, 우리 석인들* 몇은
무슨 상형이나 계시처럼 얽히고설킨 속을
상처 있는 놈들도 상상으로 보듬다가 두고
석연石緣 아쉬워서 시원찮은 한두 놈을 안고
포탄리 땡볕 돌밭을 뒤돌아 나룻배 탔습니다

남한강 돌 명산지 포탄泡灘, 오갈 때면
6.25의 쏟아지는 포탄砲彈 속에서
Limit…
때는, 가슴이 찢겨진 새를 다시 조준했었다는
선생은 군번 없는 군번을 가끔 외우셨습니다
선생의 돌을 만나는 법은 먼 곳부터 더듬어

발밑으로 눈길의 맞춤이었고, 더러 엎드려
평원경 돌을, 앉아서 평균율 돌을 찾으셨습니다

천년을 난다는
느린 황새 걸음 선생은
하늘 한 번, 흐르는 강물 한 번
성큼성큼 더러 흐느적흐느적
황금분할로 돌밭을 거닐면서
돌을 찾고 시와 만남이었습니다
돌을 만나 붙들 때도
포탄소리가 철조망을 통과하듯, 조신操身
물로 돌을 씻다가 뒤돌아 놓음 빈번했습니다

　　3,
한 날 가을비 앙성면 조천리의 돌밭
우산 없는 우리들 명치까지, 가을비
선생의 입술은 검정 잉크빛이었습니다
선생이 빗속 배낭 풀어 내려 놓은 돌은
항아리 모습 청오석 선생의 떨리던 입술
오돌토돌 피질에 달이 뜨고, 달 아래
새 하나 날아가는 문양석이었습니다
선생은 꽁지가 날아감이 참 아깝다며
젖은 담뱃불인 채, 배낭에 모셨습니다

어느 해던가, 초여름 선생님 초대로
병색이 완연했던 선생님과 돌밭 동행
시인 두 사람* 시와 돌을 얘기하다가
개군면 보통리 별빛 아래 잠이 들었고
아침 해가 오르는 텐트에 누워, 선생은
김형, 돌귀신이 돌을 더 뒤적거리다가
오시라, 나를 잡아가지 않으니, 허허 참

방뇨放尿 일석이란 말도 있으니,
나란히 오르는 해를 향해 서서
내 오줌발은 황금색
보일 듯 잡힐 듯, 피아니시모
거의 핏빛으로 선생님 오줌발
오줌발 붙드신 선생의 아침 웃음은
오줌발은 라벨의 왼손 피아노협주곡
피아니시모, 오줌 털며 떨구셨습니다

　　4.
선생님이 가시고
젖은 담뱃불로 비쳐 보았던
남한강 앙성면 예 조천리 돌밭
작전 중 절대 민간인 접근 금지
다시 'Limit'
한미합동 도강훈련 중, 붉은 깃발

도강 훈련 군인들의 점심點心
돌이 없는 돌밭에 잠시 앉아서
돌은 꿈 속의 뼈요, 시의 뼈는
돌 찾고 만나는 맛이 아닐까, 웃으셨던
6.25 고향의 상실 슬픔을 수석과
서대문 2층 현대시학사 삐그덕 사무실
돌밭에서 돌을 붙들듯이 시를 찾으셨던
훤출 키 여윈 몸매로 전봉건 선생님

전투기 편대 소리가 사라진
지천至賤 수석 산지였던 조천리
언제부터였을까, 잡초뿐 빈 돌밭에
꽁지 긴 하얀 새 앉았다가, 울면서
서북 하늘로 날아가는 것 보았습니다

*김정우, 김현 등 수석을 좋아했던 시인들과 한국은행원 팀 수석인들.
*시인 두사람 : 현대시학 출신의 김영만 시인과 필자.

4. 추억제 · 3
– 몽휼 김정우

1.

돌은

실경實景 예술로 만남인가

오브제로 눈뜸이어야 하는가

돌은

묵언과 가라앉음으로 가르침인가

취함인가, 사람됨인가, 우상인가

현묘玄妙 실경 돌을 시의 오브제와

이미지로 올려 문인들 수석의 개척자 격

혜산兮山을 돌 곁으로 인도했다*던 몽휼 선생님

2.

몽휼蒙恤 김정우 시인은

피난 법정 나이 때문에 이른 은퇴

은퇴를 돌아보며 이제 직업이 없습니다

퇴임식에서 울먹거렸다

다섯 살 올려 있어 현역은 면했지만

빈 주먹 피난 출발로 살아온

지금부터는 직업이 없습니다
얽히고설킨 짐 벗어버리고
구도의 문으로 무거운 시와
가벼운 돌의 짐을 선택했으니
마음이 가벼우면 열흘에 한 번쯤
돌밭 찾았다가 가슴 뛰는 돌 만나면
만남만으로, 뒤돌아 돌을 내려놓고
남한강 상류를 한 바퀴 돌아오겠노라는

3.
아호 몽휼을 산상수훈에서 가져온
김 시인은 돌과 시를 더듬거려 다듬은 20여 년
윤동주 시인의 외사촌인 몽휼 선생은
열심히 불을 켜고 정성껏 시를 쓰고
오브제로 돌밭을 걸었지만
一生一石이라나, 마음에 하늘다리 놓을
돌 한 점 시를 만나지 못하였지만
저 뜨락 아무렇게나 놓인
어느 놈이라도 쉬 버리지 못함은
돌 하나마다 사연이 실려 있음이요
돌을 보고 만지며 이미지의 폭이 끝없음이었지요

시들시들 노환이 여의치가 않아

562

자주 돌에 가위눌림 꿈을 털어놓았더니
기도원 원장은 돌이 선생의 우상이었다고
두 주인을 섬김이 선생에게 없어야 한다는
장중掌中 돌 십자가 하나 기도원 어둠에 놓고
돌아와 돌을 묶고 마음에서 치웠다는
만지면서 치우는 일에 간을 더욱 태웠다는
엑스레이 속의 등뼈가 주라기의
공룡 등뼈처럼 축 늘어져 있더군요
돌에 불꽃 눈 달아 시를 썼던 몽횰 선생

돌의 짐 앞서 제 탓이지요
아니, 내 돌 욕심 지나침이었지요
선생의 집 거실 밖 빈 마당
가을 햇살은 돌이 떠난 자리
선생의 여윈 눈썹 모양
자리마다 돌들이 쓸쓸하게 웃더니만
21일쯤 지났을까, 간암 말기라는
몽횰 선생의 부음이 날아왔다

   4.

가을 한나절 청풍, 몽횰 선생은
곡두 여인의 유두乳頭 돌 점 붙들고
돌 젖에도 가을 맛이 함뿍이군

김 선생 이순에서 불유구 사이 돌 맛은
한창시절 아내 젖만큼 철학이 익었다는
두툼한 입술로 청풍의 돌 맛 빨며 웃었다

무엇이 돌밭까지 나를 끌고 왔는지
돌과 더불어 온 길에 회한은 없었다는
가끔은 함경도 아바이의 성깔
불칼 언쟁 휘몰다가, 미안하우다
개척교회 세워 찬송가는 시편에 곡을 부친다는
껌벅껌벅 선한 눈으로 웃었던 몽휼 김정우 선생님

5
삼단의 미려美麗 오석덩이 한 점
청풍 봄 물 속에서 건져왔던 밤은
한 마장 돌 무거움도 피곤도 잊고
온통 찬연燦然 먹빛이 방안 가득하여
쓰다듬다 잠들고 잠 속까지 쓰다듬어
따끔거리는 허리쯤은 대수롭지 않았었다는
얼마나 쓰다듬었을까 먼지가 일지 않았던
가로 35cm, 세로 15cm, 높이 18cm
한낮에도 먹물이 뚝뚝 베어 물고 있는
선 따라 오르내리는 검은 비단결 3단 평원석
예까지 오셨으니 한 번만 사알짝 만져보셔요

청풍 오석 삼단 평원경 만지다가, 나는

어린 날 어머니와 손위 누이가 달밤 대청의

하얀 옥양목 다듬이소리 들으며 손을 걸었다

때의 오석 청풍 삼단 돌은 어디서 살고 있을까

누구 기림을 받으며 몽휼의 석혼 깨우고 있을까

어둠 속에서 칠흑의 돌 때문에 마음 환했다던 돌덩이

청풍 가을 바람 소리, 성깔 아바이 함경도 몽휼 선생님

그리워라 등뼈가 휘어지게 삼단 오석

유고시집 시집 '불꽃 눈'을 탄생시킨 정령처럼 돌멩이

*引導 : 몽휼 김정우 선생은 60년대부터 정신여고 교사로 있으면서 남한강과 울진을 중심으로 수석 생활을 하고 있었다. 혜산 선생의 따님 영어 선생이면서 담임도 맡은 일이 있었다. 그때부터 혜산 선생은 수석에 심취하게 되셨고, 75년에 현대문학에 김정우 시인을 추천해 주셨다. 몽휼 선생의 거실에는 汾山風의 초서가 석점 걸려 있었는데, 혜산 선생이 단양 중심 수석에 심취하셨고, 수석열전 등을 쓰게 되셨다는 본격적 수석 시, 나 또한 남한강 돌에 빠졌을 때, 전화를 드리고 몽휼 선생님의 댁을 찾았던 때의 몽휼 선생님이 나에게 한 말씀이었다.

5. 남한강의 혼

- 혜전惠田 송성문

불덩이 마그마가 흐르고 굴러
가로 53cm 세로 103cm 두께 54cm
화인火印 마그마 시간이 두루기둥을 세웠다
두리기둥에는 골짝 햇살 길과 물결의 무늬가
여인네 가을 허리통처럼 남한강 돌의 正一品

다리미로 다리고 저미어 200kg 실한 푸른 속살 돌
처처 자국들엔 방금에도 망치 소리가 들릴 듯하고
검푸른 직립 낭떠러지는 솔 향이랄까, 먹 향이랄까
초벌구이 석기랄까, 천지신명의 방금 풀무질이랄까

선현들 얼과 숨틀의 오늘과 내일을 간직하고 있는
얼과 숨 잦아들까, 두 손 모심으로 국립중앙박물관
송성문이 기증한 불전佛典 국보와 스물여섯 보물들
선생의 함자 기증실 앞 '남한강 혼' 돌이 서 있었다

검푸른 돌이 살았던 옥순봉 건너 청풍나루 이 저쪽
돌은 석탑 석물 손때가 아닌 푸른 물-때로 서 있었다
생전 혜전 선생이 기증한 국보와 남한강 수석 앞에서

용산 벌 국립중앙박물관 남한강의

지금은 물에 잠긴 검푸른 돌 앞에서

나는 두 손을 모으고 서 있어야 했다

*남한강의 魂, 석명石銘과 국립중앙박물관 기증

*대학 후배인 필자가 혜전 송성문 선생(공군 시절 본 대학 야간)을 만났던 때는 선생이 불치 병고와 싸우던 나날이었다. 역삼동 지하 석실에 안부 차 들렸다. 선생의 얼굴이 무척 상기되어 있었다. 국립중앙박물관에 돌 한 점을 기증하게 되었다는데 수석의 높이가 내 가슴께쯤, 200kg가 넘는다는 남한강 특유 靑烏石 속살의 돌로, 산지는 남한강 상류 지곡으로 금줄을 두르듯 붉은 선을 둘러서 우람한 立石을 가리키며 저 돌이라 했다. 평소 수석 월간지를 통해 내 글을 읽었다는 선생은 돌의 이 돌의 이름을 영석靈石 이라 정하고 싶은데 어떻느냐는 물음이었다. 나는 선생의 병이 중함을 생각하며 꼭 영석이라 석명을 짓고 싶으시면 차라리 선생의 두고 온 고향 평안북도 정주의 김억, 김소월 등이 중심이었던 靈臺同人의 靈臺를 차용, 영대석靈臺石으로 석명이 어떻겠느냐는 조언을 드렸다.

집에 돌아와 나는 중앙박물관에 기증이 확정되었다는 남한강의 기둥처럼 푸른 돌을 생각했다. 그리고 좌대에 앉혀 있는 지곡의 검은 속살의 돌을 바라보고 만지다가 지금은 물에 잠긴 남한강을 생각했다. 그리고 石銘을 '남한강의 魂'이라 하면 어떻겠냐고, 뒷날 아침에 혜전 선생님께 전화를 드렸다. 선생께선 3, 4일 내로 돌이 국립중앙박물관으로 옮겨갈 것 같으니 오늘 석실로 좀 나와 달라는 부탁이었다.

53-103-54cm의 남한강 돌, 혜전 선생은 돌을 옮겨온 사람의 말을 빌려 돌의 무게는 200kg 정도 추정된다는, 덜 다듬은 두리기둥처럼 남한강의 속돌은 '남한강의 魂'이란 석명과 함께 중앙박물관에 기증되었다. 이 일이 성사되는 데는 혜전

선생이 국립중앙박물관에 기증한 몇 불전 국보와 보물들, 그리고 운재 정윤모 선생의 도움이 있어서 일이 쉽게 그리고 빨리 진척되었다. 필자가 혜전 선생이 기증한 돌이 중앙박물관 선생의 기증 책들 출입구에 배치되고, 1주일 뒤였다. 그리고 나는 중앙박물관 문화재의 선별 팀장과 잠시 '남한강의 혼' 수석과 자연예술로 수석에 대해 얘기를 나누었다. 대화 도중 박물관 팀장의 말이었다. 자연 그대로 돌이 자연사박물관이 아닌 자연에 사람의 힘을 더해 이루어진 문화재들의 중앙박물관에 수석을 받아들이게 된 경위와 그 한계를 나에게 말해 주었다. 나는 그와의 문화와 자연문화로 수석의 가치와 특징 등 이야기를 나누면서 수석인으로 책임과 문화로의 수석의 위상과 한계를 느꼈다. 수석을 사랑하고 수석을 위한 나라의 도움과 내 생각의 입장의 차이에서 수석인으로 나의 위치와 한계 등 많은 것을 생각하고 느끼게 하였다.

나는 원고 교정을 위해 수석의 美에 들렀다가 '一生 一石展 2'의 안내장을 보고 넘기다가 수석과 문화유산이란 부제 아래 혜전 송성문 선생의 '寄贈壽石受納書'와 필자가 석명을 지은 남한강의 魂 수석을 보게 되었다. 그리고 그 시절 혜전 선생이 당신의 1집 석보의 2쪽에 있는 남한강 돌 한 점을 나에게 건네며 고이 간직해 보라 내주셨던 인연석因緣石을 생각했다. 돌의 모습이 실크 로드의 한 신전 모습이었다.

나는 추진위원장 정성용 石友에게 혜전 선생과의 석연에 대해서 말하고 내가 고이 보관하고 있는 혜전 선생과의 因緣石을 一生一石展 II에 출품하려 하는데 전시의 형편과 지면이 괜찮으면 출품 기회를 주었으면 좋겠다는 말을 했었다. 일생 일석 전의 전시 1에 이어 '일생 일석 전 2'가 김해김씨의 옛터 경남 김해시 김해 문화의 전당에서 3월 9일 막을 올려 17일까지 열렸다. 출품 수석인들과 전시장을 찾은 수석인들과 관람하는 사람들의 높은 관심으로 우리나라 문화로의 수석 발전에 큰 기여가 있기를 기대하였다.

6. 훤석재 수석관

- 훤석재 이춘광

1.

탱, 사르르, 비릿

연못 바람이 지나갔다

훤석재烜石齋 수석관

얼레줄에 바람이 스쳐가듯

형형 돌은 연鳶들처럼 날 채비였다

침묵과 정돈, 돌들의 심포니

석실의 탱탱한 연출 돌들을 보다가

하늘 오르는 연처럼 고독을 보았다

방금이듯 물 먹은 돌 능선과 기슭

두 눈과 두 귀 가슴뼈 떨림이었다

안쓰러워 부러운 마음 가라앉혀 훤석재의

땀과 때로 찬 돌처럼 허무함에 잠기었다는

돌을 사고 만나고 가꿔 온 이의 한 날 고백을

허무 지고를 들고 졌던 돌짐 세월 나를 생각했다

한여름이었는데 전시실의

형형 돌들 물이 더디 말랐다
휜석재 이춘광 석우의 돌 만남은
동대문보다는 길 건너 롯데백화점의
한 사람만을 믿고, 무거운 값의 돌을
인因과 연緣으로 묶었노라 했다
연이 오르고 풀리며 감기고 연줄 사라지듯
햇살 능선과 더디 마르는 골짜기와
황금율 조화와 여백 안성맞춤으로
휜석재炬石齋 이춘광 형의 돌의 미학

호수 낀 언덕 휜석재 수석관
가야금 산조가 두 날개 펴듯
얼레 줄에 바람이 다시 스치듯
사내들 한 평생 사철가 과장으로 이어졌다

2.
그가 세상을 뜨고, 49제에 찾은
경상북도 칠곡군 석적읍 도개 87길
배산임수背山臨水 저물녘 휜석재 수석관
생전 휜석재 석인은 핀센트로
모래 속 먼지를 발라내고 돌을 놓는다는
때면 창밖 훑는 죽비소리 방안을 엿본다는
수목장 아래 빨간 장미 셋 하얀 국화 네 송이

놓고 두 손을 모음과 다시 돌아봄이 고작이었다

흰석재 이춘광이 가고
세 번째 몇 석우들과 찾은
한여름 흰석재 수석관 침묵 돌들
주인 대신 마른 돌들 물을 내리는데
물을 내리고 발걸음에 목 말라 하는지

문을 나서는데 연줄처럼
한여름 스치는 빗줄기
흰석재 지붕 위와 정원석
그가 묻힌 갈참나무 아래
호수에 쏟아지는 모습을 보고
우리들은 뭉클 마음과
눈물뿐 뒤돌아 떠남이 전부였다

*흰석재 : 수석인 이춘광의 아호다. 경상북도 칠곡군 석적읍, 도개 87길에 그가
평생 모은 수석을 연출한 수석관이 있다.

7. 돌의 미학
- 운재 정윤모

성남시 분당에 넉넉함으로 단정한 서현동 길이 있고
먼저 마음 길 중심 잡고忠 나아가 남과 나라 일 우러러
흐르는 물처럼 맑음淸으로 푸른 심성을 받들어 온 사람
정갈 몸매로 삶을 여민 운재雲齋 정윤모 선생이 살고 있다

만날 때면 고요와 웃음으로 편안함이 샘물처럼 사람
민족 빈궁기 광산에서 텅스텐으로 오늘의 철광 사람
철강 포항의 오늘 오기까지 땀을 이슬방울처럼 사람
젊은 시절을 포항의 냄새가 능금밭처럼 잘 익은 사람

운재 石人과 마주 앉으면 외유내강이 어떠함인가를
나라 가꿈은 소리침에 앞서 작은 가슴 내어줌임을
바지런함으로 익은 사람들 단단함이 무엇임인가를

일과 돌을 용광로처럼 사랑했다는 운재 정윤모 선생은
한길을 골라 세운 사람의 칭호가 잘 들어맞는 사람이다
돌을 문화로 파는 사이비 거간들은 침묵으로 나무라지만
문경과 점촌의 지금도 돌이 나오면 선생에게 달려온다는
그럴 때면 선생은 돌보다 절박함과 빈궁을 끌어안는다는

사람 도우며 때론 덤 씌우는 돌 값도 끌어안는 법을 아는
돌을 맞이하고 돈 드리는 법과 사람 귀함을 잘 아는 사람
선생은 돌이 생업 사람 돕는 말 없음으로 존대를 받았다

석실 찾아가면 투透. 준浚. 수瘦 빼어난 강돌들 텍스트
돌은 알맞이 수반과 화대와 좌대 위에 정갈하게 앉아서
호연지기 돌이 나를 보고 있다는 경건함에 옷깃 여몄다
석실은 선생에 의해 확장된 바다의 돌들이 고려청자처럼
삼면 바다의 色·線· 點·圓 돌들 백자나 분청의 맛으로

바다 돌들은 유화 속의 포도알 알처럼, 색과 태의 윤무
하늬바람과 저녁놀 새들 비상과 하얀 어둠이 너울거리고
한낮 열사와 얼음덩이의 상상력이 언덕처럼 펼쳐 있다
해빙 얼음덩이와 천년 탱화가 속에 축경으로 그려 있고
복원된 청계천 빨래하는 여인들 봄 방망이 소리 들렸다

실루엣 화초들과 초승달 아래 만년설 산길을 홀로 걸어가는
행자行者들 모습 눈을 털며 날아가는 꿩 울음이 여는 적막 하늘
오월 꽃 들판과 새벽 종소리 나무와 짐승들이 뛰어가다 서 있다
수묵 바탕 돌에 갓 찍은 붓 맛 갈필로 초서며 예서체가 흐르고
어린 시절 장독대와 고향 가는 길 민둥산 기슭에는 어느새
노란 유채와 진달래가 활활 불 놓고 가을 잎들 흐드러졌다

정갈한 돌엔 동화 나라가 오솔길처럼 살아 있고
솔바람과 첫사랑 그리움이 바다 돌 속에 새겨 있다
토우土偶 뒤에 별이 뜨는 서녘 하늘이 돌탑에 걸렸고
석실의 고요함은 돌밭 가던 새벽 가슴소리가 박혔다
천년 강돌과 찬란한 바다 돌들이 벌이는 四季 돌 잔치
마음은 붓끝 먼지 석창포 꽃잎 향에 취해 꿈틀거렸다

雲齋石室 처음 들어서면 돌을 보는 눈에 핏발이 선다
늙은 주인 마음 담아오는 안으로부터 차 한 잔 훈훈함
한 마리 열목어 나는 돌을 보던 핏발 눈과 맘을 식히고
서늘한 일상으로 돌아가 돌을 보니 돌들이 말을 걸어왔다
줄 없는 거문고 줄에 돌 사랑 마음 걸어 노랫말을 적었다

지휘도 반주도 없는데 돌은 고요로 목을 틜 수 있는가
구름 집 석실에 앉으면 대숲 머무는 바람 소리 들리고
山寺 오르는 새벽 범종 소리에 매화가 벙글듯이
돌과 그림이 놓일 곳에 놓이고 걸릴 곳에 걸려 있다
옥죄는 부러움이 나를 되돌아보는 푸른 그리움
포르릉 포르릉 수평 수직 돌들은 크레파스처럼
입안 가득 무지개 침이 고이고 돌 숲을 거닐게 된다

정윤모의 일 사랑과 운재의 아호처럼 우리 돌 사랑
山寺 가는 길처럼 열어 白壽의 길 구름재 길 선생님,

구름 집 石室 찾아가면 돌이 말을 걸어오는 말 침묵 법을
公害 언어 서울에도 남한강 가을처럼 말이 닦일 수 있음을
돌이 둥실 구름처럼 넘어지는 법 없이 사람들 어깨춤의 법을
정갈한 몸매와 불러 베푸는 운재 정윤모 선생이 살고 있다
잘 달은 용광로 가슴처럼 사람들을 안음으로 베풀고
나눔과 줌에 심사숙고 넉넉한 우리 돌을 갈무리해 두었다

오석烏石처럼 기품과 원만으로 돌을 누리고 있는 사람
소유함을 나눌 줄 알며 마음이 부드러워 마냥 어울려도
가을 청풍 돌밭처럼 돌의 여묾이 낭랑한 매듭처럼 사람
성남시 분당에 가면 잘 정돈된 서현동 가로수 길이 있고
남창에 석창포 기르는 백수 운재 정윤모 선생이 살고 있다

*雲齋 정윤모 所藏
*내 나라 동해부터 서해까지 바닷돌의 정수를 운재석실에 가면 볼 수 있다. 한 가지를 정성을 다해 모은다는 것, 그것이 당장의 이해와 맞물리지 않을 때를 가리켜 문화를 지키고 사랑하는 人生觀을 가진 사람이라 한다. 운재 선생은 이런 면에서 이 나라 수석계에서 특히 바닷돌을 문화의 차원으로 격상시키는데 큰 역할을 했다. 수석계에서는 운재 선생을 우물이 있는 마을 앞에 청정한 느티나무와 같은 어른이라는 말을 한다.

8. 석경石經 오!늘

- 두연斗然 이종호

1.

두연은 고찰 찾아가는 새벽 산기슭의 선배이다
원근과 고저가 안성맞춤 능선의 적요 정자랄까
옥을 닦는 마음으로 수석의 얼골을 길어올리는
『耳·目·口·鼻』
단단한 두레박샘물 깊이라 할까
석실이 따로 없는 연립주택의 돌들은
휘경동 알싸한 아카시아 향기 아래였다
도화리에서 만났다는 비단 옥결의 나부석
담청 색깔 돌들은 두연의 마음처럼 고왔다

화대 위 눈이 멎은 영청의 문양석
일광의 돌밭 가을 한나절이라 했다
파도를 놓쳤다는 학鶴 노인과 해찰거리다가
해녀의 바구니에서 소라와 함께 쏟아 있던
돈 만 냥에 건졌다는, 녹청 바탕에 흰 무늬
그믐밤 파도 갈퀴들이 반추상으로 한 바퀴
허리춤을 돌아 끊어질 듯 이어 또 한 바퀴
통뼈 내 주먹보다 둥글고 조금은 큰

576

색채미술관 일광, 매끄러운 황금율 돌이었다

이목구비가 합해야 거룩할 성聖이다
지금도 돌을 만나면 짧을 쉬지 않고
전국 돌벗들 경經을 쓰듯, 석명石銘 을 지어
한국 현대수석인들 절반은 두연의 조언을 받고,
월간 수석문화 글 연재, 덕담으로 수석의 격格을
팔팔 뛰며 전국의 순례 쉬지를 않았고
그리운 돌밭들과 돌벗들 잔치며 전시회에
덕담으로 열며, 석성石聖으로 살아가고 있다

   2.

앉아서 거저 돌을 앗는 사람
허리 굽혀 돌을 취하는 사람
돌의 말씀에 귀를 여는 사람
서성거리듯 돌밭을 걷는 사람
새벽마다 돌밭 찾아 떠난다는 사람
뻐꾸기 알을 낳듯 거저 돌을 줍는 사람

어깨 위에 돌자루 걸쳐 걷는 사람
지고 안고 두 손에 돌을 움킨 사람
굽은 등에 미제 배낭 지고 걷는 사람
징검다리 건너듯 위태 돌을 지고 가는 사람

멀어지는 돌밭을 뒤돌아보는 미련으로 사람
빈 배낭에 가벼운 발걸음의 사람들로 돌 세상

        3
두연 石聖과 하루 한 날 돌밭의 동행은
목벌리나 산비탈 포탄 가는 길 산딸기 맛의
돌꾼들 일렬종대 오가는 길에 마음이 열리는
돌밭 오가면서 두연 형에게 듣고 나눈 정담은
처음 타관으로 떠나는 아우의 손목을 잡아주듯
돌밭처럼 넉넉한 마음이요 웃음으로 만남이었다
돌의 맛과 덕담의 두 바퀴 석성石聖 두연 이종호
형님처럼 감싸줌이었고
수석의 보편화, 석성 우듬지 격格
어제와 내일이 있고, 오!늘의 즐거움이었다

*石經 : 돌 경전이란 뜻과 돌에 이름을 붙인다는 뜻이다. 지금 내 나라 주요 석인
들과 단체 개인이나 석보에 두연의 글과 석경으로 石名이 들어 있다.
　*聖 : 耳+目+壬의 합자이면서 파자하면 이목구비의 합한 단어이다. 耳+目은 제
자의 길이고, 口+鼻는 그 스승의 말과 향내의 길이다.
　*德 : 德不孤必有隣이면서 破字하면 行+直+心의 합자로 言顧行行顧言으로 사람됨
과 다움으로 길이다. 그래서 석인들은 만나면 반갑고 얘기를 듣고 싶은 것이다.

9. 무지개 돌짐 · 2

– 효천曉泉 신문환

1.

돌 벗 효천曉泉 신문환의 삶은
흰 옷고름 어머니들이 정한수 새벽을 뜨듯
샘물 맛 새벽을 안고 살아온 사람이다
효천과 처음 만남은 형 · 질 · 색.
바다 돌들 색채 미술관 일광
일광의 갯냄새와 청량 파도소리가
피아니시모 때론 메나리 가락처럼
풍금소리 일광면 이동 몽돌 밭이었다

두 번째 만남은
한수연우회 자문위원 시절
수반 위 연출이듯 영암 월출산
영암 아리랑 속 풍류 수석인들 밤
소주에 밥을 말아 드신다는 효천의 지우와
겸상으로 어울림 함박웃음 웃음이었다

2.

뒤부터 두고 온 부산에 들를 때면

칠암 선바위 이동의 돌밭을 찾았고
수영 팔도시장 입구 김장옥 해인당
월남 참전용사 지교식의 산수정과
전통 해물맛집 망미동의 옥미鈺美
아귀찜 솜씨가 엄지 척이란 소문의
낮은 음성에 담박과 푸짐에의 초대
돌 벗 효천과 스스럼 만남이었다

효천의 석실은 항 독 목기 등 우리 옛것과
원융무애 검은 사리처럼 옹근 바다 돌들과
문경 영강이며 남한강의 목계에서 단양까지
산수경과 형상 추상까지 형형 돌들의 하모니
효천은 고이 간직했던 소품 거북 문양 두 점과
해녀들이 건져 올렸다는 일광 백 칼라 또 한 점
'만나기 어려우시니까' 두 손의 공궤였다

빈자일등貧者一燈
아린 물속의 한결 마음과
새벽에서 새벽으로 짐 겸용 처음 전거 길
1989년 보배 옥鈺 맛 좋을 미美 이름의
특허 상호, 상표의 등록 「옥미아구찜」
엄지 척 오늘 이룩한 돌벗 효천이었다

목소리 부산이 그리워 전화할 때면
높낮이 또렷 그러나 낮은음자리표 음성
돌의 기별과 부산 오면 한 번 들르시라는
때론 얽힌 인연과 연緣 풀고 묶는 법 때문에
봄바람 자르는 일*, 옳은 삶 법 체득을 위해
댓돌 위 고무신처럼 하얀거며 동안거冬安居
정련 중입니다, 침묵과 문자 답도 있었다

一道出生死 一切無碍人*
한 길임 앓고 앎 뒤 효천의 사는 법은
마음 눈 두 손 모으는 처사 일상이었고
道生一, 一生二, 二生三, 三生萬物*
물아일체 대승 법궤 마음에 새긴 뒤
너를 탓하는 검지의 손가락 하나보다
일광의 작아 큰 황홀 돌 속 그림처럼
리일분수理一分殊*
잘못 나를 탓하는 네 손가락 삶법으로
시나브로 하루 한 날 베풂으로 이력서
땅 위 산수傘壽의 삶 오늘의 도달이었다

    3.
효천은 내자가 열烈과 충효 간직한 진주 성
진주의 한 석인의 선물로 추상 물형 돌 두 점

침묵 돌에서 정중동의 삶법을 보고 붙잡은 후
동해의 병곡, 주전, 일광 거제 해금강의 뱃길
문경과 남한강 굽이 굽잇길 무지개 돌짐이었다

효천의 석실 예석헌에는
두 손 모아 사리를 살펴 모시듯
빨, 주, 노, 초, 파, 남, 보의
황금율과 삼원법으로 무지개 돌짐
작아서 큰 화엄장華嚴藏 바다의 소리 돌들과
문경 남한강 고원, 심원, 평원, 삼원三遠 경석과
황금비율 일광과 주전 바다 돌과 삼면 바다 돌들
청송 꽃돌과 양념 격으로 중일 희귀 돌 몇 점
산수 인생살이 반 고개, 무지개의 돌짐이었다

  4.

효천은 돌 문화 참과 멋 위해 주경야독과
매화 보는 심정으로 돌과 돌 자료 모으고
강돌과 바다 돌들의 청량 선별 기준표와
돌의 가치와 적정거래 기준표도 만들었다

부산 수영구 망미동 효천의 석실 예석헌은
충신연군의 고려가요 정과정곡이 탄생한 곳
충신 정서를 기념한 과정로瓜亭路 가는 입구

담박함과 푸짐으로 '엄지 척 '옥미아구찜과

무지개 돌집과 사람 접대와 청량의 돌벗의 집

우리 현대수석사의 한 매듭을 지켜온

우리 맛 옥미아구찜 맛과 외우 효천 신문환

예석헌褻石軒 가꿔 돌벗과 사람들 초대하고 있다

*① 猶如斬春風(오히려 봄바람을 자르는 일이다) : 중국 동진 때 인도의 승려 구마라집의 수제자였던 승조僧肇, 30에 순교를 당해야 했던 승조가 사형 직전에 쓴 五言絶句의 絶命詩 結句이다.

*② 一道出生死 一切無碍人 : 生死(生卽死—死卽生)가 한 길이라는 것을, 앎과 삶이 사람의 핵심이다. 8만4천 대방광불화엄경을 10자로 붙잡은 원효대사의 말이다. 필자는 으뜸새벽 元曉와 새벽 샘물 曉泉과의 알레고리로 활용했다.

*③ 돌은 자연예술이다. 돌은 나의 스승이다. 석인들은 돌을 대하고 스스로 살필 때 텍스트로 노자 도덕경 25장 人法地, 地法天, 天法道, 天法自然과 42장 道生一, 一生二, 二生三, 三生萬物을 인용하고 있다.

*④ 理一分殊 : 한 때 불교에 심취했던 주희가 화엄경의 네 단계 법 중의 셋째 단계인 理事無碍法界를 주자학에 도입한 이론이다. 비유컨대 理는 하늘의 달이고, 事는 풀잎의 이슬방울 속이나 파도의 물방울 속의 달이다. 月印千江이니 海印이란 말도 하늘의 달과 물결 속의 달의 모습에 대입해 말하는데 리일분수를 비유하여 十方世界말한 것이다.

10. 유산수석관

― 영평永平 김시복

유산鵬山 김시복은
안으로 웃음을 머금은 말씀 법과
알맞이 예법으로 사람 응접하는 법을 아는
한반도 햇살 집 부산 지킴이 석우이다

유산 김시복는 온고지신과 택선고집의 터 안동
산자수명 들풀들이 성성한 임하면 천전동 출신이다
유학의 큰 줄기 의성김씨 가계 4남 2녀 넷째로 태어나
어린 시절 '나무와 돌을 사랑하여라'는 부모님 정훈은
부드러움과 곧음 나무처럼 '성실하게 살자' 는 좌우명으로
근면, 절약, 실천으로 돌탑을 올려 오늘 그를 이루었다
해방둥이 유산은 충서忠恕 효제孝悌 터에서 유년을 보내고
철들면서 분단 민족사에 고뇌와 현실을 보는 삶을 키웠다

나무와 돌을 가슴에 담아 자연 사랑 맘을 익혀 배운 유산은
자연을 자연으로 가꿈은 사람이 버리는 것부터 깨끗함을
버려지는 것들을 부활 아침처럼 돌리는 데 눈을 뜨게 했고
자연과 사람을 자연의 맑은 몸채로 청륜산업을 이룸이었다
사람과 자연을 뽀송뽀송하게 신생 봄 터로 돌리는 법은

버려진 것을 추슬러 햇살 뫼에 널고 말리는 실천이었다
자연을 씻고 닦음에 정성을 쏟던 유산의 삶에서, 그가
놓이거나 던져 있음의 돌에 눈을 뜸은 자연스러움이었다
유산이 남한강과 문경의 사계를 찾다가 돌 손을 고를 때쯤
강돌들은 바닥이 나고 댐 공사로 돌밭은 푸른 물에 잠겼다

임하면 천전동, 천전동처럼 동동憧憬 북소리 돌 그리움
돌과 돌 벗이 그리워 유산은 부산 바다 돌밭을 찾았다
태종대 감지해변 돌 구르는 소리와 등대처럼 돌 속 불빛을
일광 아침처럼 무늬와 빛으로 강돌 빈 자리를 채우는데
부산 아침녘 기품의 상징 '오륙도 수석회' 도 결성하였다
파도소리처럼 자갈치 새벽처럼 단단함으로 생동한 말씀들
가로 세로 재지 않은 말씀 숲에서 부산연합회 회장 맡았다

1998년 11월 27일 80여 평 유산수석관 문 열렸다
돌 속에서 푸드득푸드득 사계 새 떼가 날아오르고
철쭉꽃 꽃등燈 달아 칠흑 밤을 비추는가 하면
이름 모를 나무와 들꽃들 위에 해 달이 떠 있고
하얀 폭포가 걸리고 목화송이처럼 구름이 일어나고
목선에 달이 걸린 푸른 정물화, 초가가 있는 수묵화
바다 돌들 서정시가 상큼한 박수소리 속에 터졌다

박수근 가을나무와 장욱진 화백 여름 원두막

이중섭 큰 눈 가득히 말씀 담은 황소 곁에는
인디아 여인 선한 눈매 되새김하는 암소가 누웠고
돌 그림 한 세대 야송 이원좌 바위와 소나무들이
붓길 따라 춤을 추며 고즈넉이 거기 살고 있었다
달맞이길 너머 일광 아침 아침과 저녁 파도 소리가
백령도로부터 동해 주전까지 돌들 숨소리가 있고
돌은 정갈함으로 갈대문발 위에서 탄생하고 있었다
점입가경, '鵲山一景' 연한 연봉 뒤에는 밝은 노을
한려 뱃길 무인도서 건졌다는 두 장정 가슴 연 힘까지
칠흑 지구의 탐스러움과 호사로 탱글탱글 버티는 양감
방문객들은 부드러운 부러움과 평안으로 가슴을 쓸었다

유산수석관에 오면 누구나 돌처럼 말을 아낀다
돌 연출 절묘함도 다독거려야 함 나를 고요로 부르지만
돌 주인 말 없음 속에 돌 사랑 팽팽한 현처럼 즐거움
불입문자 가르침 돌들이 어울려 여기 있기 때문이다
부딪쳐 찢긴 상처 무늬로 빚은 바다 힘이 여기 있고
율律 언어로 울림 화폭으로 사람과 돌을 초대한 그대
환히 보이는데 지닐 수 없는 쉬운 어려움 사람 길이
사람과 돌, 살 댐과 레가토처럼 이음매 유산 김시복
사는 법과 돌 사랑 한 길이 여기까지 닿았기 때문이다

유산 김시복 석우님은 안으로 웃음을 머금은 말과

낮추되 알맞이 예법으로 사람 응접함 이치를 펴는
오륙도 파도와 내 그리움 터 부산 지킴이 돌벗이다
비유컨대 녹두알은 여름 햇살에 터지기 전 털어내는
털어야 할 때와 갈무리함이 어머니들 일 사랑 법이듯
사람들 앞에 섬의, 유산은 때를 알고 있기 때문이다

*김시복은 아호를 영평으로 짓고 세계에서 청송만의 청송꽃돌 수석관을 짓고
 내 나라 수석의 다양과 심오함을 세계에 알리고 있다.
*햇살 뫼 : 김시복 선생의 아호 유산의 한글의 풀이다.
*맑은 몸채 : 청륜산업의 淸倫에 대한 한글 풀이다.
*庭訓 : 집안에서 부모가 사랑으로 자식을 가르쳤던 교육법이다.
*레가토 : LEGATO는 '끊지 않고 부드럽고 매끄럽게' 음악 용어다.

11. 돌. 오브제

가. 함목의 달

그 밤 거제 함목 바다에
하현달 솟아오르고, 이따금
까마귀 소리 청정 하늘 숲을 흔들며
해금강 쪽으로 날아가고 있었네

결혼 35년, 소녀시절 추회하다 잠든
아내 숨소리는 청람 빛 파도 숲처럼
귀밑머리는 하늬바람 파도 갈기처럼

그 밤 우리 몸 물기는 마른 돌이었지만
쏟아지는 수줍음은 젖은 돌 눈빛처럼
함목 돌결처럼 부드러운 나이테로
옷고름 풀어헤쳐 바다에 잠들었네

맨발로 새벽 돌과 돌 사이 걸었네
함목은 사계 돌 빛들이 모여 있는 곳
바다 저편에는 하현달이 걸리고

맨발로 뒤집는 작은 돌들은 수묵 숲처럼

파도 결 따라 함목의 돌들 도르르
파도 음계 오르내리고 있었네
월인천강 푸른 계단 연꽃이 오르듯
작은 돌들 피아니시모 반딧불처럼

下弦月升起，在那夜巨济合木的海上。
顷刻，鸦噪摇醒了静谧的天空之林，
然后消失在海金江一方。

为妇三十五个年头的妻，伴着少女时节的追忆沉沉睡去。
声声喘息，如那碧波深林，
斑斑鬓角，如那西风马鬃。

那夜，我们的干燥的石头，
而那满满的羞涩，像是石头湿漉漉的眼神。
用合木石纹般温柔的年轮，
解开飘带，依偎大海，入睡。

清晨，赤脚行走在石头与石头间，
合木，一个聚合了四季石色的地方。
下弦月高挂在海边，

赤脚翻过的小小石头呵, 像水墨林一样

* 함목의 달, 중국어 번역이다. 미숙하지만 최선을 다했습니다.
 북경에서 태안까지 중국의 열차 속 한국어 전공 중국 대학원생과 인연으로 그
 여학생이 한국에 한국어 연수차 왔을 때 번역해주었다.

나. 첫눈 내리던 날

숲속 마을에 첫눈이 내리던 날
태종대서 부쳐온 돌짐을 풀었다
박스 속에서 잡힌 처음 돌은
태종대 비싼 돌 값에 덤으로 따라온
겨울 손등처럼 차고 까슬까슬한
물에 넣으니 환한 싸락눈송이들
잿빛 바탕 다대포의 몽돌이었다

푸른 시절 다대포의 바닷가에서 만나
여윈 겨드랑이와 숨어 가끔 기침소리
발등 덮은 검정 주름치마 하얀 블라우스
몰운대 언덕에서 한 줌 재로 뿌려졌던
임리淋漓, 때로 화톳불처럼 내 사랑의
산문에서 돌아왔다는, 그녀와의 추회
다대포의 젖은 돌에 눈 내림을 보았다

590

다대포의 돌 하나만 품고
나머지 돌들은 밀쳐 두었다
첫눈 내리는 이승의 둘레길
우산 없이 돌을 품고 걸었다
갈봄과 긴 여름날들과 겨울이 지나가는
성긴 머리카락 주름 얼굴을 때리는 눈발들
눈물 섞인 언 뺨 이승 길을 혼자서 걸었다

12. 수석월령가

1월은

아침 오르는 일월 빛덩이

맑고 고운 회통으로 돌 꿈 이루소서

(후렴) 돌돌 도르르 동동

2월은

얼음덩이 녹으며 계곡을 따라

옥빛 산수의 모습 만남 이루소서

　돌돌 도르르 동동

3월은

맑고 푸르러 하얀 먹물의 길

불꽃 구릿빛 도공의 꿈 이루소서

　돌돌 도르르 동동

4월은

싱그러운 들풀들 웃음 짓는

평원경 두 손으로 받듦 이루소서

　돌돌 도르르 동동

5월은
돌의 양감과 황금비율 평원경
어머니의 자장가 꿈을 이루소서
　돌돌 도르르 동동

6월은
섭취 돌들 제 자리 내려놓고
젖은 등 서늘한 수도자 꿈 이루소서
　돌돌 도르르 동동

7월은
물결 속에 허리 굽혀 만나는
금강경 무늬 돌 꿈을 이루소서
　돌돌 도르르 동동

8월은
목마름이 소금꽃 돌밭에서
풋 능금 입 베어 무는 꿈 이루소서
　돌돌 도르르 동동

9월은
하늬바람 가슴에 안으며
무인도 찾아가는 꿈을 이루소서

돌돌 도르르 동동

10월은
거문고 산조, 광대들 눈물과 웃음
서걱거리는 갈대의 돌 꿈을 이루소서
　돌돌 도르르 동동

11월은
가슴 속 불꽃 정釘 소리
돌 사랑 한 짐 꿈을 이루소서
　돌돌 도르르 동동

12월은
오지그릇처럼 돌벗들과
어울려 순례자 꿈 이루소서
　돌돌 도르르 동동

　*월령가 동동처럼, 돌을 오브제로 하여 12달 수석의 예술화의 소망으로 시를 썼다. 돌의 형과 질, 색의 단단함이 주는 서늘하고 고움과 부드러움으로 돌의 맛을 살리려고 애썼지만, 돌이 제재라서 적절 언어 훈련의 생경한 부딪침이 아쉽다. 그러나 나름 힘을 다했다.

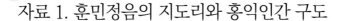

자료 1. 훈민정음의 지도리와 홍익인간 구도

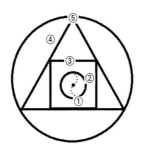

　필자가 외람되게 구도화, 훈민정음과 홍익인간의 기하학으로 모형이다. 예상과 직관으로 모형이다. 외연 원 안에 내포의 정삼각형, 삼각형 안에 정사각형, 사각형 안에 원을 그리고 원 안에 점을 두었다. 그리고 작은 원 안의 점을 중심으로, 4계절이 분명했던 내 나라 춘하추동을 ∞ 으로 그렸다. 조국肇國 홍익인간과 훈민정음의 이념을 기하학적으로 그렸을 때 도형들이 내포하고 있는 뜻과 관계의 관계에 대한 필자의 生覺 생각이다.

　①도형 안의 ·은 모음 아래『·』이다. ·는 홍익사상과 그 배경이 주역(역경)이라 했을 때 그 역이 무극이면서 훈민정음과 홍익인간의 지도리로 태극의 점이다. 다석의 말을 빌면『가온찍이』다. 태극이 걸친 ·는 불역이면서 변역이 내재 되어 있는 간이簡易의 모습이요, 태양계의 행성이 지구의 역할이다. 無極而太極『理』을 본떠 형상화가 한글 모음 세 기본자『·.ㅡ.ㅣ』, 으뜸자리요, 지금은 사라진 아래 ·의 형태이다.

　·의 음가에 대해 훈민정음 해례는 혀를 최대한 목구멍 쪽으로 끌어당겨 내는 영어의『ʌ』의 음역 음가라 했다. 우리말「아래 ·= ʌ」를 몇

한글학자들은 노자의 玄으로 입에서 목구멍 거쳐 허파까지 빛, 힘, 숨의
과정이라 했다. 우리말 28자 자모 중 아래 ·=ᅀ는 이렇게 유현幽玄함으
로 소리라 할 수 있다.

②사각형 안의 ○은 ·을 둘러싼 원으로 궁즉변窮卽變으로 變易과 교
역이 균형을 잡은 모습이다. 원심력의 모습으론 『⊙』이요, 구심력 모습
으로는 ◓이다. 이것을 태양계를 둘러싼 은하계의 모형으로 해석하는
이도 있다. 『⊙』의 구도를 성서에 대입해 본다면 아담과 하와가 추방되
기 전 에덴동산의 모습으로 생각할 수도 있다. 나는 광화문이라는 연작
시집에서 이것을 한글 자음 『ㅇ』을 웃소리라 할 때의 옹소리라 할 수 있
고 지붕(집+옹) 위를 스치는 바람 소리인 '옹'의 처음 나는(음향) 혹은 내
는(음성) 소리로 볼 수 있다 하였다. 자음 어금닛소리인 『ㅇ』을 다석은
옹소리라 할 때 옹의 처음소리라는 것이다. 필자는 산스크리트어의 『오
움』과 히브리어 『야훼』와 동격과 동등의 윗자리 하늘 말씀으로 받아들
이고 있다.

이 ⊙과 ◓ 의 균형으로 위치를 나는 연작시 광화문에서 광화光華 마
음으로 보았고, 세계 어느 글보다 하늘, 땅, 사람, 三才와 오행 혹은 오
상五常의 자음 3층위의 과학적인 글로, 훈민정음의 창제 정신이요 성경
의 낙원 즉 자유정신이라 생각했다. 동남서북 사방으로 인지되었던 땅
은 본래 네모남이 아닌 점으로 『·』는 선으로 『ㅡ + ㅣ』의 합이다. 4각형
으로 인식되었던 땅을 삼각형으로 미분하면 결국 모든 것은 작은 원 즉
우리 모음 『아래 아·』로 귀결한다는 것이 나의 생각이다. 이것이 본래
하늘을 상징하는 점(天性)에서 출발, 땅과 나의 모습이요, 어머니의 사각
가슴에 달린 둥근 유방처럼 무진장이다. 이것이 『맘몸』의 결합으로 에

596

덴동산이면서 『몸몸』의 타락으로 사람의 결합으로 밀턴이 말한 실낙원이다.

③□은 어머니 가슴으로 땅의 형상이다. 남성들이 여성들의 가슴 모양을 본떠 만든 것이 집이요, 집 중에서 방의 모습이다. 『□』은 본래 굽어보는 하늘에서 굽어보는 『ㄱ』과 우러러보는 『ㄴ』이 합한 모습으로 다석은 한글의 뜻이 하늘에서 이루어짐과 같이 땅에서도 이루어지이다처럼 하늘의 말씀이요, 땅 사람들의 바램이라 했다. 불교는 잘못 사람들이 『몸나』만으로 만든 집을 불집火宅이라 했는데 종교의 貪, 瞋, 痴, 虛言(예수의 새 계명)과 殺, 盜, 淫(모세의 십계명)을 『맘나』로 바꾸는 방법을 석가모니는 연꽃이 지닌 진흙 속 뿌리, 가는 줄기, 풍성한 잎과 미묘법문, 연꽃의 도피안으로 표현하고 있다. 한글 창제의 배경이 된 성리학은 인·예·의·지 선한 마음으로 오욕칠정을 잘 통어할 수 있다는 이론을 한글로 전개하고 있다.

한글 창제의 배경이 된 성리학은 기독교의 유신론적 2원론으로 신관이랄까 인간관과 달리 ~되고(心卽理 육상산과 양명의 입장), 보다 ~되려고 한(性卽理 주희와 퇴계의 입장) 사람 안에서 사람이 희망이라는 단추를 끼고 끼려 하였다. 즉 주역의 易은 역逆이라는 관점에서 훈민정음은 유학적 사고의 틀을 보지하고 있는 것이다. 지금 우리의 종교 대세는 기독교이지만 낱낱의 교회 체제 안으로 들어가 보면 얼마나 유학적 사고방식이 빈번한가를 눈으로 손으로 만질 수 있다.

자연철학이랄까 생태철학으로 주역이 바탕과 배경이 된 훈민정음은 세종의 어지에서 밝힌 광화 마음의 내가 먼저 나됨 뒤의 너다움으로 너와 회통과 지평, 우리의 위치를 높이와 깊이로 확장하려는 남대문 이층

『집웅』과 버선코 모양 추녀가 지금의 한류, 홍익 심정의 정신이 깔려 있다.

지구를 □으로 이해했던 천동설은 이집트 피라미드를 오리온 성좌에 맞춘 배치법이었고 땅을 완전한 三角의『天, 地, 人』로 나누어짐으로 사람과 하늘을 보았던 땅으로 사람의 인식이요, 삼각의 입장에서 사람이 하늘을 보는 우주관이었다. 단테의 신곡, 밀턴의 실낙원과 훈민정음 28자도 스물여덟 별자리 28수의 별 위치 측정의 천동설의 우주관 인식 속에서 탄생되었다.

④△은 사람의 질료로 흙(화,수,목,금,토) 성정이다. 유신과 무신의 입장에 따라 다르겠지만 성부, 성자, 성령의 삼위일체 완전한 사람으로 온 예수의 모형을 탄생시켰고, 우리의 역사에서 환인, 환웅, 단군의 가능 지평으로 상징이다. 우리말 훈민정음은 '내가 너희들을 선택한 것은 너희들은 천신의 아들'이요, 천신이라는 예표로,『웅소리』하늘 마음으로 최치원의 풍류도=비빔밥, 잡식성=종교, 종교 시장적인 풍류의 민족이다. 지구촌 시대 혼용으로 우리 글 훈민정음의 모음 천, 지, 인 삼재 사상이나 자음 삼 단계로 예사소리, 된소리, 거센소리는 형식이 점진적 구조로 삼각 구도의 형식이다. 한글 훈민정음은 자칫 모남으로 사각의 사람의 성정을 온전숫자인 삼각형의 온전한 자세로 만든 한글 자모의 피라미드처럼 삼각의 구도이다. 태극 점에서 출발 하늘이 동이(東夷) 민족에게 맡긴 하늘 자손이란 계시의 온전한 문자이다. 그러나 지금 24자 우리 기본 음운은 반치음의 △의 아래 아ㆍ는 음과 음성을 잃은 상태로 ㅇㆁ은 첫소리에서 음을 잃은 결과가 되고 말았다. 특히 반치음 △은 ㅅ과 ㅈ으로 치솟음을 막는 가온찍이로 음운인데 반치음 △을 상실한 젊은

이들의 ㅅ,ㅆ과 ㅈ,ㅉ,ㅊ으로 내닫는 거친 말본, 우리 사회의 언어적 편견과 찢어 가름으로 삶을 보면서 나는 △의 음가를 상실했음이 너무 아쉽고, 안타까운 마음으로 『오!늘』이다.

이집트를 갔다가 나는 모래바람 속에서 견디고 있는 세 개의 웅대한 피라미드의 배치도가 하늘의 오리온 성좌의 배치를 따라 만들었다는 것을 듣고 보며 알았다. 또 피라미드에 대한 설명을 듣고 나는 하늘에서 가장 밝은 별 중 하나인 시리우스 별자리에 맞춰 삼각의 꼭지가 맞춰 있다는 말을 듣고 살펴보며 天地人 삼각 구도 우리말이 하늘로부터 온 선물이요, 우리의 성정이 광화, 하늘을 행해 하늘 ㄱ과 땅 ㄴ의 합으로 □이어야 함을 알았다.

⑤전체를 포괄하는 외연으로 『○』은 無外無內요 『빈탕한데』이다. 하이데거가 탐독했다는 노자의 도덕경을 요약한 「언어는 존재의 힘」으로 立言이다. ◉은 · 과 ○ 나아가 ◖의 사각과 삼각은 노자의 체득體得과 하이데거의 체인體認으로 무내무외의 원이요, 존재의 힘으로 우리말이다. 점과 원, 삼각과 사각을 거느리고 있는 ○은 우리 어머니들의 열두 폭 치마면서 통치마로 자식을 감싸주었던 모습이요, 직방대로 대표되는 땅, 즉 『네 예 있대이』 어머니의 마음이다. 한류가 언제까지일지는 의문이지만 우리 민족이 세계를 향하여 열린 마음으로 광화의 문화를 심고 지켜야 하는 시간, 공간, 인간을 태우고 있는 종교의 세계, ○『零, 靈』에 닿아 있는 3차원에서 다시 4차원까지 세계다. 이런 관점에서 나는 『훈민정음의 예의 해례 405자』를 우리의 경전으로 하자는 주장이었다. 나는 연작시집 광화문 108편에서 훈민정음 28자를 여러 모습으로 다루고 썼다. 나아가 훈민정음은 우리가 천신족으로 증거와 어떤 소리

라도 표기할 수 있는 음운과 음가를 가졌음을 말했는데, 이것이 옹소리로의 각종 종교(최치원의 유,불,선 풍류도에서 해방과 6.25 후 기독교 종파들 범류, 범람, 맵짤 음식과 비빔밥…)를 포괄하는 우리 심성과 4차원을 표현하는 훈민정음의 높이와 깊이라 했다.

점点 ●, 작은 원, 4각, 3각,『빈탕한데』큰 원을 가슴에 안고 하늘을 따르며 우러러 살아가는 한민족의 성정은 때문에 세계 여타 민족보다 바다처럼 수용과 해체로 두뇌의 회전이 빠르고 뛰어날 수 있었다. 또 광화문의 모습이 홍익인간의 더할 익益처럼 2층으로 상형 또한 우리 문화를 華(문화의 꽃)로 빚어 올리는 홍익인간의 강건 즉 맘몸 조화의 弘益ism으로 해석하려고 했다. 더할『益』을 광화문 시들에서는『化』로 형제애와 사해동포 환유로 인지시키기 위해 64개의 주註 중에 처음에 화에 대한 주를 달아 놓았다. 광화문의 광화는 전체를 포괄하는 직방대의 땅, 엄마가 등의 아이가 무거운 줄을 모르는 진공묘유요, 원융무애의 세계이다. 앞에서 말했지만 어머니의 가슴이 하늘 아버지가 머리를 구부려 무엇을 줄까『ㄱ』과 꿇어 앉아 받을까『ㄴ』이 합한 □이다. 나아가 삼재와 성부, 성자, 성령의 또 빛, 힘, 숨의 우리 글 가온찍이『己』의 모형이다.

가운데의 아래 ●로부터 ◉, □, △, ○까지 훈민정음의 기하학으로 모형도, 이것은 하나 안의 천, 지, 인의 하나로 유기체 질서였고, 천신족 단군이 나라를 하늘 아래 놓으면서 내건 슬로건이었으며, 그 계시의 결실이 훈민정음 해례본 405자 경전이었다. 또 세계로 문을 여는 글로벌 언어의 품격이 되었다. 이 글로벌의 일은 누가 해주는 것이 아니라 시인이 앞장이 되어 스스로 존재의 집으로 한글의 집을 만들어야 한다. 필자가 정립시켜 본 내포로 ●, ⊙, □, △, 외연으로 ○까지 관계는 결국 맘과 몸 『ㄱ』의 됨과 다움으로 관계이면서 삼위 11 모음과 다섯 17 자음 체계 음계와 음역의 기본모형이다. 필자가 연작시 광화문과 『일주문과 바늘귀』의 결미에 자료로 그려본 모형도는 청계광장에나 패거리들이 악을 쓰는 눈에 잘 띄는 곳에 세워 훈민정음이 세계를 사랑으로 안고, 열어나갈 것이라는 하늘 약속으로, 가르침으로 『전典과 마당』이 되었으면 하는 목마름으로 기대를 해 본다.

2. 나의 독서공간

필자의 『정음과 광화』 시들 탄생 배경은 1984년 봄부터 2009년 가을까지 24, 5년 동안 현재 김흥호 스승님의 이화여대 『연경반』 강의를 따라다니고 때로 솔선하고 듣고 배우고 생각했던 것이 『밑힘』이 되고 칼라일의 문화로써 의상철학이 덧입힘이 되었다.

2007년 가을 한 날의 스승님 말씀이었다. 나의 생을 정리하는 마당에서 당신의 일생은 어떠했는가, 라는 질문을 받을 경우나 자문자답을 할 경우가 있을 것이라 했다. 또 내 삶의 매듭을 몇 마디 언어로 묶어야 하고 묶어 볼 때가 있으리라는 『말숨』이었다. 그때의 그 자리에서 혹자가 나에게 당신이 붙들고 살아온 스승이 누구였느냐고 묻는다면 體露金風, 즉 동짓달 가지처럼 나이에 이르러 나의 스승은 누구였다 라고 선뜻 대답할 수 있을까, 자문자답해 보라는 말씀이었다. 나의 뇌리에 천뢰성처럼, 울림과 깨침을 주는 말씀이었다. 연작시 『光華』 光化門의 주제요, 배경으로 분열 민족의 화해와 치유의 시를 구상하고 쓴 연작시집 『도산서원 가는 길, 광화문, 일주문과 바늘귀』 세 시집의 배경에는 현재 선생님을 따라다니며 희미하게나마 붙잡은 『生覺 틀』인 빛, 힘, 숨이 지도리로 배경이란 것을 고백한다.

공자는 중화, 나아가 동양사상의 유학이 이루어지고 바다이게 했던 종주면서 스승 중의 스승이다. 성균관 대성전 성왕 선현 位牌奉安位次圖에 『孔夫子』니 文宣王이라 했다. 예수도 다윗의 족보라 하고 『王中王』이라 하고 있다. 소견이지만 왕보다는 스승이라 할 때 생각의 폭이 더 정중하고 깊어지리라는 생각이다. 종교의 가치는 넓이나 높이보다는 깊이이기 때문이다. 나는 예수 그리스도라는 『구세주』란 관점에서 『人子』로의 예수를 구세주로 믿고 있는 사람이기를 바라기 때문이다.

즉 스승으로 공자가 논어의 고백이다. 공자는 꿈에도 주역의 384 효사文辭를 상세화한 주공을 만나 보기를 원했다. 주공은 인재의 등용에 힘을 써 인재를 만나기 위해 세 번에 걸쳐 삼토삼악三吐三握 『먹던 밥을 세 번 밷고 감던 머리를 세 번 쥐고』까지 인재를 찾았던 선생이었다. 또 공자는 제자들을 가르치기 위해서 산정刪定 편집한 사서오경에 대해서도 술이부작述而不作으로 답을 했다. 첩의 아들 공자도 춘추시대 제자백가의 한 사람으로 출발이었다. 그러나 공자가 공부자로 추앙받은 것은 공자가 주역 공부를 위편삼절韋編三絶까지 과정에서 내 생각이 영글었다는 공자의 고백적인 말이었다. 유학에서 말하는 id 과정적 존재로 『사람다움과 사람됨』의 존재는 먼저 나다움으로 나를 평가하고 사람을 세워 보았던 사람 신뢰의 귀중함을 본 사람이었고 공자는 그의 삶을 주역의 대성괘 여섯 매듭으로 묶어 『빛, 힘, 숨』으로 묶어 생각했던 사람이었다.

현재 선생님이 자주 입에 올렸던 유태 종교 지도자들에게 시련을 당했던 철학자 스피노자 또한 유태 민족의 율법을 기하학적 윤리학으로 정립한 사람이었다. 스피노자는 누구나 神人合一 즉 神과 人, 人子와 동인動因으로 神의 因子 『DNA』를 품고 있다고 보았다. 자연은 신이 주었고 사람은 신의 소산물인 자연 『사과나무』의 서술어의 질서를 통해 신을 본다는 것이 스피노자의 생각이었다. 자연에서 우연이나 우상, 운명을 지양한 후 천명을 붙잡는 사람다움으로 삶의 길에 신의 섭리가 관여하고 있다는 것이다. 현재 선생님은 사람다운 사람의 스승과 내가 경전을 붙잡고 그 높이와 깊이, 넓이를 나에게 적용 공자나 스피노자처럼 찾는 사람이 되어야 한다는 것이다.

이처럼 『너답고 나됨』으로 스승을 붙잡고 분투奮鬪했던 스승들이 있는 나라가 경전이 있는 나라 사람들이었다. 이것이 중국인을 중국인이게, 유태인을 이스라엘인이게 한 경전으로 4서5경이요, 성서인 것이다. 우리는 중화 중국으로부터 동이족이란 칭호를 받았다. 그러나 내가 보고 생각하는 東夷(큰 화살을 햇살 아래 들고 있는)가 우리 민족의 장래라 생각한다. 왜냐하면 그 중심에 홍익과 하늘문자 훈민정음 405자 경전이 있기 때문이다. 홍익의 『益』과 훈민을 위한 『정음』 자주, 애민, 실용을 광화문 光華라는 문화의 꽃으로 써야 한다는 상식常識으로 생각과 『生覺』 때문이다.

시인의 존재 가치가 평화로운 때는 비싼 문화의 장식품이지만 나라가 어려운 때는 밤에 들판에 서 있는 나무나 돌처럼 예언자로 있어야 한다는 말이다. 시인의 시가 예언을 지닌다는 것은 흙탕물 속으로 흘러 들어가는 한 줄기 샘물이란 뜻이다. 흙탕물을 가라 앉히는 한 줄기 샘물처럼 존재의 집으로 시는 푸른 상록수가 된다는 것이다. 우리 시인들 또한 이런 일을 위해서는 寒心으로 나요, 역설적이지만 지금이 있기까지 기록된 민족의 正史와 遺事를 살펴보고 산정하는 일에도 앞서 최선을 다해야 한다는 것이다. 나아가 문헌을 내 중심에 모셔오되 그것을 치우침으로 왜곡하거나, 우리의 야사를 맹랑孟浪의 얘기라고 일본의 식민지사관 학자들처럼 언묘조장偃苗助長 하지 말아야 한다는 것이다.

나는 시의 상당 부분에 주석을 달았지만 『일주문과 바늘귀』의 시들도 담시를 중심으로 주를 달아야 했다. 주를 달아야 한다는, 즉 나부터 술이부작의 큰 뜻을 마음에 다져두자는 생각에서다. 내가 보고 생각한 『웅소리』 훈민정음과 분단으로 인한 우리 민족의 여밈과 화해로 재운 빛의 한글, 치유를 위한 저밈으로 솟고, 솟아나야 한다는 광화로 일주문과 정음 바늘귀, 그래서 주를 달아야 한다는 생각이었다. 시들 중에서 창해일속으로 가치가 있다면 지금까지 보고 시인의 말에서 7단계로 만든 존재의 틀, 동과 서의 만남과 회통을 일실천등의 마음으로- 해석하고, 나아가 국토의 70%가 산인 작은 봉 오르는 길처럼 나를 믿고 남기고 싶은 마음이었다. 이런 나의 나『我, 予, 余, 吾』를 나와 『我↔出』 너 안에서 회통으로 능변여상能變如常으로 오늘이었고, 시인의 마음으로 『오!늘』까지기를 애썼다.

첫 시집 『절대공간』과 『환상예배』로 출발 『일주문과 바늘귀』까지 한결 내 시심의 지도리는 79회 사직서를 썼던 우리를 경敬 사상과 산상수훈으로 압축되는 예수의 가르침을 합한, 결론으로 하루 한 끼니 현재 스승님의 진덕수업進德修業, 거저 배운 것을 거저 주어야 한다는 선과 일일지라도 이룸으로 내 시의 과정이었다. 『나의 너다움에 대한 기다림』으로 고픔과 『너의 나다움으로 장래』 기다림으로 불유구를 거쳐 산수傘壽의 나이, 이 시집 속의 상당 시들은 문득 Kairos 삶을 추구하며 만났던 담시들이다.

3. 짧은 시 12편

1. 광화, 광화문

삽과 곡괭이 땀과 멍울 피

언 두 손바닥으로 때로 울음

구릿빛 어깨와 무명옷섶 추위 위로

곤장 휘두르는 소리와 흐느낌 천둥

눈물 재촉 웃음, 웃음 속 눈물로 빚은 숨 터

눈물 손발 여미고 저며 문무文武 무궁화 얼 터

흰 옷깃 보듬고 우러러 광화, 광화문 광장 세웠다

2. 레퀴엠

비 내리는 칼레城

불 하나 오고 있다

불 날개를 디디면서

푸른 제복의 여섯 혈頁 사내들

젖은 피 손목들 전진하고 있다

목에서 발목까지 밧줄이 걸고 있다

밧줄에 모가지 여섯 사내가 오고 있다

3. 土人岩

선비는
바람 속에서
서둘러 갓끈을 잡지 않는다
해진 도포 자락의 마음 깊이
우러름 한 점을 여미어 놓지 않고
돌처럼 나무처럼 밤의 증인이 된다

4. 이중섭의 소

소 한 마리
풀밭 위 버티고 있다
투우사 향해 돌진 일보 전
뿔 위 오월은 속살처럼 평화
앞발로 붉은 흙 뒤칠 때마다
출렁이는 불알 사이로 현해탄 파도
선한 눈 중섭은 황토빛 소뿔 그렸다

5. 남전기경藍田起耕

느티나무 잎 환한 마을
삽자루 둘러멘 늙으신 농부
뉘 집의 자제분이시더라
마음 바닥까지 어두워서, 참
무명옷 그리움이 묻어나는 곳
봄날 젊은이와 마주하고 서다

6. 한묵寒墨

겨울이 오는 밤 먹을 갑니다
손에 닿는 붓끝이 싸늘합니다
창문 밖인 듯
창문 안인 듯
먹 향이 방안에 가득
덜 닫힌 일몰이 묻어나고 있습니다

7. 천생연분

눈비 바람 속에
더욱 찰진 사람아
무명옷 세월 속에 푸른 사람아
맑은 사랑으로 불에 데인 사람아
그리움이 지나간 자리
옷깃을 여미는 사람아

8. 선정통문

누가 저 투명한
침묵의 혀
쓸어 올리고 있을까
부채 햇살 가을 하늘
학 한 마리
하늘 밖 울음소리

9. 모질도 耄耋圖

그믐달 이우는 포구
호롱은 켜 있으리
지아비 기다리는 섬 아낙과
갯내에 묻혀 새끼들
사립문은 바람에 맡겨 있으리
유년 시절 고향의 사모침이리

10. 기도

종부의 가슴에
하늘거린 연꽃

캘린더 한 잎 새
계절만이 두터워

슬픔을 불살라
영고 소리 더덩덩
(1963 季刊詩文藝)

11. 벗

우리가 바람 따라 흐르다가
몸 부대낄 때 기대어도 좋으리
모닥불 스러지는 서녘마을까지
가슴과 가슴을 내어주는
노닥거림의 벗들 있음이
구름 아래 머물다 돌아가는 길
나에 기대어 잠이 들어도 좋으리

12. 老子를 읽다

부운 간뎅이 사람에게 박쥐 생간이 좋다는
생간 역병 COVID19, 생태철학 주역 괘상은
먹방이랄까 음식남녀 수천수괘水天需卦䷄*
비행기와 책상다리만 빼놓고 먹어치운다는?
중화中和 보신 사람들 속에서 터졌음이, 맞다는
그러나 파당 내 나라 동서 〰처럼, 소리침이 이긴다는?
때문에 코로나도 중국에서 터졌음이 아니라, 소리치는?

하늘은 낳고 땅은 기르고 해는 비치고 달이 이루는
생간처럼 땅과 하늘, 해와 달을 우러르지 않는 것은
천지간 만물 중 너와 나뿐이란, 사람 말고는 없다는
이천오백 년 통나무 노자의 도덕경
중국 수입 나뭇결 책상 위에 놓고
마스크 몇 점멸등 새벽, 더러 119 구급차 바퀴 소리
새벽에 노자 선생님, 2,500자 도와 덕 말씀을 읽는다

페미니즘 노처녀들도 찰나 엄마가 되면
속알 옹알이를 두 젖과 두 손으로 보듬는
하늘은 낳고도 자기의 것이라 하지 않고
땅은 기르고도 내가 했다고 하지 않는
비춰주는 일월은 내가 했다 아니하는 것처럼
아니하였음 내가 언제 엄마 아니었던가
귀식모貴食母* 품 안 핏덩이를 안은
속알 도덕경 노자와 가래질 묵정밭

원양선 바다의 길 동승 보들레르가
인공낙원 악의 꽃에서 시인의 몫은
선원들의 담뱃불에 주둥이 지진指診
그럼에도 알바트로스가 두 날개를 떨며 접은
~처럼 시인은 엄마 마음으로 묵정밭을 기경하는
알바트로스 울음으로 천형天刑이라 하지 않았는가

*수천수水天需䷄ : 주역 대성괘 64 중 5번째 괘이다. 괘사의 구한다는 수需요, 需
는 본래 음식을 마련하는 도리로 뜻이다. 食色의 문제와 그 문제점을 지적한 괘상
이다. 모든 병의 근원은 절제를 잃은 먹기에서 발생한다. 시인도 언어라는 음식을
어떻게 절제하고 씻어 가꾸고 먹어야 하나, 암유의 卦象으로 나는 생각한다.

  *貴食母 : 노자의 주해를 단 왕필은 밥을 주는 어머니를 삶과 無(崇本息末)의 본체
라 했다. 어머니와 아내가 차린 밥상을 받고, 식중독에 걸리는 경우가 없지 않은
가.

4. 담시譚詩에 대하여

1960년 대학 시절 스승 조향 시인 門下 나는 1963년 '오후Ohoo' 동
인지로 출발 오후에의 立像(부산 아성출판사), 1975년 3인 합동시집 절대
공간絶對空間(하현식, 김석, 최휘웅), 78년 현대문학 등단 후 83년 시집 환상
예배(현대문학사), 87년 우슬초로 씻으소서(한국문연)를 상재하였다. 시극
을 한 번 써 보시게, 조 향 선생님의 권유도 있었고, 나는 십자가의 일곱
오브제, 완월동 접시꽃 등 담시譚詩를 시도하였다. 80년 상경 현대문학,
현대시학, 들소리문학(연재), 다시올문학(연재), 월간 『보람은 여기』 3년
을 퇴계와 양명을 연재하였다. 뒤 『시와함께』 등 여러 문예지와 월간 수
석문화, 수석의 美(연재)에 발표한 40여 년 동안의 담시들, 또 연작시집
으로 퇴계평전(명상사), 수석연가. 1(을지문화사).물 위에 쓰다(종로서적), 아
내의 식탁(베드로 서원), 광화문, 수석연가. 2 도산서원 가는 길(선 출판사),
비아 돌로로사(문학수첩)와 미발표의 담시들을 중심으로 엮은 시집이다.

필자가 시도한 담시譚詩(narrative poetry↩story telling)는 이미지로 시의
추기樞機, 즉 등뼈backbone를 견지하면서 내가 보고 겪었던 일들을 제재
로, 성정性情 속의 Persona와 Libido(아뢰야식)의 두 지평을 병치의 기법
을 활용한 시들이다. 뼈대와 형식은 기독교에 바탕을 둔, J S 바하의 푸
가fuga 전개 방법을 활용하였고, 아울러 조선의 개화기였음에도 성정에

614

관한 논쟁을 극렬하게 했던 리기1원론 노론 학자들 사이 인물동이성人物同異性(모세의 십계명 중 제7 계명과 근래 me to의 우리 현실)에서 心 안에서 人과 物의 본성이 같은가 다른가에 대한 호락논쟁湖洛論爭(충청도와 경기 남부 유학자들) 논쟁으로 性과 情의 관계와 관계로의 논쟁도 참고하고 지금의 나라 동남서북의 실상 등, 시집 속의 시들은 필자가 직접 경험했던 것들을 중심으로 했다. 이유는 나는 나부터 깊이로 인간의 이해가 전제되어야 한다는 立言으로 시를 쓰며 해석하며 살고자 노력하고 있기 때문이다.

담시는 화자의 직간접경험이 중심이 되고 또 긴밀한 시적 얼개를 통해 형상화하기 때문에 비유컨대 머리에서 가슴까지, 다시 가슴에서 다시 머리까지 조화를 생각하면서 화자만의 내밀한 경험을 독백의 방법으로, 시라는 격식을 생각해야 했다. 즉 필자가 보고 만나 보듬었던 사실적 배경을, 천성으로 사람만의 감성과 영성에 접목하려 하였고, 독서를 통한 지성과 이성을 유기체적 관계로 하면서, 사실과 진실이 조화롭기를 힘썼다.

담시의 특성에 대하여 나의 모퉁이로 생각이다.

첫째, 담시의 담譚에 대한 문자의 구성과 풀이다. 담譚은 말씀으로 언言과 깊을 담覃의 형성문자이다. 言은 하늘과 땅에 올려 드리는 기원으로 뜻이요, 覃은 이르다, 도달하다, 깊다는 뜻이다. 또 담談은 말씀 言과 불탈 炎의 회의문자이다. 두 문자 담譚(言+覃)과 담談(言+炎)은 서로 넘나들며 쓰이고 있다. 즉 담시의 문자적 의미는 도달한다. 깊고 불탄다는 譚=談narrative poetry=story telling으로 다채로움과 깊이, 강렬한 바램의 언어로 하늘과 땅에 올리고 바친다는 깊은 의미를 지니고 있다.

둘째, 필자의 담시는 경험했던 것들을, 기도祈禱=氣道=企圖로의 주문이라 할까, 『맘몸과 몸맘을 혼용한다』는 문자적 내용과 바하가 마태수난곡에 사용하였던 푸가fuga(遁走曲)의 내용과 구성, 음계로 조 편성 등을 참고하였다.

셋째, 필자가 시적화자로 나서 구성과 진행에 관여와 내적독백의 지평으로 입자와 굴광성, 푸가처럼 한 주제 아래 몇 보조 제재들을 활용하여 주제 구성의 풍요와 제재의 현장감을 주었다. 몽타주와 꼴라주, 긴축 기법, 모호성ambiguity을 통해 시적 진실과 상상으로 사실fact 흔들기와 흔들기를 통해 시적인 진실 즉 상상과 연상의 깊이를 주려 하였다.

넷째, 담시는 필자의 직접체험과 언술의 전이과정(fuga의 主唱. 答唱. 對唱)으로 담시를 읽고 대하는 독자의 심리적 추이와 반응이 중요하기 때문에 사실이었음을 받쳐주기 위해 시 속에 대화를 삽입, 구성의 다양성과 현장감을 살리려 하였다.

다섯째, 구성과 진행은 자동기술법의 이성의 관여를 괄호에 넣는 내적독백을 활용하였다. 필자의 독서공간으로 기호내용signifie(記意, 能記, 기호에 담긴 피운반체)을 통어, 활용하면서 기호의 운반체signifiant(記標, 所記 : 물리적인 소리가 아니라 소리가 사람의 청각이란 감각에 의해 만들어 놓은 인상)로 내적독백을 통한 굴광성 시각과 청각의 혼용 긴축을 활용하였다. (기표가 운반체인 상징기호 그 자체라면 기의는 피운반체인 기의라는 의미의 기능에 해당한다. *정약용의 周易四箋 기호학으로 읽다 P151, 方仁, 예문서원)

필자는 시극과 담시의 공동 지평을 생각하였고 시가 서사적 이야기체로 전개될 때 언어의 긴장이 풀리고 흩어짐에 고심하였다. 그러나 시

영역의 확장이 필요하다는 신념으로 필자는 지금껏 담시를 시도해 오고 있다. 음악사조에 비유하면 바하의 내성적이고 상징적이면서 달콤하고 부드럽다는 평을 받는 마태수난곡(마태 26~27장)처럼 종교사상을 근간으로 한 푸가fuga(遁走曲)의 형식과 내용에 시의 내용과 형식을 조화시키려 하였다. 푸가(fuga伊. fuge獨, fugue佛.英)의 으뜸 주제와 버금 주제의 전개처럼 시의 배경과 내용의 근간根幹에 기독교와 동양의 사상을 깔며 담시를 써 왔고 푸가의 대위법처럼 담시를 구성을 하고 담시로의 실존을 견지하려 하였다.

예컨대 찰나Kairos로 땅 위의 내 삶이 높이나 넓이, 그날이 그날만이 아닌, 『앎, 삶, 참』 깊이로 삶의 모습이 시인으로, 사람됨으로 가야 하는 길이요, 소명이라 생각하기 때문이다. 폴 틸리히의 말처럼 깊이(앎 = 관의 입구를 막을 때(깜)까지 배움으로 삶 = 기의와 기표의 조화로 詩, 참 = 믿힘으로 宗敎 우리말 ㅂ,ㅍ,ㅁ과 ㅅ.ㅈ.ㅊ의 자음 세 層位)를 생각하는 삶, 순간이나마 깊이로 삶을 느끼고 살 때 신을 만나고 동행할 수 있다는? 시인은 신(신바람)을 만날 수 있고 스스로가 삶의 현장에서 신바람으로 존재가 되어야 한다는 생각이었다. 우리말 자음 세 층위처럼 시, 종교, 신화의 효용은 한 나무의 가지들이라는 생각을 필자는 관찰Dhyāna하고 간직해야 한다는 생각 때문이다.

유태인에게 39회 채찍질과 회당 출입구에 엎드려 유태인들에게 짓밟힘을, 종당終當은 유태교에서 추방당한 스피노자, 그가 말한 신이 주어가 아닌 술어로의 『사과↪하느님』과 이물관물以物觀物(송나라 소강절)로의 세계관, 장자의 『깸↪꿈』의 수평과 방정이랄까 방관이 빚은 호접몽胡蝶夢과 심연으로 삶의 엄숙성, 상호보완의 관계와 관계를 담시로 형상화하려 하였다. 필자가 써 온 담시들은 내 삶 속의 통속성이나 외피外皮로의 체험, 십계명의 일곱째 계명 안의 부끄러운 소재나 제재일지라도, 넘어와 너머 보이지 않아 더욱 있어야 하므로 망양罔兩처럼 붙들고 붙들리어야 하는 지평, 바하의 마태수난곡(으뜸 주제와 버금 주제의 대위법, 한시에서 사용하는 聲音과 聲韻으로 댓구법, 우리말 자음 ㅁ,ㅂ,ㅍ/ㅅ.ㅈ.ㅊ의 3층위 점층, 점강)의 방법을 원용하고 활용하였다.

담시와 관련하여 바하의 푸가에 대한 형식과 내용을 필자가 요약해 본 것이다. 푸가는 단일 주제가 특별한 조(가락=調, 필자는 메나리조와 아니리 활용)와 관계를 지키면서 으뜸 주제와 관련 독립된 가락의 반복으로 버금 주제가 제시되는 대위법 악곡의 형식이다. 푸가의 조 편성은 마침형 법칙에 의하면서도 반복 연주되는 버금 주제에 으뜸 주제가 깔린 모방 수법이다. 즉 푸가는 으뜸 주제 음부 아래 독립 성격의 버금 주제와 음부를 첨가하는 방법이요, 독립하여 진행하는 선율들을 동시에 산골짜기와 강, 그리고 생활 하수가 바다에 섞여 정화를 거치듯 녹슨 철조각이 용광로에서 새것으로 태어나듯 구성하려 하였다.

마태수난곡은 예수의 처참한 고난과 제자들의 갈등을 다룬 독창과 합창, 다양한 악기들을 등장시켰다. 그러면서도 달콤하고 부드러우면서 내성적이고 상징적이다. 푸가의 선율 요소는 주창. 답창. 대창對唱 등인데 주창이란 fuga 자체를 가리키며, 버금 주제는 리듬. 선율. 화음. 조(가락)의 제약은 받지만 그 자체는 보조 주제로서 독자적 모습을 가지면서 악곡樂曲으로 푸가 전반에 걸쳐 주제를 돋보이는 지배적인 생명율을 나타낸다. 답창은 변응變應의 기법에 의해 다루어질 때도 있으나, 으뜸 조가 옮김으로 주창主唱이라 할 수 있다. 바하의 푸가는 템포가 느리고 빠름이 섞여 있지만 유연하고 독립된 주제로 이루어 짐이 그 특징이기 때문에 담시의 호흡과도 통한다.

fuga는 발상에서 ①보고 겪은 주관적인 사색, 깨달음에서 비롯되는 모티브, ②두 개 이상 줄거리 경로를 실제와 상상을 더해 형상화, ③배열은 필자 의도에 따라 경험의 재구성, ④이야기 형식을 빌어 변용과 변환으로 전개이다. 필자가 시도한 담시에서도 푸가처럼 구성을 제시하여 으뜸 주제 아래 서사와 서정에 내적독백을 활용, 버금 주제들을 넣어 시의 넓이와 깊이를 결합하였다.

필자의 담시는 으뜸 주제를 위한 내용 전개를 벌판과 빈 들처럼, 기독교가 말하는 영성의 그림자를 따르는 또 그림자罔兩를 보여주되, 시 본래의 긴축성과 원거리 비유의 특성을 염두에 두었다. 시집에는 필자가 써 온, 더러 미완과 진행형으로 연작시들 70편 시이다. 인용한 담시 중에는 으뜸과 버금의 조화를 염두에 두고 쓴 연작시의 형식도 있다. 혹간 담시에 마음을 둔 후배 시인들이 있다면, 선배 시인들의 담시, 필자가 시도한 담시들이 시의 바다에 창해일속滄海—粟이나 호리毫釐의 '붕' 뜸으로 도움이 되었으면 한다. 지금과 장래는 기호화, A.I까지로, 그러나 담시의 지평을 추구하는 시인들이 나타나 머리에서 가슴까지, 가슴에서 다시 머리까지 앎, 삶, 참의 깊이로 깊은 담시의 지평을 넓게 형상화, 펼쳐지기를 두 손을 모아 기대하고 있다. 진화론이 아닌 외모에서 유인원 중 침팬지보다 1.3%의 DNA의 상위가 언어와 영성으로 시를 쓰고 신과 대화함과 사람과 사람의 오솔길을 걷는 것을 잊지 않아야 한다.

- 2025년 雨水節, 풍동 숲속마을, 청완聽琓 김 석

5. 참고자료

1. 영인본 훈민정음 : 통문관
2. 훈민정음 구조의 원리 : 이정호, 아세아문화사
3. 세종대왕 : 홍이섭, 세종대왕 기념사업회
4. 영인본 500부 한정판 난중일기
5. 이순신 일기 : 이명섭 외. 서울대학교
6. 전태일 : 민주화운동 기념사업회, 오름출판사
7. 성학십도와 퇴계철학의 구조 : 금장태, 서울대학교
8. 퇴계선생의 언행록: 이윤희 외, 퇴계학연구원
9. 성학과 경 : 조남국 외, 영양각
10. 퇴계학 연구논총 1~10. 안동대학교
11. 퇴계평전, 퇴계정전 : 정순목 ,지식산업사
12. 가을하늘 밝은 달처럼 : 권오봉, 동인기획
13. 도산서원 가는 길 : 김 석, 선출판사
14. 성리대전 1,2,3 : 최종수 역, 이화출판사
15. 다석 유영모 전집 : 김흥호 주해, 솔 출판사
16. 주석강해 1,2,3 : 현재 김흥호,사색출판사
17. 정역과 일부 : 이정호, 아세아문화사
18. 주역강해 : 이기동, 성균관출판사
19. 주역선해 : 김탄허, 교림출판사
20. 說文解字註 : 염정삼, 서울대출판사
21. 왕필의 노자 : 임채우 역, 예문서관
22. 조지훈 전집 : 조지훈, 일지사
23. 김구용 전집 : 김구용, 솔출판사

24. 빛,힘,숨 요한복음 강해, 김홍호 사색출판사

25. 82들의 혁명 놀음 : 윤태영, 선출판사

26. 열린 인문학 강의 교재 : 이명섭, 연경반

27. 한국문화사대개1~12 : 고려대학교 민족문화연구소

28. 조선유학의 개념들 : 예문서관

29. 茶山詩 연구 : 송재소, 창작과 비평사

30. 경계선 : 이영빈 김순환, 신앙과 지성사

※ 도움을 주신 분

　　*시와함께 편집인 : 감태준. * 교정 : 주원규.

　　제목 글 : 유승훈. 그림 : 박갑영. 속표지 디자인 : 신정철.

　　그림 : 鉉齋 김홍호, 野松 이원좌, 杞山 고만식

　　그림 : 정영완. 신혜식. 배남경. 사진 : 이강렬. 이충엽.

6. 일주문과 바늘귀

※ 일주문과 바늘귀(針孔.鍼孔) : 일주문은 사찰에서 山門 다음 만나는 두 개나 네 개 기둥이 한 줄로 선 데서 유래가 되었다. 상형문자 門은 두 짝의 門이 닫혀 있는 형상이다. 우리의 경우 문은 진리로 나아간다는 뜻이다. 門의 문하생은 스승에게 묻고 직접 가르침을 받은 門外下禮生徒의 준말이다. 스승의 무릎에 기댄다는 산스크리트어의 Upanisads다. 반면 문헌 등을 통해 스승과 만남은 사숙이다. 사숙의 대표적 예가 주희와 퇴계의 만남이다. 퇴계는 남송의 주자가 백록동서원을 중심으로 문하생들과 주고받았던 서간집에서 발췌 주자서절요를 편찬하였다. 퇴계는 가르치는 선생이었지만 먼저 주자서와 주역 등을 한여름에도 문을 닫고 공부하며 깨쳐 도산서당 제자들에게 주자의 언행과 학문을 이어 받도록 가르쳤다. 이것이 사숙의 대표적 예이다.

*바늘귀 : 누가복음의 부자와 바늘귀 비유이다. 학자에 따라 낙타로 번역한 말이 코란에 있고, 또 양을 묶은 끈이라 했다. 필자가 門下로 배웠던 현재 스승님, 그리고 사숙으로 두 분 시인, 야송 이원좌 화백, 내보기에 일주문을 들어선 분들로 겸허와 會通, 자기만의 철학과 종교 시

와 그림 한 길에 몰두, 붕 뜨는 삶에 오른 光華의 스승과 선배들이었다. 일주문은 붕 뜨는 삶으로 스승과 시인, 그림에 몰두, 차츰 일이관지로 地天泰卦의 경지에 들어선 경우와 경지다. 더불어 친구와 시 한 길로 송상욱과 주원규 경우다.

  *우리 역사에서 환단고기 속의 단군왕검, 한글문화의 창제 세종대왕, 상대가 예상치 못할 시간과 예상치 못할 공간을 만들었으며, 빠른 속도 전략으로 왜적의 1/10도 되지 않는 군사로, 또 후방 지원은 열악, 군량미는 고갈 상태, 지친 군사들, 백의종군까지 23전승 충무공 이순신. 새마을운동과 산림녹화, 간호사 광부 파견, 월남 파병, 中樹 박정희 대통령 등 일주문과 바늘귀는 자기와 자기만의 빛, 힘, 숨, 삶의 세계를 구축하여 문화의 꽃을 이룬 이들을 필자는 일주문으로 비유 시로 썼다.

시와함께(Along with Poetry) 도서출판 넓은마루

김석

일주문과 바늘귀

발 행 2025년 6월 2일

지은이 김석
펴낸이 양소망
펴낸곳 도서출판 넓은마루
디자이너 김인옥
주 소 (03132) 서울특별시 종로구 삼일대로 30길21, 410호(낙원동, 종로오피스텔)
전 화 02-747-9897
이메일 withpoem9@dauml.net
출판등록 제2019호-000100호
인쇄 · 제본 (주)지엔피링크

저작권자 ⓒ 2025, 김석 chungwankey@naver.com
ISBN 979-11-90962-44-5(03810)
값 35,000원